W0237948

Die Steinwelt lag tief innerhalb der Erde.
Jetzt war sie Teil
seines Lebens geworden...

Jörg und Corinna Kastner

Die Steinprinzessin

UEBERREUTER

Die Deutsche Bibliothek – CIP-Einheitsaufnahme

Kastner, Jörg:
Die Steinprinzessin / Jörg und Corinna Kastner. –
Wien : Ueberreuter, 2002
(Meister der Fantasy)
ISBN 3-8000-2980-4

Für Ursula und Horst
mit Liebe und Dank

Alle Urheberrechte, insbesondere das Recht der Vervielfältigung,
Verbreitung und öffentlichen Wiedergabe in jeder Form,
einschließlich einer Verwertung in elektronischen Medien,
der reprografischen Vervielfältigung, einer digitalen Verbreitung
und der Aufnahme in Datenbanken, ausdrücklich vorbehalten.
Umschlaggestaltung von Zembsch' Werkstatt, München,
unter Verwendung einer Illustration von Arndt Drechsler
Copyright © 2002 by Verlag Carl Ueberreuter, Wien
Druck: Ueberreuter Print
1 3 5 7 6 4 2

Ueberreuter im Internet: www.ueberreuter.at

Prolog

Mit weit geöffneten Augen lag sie auf der kalten Steinplatte und starrte in die Dunkelheit. Es brannte keine einzige Fackel, kein noch so schwaches Licht drang von irgendwoher in ihr Gefängnis. Dennoch brauchte sie nicht viel Fantasie, um sich ihre Umgebung auszumalen.

All die vergangenen Jahre hatte sie geahnt, was eines Tages auf sie zukommen würde. Nun sah sie ihre schlimmsten Befürchtungen wahr werden und trotzdem bereute sie nichts. Sollte Silex mit ihr tun, was er wollte, wenn es ihm irgendeine Befriedigung verschaffte. Ihr war es egal. Sie mochte viel aufgegeben, vieles unwiederbringlich verloren haben. Sie hatte dafür etwas unschätzbar Wertvolles bekommen.

Das allerdings war nur die eine Seite der Medaille. Je länger sie hier festgehalten wurde, desto klarer wurde ihr, dass es möglicherweise nicht nur um ihr persönliches Schicksal ging – sonst hätte Silex längst seine Rache genommen und ihr Leben ausgelöscht.

Als sie damals diese Welt verlassen hatte, hatte sie um das Risiko gewusst, das sie einging. Ihr war bewusst gewesen, dass sie Silex vermutlich in die Hände fallen werde, wenn sie bei der Rückkehr das Tor durchschritt. Und sie war sich im Klaren über die Konsequenzen: Sie einfach zu töten hätte zu dem gepasst, was man über seinen jähzornigen und blindwütigen Charakter sagte. Damit hatte sie sich abgefunden. Aber nun wollte er anscheinend etwas anderes.

Sie zermarterte sich den Kopf darüber, was es sein mochte. Vor langer Zeit hatten diese Höhlen einen Gefangenen beherbergt, der beinah so wichtig gewesen war wie sie. Wichtiger sogar, wenn man sein unschätzbares Wissen berücksichtigte. Die Steinbrecher hatten versucht ihm sein Geheimnis zu entreißen, doch niemals hätte dieser Mann mit ihnen kooperiert, um keinen Preis. Es war ihm gelungen, zu fliehen, aber er hatte trotz allem nicht verhindern können, dass seine Feinde triumphierten und fanden, was sie suchten: die Macht, die Oberfläche zu durchdringen.

Was also konnte auch nur ansatzweise so bedeutend sein wie diese Macht? Was war es diesmal, das Silex wollte – über hundertfünfzig Jahre später?

Irgendwo vor sich hörte sie ein Geräusch. Eine Tür öffnete sich, durch den Spalt drang gedämpfter Feuerschein. Dann wurde es noch heller. Die Gestalt, die eintrat, trug eine Fackel bei sich, deren Flammen unruhige Schattenspiele an die Felswände warfen. Der Mann kam näher, blieb schließlich neben ihr stehen und schaute auf sie herunter.

Langsam richtete sie sich auf. Sie war nicht auf die Steinplatte gefesselt, wozu auch? Hier unten gab es nichts, womit sie sich hätte befreien können. Sie bot in ihrem Zustand vermutlich ein jämmerliches Bild, dennoch versuchte sie so viel Würde wie möglich auszustrahlen, als ihr Gegenüber zu sprechen begann.

»Da bist du also. Wir haben dich schon erwartet.«

Sie antwortete nicht.

»Du weißt, wer ich bin?«

Sie hatte Silex noch nie zuvor gesehen und die zweifelhaften Beschreibungen, die kursierten, nicht für wahr gehalten. Es gab zu viele davon und jede widersprach der anderen. Aber auch wenn die eine ihm einen Buckel, die nächste ihm jede nur erdenkliche Missgestaltung des Gesichts verpasste, eines hatten alle gemeinsam: Silex war ein hässlicher Mann mit einer noch hässlicheren Seele.

In der Tat gab der Fackelschein seinen Zügen etwas Unheimliches, doch soweit sie erkennen konnte, war Silex alles andere als hässlich. Er trug seine schwarzen Haare kurz, zu kurz für diese Welt, die Farbe der Augen schien entweder Braun oder ein sehr dunkles Blau zu sein. Im ersten Moment dachte sie, er sei ihr auf merkwürdige Weise vertraut, hatte aber keinerlei Vorstellung weshalb oder woher. Und doch ...

Jetzt umspielte ein Lächeln seine Lippen. »Enttäuscht, dass ich kein Monster bin? Nun, du hast bestimmt schon davon gehört, dass man nie nach Äußerlichkeiten urteilen soll. Da ist viel Wahres dran.«

Sein Ton klang ruhig und fast neutral. Fast. Unterschwellig spürte sie aber eine Welle ungeheurer Energie, als müsse er sich zusammenreißen, um sich ihr gegenüber zurückzunehmen. Ein Blick in seine Augen allerdings ließ sie erahnen, dass ihre Anwesenheit in ihm, seiner zur Schau getragenen Gleichgültigkeit zum Trotz, starke Emotionen weckte. War es unterdrückter Hass, der darin lag? Die geheime Befriedigung, endlich sein Ziel erreicht zu haben? Die perverse Vorfreude auf das, was nun bevorstand? Oder etwas vollkommen anderes?

Obwohl keine Riemen um ihre Hände und Füße gebunden waren, schob sie den Gedanken an Flucht gleich wieder als absurd beiseite. Sie hätte keine Chance. Trotzdem wünschte sie verzweifelt, es wäre anders, wünschte, sie würde einen Weg finden, um allem hier ein Ende zu bereiten und Silex an den Punkt zurückzuschicken, an dem er bisher – bis zu ihrer Ankunft – gestanden hatte.

»Saphir wird sich nicht provozieren lassen. Ich bin also wertlos als Geisel«, waren ihre ersten Worte. Sie war sich dessen keineswegs so sicher, wie sie klang.

Silex antwortete nicht sofort. Er runzelte die Stirn, als überlege er genau, was er als Nächstes sagen solle. »Du warst nie wieder hier, seit du unsere Welt verlassen hast.«

Sie reagierte nicht auf seine Feststellung, schüttelte nicht mal den Kopf. Sie hatte damals *ein* Leben gewählt und es war das Leben, das sie wollte.

»Offensichtlich hat sich auch niemand die Mühe gemacht, dich auf dem Laufenden zu halten«, fuhr Silex ungerührt fort. »Sieht so aus, als müsste ich das nun tun: Saphir ist tot. Diamant wurde sein Nachfolger.«

Damit hätte sie rechnen sollen, trotzdem traf es sie, die Tatsachen aus Silex' Mund zu hören. Dann holte sie tief Luft. »Das spielt keine Rolle. Auch Diamant lässt sich nicht erpressen.«

»Du meinst also, ich sollte dich lieber töten?«, fragte Silex spöttisch. »Ich glaube nicht, dass das eine gute Idee ist. Mein Plan gefällt mir viel besser. Wir werden sehen, wer von uns beiden Recht hat.« Er machte eine kurze Pause, bevor er im selben spöttischen Ton fortfuhr: »Ich habe lange darauf gewartet, das Reich der Steinmenschen zu vernichten – und seinen Fürsten mit ihm. Es wäre doch schade, wenn du das verpasst.«

Silex streckte die freie Hand nach ihr aus und berührte ihr Gesicht. Sie wollte zurückweichen, hatte aber dafür nicht genug Spielraum. Als seine Fingerspitzen ihre Wange trafen, dachte sie, ihr müsse schwarz vor Augen werden. Sie spürte etwas, das einem elektrischen Schlag gleichkam. So etwas kannte man in dieser Welt nicht, doch für sie war es nichts Fremdes und ihr drängte sich der Vergleich unmittelbar auf.

Silex zog die Hand zurück und blickte einen Herzschlag lang verblüfft auf seine Finger, als hätte er etwas Ähnliches gespürt. Dann hob er den Blick und starrte die Gefangene mit zusammengekniffenen Augen prüfend an, bis er sich wortlos umdrehte. Mit ihm verschwand das wenige Licht, das die Fackel gebracht hatte.

Sie hörte ihr eigenes Atmen, das in dieser beinah vollkommenen Stille sehr laut klang. Langsam ließ sie sich auf die Steinplatte zurückgleiten und lag da wie zuvor, ihre Augen auf das Dunkel um sie herum gerichtet. Durch Silex' Fackel hatte sie nur die Umrisse ihrer Umgebung wahrgenommen, aber immerhin wusste sie jetzt, dass ihre Vorstellungskraft sie nicht trog. Ihr Gefängnis war tatsächlich eine Höhle, vermutlich tief in den Fels gehauen. Irgendwo nahe einer Wand hatte sie schemenhaft einen Tisch ausmachen können, auf dem ein Krug mit Wasser und ein Becher standen. Seit sie hierher gebracht worden war, war zweimal jemand gekommen um ihr etwas zu trinken zu bringen. Ansonsten schien es außer der Steinplatte, auf der sie lag, nichts zu geben.

Allmählich begann sie zu verstehen, was Silex tatsächlich wollte: unendlich viel mehr als jenes Wissen, das seinem Vorgänger so wichtig gewesen war. Sie fing auch an zu begreifen, dass das, was sie einmal für eine Entscheidung über ihr eigenes Leben gehalten hatte, in Wirklichkeit die Entscheidung über das Leben sehr, sehr vieler bedeutete. Sie hatte Silex in die Hände gespielt ohne es zu wollen. Sie verfluchte sich selbst dafür, denn wenn sie das damals auch nur geahnt hätte, wäre sie niemals fortgegangen.

Sie schloss die Augen und beschwor die Erinnerung an glücklichere Zeiten herauf. Eine Weile funktionierte es, doch plötzlich erklang Silex' Stimme in ihr und sie hörte seine letzten Worte ein zweites Mal, die erst jetzt eine entscheidende Frage aufwarfen. Silex hatte lange gewartet. Damit konnte er nicht die lächerlichen achtzehn Jahre gemeint haben, die sie fort gewesen war. Es musste weiter zurückreichen. Immerhin stand Silex schon seit fast sechzig Jahren an der Spitze der Steinbrecher. Unterschätzte ihr eigenes Volk, die Steinmenschen, Silex, wenn es ihm blinden Hass und Willkür unterstellte? Hatte er stattdessen geschickt und geduldig Pläne geschmiedet? Und war ausgerechnet sie, die Steinprinzessin, zur Handlangerin dieser Pläne geworden?

1

Stumm und äußerlich unbewegt stand Pierre unter dem schwarzen Regenschirm und starrte ins Nichts. Niemand aus der Traube der umstehenden Menschen konnte erkennen, woran er dachte, und das war gut so. Seine Gedanken und vor allem seine Gefühle gingen keinen etwas an, obwohl sich vermutlich eine Menge Leute um ihn sorgten. Um ihn und seinen Vater Christophe, der sich nicht so abzuschotten vermochte wie Pierre.

Der leichte Nieselregen passte zu all dem Grau um sie herum, passte zur Stimmung und passte zu dem Gemurmel des Pfarrers, das tröstend sein sollte, aber für Pierre nur aus leeren Worthülsen bestand. Er hörte schon längst nicht mehr zu. Es kostete ihn genug Anstrengung, nicht nach unten in dieses Loch zu blicken, in das der schlichte helle Sarg aus Esche vor ein paar Minuten hinabgesenkt worden war. Obwohl er den Blick mit aller Kraft vermied, konnte er nicht verhindern, dass vor seinem inneren Auge unwillkürlich ein Bild entstand. Er sah seine Mutter dort im Sarg liegen, ihr Gesicht nicht wie gewohnt heiter und gelassen, sondern bleich und wächsern, eine starre Maske. Dann, genau in dem Moment, als der Sargdeckel geschlossen wurde, öffneten sich ihre grünen Augen und ihre Lippen teilten sich zu einem lautlosen Schrei.

Christophe stupste ihn an. Noch immer leicht zitternd von der Horrorvision, die ihn gerade heimgesucht hatte, bewegte sich Pierre schwerfällig ein paar Schritte vorwärts, um am Grab die Beileidsbezeugungen an der Seite seines Vaters entgegenzunehmen. Er schüttelte

Hände, nickte und sagte heiser unzählige Male »Danke«. Doch er nahm nicht die Gesichter der Menschen wahr, hörte auch nicht die Stimmen, schaute nur auf die Hände, die sich seiner Rechten entgegenstreckten. Er wünschte sich weit weg in eine andere Welt, in der die Sonne schien und in der es immer warm war, in der er nicht frieren und sich nicht alleine fühlen würde. In der vor allem Ärzte einen niemals mitleidig ansahen und sagten, dass sie nichts tun könnten. In der Menschen nicht einfach so starben.

Für eine kleine Weile gestattete er sich in die Vergangenheit einzutauchen, als er noch ein Kind war und nicht ahnte, was die Zukunft für ihn bereithielt. Ein warmes Gefühl durchströmte ihn, während er an seine Mutter dachte und ihre sanfte Hand an seiner Wange zu spüren glaubte. Aber er war kein Kind mehr, er war sechzehn; erwachsen also. Und er wusste, dass es nichts brachte, sich in Träume oder irgendwelche Fantasiewelten zu flüchten. Pierre richtete sich auf und blickte dem Mann in die Augen, der jetzt vor ihm stand. Er hatte ihn noch nie vorher gesehen, ganz sicher war er kein Verwandter. Trotzdem ergriff er dessen Hand und nickte, als der Fremde sagte: »Ich weiß, das ist schwer. Aber du wirst jetzt gebraucht.«

Erst als sich der Mann, der einen langen grauen Mantel trug und beim Gehen einen Stock mit silbernem Knauf schwang, ein Stück entfernt hatte, wurde Pierre bewusst, wie merkwürdig diese Worte klangen. Was war damit gemeint? Wer sollte ihn brauchen? Christophe? Es gab sonst niemanden, es gab nur sie beide. Unsicher schielte er zu seinem Vater hinüber. Dessen gerötete Augen bildeten in seinem ansonsten sehr blassen Gesicht einen harten Kontrast. Einen Moment lang passte Pierre nicht auf, achtete nicht auf den nächsten Beileidsbekunder, sondern schaute wieder dem fremden Mann hinterher. Ruhig und bedächtig schritt er den Weg entlang zum Ausgang. Er drehte sich nicht noch einmal um.

»Wer war das?«, flüsterte Pierre seinem Vater zu.

Der sah schwerfällig auf, als würde er aus einer Trance erwachen. Trotzdem wusste er sofort, wen sein Sohn meinte. Er runzelte kurz die Stirn, dann zuckte er die Schultern. »Keine Ahnung. Vielleicht jemand vom Krankenhaus.«

Sie hatten keine Zeit, sich weiter zu unterhalten. Pierres Mutter war nicht nur sehr beliebt gewesen, sondern auch viel beschäftigt in einer ganzen Anzahl von Vereinen und Stiftungen. Der kleine Friedhof schien übervoll zu sein mit Trauergästen. Als sich endlich die Reihen zu lichten begannen, seufzte Pierre erleichtert auf. Er sehnte sich nach der Ruhe und Zurückgezogenheit seines Zimmers über Christophes Werkstatt. Doch dann fiel ihm siedend heiß das Kaffeetrinken ein, das er noch über sich ergehen lassen musste. Nur ein kleiner Kreis Trauernder sollte daran teilnehmen, aber für seinen Geschmack waren selbst diese zwanzig Leute noch zu viel. Man saß da zusammen bei Kuchen und belegten Broten und tat so, als wäre die Welt in Ordnung, als wäre nichts passiert. Nur die dunkle Kleidung ließe erkennen, dass es nicht so etwas Profanes wie ein Geburtstag war, der die Verwandtschaft zusammengeführt hatte.

Pierre dachte kurz daran, diese Veranstaltung zu boykottieren, doch dann fielen ihm die Worte des Fremden wieder ein. Vielleicht war etwas dran gewesen. Vielleicht brauchte ihn sein Vater tatsächlich, der merkwürdig zerbrechlich wirkte. Möglicherweise brauchten sie einander und konnten sich in den Monaten, die vor ihnen lagen, eine gegenseitige Stütze sein. Es wäre kein guter Anfang dafür, sich jetzt auszuklinken.

In einem Hinterraum des Café Point Vert trafen nach und nach alle ein, setzten sich und begannen mit gedämpften Stimmen zu sprechen. Martin, der Bruder seines Vaters, gesellte sich an denselben Tisch.

»Wenn du irgendwas brauchst, Christophe ... Du weißt, dass wir immer für dich und den Jungen da sind.«

Pierres Vater nickte, zeigte aber wenig Begeisterung. Das lag nicht daran, dass er seinen Bruder nicht mochte, nur mit dessen Frau Thérèse gab es hin und wieder Schwierigkeiten. Pierre ahnte, sein Vater würde vermutlich auf das Angebot Martins verzichten. Außerdem ärgerte er sich über den Ausdruck »Junge«. Er war kein Junge mehr. Dass er sich gerade vorhin noch zurückgesehnt hatte in seine Kindheit, verdrängte er schnell wieder.

Dankbar sah er unter den Neuankömmlingen im Café nun auch René, seinen besten Freund aus der Schule. Renés Mutter Monique leitete die hiesige Rote-Kreuz-Niederlassung und war sehr eng mit Pierres Mutter befreundet gewesen. Tatsächlich waren sie und ihr Sohn die einzigen Gäste, die nicht zur Verwandtschaft gehörten. René winkte zurückhaltend zu Pierre herüber, als wisse er nicht so recht, wie er sich verhalten sollte. Pierre winkte zurück und deutete auf einen leeren Platz neben sich.

»Ziemlich viel los hier, oder?«, fragte René, als er herangekommen war.

Pierre nickte. »Maman würde sich freuen.«

»Sind das alles Familienangehörige?«

Wieder nickte Pierre. »Die meines Vaters. Willst du lieber Kuchen oder ein Brot?« Seine Mutter hatte keine Verwandten, jedenfalls wurde nie über sie geredet, es gab auch keine Fotos oder sonst irgendwas, das an ihre Familie erinnerte.

»Die mit Schinken sehen gut aus.«

Pierre reichte seinem Freund den Teller, der sich davon bediente. Dabei streifte sein Blick Martin, der nach seinem Angebot, zu helfen, in betretenes Schweigen verfallen war. Wahrscheinlich weil Christophe sich nicht gerade vor Dankbarkeit überschlagen hatte.

»Kommst du morgen wieder zur Schule?«, lenkte René Pierre ab.

»Mhm. Muss ja. Hab keine Lust, diese blöde Mathearbeit nachzuschreiben.«

»Vielleicht machen sie eine Ausnahme in deinem Fall. Ich meine, passiert schließlich nicht jeden Tag, dass ...« Betroffen hielt René inne, als ihm bewusst wurde, was er im Begriff war zu sagen.

»Dass die eigene Mutter stirbt?«, beendete Pierre den Satz. »Nein, wahrscheinlich nicht. Aber ich will keine Extrawürste. Ich schreib das Ding, und wenn ich's verhaue, dann ist es auch okay.«

»Na ja, musst du wissen.« René biss in das Schinkenbrot und kaute nachdenklich. Er kannte Pierre sehr gut. Dessen lässiger Ton eben spiegelte nicht wirklich seine Gefühle wider. René hatte ihn weinen sehen am Tag, als seine Mutter starb, ohne dass auch nur ein einziger Arzt herausfinden konnte woran eigentlich. Die Medizin stand vor einem Rätsel. Das schien Pierre mehr wütend als traurig zu machen, vielleicht waren es also damals Tränen des Zorns gewesen. Trotzdem wurde es dadurch nicht leichter, besonders da er sich jetzt dazu entschlossen zu haben schien, keine Gefühle mehr zuzulassen.

Oder zumindest niemanden mehr in sie einzuweihen, nicht mal seinen besten Freund. René hätte Pierre gern etwas aufgemuntert, aber jede Bemerkung, die ihm einfiel, schien ihm irgendwie unpassend und so schwieg er.

Obwohl Pierre sich nicht sehr bemühte ein Gespräch in Gang zu halten, war er froh, dass René da war. Er symbolisierte in dieser unwirklichen Situation ein Stückchen normale Welt, an dem er sich festklammern konnte. Das war auch der Grund, weshalb er morgen unbedingt wieder zur Schule wollte. Früher oder später musste er sich wieder in sein Leben einfinden und je eher das geschah, desto besser.

2

Pierre lief durch ein riesiges Sonnenblumenfeld. Der Himmel war blau, keine Wolke zu sehen, die Sonne wärmte seine Schultern. Am Horizont sah er seine Mutter stehen, die auf ihn wartete. Er lief auf sie zu, doch seltsamerweise verkleinerte sich der Abstand zwischen ihnen überhaupt nicht. Langsam wurden die Strahlen der Sonne zu heiß, Pierre geriet außer Atem, während er weiter und weiter rannte. Der Schweiß brach ihm aus und plötzlich wurde ihm schwarz vor Augen. Er stolperte, fiel hin und stieß sich dabei die Knie blutig. Die Wunde brannte. Zu der Schwärze vor seinen Augen kam ein Hämmern in seinem Kopf, das immer lauter wurde, bis es alles um ihn herum ausfüllte.

Mit schreckgeweiteten Augen fuhr Pierre im Bett hoch. Der Schweiß rann ihm tatsächlich den Nacken hinunter, Dunkelheit umhüllte ihn. Sein Atem ging so schnell, als wäre er wirklich durch dieses Feld gelaufen.

Doch während er sich langsam wieder beruhigte und ihm klar wurde, dass er nur geträumt hatte, bemerkte er, dass das Hämmern noch immer zu hören war. Es kam von unten, aus der Werkstatt seines Vaters. Christophe war Steinmetz, und ohne zu sehen, woran er jetzt mitten in der Nacht arbeitete, wusste Pierre, was es war: Der Grabstein für seine Mutter. Unablässig erklang das mal dumpfe, mal helle Geräusch des Hammers und des Meißels, die den Stein bearbeiteten. Pierre lag auf dem Rücken und starrte an die Decke seines Zimmers, im Rhythmus des Meißels begannen seine Finger auf das Bettlaken zu klopfen. Einen Augenblick lang überlegte er, ob er zu seinem Vater hinuntergehen, ihn dazu bringen sollte, sich schlafen zu legen. Dann ließ er es bleiben. Nichts würde Christophe Marchand von seiner Arbeit abhalten. Es geschah manchmal, dass Pierres Vater wie besessen an einem Stück meißelte, bis es perfekt war. Tagelang, auch nächtelang. Nicht einmal Sylvie hatte ihn in solchen Phasen zur Vernunft bringen können. Und jetzt, wo er an Sylvies Grabstein saß, gab es erst recht keinen Grund für Christophe, in ein kaltes und leeres Bett zurückzukehren.

Für einen kurzen Moment herrschte Ruhe von unten, dann begann das Hämmern erneut. Wieder eine Unterbrechung, etwas länger diesmal, in der Pierre meinte eine Stimme wahrzunehmen. Hielt sein Vater Selbstgespräche? Pierre setzte sich auf und lauschte angestrengt, doch bevor er aus dem Gemurmel ein Wort heraushören konnte, bereitete das Wiedereinsetzen des Hämmerns jedem weiteren Versuch ein Ende.

Irgendwann schlief Pierre ein. Als er das nächste Mal erwachte, graute der Morgen. Er warf einen Blick auf den Wecker neben seinem Bett. Fast fünf. Von unten drang kein Ton mehr herauf. Eigentlich hätte sich Pierre noch einmal umdrehen und anderthalb Stunden schlafen können, aber das ging nicht. Er wälzte sich von einer Seite auf die andere, bis er begriff, dass es sinnlos war. Er stand auf und begann seine Tasche zu packen. Dabei fiel ihm das Mathebuch in die Hände, in das er vor zwei Wochen noch die Lösung für eine besonders komplizierte Algebra-Aufgabe hineingekritzelt hatte. Damals war seine Mutter noch kerngesund gewesen, niemand hätte geglaubt, dass sie neun Tage später einfach nicht mehr existieren würde.

Leise schlich Pierre die Treppe hinunter und öffnete vorsichtig die Tür zur Werkstatt. Eigentlich hätte er erwartet, sie leer zu finden. Er wollte nur nachsehen, wie weit Christophe in der Nacht gekommen war, besonders da er keine Vorstellung hatte, wie der Stein für Sylvie aussehen sollte. Zu seiner Überraschung fand er seinen Vater schlafend vornübergebeugt am einzigen Tisch vor, eine leere Flasche Rotwein neben sich, im Glas nur noch ein Schluck. Pierres Blick glitt über die Gestalt seines Vaters hinweg zu dem überdimensionalen Stein im Hintergrund. Er war noch nicht fertig, aber die Figur ließ sich schon im Umriss erkennen. Es würde ein Engel werden. Ein Engel mit langem Haar und nur kleinen Flügeln. Die Gesichtszüge waren erst grob herausgehauen, trotzdem zuckte Pierre leicht zusammen. Sie erinnerten ihn an seine Mutter. Er starrte die Figur an und auf einmal schienen sich die kleinen Flügel zu bewegen. Ein winziges Stück nur und der Kopf schien sich in seine Richtung zu drehen. Die Augen, die noch kaum auszumachen waren, wirkten plötzlich lebendig und zwinkerten ihm zu.

Pierre schüttelte sich wie um diesen verstörenden

Eindruck loszuwerden. Er schaute noch einmal hin und jetzt stand die Figur ganz still und regungslos da und wartete darauf, weiter mit einem Meißel bearbeitet zu werden.

Beim Verlassen der Werkstatt schloss Pierre behutsam die Tür hinter sich, damit sein Vater nicht aufwachte. In der Küche trank er ein Glas Orangensaft, aß ein Stück trockene Baguette vom Vortag und schnappte sich seine Tasche. Er war noch immer viel zu früh dran für den Bus. Um diese Zeit fuhr überhaupt noch keiner, aber dann würde er eben zu Fuß gehen. Vielleicht tat die Luft draußen ihm gut.

Trotz der frühen Stunde war es schon recht warm. Das schlechte Wetter des vergangenen Tages hatte sich nicht in den nächsten hinüberretten können. Fast kam es Pierre so vor, als hätte der Himmel absichtlich genau gestern geweint und nun alle Tränen vergossen. Exakt vierundzwanzig Stunden Pause im ansonsten herrlichsten Sommer seit Jahren. Langsam schlenderte er die Straße entlang, er hatte es nicht eilig. Er bemühte sich an die anstehende Klassenarbeit zu denken, aber es fiel ihm schwer, sich zu konzentrieren. Besonders als er merkte, dass er ganz unbewusst den Weg eingeschlagen hatte, der ihn am Friedhof vorbeiführte. Eigentlich führte im kleinen Ort Rocaille jede Straße irgendwie ans Ziel. Aber es hätte auch einen anderen, sogar kürzeren Weg zum Gymnasium gegeben.

Nur einen Augenblick lang blieb Pierre vor dem mit Eiben gesäumten Eingangstor stehen. Er zögerte, machte einen Schritt hinein, blieb wieder stehen. Dann straffte er entschlossen die Schultern und ging zielsicher den breiten Pfad entlang, an vier Grabreihen vorbei, bis er in ein paar Metern Entfernung den großen Blumenberg ausmachte, unter dem seine Mutter lag. Er hielt erneut inne. Er war gestern nicht noch einmal hergekommen, das hätte er einfach nicht gekonnt. Dafür war er eben jetzt hier. Der Morgendunst lag über den Hecken und den Gräbern. Wenn es dunkler gewesen wäre, hätte es unheimlich ausgesehen. So wirkte es jedoch nur friedlich.

Gerade wollte er sich wieder in Bewegung setzen, als er eine Gestalt wahrnahm, die sich von der Steineiche löste, unter der sie schon eine Zeit lang gestanden haben musste. Der Mann trat an das Grab, bückte sich, pflückte eine einzelne weiße Rose aus einem Gesteck und drehte sich dann zu Pierre um, als habe er gewusst, dass er beobachtet wurde.

Eigentlich war Pierre noch zu weit entfernt, um den Mann genau erkennen zu können, doch er spürte instinktiv, dass es der Fremde von gestern war, der mit ihm gesprochen hatte. Jetzt stand er abwartend da und sah ihm erwartungsvoll entgegen. Neugierig und zugleich misstrauisch kam Pierre näher. Er hätte zu gern gewusst, was es mit diesem Mann auf sich hatte, ahnte er doch, dass die Vermutung seines Vaters nicht zutraf. Der Fremde sah nicht aus wie jemand vom Krankenhaus.

Nur noch ein halber Meter trennte die beiden, niemand sagte ein Wort. Jeder musterte den anderen abwartend, abschätzend. Bis der Mann, der auch heute wieder den langen grauen und sehr weiten Mantel trug, plötzlich lächelte. »Du bist ihr sehr ähnlich.«

Einen winzigen Moment lang wollte Pierre ihn bitten seine Worte zu wiederholen, weil sie fremdartig klangen und er sie nicht verstand. Doch gleich darauf hatte er den Gedanken schon wieder vergessen, wusste er, was der Fremde gesagt hatte. Pierre räusperte sich. »Sie ... Sie kannten meine Mutter?«

»O ja.« Mehr sagte er nicht. Offenbar wartete er, dass Pierre noch eine Frage stellte, die nächstliegende. Aber Pierre tat ihm den Gefallen nicht, obwohl sie ihm auf der Zunge brannte. Das schien sein Gegenüber zu amüsieren. Sein Lächeln wurde breiter.

»Das hast du auch von ihr!«, stellte er fest.

»Was?«, fragte Pierre zurück, bevor er sich beherrschen konnte.

»Den Dickkopf. Wenn deine Mutter nicht wollte, dann wollte sie nicht. Und nichts und niemand konnte sie vom Gegenteil überzeugen. Du willst nicht fragen, wer ich bin und woher ich Emeraude kannte.«

»Wer ist Emeraude?« Auch diese Frage rutschte Pierre wider Willen heraus, obwohl er ahnte, von wem der Mann sprach.

»Du meinst, deine Mutter hieß eigentlich Sylvie? Ja, das ist wohl richtig. Aber Emeraude ist der Name, den sie bekam, als sie geboren wurde. Und Emeraude wird sie immer für mich sein. Es passt zu ihr, findest du nicht?«

Pierre wurde ein bisschen schwindelig. Er begriff nicht die Hälfte von dem, was der Mann sagte. Trotzdem musste er zugeben, dass der andere Recht hatte. Emeraude bedeutete Smaragd und tatsächlich waren die Augen seiner Mutter smaragdfarben gewesen, ein tiefes, dunkles Grün, wie er es niemals bei irgendjemand anderem gesehen hatte. Auch seine eigenen Augen waren grün, aber heller, mehr wie ein Frühlings-, nicht wie ein Sommergrün.

Er merkte, wie er abwesend nickte. Das Schwindelgefühl schwand langsam. Er sah vom frisch aufgeschütteten Grab mit den vielen Kränzen wieder hoch zu dem Mann in Grau, der ihn fixierte, die Brauen hochgezogen. »Stimmt was nicht?«

»Doch, doch«, murmelte Pierre. »Ich ... ich war nur einen Moment ...«

»Natürlich, entschuldige. Du wolltest dich verabschieden und ich komme daher und rede allen möglichen Unsinn, der dich nur verwirren muss. Wirklich, ich hätte mir auch einen günstigeren Augenblick aussuchen können, dich kennen zu lernen.«

»Warum sollten Sie mich kennen lernen wollen?«

»Tja, warum? Das ist eine gute Frage.« Die der Fremde offenbar nicht beantworten wollte. Er verstummte und schaute auf Sylvies Grab hinunter. »Vielleicht, weil ich Emeraude vermisse.«

Dieses seltsame Eingeständnis kam so überraschend, dass Pierre eine Weile brauchte, um darauf die passende Erwiderung zu finden. Er war sich bewusst, dass er dauernd diese Was-wer-warum-Fragen stellte und sich anhörte wie eine auf Endloswiederholung programmierte CD. Aber etwas ging ihm bei der letzten Bemerkung des Mannes nicht aus dem Kopf.

»Wenn Sie sie so vermissen«, begann Pierre, »wieso kommen Sie dann erst jetzt, wo es zu spät ist?«

Er war ungeheuer gespannt auf die Antwort, aber zugleich wollte er auch einen coolen Abgang haben, einen, der ihn nicht wie einen dummen Jungen dastehen ließ, der nicht wusste, wie ihm geschah. Nur eine Sekunde lang wägte er ab, was ihm wichtiger war, und entschied sich für den coolen Abgang. Er drehte sich auf dem Absatz um, ohne eine Entgegnung abzuwarten. Wenn der Mann tatsächlich so viel Wert auf seine Bekanntschaft legte, würde er die Antwort auf seine Frage früher oder später erhalten. Geduld war noch nie seine Stärke gewesen – und vermutlich wusste der Fremde, dass Pierre auch diese Eigenschaft von seiner Mutter hatte –, aber dieses eine Mal wollte er es sein, der das letzte Wort behielt. Am Toreingang kostete es ihn einige Anstrengung, unbeirrt weiterzugehen, als wäre nichts Ungewöhnliches geschehen. Doch den Eindruck, seine Gefühle im Griff zu haben, würde er nicht zerstören.

Hätte er sich umgedreht und wäre er dabei schnell genug gewesen, hätte er möglicherweise noch den sehr dünnen weißen Schleier aus feinstem Steinstaub gesehen, der sich jetzt auf die Blumen senkte wie Tau.

3

Die Klassenarbeit bereitete Pierre nicht sehr viel Mühe. Größere Schwierigkeiten hatte er damit, seinen Mitschülern zu begegnen, die ähnlich wie René am Tag zuvor etwas ratlos waren, was sie zu ihm sagen oder ob sie überhaupt mit ihm reden sollten. Ein Teil seiner Freunde dachte, er würde am liebsten in Ruhe gelassen werden, der andere Teil gab sich betont normal. Pierre war sich selbst nicht sicher, was er wollte. Das Dumme am Leben in einem so kleinen Ort bestand darin, dass immer alle alles wussten. Es gab niemanden in der Schule, der Pierre völlig ahnungslos begegnete und sich deshalb tatsächlich normal benahm. Zumindest nicht vor der dritten Stunde.

Die Neue wurde von Monsieur Lambert als Florence Duroc vorgestellt. Der Gegensatz zwischen ihren dunklen Haaren und dem fast durchscheinenden Teint ließ sie ein wenig zerbrechlich wirken, aber ihre Augen drückten Bestimmtheit und Willenskraft aus. Pierre erinnerten sie an die Farbe eines hellen Opals, der abwechselnd grünlich und fast ein wenig lila schimmerte. Zum ersten Mal seit dem Tod seiner Mutter dachte er komplette fünf Minuten an etwas vollkommen anderes.

Obwohl oder vielleicht weil Florence wissen musste, dass alle sie anstarrten, lächelte sie etwas schüchtern, senkte aber nicht den Blick, als sie sich auf den einzigen freien Platz setzte – neben René, dessen Wangen sich sofort tomatenrot färbten. Pierre nahm den leicht neidischen Seufzer seines Nachbarn wahr und fragte sich unwillkürlich, ob ihm etwas Ähnliches entschlüpft sein mochte.

In der Pause gesellte sich Pierre zu René, der ausnahmsweise mal gar nicht so begeistert darüber war. Trotzdem beeilte er sich, Pierre und Florence einander vorzustellen.

»Hallo«, sagte Florence lächelnd. »Ich habe das mit deiner Mutter gehört. Tut mir Leid.«

Pierre wollte schon etwas düster nicken, als ihm der natürliche Tonfall des Mädchens auffiel. Sie klang weder überschwänglich mitfühlend noch zu gleichgültig. Sie hatte Sylvie nicht gekannt und sah Pierre gerade zum ersten Mal und sie tat nicht so, als wäre Pierres Tragödie ihre eigene.

»Danke«, antwortete Pierre.

Damit war für beide das Thema erledigt. »Ihr habt den kleinen Hof in der Nähe des Steinbruchs, oder?«, fragte Florence.

»Ja. Mein Vater ist Steinmetz, er bezieht von da sein Material. Und wo wohnst du?«

Es stellte sich heraus, das Florences Familie ein Haus gekauft hatte, das genau auf der anderen Seite des Steinbruchs lag. Wenn es nicht durch ein paar vereinzelte Bäume verdeckt gewesen wäre, hätte Pierre es von seinem Zimmerfenster aus sogar sehen können. »Da wohnst du?«, fragte er zweifelnd.

»Wieso? Ist damit was nicht in Ordnung?«

René, der bisher geschwiegen hatte, warf Pierre einen warnenden Blick zu.

»Och nö, ist nur ein ziemlich alter Kasten«, beeilte sich Pierre zu sagen.

Mit einem Mal lachte Florence und ihr Lachen klang wie das Glockenspiel der Kirche im Nachbardorf Perrin. »Du glaubst doch wohl nicht an Gespenster, oder?«

»Quatsch! Wie kommst du darauf?«

»Na, ich dachte nur, weil du mich so entsetzt ansiehst. Natürlich haben wir von Caillou gehört, der angeblich in unserem Haus umgehen soll. Aber ehrlich, mir ist er noch nicht erschienen!«

»Sei froh«, mischte René sich ein. »Muss nicht gerade ein angenehmer Zeitgenosse sein.«

»Woher willst du das wissen? Bist du ihm schon begegnet?«, grinste Florence.

»Ich nicht, aber ...«

»Aber jemand, der jemanden kennt, der jemanden kennt, stimmt's?«

René kam sich ausgesprochen blöd vor, denn selbstverständlich hatte er genau das sagen wollen. Aber erst als Florence es aussprach, wurde ihm klar, wie bescheuert es klang.

»Jedenfalls, wenn Caillou autauchen sollte, werdet ihr die Ersten sein, die es erfahren. Könnte doch ganz spannend sein.«

»Ich weiß nicht«, murmelte Pierre. Aus irgendeinem Grund kam ihm der Mann am Grab seiner Mutter plötzlich wieder in den Sinn. Wenn er genauer darüber nachdachte, war der vermutlich unheimlicher gewesen als irgendein Geist, der seit Jahrhunderten in einem alten Haus umgehen sollte. Er versuchte sich an die Gesichtszüge des Fremden zu erinnern und stellte erstaunt fest, dass er es nicht konnte. Er konnte nicht mal mehr mit Bestimmtheit sagen, ob er alt oder jung gewesen war. Immerhin fiel ihm der Stock mit dem Silberknauf ein. Wahrscheinlich war es also ein alter Mann gewesen.

»Sag mal, René, ist dir gestern auf der Beerdigung ein alter Mann in einem grauen Mantel aufgefallen, mit einem Spazierstock?«, erkundigte er sich.

René und Florence hatten offenbar ihr Gespräch fortgesetzt, während Pierre in Gedanken versunken war. Zumindest schaute René ihn etwas verwundert an, entschloss sich dann aber doch, darüber nachzudenken. »Nein«, sagte er schließlich. »Nicht dass ich wüsste. Ich glaube nicht, dass ich überhaupt jemanden kenne, der so aussieht.«

»Vielleicht war's Caillou«, schlug Florence vor.

Unwillig schüttelte Pierre den Kopf. »Nein, Caillou geht bloß bei euch um, es hat ihn noch nie jemand woanders gesehen. Außerdem war das kein Geist. Ich bin ihm heute Morgen auf dem Friedhof schon wieder über den Weg gelaufen. Er kannte meine Mutter.«

»Er kannte deine Mutter?«, fragte René gedehnt. »Hast du mal deinen Vater gefragt? Der wird das doch sicher wissen.«

»Ich glaub nicht, dass ich den im Moment nach so was fragen sollte«, sagte Pierre leise, mehr zu sich selbst. Er dachte an die leere Weinflasche und die geröteten Augen Christophes – und zum wiederholten Mal fielen ihm die Worte des Fremden ein, der gesagt hatte, Pierre würde jetzt gebraucht. Vielleicht war es doch nicht so klug gewesen, auf dem coolen Abgang zu bestehen. Vielleicht hätte er den Fremden nach Strich und Faden ausquetschen sollen. Was, wenn er nun gar nicht so viel Wert auf Pierres Bekanntschaft legte, wie es den Anschein hatte? Dann war die Chance, herauszufinden, was der Mann mit Sylvie zu tun haben mochte, ein für alle Mal vertan.

»Du könntest auch die Familie deiner Mutter fragen.« Das kam von Florence.

Pierre schüttelte den Kopf. »Geht nicht. Sie hatte keine.« Andererseits – wenn er genau darüber nachdachte, wusste er eigentlich sehr wenig über Sylvie. Im Gegensatz zu anderen Müttern hatte sie ihn nie mit Geschichten aus ihrer Kindheit gelangweilt, nur weil sie meinte, ihm ein Vorbild sein zu müssen. Möglicherweise gab es ja eine Familie, irgendwo weit weg. Möglicherweise gehörte der Fremde dazu. Immerhin hatte er diesen anderen Namen erwähnt, den Sylvie angeblich bei ihrer Geburt erhalten hatte.

Nach der Pause saß Pierre im Klassenzimmer und starrte vor sich hin, ohne zu sehen, was der Overheadprojektor an die Wand warf. Chemie war noch nie eins seiner Lieblingsfächer gewesen und außerdem gab es ein paar Dinge, die ihm im Kopf herumschwirrten. Schon komisch zum Beispiel, dass Florences Gegenwart so völlig normal schien während ihres Gesprächs. Da war nichts gewesen, das daran erinnerte, wie kurz sie sich erst kannten. Er warf einen Blick hinüber zu ihr. Ihre opalfarbenen Augen schauten unverwandt auf Madame Couvier, die vorn irgendein Experiment vorführte.

Dass Florence ausgerechnet in Caillous Haus lebte, war schon verrückt. Es stand seit ewigen Zeiten leer,

Pierre konnte sich gar nicht mehr erinnern, wann zuletzt jemand dort gewohnt hatte. Man munkelte, dass der Makler mit der Zeit enorm mit dem Preis runtergegangen war. Dass sich eine Menge ursprünglicher Interessenten von Caillou oder besser dem Gerede über den angeblichen Geist hatte abschrecken lassen, führte dazu, dass das Haus immer mehr herunterkam. Florences Familie war offensichtlich hart im Nehmen. Ihr schien weder der schlechte Zustand der Bausubstanz noch irgendwelche Gerüchte etwas auszumachen.

Pierre ließ sich beim letzten Klingeln reichlich Zeit damit, seine Sachen zusammenzupacken. Er war nicht sonderlich erpicht darauf, nach Hause zu kommen und seinem Vater gegenüberzutreten. Sicher ging es ihm nach der vergangenen Nacht noch ziemlich dreckig und Pierre wusste einfach nicht, was er tun konnte um ihm zu helfen. Als er endlich doch das Schulgelände verließ, sah er zu seiner Verwunderung Florence auf der anderen Straßenseite stehen. Sie lehnte an einer Mauer, von der sie sich jetzt abstieß.

»Ich hab auf dich gewartet«, rief sie ihm zu und kam herüber, nachdem sie zwei Autos hatte vorbeifahren lassen. »Ich dachte, wir könnten ein Stück zusammen gehen.«

Pierre nickte – einerseits dankbar, dass ihn Florences Begleitung von den Gedanken an seinen Vater ablenken würde, andererseits etwas unsicher, ob er ein Gesprächsthema finden würde. Darüber hätte er sich keine Sorgen machen müssen. Es war Florence, die die Unterhaltung in Gang brachte.

»Erzähl mir von Caillou.«

»Wieso?«, fragte er verständnislos. »Ich dachte, du weißt schon alles über ihn.«

»Na ja, nicht alles. Die Gerüchte reichten von Mitleid

erregend bis hin zu furchtbar schauerlich. Niemand weiß was Genaues, oder?«

»Nein. Aber hauptsächlich gibt es zwei Versionen, da scheiden sich die Geister.«

Florence kicherte über das Wortspiel, unterbrach ihn aber ansonsten nicht.

»Also, es begann vor etwa hundertfünfzig Jahren. Da bestand Rocaille nur aus ein paar Bauernhöfen, einer kleinen Kirche, dem Steinbruch und ein paar armseligen Hütten, in denen die Arbeiter aus dem Steinbruch ihr Dasein fristeten – und *Aigle Fauve*.«

Aigle Fauve war das Haus, in das Florence mit ihrer Familie gezogen war. Der Name bedeutete Steinadler und passend dazu prangte oben auf dem Dach ein beeindruckender riesiger Adler aus Stein.

»Hast du von den Vincents gehört?«, fragte Pierre.

Florence nickte. »Das waren die Besitzer des Hauses, oder? Denen praktisch das ganze Dorf gehörte, der Steinbruch, die Arbeiter, einfach alles. Sie sollen die Arbeiter ziemlich ausgebeutet haben.«

»Richtig. Sagt jedenfalls die Legende. Den Vincents war die Kirche im Dorf zu klein, sie setzten sich in den Kopf, eine Kathedrale zu bauen, obwohl es gar nicht genug Menschen hier gab, um so ein Gebäude zu füllen. Das Baumaterial für die Kathedrale kam aus dem Steinbruch. Das war harte Arbeit und führte dazu, dass die Männer kaum älter als vierzig wurden.«

»Und Caillou war einer der Arbeiter.«

»Er tauchte eines Tages auf, ohne dass jemand wusste, woher er kam. Die Vincents haben sich auch nicht die Mühe gemacht, danach zu fragen. Jemand wollte Arbeit im Steinbruch, er bekam sie. Ganz einfach. Besonders wenn die Lohnforderungen nicht zu hoch waren.«

»Wie viel Lohn wollte denn Caillou?«, fragte Florence.

Pierre zuckte mit den Schultern. »Weiß nicht. Manche sagen, er hätte umsonst gearbeitet, aber das kann ich mir nicht vorstellen. Wenn überhaupt was an der ganzen Geschichte dran ist, dann sicher nicht dieser Teil. Wer schuftet sich schon für nichts zu Tode? Jedenfalls verliebte sich Caillou in Sophie, die Tochter vom alten Vincent. Natürlich passte dem das nicht in den Kram, immerhin war Caillou bloß ein armer Schlucker.«

»Gut aussehend?«, grinste Florence. »Ich meine, nur für den Fall dass er mir doch mal nachts begegnet, muss ich doch gewappnet sein …«

»Würdest du Wert darauf legen?«

»Kommt drauf an, wie er sich aufführt. Aber gutes Aussehen ist schon mal nicht die schlechteste Voraussetzung.«

Pierre schaute Florence von der Seite an. »Ich weiß nicht. Wie soll einer schon aussehen, der seit hundertfünfzig Jahren durch die Gegend spukt? Da ist garantiert nicht mehr viel Attraktives dran. Aber damals muss er wohl ein Bild von einem Mann gewesen sein.«

Mittlerweile waren sie beim Friedhof angekommen und auf einmal fühlte sich Pierre nicht mehr sehr wohl dabei, über Gespenster und Tote zu reden. Er hielt in seiner Erzählung inne und warf einen Blick durch das Tor auf den Friedhof. Florence bemerkte sein Zögern und blieb stehen.

»Willst du noch mal zu deiner Mutter?«, fragte sie leise. Die Fröhlichkeit, die sie gerade eben noch zur Schau getragen hatte, war wie weggeblasen. Ihre Stimme klang ruhig und ernsthaft.

»Ich …« Pierre wusste die Antwort darauf selbst nicht. Vielleicht war der Fremde wieder da. Aber nein, das war Unsinn. Der Mann würde wohl kaum den ganzen Tag damit verbringen, an einem Grab rumzustehen. Dann traf er eine Entscheidung. »Wenn es dir nichts ausmacht, geh allein nach Hause. Ich bin heute Morgen nicht dazu gekommen, mich richtig zu verabschieden.«

Pierre durchzuckte der Gedanke, dass sich das albern anhörte, aber Florence schien nicht dieser Meinung zu sein. Sie nickte. »Möchtest du, dass ich mitkomme?«

Daran hatte Pierre überhaupt noch nicht gedacht, doch auf einmal schien ihm das eine gute Idee zu sein. »Hast du denn noch so viel Zeit?«

Kommentarlos betrat Florence als Erste den Friedhof. Bis beide vor Sylvies Grab ankamen, schwiegen sie und auch dann herrschte noch eine ganze Weile Stille. Florence wartete ab, bis Pierre nach beinah zehn Minuten bereit schien, wieder in die Gegenwart zurückzufinden. »Vermisst du sie sehr?«

Pierre nickte und erinnerte sich gleichzeitig an die Worte des Fremden, der Sylvie – oder Emeraude, wie er sie nannte – demnach ebenso vermisste. »Es ist schwer, sich vorzustellen, dass sie nie mehr da sein wird.«

»Ja, das kann ich verstehen.« Sie sagte nicht so was Blödes wie »Die Zeit heilt alle Wunden« oder »Das wird schon wieder«. Sie war einfach nur da und konnte nachempfinden, wie er sich fühlte.

Pierre drängte die Tränen zurück, die ihm plötzlich in die Augen stiegen. Deshalb bekam er zuerst nur durch eine Art Nebelschleier mit, dass Florence sich bückte und etwas auf dem Boden zu betrachten schien. Sie richtete sich wieder auf und rieb etwas zwischen ihren Fingern, das aussah wie feiner weißer Staub.

»Was hast du da?«, fragte Pierre.

Florence gab keine Antwort, sondern starrte nur auf ihre Hand.

»Florence?« Pierre stupste sie leicht an, worauf sie zusammenzuckte.

»Schon gut, ist nichts«, murmelte sie abwesend.

Neugierig beugte sich Pierre zu Florence hinüber, nahm ihre Hand in seine und fuhr mit dem Finger über den Staub. »Was ist das?«

»Ach, nur Dreck.«

»Sicher? Sieht merkwürdig aus.« Der Staub war weich und geschmeidig, fast glatt, so als bestünde er nicht aus Tausenden von Partikeln, sondern aus einem einzigen Stück. Dann wurde er sich bewusst, dass er dastand und Florences Hand hielt. Abrupt ließ er sie los und schaute verlegen auf den Blumenberg, der sich auf dem Grab türmte.

Florence schien das überhaupt nicht wahrgenommen zu haben. Mit einer energischen Geste wischte sie sich die Hände an ihren Jeans ab, folgte Pierres Blick und stellte dann fest: »Deine Mutter war ziemlich beliebt.«

»Ja, war sie. Jeder hat sie gemocht.« Pierre stockte. »Lass uns gehen«, sagte er schließlich. »Wird Zeit, dass ich nach Hause komme.«

Wieder auf der Straße, verwirrte die nächste Frage des Mädchens Pierre zunächst. »Was passierte dann?« Doch nach einer Sekunde begriff er, dass sie Caillous Geschichte meinte, die er inzwischen völlig vergessen hatte.

»Kommt drauf an, wen du fragst. Bis zu dem Zeitpunkt, wo Caillou sich in Sophie verliebte, wirst du von allen das Gleiche hören. Von da an gibt es zwei Varianten. Eine besagt, dass Sophie nichts von Caillou wissen wollte, weil sie sich für was Besonderes und Caillou für einen Niemand hielt. Aus verschmähter Liebe ermordete Caillou Sophie, vergrub sie im Steinbruch und erhängte sich danach an dem großen Steinadler auf dem Dach von *Aigle Fauve.*«

»Klingt nicht sehr romantisch«, beklagte sich Florence.

»Kann man wohl sagen. Aber wenn du's romantischer haben willst, bitte, kein Problem. Nach der zweiten Fassung nämlich verliebte sich auch Sophie und hörte nicht auf ihre Familie, die ihr jeglichen Umgang mit dem unerwünschten Steinhauer verbat. Trotzdem konnten sie die Finger nicht voneinander lassen, also fühlte sich Sophies Vater gezwungen einzugreifen. Zusammen mit seinem Sohn brachte er Caillou kaltblütig um, verscharrte ihn im Steinbruch und erzählte Sophie, Caillou habe sich mit einer beträchtlichen Summe Bestechungsgeld aus dem Staub gemacht. Sophie wurde daraufhin wahnsinnig und stürzte sich kopfüber in den Steinbruch. Sie starb genau auf dem Stein, unter dem Caillou begraben lag.«

»Schon besser«, urteilte Florence lachend. »Und welche Version der Geschichte glaubst du?«

»Gar keine. Ich glaub nicht, dass davon auch nur eine Silbe wahr ist. Abgesehen davon vielleicht, dass irgendein Arbeiter damals aufgetaucht und wieder verschwunden ist ohne einer Menschenseele zu sagen, wo er herkam und wo er hinging.«

»Und Sophie?«

Pierre rollte mit den Augen. »Was weiß ich? Vielleicht ist sie genau an dem Tag aus Langeweile gestorben, an dem der große Unbekannte verschwand. Muss ja damals ziemlich öde hier gewesen sein.«

»Vielleicht. Aber mir gefällt die Gespensterstory besser.«

»Klar. Mädchen eben ...«, griente Pierre.

»Besten Dank auch! – Wir sehen uns morgen!«

Der Abschied kam so plötzlich, dass Pierre sich fragte, ob er sie mit seiner flapsigen Bemerkung verletzt hatte. Erst dann sah er, dass sie an der Weggabelung angelangt waren, an der Florence nach links und er nach rechts musste um nach Hause zu kommen. Sie war schon ein paar Meter gegangen, als Pierre ihr hinterherrief.

»Florence! Danke.«

Florence drehte sich um und lächelte. Schließlich ging sie weiter und verschwand um die nächste Kurve aus Pierres Blickfeld.

4

»Du hast mit dem Jungen gesprochen?«, fragte Diamant fassungslos und wütend zugleich.

Der Mann, der aufrecht vor dem Fürsten stand, blieb unbeeindruckt. »Es war notwendig. Irgendwie müssen wir mit ihm Kontakt aufnehmen, jetzt wo Emeraude ...«

»Das kann uns in enorme Schwierigkeiten bringen«, unterbrach Diamant.

»Der Junge nimmt es ziemlich schwer.«

Unwirsch murmelte Diamant etwas vor sich hin. Er war groß, größer als der Mann vor ihm. Seine langen Haare waren sehr blond, fast weiß, und hinten zusammengebunden, seine Augen blau wie helle Aquamarine. Er trug einen weißen Mantel, der ihm bis zu den Knien reichte, darunter ein weißes Hemd und eine weiße weit ausladende Hose. Seine Hände, die er jetzt hob um sich die Schläfen zu massieren, waren lang und feingliedrig. An seinem rechten Ringfinger blitzte ein weißgoldener Ring mit einem Diamanten.

»Natürlich«, sagte er jetzt. »Aber Emeraude hat gewusst, was sie tat. Und sie wusste auch, was passieren würde.«

»Seigneur, verzeiht, dass ich widerspreche«, sagte Diamants Gegenüber. »Niemand hat gewusst, dass das passieren würde. Ihr nicht, nicht der Rat der Steinweisen und ich nicht.« Dafür verfluchte er sich am meisten. Nun hielt er sich jedoch in respektvollem Abstand zu seinem Fürsten und wartete. Die Unterredung war noch nicht beendet, obwohl Diamant für eine Weile schwieg.

»Es geht nicht«, sagte er schließlich und richtete seinen Blick auf den Mann in Grau. »Wir können den Jungen nicht hierher bringen, das weißt du so gut wie ich.«

»Mit allem Respekt, Seigneur, wir müssen. Mir ist das Risiko für alle bewusst, aber es bleibt uns nichts anderes übrig. Wir haben keine Wahl. Der Junge ist unsere einzige Möglichkeit, Emeraude vor Ablauf des Ultimatums aus den Klauen der Steinbrecher zu befreien. Ihr wisst, was unserem Volk und besonders Euch bevorsteht, wenn uns das nicht gelingt. Davon ganz abgesehen kann Euch, wenn Ihr mir die Bemerkung erlaubt, Emeraudes Schicksal auch nicht egal sein. Schließlich habt Ihr sie einmal geliebt.«

»Daran musst du mich nicht erinnern, Caillou!«, fuhr Diamant auf. Seine Stimme war lauter geworden, sicher lauter als er selbst es beabsichtigt hatte. Er erhob sich und Caillou bemerkte, dass Diamants Hände zitterten. »Sonst gäbe es da einiges, woran ich *dich* erinnern könnte.«

Caillou zuckte innerlich zusammen, hatte sich aber so weit unter Kontrolle, dass er sich nichts anmerken ließ. Diamant tat so etwas nur selten und vielleicht hatte Caillou es seiner Meinung nach in diesem Moment verdient. Das änderte nichts an den Tatsachen.

Im Saal schien es mit einem Mal dunkler geworden zu sein. Diamant schritt die große Halle hinunter bis zur kunstvoll geschnitzten hohen Holztür. Esche. Dasselbe Material, aus dem Emeraudes Sarg gezimmert war. Nein, nicht Emeraudes Sarg, korrigierte sich Caillou in Gedanken. Sylvies Sarg. Als hätte Christophe es gewusst. Nun ja, vielleicht hatte er es gewusst. Das war die zweite Gefahrenquelle. Denn obwohl Caillou Emeraude hin und wieder gesehen und sich über ihr Leben auf dem Laufenden gehalten hatte, hatte er niemals mit ihr gesprochen, sich ihr nicht ein Mal gezeigt. Er wollte sich nicht einmischen, sie hatte ihre Wahl getroffen, es war ihr Recht, in Ruhe gelassen zu werden. Das allerdings barg den Nachteil, dass sie nie in Erfahrung bringen konnten, wie viel Emeraude ihrem Mann erzählte. Nur der Junge wusste ganz offensichtlich nichts.

Pierre. Diamants Widerstreben, Emeraudes Sohn hierher zu bringen, war verständlich. Je mehr Menschen von dem Leben, das sich direkt unter ihren Füßen abspielte, wussten, desto größer war die Gefahr für die Steinwelt. Die Gefahr, die ihnen in Gestalt von Silex entgegentrat, war jedoch ungleich größer.

Wie er nicht gerade zur Freude Diamants erwähnt hatte, kamen dazu noch die persönlichen Interessen des Fürsten. Emeraude war seine Braut gewesen, die Steinprinzessin. Auf der Oberwelt gab es ein Sprichwort, das besagte, die Zeit heile alle Wunden. Aber es war erst eine geradezu läppische Zeitspanne vergangen, seit Emeraude sich gegen ihn entschieden hatte. Für die Oberwelt mochten achtzehn Jahre lang sein, aber hier unten zählte man anders. Es gab nicht einmal Jahre in diesem Sinne. Selbst wenn es einen Kalender gegeben hätte, der sich am Mond, an der Sonne oder an Jahreszeiten orientierte – an all jenem also, was hier unten gar nicht existierte –, stellten Oberweltjahre eine zu kleine Maßeinheit für die Steinwelt dar, als dass sich damit zu rechnen gelohnt hätte. Stattdessen zählte man in Generationen und Anteilen von Generationen – und Emeraudes vergleichsweise kurzer Ausflug in die Welt über ihnen entsprach nur etwa einem Zehntel einer Generation. Für Diamant musste dieser Bruchteil absolut unbedeutend sein.

»Ich werde darüber nachdenken«, ließ Diamant vom anderen Ende der Halle vernehmen. Er öffnete die schwere Eschentür und verschwand.

»Dazu ist keine Zeit!«, hätte Caillou dem Herrscher über die Steinmenschen hinterherrufen müssen. Das Ultimatum lief bald ab. Doch er blieb still, weil er wusste, dass er mit Drängen bei Diamant gar nichts erreichte. Er seufzte und sah sich um. Das hier war der Empfangssaal, der an die dreihundert Leute fasste. Schon oft hatte Caillou miterlebt, dass der Saal trotz seiner Größe bis zum Bersten gefüllt war. Jetzt, da er allein darin stand, wirkten die Wände beinah bedrohlich, schienen auf ihn zuzukommen. Aber er wusste, das beruhte nur auf Einbildung. Die letzte Zeit war nicht einfach gewesen, die Steinbrecher bereiteten mehr und mehr Probleme. Außerdem hatte Caillou zweimal kurz hintereinander die Welt der Menschen da oben besuchen müssen. Er fühlte sich ein wenig erschöpft.

Langsam folgte er Diamant, wandte sich aber nicht wie der Fürst nach links, sondern schlug auf dem Gang die entgegengesetzte Richtung ein, die zum Tor des Palastes führte. Unterwegs begegneten ihm nur zwei Diener, die sich kurz im Vorbeigehen verbeugten. Abwesend erwiderte Caillou die Geste. Er hatte andere Dinge im Kopf. Silex zum Beispiel, der Emeraude gefangen hielt. Bei dem Gedanken an die Steinprinzessin musste er unwillkürlich an seine eigene Frau denken. Ein kurzes Lächeln glitt über seine Züge, dann wurde er wieder ernst.

Die Steinprinzessin. Diamant hatte sich nie eine andere Frau genommen. Caillou war beinah sicher, dass er Emeraude noch immer liebte. Sylvie – was für ein alberner Name!

Der lange Gang führte Caillou in den Hof und schließlich hinaus ins Freie. Er ließ die Stadt hinter sich und schritt den Weg entlang, der ihn an dem Stalagmitenwald und einem Felsvorsprung vorbei zu seinem Haus bringen würde. Hier unten gab es keinen unbegrenzten strahlenden Himmel wie in der Welt über ihnen. Stattdessen war der Himmel steinern und schimmerte rötlich oder braun oder grau, ganz selten schwarz. Es kam auf die Gesteinsschichten an, unter denen man sich gerade bewegte. Manchmal hatte Caillou das Gefühl, er könnte die Sonne der Oberwelt spüren, obwohl das natürlich nicht zutraf. Das Klima hier blieb immer gleich. Es herrschte eine angenehme Temperatur und Luftfeuchtigkeit, anders als auf der Oberwelt mit dem ständigen Wechsel des Wetters. Seit er als Kind das erste Mal von der Legende der Oberwelt gehört hatte, war er fast besessen von dem Wunsch gewesen, sie irgendwann zu sehen. Er hatte lange damit zugebracht, einen Weg zu finden. Schließlich fand er ihn. Und fragte sich am Ende, was daran so erstrebenswert gewesen sein sollte. Wenigstens kannte man in der Steinwelt seine Feinde, was sich von der Welt da oben nicht behaupten ließ. Aber er wollte nicht undankbar sein. Wäre er hier geblieben, hätte etwas sehr Wesentliches in seinem Leben gefehlt.

Caillou legte den Kopf in den Nacken. Das dunkelrote metallhaltige Gestein strahlte zumindest ein spärliches Licht aus, das Wärme verbreitete und ihm gut tat. Es fröstelte ihn noch immer, wenn er an sein Zusammentreffen mit Pierre dachte. Zweifellos hatte der Junge mittlerweile eine ganze Menge Fragen. Das lag durchaus in Caillous Absicht. Denn wenn es ihm gelingen sollte, Pierre hierher zu bringen, musste Emeraudes Sohn dazu bereit sein. Er sah nicht gerade aus wie jemand, der allzu wild auf Abenteuer war, aber er schien neugierig. Pluspunkt für Caillou, für die Steinwelt – und für Emeraude.

Was war sie schön gewesen damals! Schön und stur, er hatte nicht übertrieben mit dem, was er zu Pierre gesagt hatte.

Caillou seufzte. Genau genommen konnte er froh sein, dass Diamant seine Wut und Enttäuschung nicht an ihm ausgelassen hatte, denn ohne Caillou wäre auch Emeraude vermutlich nie auf die Oberwelt gekommen.

»Caillou, Caillou!«, hörte er ein kleines Mädchen rufen. Er sah sich um, doch da war niemand. Nur die Schatten seiner Erinnerung und die Stimme Emeraudes, damals noch ein Kind mit weißblondem Haar, fast so hell wie das von Diamant. Er sah sie vor sich, mit ihren hoffnungsvollen, unglaublich grünen Augen, die ihn dazu aufforderten, von der Welt über ihnen zu erzählen, die sie so unbedingt sehen wollte.

»Aber Emeraude«, lachte Caillou und strich ihr durch die blonden Haare. »Was willst du dort? Es ist ...« nicht anders als hier, wollte er sagen. Aber das stimmte natürlich nicht. Es war ganz anders. Das Blau des Himmels beispielsweise, wenn die Sonne schien. Das Farbenspiel der Blätter im Herbst. All das würde Emeraude nie sehen. »Es ist nichts Besonderes«, schloss Caillou. »Wir gehören hierher, nicht dort oben hin. Die Menschen würden uns nicht verstehen, die Sonne ist zu grell und die Atmosphäre nicht gut für uns.«

»Aber du warst dort. Dir hat die Atmosphäre nichts getan.«

Emeraudes Vorstellung von dem, was Caillou Atmosphäre nannte, war äußerst vage, sie dachte nur an das Abenteuer. Sie wusste nichts von den Gefahren, die die Oberwelt barg, Gefahren, die man zunächst gar nicht bemerkte.

»Ich werde es schaffen«, sagte Emeraude. »Ich werde nach oben gehen und die Sonne sehen.«

»Aber ...«, fing Caillou an.

»Ich weiß, was du sagen willst, Caillou, du hast es mir oft genug gepredigt.« Plötzlich klang Emeraudes Stimme erwachsener, fester – und noch sturer. Caillous Erinnerung machte einen Zeitsprung, ohne dass er sich dessen bewusst war. Emeraude war nun kein Kind mehr, sondern eine junge Frau, die wusste, was sie wollte. Unglücklicherweise nicht das, was von ihr erwartet wurde.

»Heiraten kann ich immer noch. Niemand sollte von mir verlangen, dass ich mich hier vergrabe, ohne vorher was erlebt zu haben.«

Emeraude und Caillou saßen auf einem Felsvorsprung und schauten hinunter in eine bräunlich rote Ebene, durch die ein Fluss verlief, dessen Wasser sich in der Farbe kaum von seiner Umgebung unterschied. Dort unten knieten ein paar Frauen und wuschen mühevoll ihre Wäsche. Kinder saßen daneben und halfen unter Aufbietung ihrer ganzen Kraft die großen schweren Teile auszuwringen.

»Der Fluss dort«, fuhr Emeraude fort, bevor Caillou dazu kam, einzuwenden, dass eine Heirat wohl kaum damit gleichzusetzen sei, sich zu vergraben, »er kommt von irgendwo und fließt irgendwohin. Aber ich kenne nur dieses kleine Stück seiner Reise. Das ist mir zu wenig, kannst du das nicht verstehen?«

Caillou konnte ziemlich genau nachvollziehen, was Emeraude damit ausdrücken wollte. Er selbst hatte sich so gefühlt – damals bevor er aufbrach das Unbekannte zu erforschen. Aber der Fall seiner Schülerin lag leider etwas anders. »Ihr seid die Steinprinzessin, Emeraude. Ihr habt gewisse Verpflichtungen und könnt nicht einfach tun und lassen, was Ihr wollt.«

»Bla, bla, bla«, murmelte das junge Mädchen. »Du ahnst nicht, wie oft ich das schon gehört habe.«

»Doch«, lachte Caillou, »ich ahne es durchaus. Wenn ich mich recht entsinne, habe ich sehr viel Mühe darauf verwandt, Euch genau das klar zu machen. Hat nicht viel geholfen. Euer Vater müsste mich eigentlich längst entlassen haben.«

Emeraude nahm einen kleinen Stein vom Boden auf und ließ ihn abwesend von einer Hand in die andere gleiten. »Mein Vater hält viel von dir. Er mag Fürst sein, aber du hast ihm eine Menge voraus. Die Macht, die Oberwelt zu betreten, zum Beispiel.«

»Jetzt fang nicht wieder damit an«, forderte Caillou und vergaß dabei die förmliche Anrede. Das kam hin und wieder vor und heimlich gefiel es Emeraude, die nicht ständig an ihre Position erinnert werden wollte, weil sie damit auch an ihre so genannten Pflichten erinnert wurde. Sie hatte schließlich nicht darum gebeten, die Steinprinzessin zu sein. Dummerweise war sie jedoch als Tochter des Fürsten auf die Welt gekommen. Sie würde die Steinprinzessin sein und Diamant heiraten. Punkt. Niemand hatte sie jemals gefragt, was sie wollte.

Emeraude warf den Stein hinunter in den Abgrund. Mit den Augen verfolgte sie seinen Flug und sah, dass er wie beabsichtigt im Fluss landete, doch das Geräusch des Aufpralls konnte sie nicht mehr hören. Ein kleines Kind drehte sich erschrocken um, weil der Stein dicht neben ihm ins Wasser plumpste. Dieses Kind, ein Mädchen, blieb von den Problemen, die Emeraude hatte, verschont. Ihr würde niemand vorschreiben, wen und wann sie zu heiraten hatte.

»Willst du mit ihr tauschen?«, fragte Caillou.

Emeraudes Gedanken zu folgen war nicht schwer gewesen. Trotzdem zuckte sie bei Caillous Worten zusammen. Sie blinzelte zu ihm herüber und stellte nicht zum ersten Mal fest, wie gut er aussah. Vor einiger Zeit hatte sie sich in den Kopf gesetzt, sich in ihn zu verlieben. Caillou war ein faszinierender Mann. Er war aber ebenfalls ein kluger Mann, der recht genau wusste, was in Emeraude vor sich ging und sich davor hütete, auch nur eine einzige Andeutung zu machen. Stattdessen wartete er einfach ab, bis sie begriff, dass auch diese Verliebtheit nur eine Art von Rebellion gegen das war, was ihr schon sehr früh bestimmt worden war.

Caillou seufzte erneut und fuhr sich mit beiden Händen durch die Haare. Es wäre besser gewesen, wenn Emeraude nicht herausgefunden hätte, über welche Fähigkeiten sie verfügte. Er schüttelte den Gedanken an damals ab. Es brachte nichts, sich mit der Vergangenheit zu beschäftigen, wenn die Gegenwart zählte – und die Zukunft. Es musste ihnen gelingen, Emeraude mit Pierres Hilfe zu befreien. Obwohl er sich keinesfalls sicher war, dass sie es ihm danken würde, sobald sie erfuhr, dass er ihren Sohn in die Gefahren und Risiken der Steinwelt verwickelt hatte. Im Gegenteil. In seinen Seufzer schlich sich ein kleines Lächeln. Aber das hier war seine Angelegenheit. Emeraude würde vorlieb nehmen müssen mit dem, was er für richtig hielt.

Währenddessen war er auf einem Felsvorsprung angekommen, der demjenigen sehr ähnlich sah, auf dem er damals mit Emeraude gesessen hatte. Bevor er einen Schritt seitwärts an eine Felswand trat, um sein teilweise in den Stein gehauenes Haus zu betreten, schaute er noch einmal nach unten in den Abgrund. Auch hier schlängelte sich ein Fluss durch die Schlucht unter ihm, doch dieser war nicht bräunlich, sondern fast schwarz, was am Flussbett aus dunkelgrauem Kiesel lag. Caillou war dort unten in jener Schlucht geboren worden. Vor etwas weniger als zwei Generationen. Seinen Namen verdankte er den Kieseln im Fluss, mit denen er als Kind gespielt hatte. Eigentlich fand er, dass dieser Name gut zu ihm passte. Er war selbst ein bisschen wie ein Kieselstein: nicht auffällig, aber beständig – und überall anzutreffen.

Steine gab es hier wie Sand am Meer. Ein Vergleich, der bei Caillou ein leises Lachen auslöste, denn obwohl Flüsse in der Steinwelt nichts Ungewöhnliches waren, suchte man ein Meer vergebens. Sein kurzer Aufenthalt in der Welt über ihm hatte ihn stärker geprägt, als er damals angenommen hätte. Das wenige Holz dagegen, das man hier fand, begann immer mehr zu versteinern und so war echtes Holz wie im Palast des Fürsten nur noch sehr selten. Auch Caillous Tor bestand nicht aus Holz, sondern aus einem schweren Granitblock, der jedoch reich verziert war.

»Du bist zurück!«

Aus dem hinteren Teil des Hauses hörte er die Stimme seiner Frau. Sie kam im Schein der Wandfackeln auf ihn zu, ihre Augen blickten ihm fragend, erwartungsvoll und gleichzeitig ein wenig ängstlich entgegen. Das Flackern des Lichts gab ihrer Erscheinung etwas Ätherisches. Sie schien beinah zu schweben, doch sie war nicht so zerbrechlich, wie sie aussah. Wie viel Kraft in ihr wohnte, wusste Caillou nur zu gut. Denn das, was er jetzt Pierre zumuten wollte, hatte einst Sophie gewagt. Sie war ihm gefolgt, ohne die geringste Vorstellung davon zu haben, was sie erwartete.

Caillou schloss sie in die Arme und vergrub das Gesicht in ihren Haaren. Einen kurzen Augenblick verharrten sie so, bis Sophie ihn ein Stück von sich wegschob ohne ihn gänzlich loszulassen. »Hast du den Jungen gesehen?«

»Ja.«

»Und? Wird er kommen um seine Mutter zu befreien?«

»Das hängt nicht allein von ihm ab, wie du weißt.«

»Ach, Caillou, vergiss Diamant für einen Moment! Pierre muss es wollen. Wenn er nicht an sich glaubt, sind alle noch so wohl durchdachten Pläne umsonst.«

»Ja«, sagte Caillou wieder und musste über den ungeduldigen Ausdruck in Sophies Augen lächeln. »Aber ich kann Pierre nicht ohne Diamants Erlaubnis herbringen, und bevor ich die nicht habe, werde ich auch dem Jungen gegenüber lieber den Mund halten.«

»Diamant kann sich nicht weigern. Es hängt zu viel davon ab!«

»Ich weiß. Und dennoch ... Er muss zwei Risiken gegeneinander abwägen.«

»Das glaub ich einfach nicht!«, rief Sophie. »Was ist ein Mensch, der über uns Bescheid weiß, gegen das, was uns bevorsteht, wenn wir zu lange zögern?«

Genau das fragte sich Caillou seit geraumer Zeit auch. Anfangs hatte er es für vollkommen ausgeschlossen gehalten, dass Diamant nicht alles tun, jeden Ansatz ausschöpfen würde, um abzuwenden, was abzuwenden war. Inzwischen spürte er einen leichten Druck in der Magengegend, der ihn immer dann überkam, wenn er anfing sich ernstlich Sorgen zu machen. Er seufzte. »Frag nicht mich, frag Diamant.«

»Du wirst Pierre trotzdem zu uns holen«, stellte Sophie fest. »Und versuch nicht das zu leugnen, ich kenne dich lange genug.«

Langsam nickte Caillou. Natürlich hatte Sophie Recht wie immer. Natürlich würde er Pierre einweihen in das Geheimnis der Steinwelt, das gleichzeitig auch das Geheimnis seiner Mutter war. Hätte er das nicht von Beginn an vorgehabt, wäre er nie auf der Beerdigung aufgetaucht und hätte sich auch ansonsten davor gehütet, Pierre über den Weg zu laufen. Wenn Diamant es nicht wollte, täte er es eben im Alleingang. Er, Caillou, würde einen Weg finden. Irgendwie.

5

Von all dem ahnte Pierre nichts, als er mit seinem Vater am großen Küchentisch zu Abend aß. Christophe war wortkarg, brachte kaum eine Silbe über die Lippen. Ab und zu starrte er auf Sylvies leeren Platz gegenüber, aber von der Wirkung des Rotweins war ihm nichts mehr anzumerken. Pierre wusste nicht recht, ob er ein Gespräch beginnen oder lieber schweigen sollte.

»Wie war's in der Schule?«, brach plötzlich Christophe die Stille zwischen ihnen.

»Geht so. Hast du übrigens gewusst, dass wieder jemand in *Aigle Fauve* wohnt?«, brachte Pierre etwas Unverfängliches zur Sprache. »Das Mädchen, das mit ihren Eltern dort eingezogen ist, heißt Florence und kam heute zum ersten Mal zum Unterricht.«

»Oh«, machte Christophe. »Nein, wusste ich nicht. Aber das erklärt wohl, warum da drüben mehr los ist als sonst. Geistersucher kommen für gewöhnlich eher tagsüber, aber letzte Nacht zum Beispiel, als ich ...« Christophe hielt inne, als ihm einfiel, womit er letzte Nacht beschäftigt gewesen war. Aus diesem Grund hatte er auch das merkwürdige flackernde Licht in der Ferne für eine Halluzination gehalten. Zu diesem Zeitpunkt hatte er nämlich bereits den größten Teil des Weins getrunken und konnte nicht mehr sicher sein, ob das, was er sah, tatsächlich da war oder nicht. Einmal schien es ihm beinah, als habe der Engel aus Stein ihm zugezwinkert.

»Was war letzte Nacht?«, hakte Pierre nach.

»Ach nichts«, murmelte Christophe. »Wie ist sie denn so, diese Florence?«

»Ganz nett, glaub ich.« Eine eindeutige Untertreibung, aber Väter mussten schließlich nicht alles wissen, fand Pierre. »Vielleicht besuch ich sie mal in *Aigle Fauve.* Ich wollte das Haus schon immer von innen sehen.«

»Jetzt behaupte bloß nicht, du wärst noch nie drin gewesen!« Zum ersten Mal seit Tagen verzogen sich Christophes Mundwinkel zu einem kleinen Lächeln.

»Nicht wirklich«, gab Pierre zu, »nur mal kurz durchs Fenster gesehen. Ist schon eine Weile her.«

»Dann hast du Angst gekriegt und bist getürmt, was?«

Pierre zuckte mit den Schultern. »Kann schon sein«, sagte er unbestimmt. Tatsächlich war ihm so nah am Haus verdammt unwohl gewesen. Er glaubte nicht an Geister – aber wer konnte schließlich wissen, wer sich in einem alten Haus herumtrieb und es als Unterschlupf nutzte.

»Hast du ihn gesehen?«, erkundigte sich Christophe.

»Natürlich nicht!«

»Tu das nicht einfach so ab, mein Sohn. Caillou ist ein bisschen mehr als eine Legende.« Was war los mit ihm? Christophe biss sich auf die Zunge. Was er da sagte, war kompletter Unsinn. Er versuchte zu lachen um seinen Worten eine Leichtigkeit zu geben, die er nicht empfand, doch es misslang.

»Blödsinn! Florence sagte, ihr wär nie jemand begegnet, und sie lebt schließlich da.« Damit war das Thema für Pierre erledigt.

»Möglich, dass Caillou sich genau aussucht, für wen er sichtbar wird«, sagte Christophe zu Sylvies leerem Platz hin, als habe er sie ansprechen wollen und gleichzeitig eine Antwort erwartet.

Auch Pierre schwieg und schüttelte innerlich den Kopf über die verrückten Ideen seines Vaters. Eigentlich wäre es ihm lieber gewesen, heute Abend nicht mehr über Sylvie zu sprechen, aber der Fremde am Grab ließ ihm keine Ruhe. Früher hatte er nie darüber nachgedacht, wie seltsam es war, dass seine Mutter nie von ihrer Vergangenheit oder ihrer Familie erzählte. Doch jetzt, da dieser Mann aufgetaucht war, an dessen Gesicht er sich partout nicht erinnern konnte, obwohl dessen Persönlichkeit ihm so gegenwärtig schien, musste er einfach fragen.

»Ich hab zwar nicht Caillou gesehen, dafür aber den Mann von gestern. Weißt du noch, der in dem grauen Mantel.«

Christophe nickte vage. »Was ist mit dem? Hat er gesagt, woher er kommt?«

»Nein, aber kannte Maman.«

Eine Weile überlegte Christophe, bis ihm eine logische Erklärung einfiel. »Dann ist er vielleicht Mitglied in einem der Vereine, in denen Sylvie gearbeitet hat.«

»Das klang aber nicht so. Er sagte, Mamans Name sei bei ihrer Geburt Emeraude gewesen.« Gespannt beobachtete Pierre die Reaktion seines Vaters.

Der saß vollkommen regungslos am Tisch und starrte Pierre an ohne etwas zu erwidern. In Christophes Kopf machte es klick. Und noch mal klick. Ganz unglaubliche Dinge passierten da auf einmal. Er sah Bilder vor sich, hörte Sylvies Stimme, die ihm ausreden wollte, sie zu heiraten. Die Gründe, die sie dafür nannte, waren absurd. Er hatte es damals gewusst und wusste es heute. Sie passte nicht in diese Welt, behauptete sie. Christophe wischte den Einwand weg und dann begann Sylvie ihm eine Menge verrücktes Zeug zu erzählen. Er hörte wieder ihre Worte von damals, doch im gleichen Moment, in dem er sie vernahm, merkte er, dass sie durcheinander waren, keinen Sinn ergaben. Dann machte es erneut klick in seinem Kopf.

»Emeraude?«, wiederholte er. »Klingt hübsch, aber ich fürchte, der Mann war auf der falschen Beerdigung. Deine Mutter hieß schon immer Sylvie.«

Eine Verwechslung? Konnte es tatsächlich so einfach sein? Irgendwie wollte Pierre das nicht glauben. Der Mann war sehr sicher aufgetreten.

»Aber er sagte, ich sei ihr ähnlich«, protestierte Pierre. »Er muss sie gekannt haben.«

»Du siehst ihr doch gar nicht ähnlich – abgesehen von den Augen vielleicht. Das Äußere hast du von mir«, erinnerte ihn Christophe.

»Das hat er auch nicht gemeint. Er sagte, ich sei ihr charakterlich ähnlich. Ich hätte den gleichen Dickkopf wie Maman.« Pierre wartete eine Weile auf eine Antwort, aber sein Vater blickte nur ausdruckslos auf das Brot in seiner Hand. »Warum hat Maman nie von ihrer Familie erzählt? Von ihrer Vergangenheit?«, fragte Pierre leise.

»Weil es keine gab.« Christophe klang sehr endgültig. Er biss von seinem Brot ab und sah Pierre jetzt wieder an.

»Keine Familie, okay, meinetwegen. Aber keine Vergangenheit? Das glaub ich einfach nicht. Was habt ihr mir verheimlicht?«

»Nichts, Herrgott!« Christophe war aufgesprungen, das Glas Apfelsaft vor Pierre kippte um, der Inhalt ergoss sich auf seine Jeans. Christophe verließ mit langen Schritten die Küche und knallte die Tür hinter sich zu.

Nichts ist ein bisschen wenig für so viel Aufregung, dachte Pierre, als er versuchte seine Jeans trockenzureiben. Ich hätte dem Mann weiter zuhören sollen heute Morgen statt einfach abzuhauen. Wahrscheinlich hätte ich von ihm mehr erfahren als von Papa.

In seinem Zimmer ließ Pierre sich auf das Bett fallen und schaltete den Fernseher ein. Irgendeine amerikanische Seifenoper lief, der er nicht folgte, aber er fand die Geräuschkulisse beruhigend. Beruhigender jedenfalls als das Gehämmere, das jetzt wieder von unten zu ihm heraufdrang. Sein Vater arbeitete weiter an Sylvies Grabstein. Nein, korrigierte Pierre sich selbst. An Emeraudes

Stein. Wer immer sie auch war. Wo immer sie auch herkam.

Langsam richtete er sich auf seinem Bett auf. Solange Christophe in der Werkstatt beschäftigt war, konnte er ungestört nach den Papieren seiner Mutter suchen. Es mussten welche existieren, wahrscheinlich wurden sie am selben Ort aufbewahrt wie alle anderen Unterlagen der Familie. In dem alten Sekretär im Schlafzimmer seiner Eltern.

Pierre kam sich etwas schäbig vor, als er leise über den Flur schlich und die Schlafzimmertür öffnete. Hinten in der Ecke stand der Sekretär. Manchmal hatte seine Mutter daran gesessen und Briefe geschrieben. So etwas mit dem Computer zu tun, der unten im Wohnzimmer stand, fand sie zu unpersönlich für private Post. Der Sekretär war unverschlossen und Pierre klappte die Schreibplatte nach unten. Innen war alles ordentlich aufgeräumt. Keine herumliegenden unbeantworteten Schreiben auf irgendwelchen Haufen. Da lag ihr altmodischer silberner Federhalter, den sie stets mit grüner Tinte gefüllt hatte.

Pierres Blick fiel auf die Schubfächer, die säuberlich beschriftet waren. Ein Kästchen für Christophe, eines für Sylvie, eins für ihn selbst. Letzteres öffnete er zuerst, weil es ihm am wenigsten verfänglich erschien. Sein Impfpass fiel ihm in die Hände und ein paar alte Zeugnisse. Ein kleines Schächtelchen, um das eine Schleife gewickelt war. Neugierig nahm er es in die Hand und vergaß für einen Augenblick, weshalb er hergekommen war. Er entfernte die Schleife und hob den Deckel.

Darin lagen eine seidige dunkelbraune Locke und merkwürdigerweise ein blassroter Stein, der aussah, als käme er direkt aus dem Steinbruch. Er war nicht glatt wie ein Kiesel, sondern hatte schroffe Kanten, tiefe Kerben und durch die Mitte verlief ein dunkelgrauer, an einer glatten Stelle leicht silbrig glänzender Strich. Nachdenklich nahm Pierre den Stein hoch. Er lag warm in seiner Hand.

»Was zum Teufel hast du hier zu suchen?«, kam die scharfe Stimme seines Vaters von der Tür.

Erschrocken fuhr Pierre herum, automatisch schloss sich seine Hand um den Stein. Das Kästchen mit der Haarlocke stand noch auf der Schreibplatte. Wortlos starrte er Christophe an.

Mit zwei Schritten war sein Vater neben ihm und schaute auf das Kästchen hinunter. »Die hat deine Mutter an deinem ersten Geburtstag abgeschnitten«, sagte er jetzt ruhiger. Nebenbei stellte er fest, dass alles andere im Sekretär unberührt zu sein schien. Aus einem Grund, den er selbst nicht nachvollziehen konnte, erleichterte ihn das. Er musste den Sekretär abschließen, bevor Pierre ein zweites Mal auf die Idee kam, darin herumzuschnüffeln.

»Geh auf dein Zimmer«, befahl er in festem Ton, ohne seinen Sohn jedoch dabei anzusehen. Er drehte sich auch nicht um, als er hörte, dass Pierre den Rückzug antrat. Bedächtig schloss er den Sekretär, nachdem er das kleine Schubfach mit Pierres Namen darauf – wie oft hatte er Sylvies zierliche Schrift bewundert – wieder an seinen Platz gebracht hatte. Dann streifte sein Blick das breite Doppelbett und er hörte sein eigenes Schluchzen, das tief aus seiner Kehle drang. Er sank auf das Bett, schlug die Hände vors Gesicht und flüsterte immer wieder Sylvies Namen.

In Pierre stritten zwei gegensätzliche Gefühle. Einerseits war ihm klar, dass er Sylvies Schreibtisch nicht hätte durchsuchen dürfen, also quälte ihn ein schlechtes Gewissen. Andererseits ließ die Reaktion seines Vaters nur den einen Schluss zu: Er hatte vorhin gelogen, etwas wurde vor Pierre verborgen. Und das machte ihn wütend. Deshalb schlug er genau wie sein Vater vorhin die Tür hinter sich zu, als er das Haus verließ. Es war ihm egal, dass er eigentlich auf seinem Zimmer hätte bleiben sollen. Er war alt genug, allein zu entscheiden, was er tat und wohin er ging.

Ohne dass es ihm richtig bewusst war, marschierte er los in Richtung Steinbruch. Ein ganzes Stück hinter der Straße begann die Absperrung, die verhindern sollte, dass besonders Kinder oder Tiere auf dem abschüssigen Gelände den Halt verloren, ausrutschten und in den Steinbruch hinabstürzten. Aber Pierre kannte sich gut aus auf den kleinen Trampelpfaden und wusste genau, wo sich Löcher in der Absperrung befanden. Er schob das Gebüsch zur Seite und zwängte sich durch das verbogene Drahtgitter des Zauns. Unter ihm lag der Steinbruch im warmen Licht des Sonnenuntergangs. Ein wenig atemlos blieb er stehen und schaute hinunter. Er wäre zuvor nie auf den Gedanken gekommen, diese Gegend hier majestätisch zu nennen, aber auf einmal kam sie ihm so vor. Der Steinbruch war gewaltig, wirkte wie ein riesiger Krater. Die Farbe der Steine hatte zu dieser Tageszeit fast etwas Magisches.

Gedankenverloren griff Pierre in die Tasche seiner Jeans und zog den Stein aus dem Schreibtisch seiner Mutter hervor. Er hielt ihn auf der flachen Hand und musterte die merkwürdige graue Maserung in der Mitte. Das blasse Rot des restlichen Steins ähnelte sehr der Farbe des gesamten Steinbruchs in der Abenddämmerung. Die Haarlocke in dem Kästchen konnte er verstehen. Aber warum statt seines ersten Milchzahns ausgerechnet ein Stein daneben gelegen und seiner Mutter offenbar etwas bedeutet hatte, ging über sein Verständnis hinaus.

Normalerweise hätte er jetzt gern mit René über seine Probleme gesprochen, doch diesmal dachte er nicht an seinen besten Freund, sondern an Florence. Aus irgendeinem Grund war er der Überzeugung, dass Florence ihn in dieser Sache besser verstehen würde als sein Freund. Es war einfach ein unterschwelliges Gefühl, das seinen Blick auf die gegenüberliegende Seite des Steinbruchs zog, hin zu *Aigle Fauve.* Für heute war es wohl zu spät, bei Florences Familie aufzutauchen, die er noch dazu gar nicht kannte. Aber morgen in der Schule würde er mit ihr darüber reden.

Wieder schaute er auf den Stein in seiner Hand. Sorgsam steckte er ihn zurück in seine Hosentasche und setzte sich dann auf einen Felsbrocken. Er stützte die Ellenbogen auf die Knie, das Kinn in die Hände und saß lange so da, ohne etwas Bestimmtes zu sehen oder zu denken, bis es ganz dunkel geworden war. Gerade als er aufstehen und endlich nach Hause gehen wollte, nahm er jedoch aus den Augenwinkeln ein Funkeln wahr, das aus einiger Entfernung zu kommen schien. Bevor er es richtig orten konnte, war es verschwunden. Angestrengt starrte er in die Dunkelheit um ihn herum. Da war es wieder. Es kam von *Aigle Fauve.* Es war nicht das erste Mal, dass er so etwas sah, aber bisher war er immer davon ausgegangen, dass sich dort irgendwelche Obdachlosen herumtrieben, die das Haus als Übernachtungsgelegenheit nutzten. Die Lichter trugen durchaus ihren Teil zu der Spuklegende bei. Doch jetzt konnte er Obdachlose wohl ausschließen, immerhin war *Aigle*

Fauve nun bewohnt. Undeutlich machte er die Umrisse des alten Hauses aus. Erst jetzt fiel ihm auf, dass es kein einziges erleuchtetes Fenster gab. Was eigenartig war, wenn man bedachte, dass dort mehrere Menschen lebten.

Vielleicht sind sie alle schon im Bett, dachte Pierre. Der Umzug und der Umbau des alten Hauses sind wahrscheinlich anstrengend genug. Seine Gedanken wurden von einem erneuten Aufflackern unterbrochen. Es erinnerte Pierre an die Geschichten über Irrlichter, die er mal gehört hatte. Das hier kam ganz eindeutig von *Aigle Fauve*.

Wie hatte sein Vater vorhin noch gesagt? Caillou sei ein bisschen mehr als eine Legende. Wenn es also keine Obdachlosen waren, war es dann der Geist? Ließ sich Caillou vielleicht nicht vom Umherirren abhalten, nur weil er das Haus jetzt mit Lebenden teilen musste?

Noch eine ganze Weile behielt Pierre die Gegend im Auge, doch es geschah nichts weiter. Keine Lichter mehr, keine seltsamen Blitze. Aber auch kein ganz normales Licht, das im Haus eingeschaltet wurde. Einfach gar nichts, nur Dunkelheit.

»Pierre! Warte!«

Florences Stimme ließ Pierre am nächsten Morgen auf dem Weg zur Schule innehalten. Er war mit den Gedanken noch immer bei den merkwürdigen Lichtern der vergangenen Nacht gewesen, sodass er die Weggabelung zu *Aigle Fauve* gar nicht wahrgenommen hatte. Jetzt blieb er stehen und sah Florence entgegen, die auf ihn zugelaufen kam. Sie trug ein enges schwarzes T-Shirt ohne Ärmel und eine weiße Jeans dazu und sah in Pierres Augen ziemlich überwältigend aus.

»Ich hab gehofft, dass wir uns treffen«, sagte Florence außer Atem, als sie bei Pierre ankam.

Pierre blieb stumm, weil ihm nichts Originelles einfiel, und nickte nur.

»Was nicht in Ordnung?«, erkundigte sich Florence.

Er wollte nicht sprachlos dastehen, also sagte er das Erste, was ihm in den Sinn kam. »Hattet ihr gestern eine unruhige Nacht?«

Florence sah Pierre von der Seite an. Es war unmöglich, ihren Ausdruck dabei zu deuten. »Woher weißt du davon?«, fragte sie dumpf.

»Ich hab zufällig zu euch rübergesehen«, gab Pierre zu. »Diese Lichter – was war das?«

Plötzlich wirkte Florence verängstigt. »Caillou«, flüsterte sie. »Er wollte mich holen. Er sagte, ich solle ihm in sein Steinreich folgen und seine Braut werden ...« Als sie Pierres entgeistertes Gesicht sah, konnte sie sich nicht länger beherrschen und prustete los. »Das war bloß ein Scherz! Bei uns ist der Strom ausgefallen, wir mussten uns mit Kerzen behelfen, daher kamen die Lichter!«

»Oh«, machte Pierre nur, dann fiel er in ihr Lachen ein. »Einen Moment dachte ich wirklich, da wär was dran.« Er erzählte Florence, was bei ihm zu Hause los gewesen war, von der Bemerkung seines Vaters über Caillou und auch von dem, was er gefunden hatte.

»Hast du den Stein noch?«, wollte Florence wissen.

Pierre kramte ihn aus seiner Jeans hervor. »Klar. Ich hab keine Ahnung, warum meine Mutter ihn aufgehoben hat, aber sie wird schon einen Grund dafür gehabt haben.«

Florence streckte die Hand aus. »Darf ich?«

Mit den Schultern zuckend reichte Pierre ihr den Stein. »Wieso nicht? Ist bloß ein Stein. Nichts Kostbares oder so. Er könnte sogar aus dem Steinbruch sein.«

Als Pierre den Stein in Florences Hand fallen ließ, hatte er kurz den Eindruck, sie würde zusammenzucken, während sie fragte:

»Hast du noch was gefunden im Schreibtisch?«

»Dazu war keine Zeit mehr«, erinnerte sie Pierre.

»Wird wohl auch kaum lohnen«, befand Florence. »Wahrscheinlich hat deine Mutter deine Locke aus Sentimentalität aufbewahrt. Das machen Eltern ja wohl.«

»Und das da?«

Florence ließ den Stein auf ihrer Handfläche hin und her rollen. »Keine Ahnung. Vielleicht hast du ihn ihr mal geschenkt, als du noch klein warst.«

Das klang logisch. Logisch und viel zu wenig geheimnisvoll um befriedigend zu sein. »Meinst du, ich sollte ein zweites Mal versuchen, ob ich ...«

Pierre musste nicht weiterreden, Florence tippte sich an die Stirn. »Willst du noch mehr Ärger mit deinem Vater? Außerdem kannst du wohl davon ausgehen, dass er den Sekretär zuschließt, wenn er nicht will, dass du weiter schnüffelst.« Damit reichte sie Pierre den Stein zurück, den er mit seinen Fingern fest umschloss. Wie am Tag zuvor, als er ihn gefunden hatte, spürte er dessen Wärme.

René erwartete ihn bereits vor der Schule und machte große Augen, als er seinen Freund in Begleitung der Neuen kommen sah.

»Hast dich ja rangehalten, was?«, witzelte er, als Florence außer Hörweite war.

»Sie ist mir hinterhergelaufen«, stellte Pierre richtig, bevor ihm klar wurde, wie sich das anhören musste. Eilig erklärte er, was er damit gemeint hatte, um sich für den Rest des Vormittags zu bemühen, Florence, *Aigle Fauve,* Caillou und das Rätsel um seine Mutter zu vergessen. Wie immer vor den Ferien wurden reichlich Klausuren geschrieben und er konnte es sich nicht leisten, sich zu sehr ablenken zu lassen. Zwar war er kein schlechter Schüler, aber leider auch weit davon entfernt, eine absolute Leuchte zu sein.

Bevor er sich auf den Weg nach Hause machte – diesmal allein, weil Florence für ihre Eltern noch Besorgungen machen musste –, wurde er von René aufgehalten.

»Kann ich dich um was bitten?«, begann er zögernd.

»Wieso fragst du so komisch? Klar kannst du!«

René war jedoch sichtlich verlegen und schien nicht zu wissen, wie er fortfahren sollte.

»Hey, René, ich bin's, Pierre. Dein Freund! Rück raus mit der Sprache. Soll ich ein gutes Wort für dich bei Florence einlegen?«

Jetzt grinste René. »Nee, lass mal, ich will mich nicht zwischen euch drängen! Eigentlich ist das auch keine Bitte von mir, sondern von meiner Mutter. Sie sagt, Sylvie hätte noch ein paar Adressen von Leuten, die sie wegen Spenden fürs Rote Kreuz ansprechen wollte. Aber sie mag deinen Vater jetzt nicht deswegen belästigen. Weißt du vielleicht, wo deine Mutter so was aufbewahrt hat?«

»Entweder in ihrer Adressdatei im Computer. Oder ...« Pierre unterbrach sich mitten im Satz. Oder in ihrem Schreibtisch.

»Oder wo?«

»Na ja, ich fürchte, ich muss doch meinen Vater fragen, wenn ich nichts im Computer finde. An den Sekretär meiner Mutter geh ich nicht mehr ran.« Zum wiederholten Mal erzählte Pierre, was er gestern getan und wie sein Vater darauf reagiert hatte.

»Und du gibst einfach so auf?«, erkundigte sich René

ungläubig. »Entschuldige, aber ich dachte, du willst rausfinden, was es mit der Vergangenheit deiner Mutter auf sich hat. Ich würde an deiner Stelle ganz sicher noch mal im Schreibtisch nachsehen.«

»Nein«, sagte Pierre in Erinnerung an Florences Warnung. »Ich hab keine Lust, mir wieder Ärger einzuhandeln.«

»Aber vielleicht wär's das wert. Du musst schon ein bisschen was riskieren!«

»Was sollte denn da noch sein?«

»Woher soll ich das wissen? Briefe von ihrer Familie vielleicht. Möglicherweise wär einer dabei, den der Typ vom Friedhof ihr geschrieben hat.«

Ärgerlich, dass er nicht selbst auf diese Idee gekommen war, starrte Pierre stur geradeaus. Trotzdem war da etwas falsch an dem, was René sagte. »Dazu müsste ich wohl hellsehen können. Selbst wenn ich Briefe finde, wie kann ich wissen, wer ihn geschickt hat?«

»Na, wie wär's, wenn du mal auf die Unterschrift guckst?«

»Nützt nichts. Ich hab schließlich keine Ahnung, wie der Mann in Grau heißt, also kann ich auch schlecht wissen, ob einer der Briefe von ihm ist.«

René seufzte. »Stimmt. Daran hab ich nicht gedacht. Wirst du trotzdem noch mal nachsehen? Immerhin hättest du jetzt eine prima Entschuldigung parat, wenn dein Vater dich erwischen sollte. Meine Mutter würde jeden Eid schwören, dass sie dich gebeten hat.«

»Hm«, brummte Pierre, der im Stillen schon längst dasselbe gedacht hatte.

Zu Hause war alles ruhig. Christophe hatte ihm einen Zettel auf den Küchentisch gelegt: »Essen in der Mikrowelle. Kriege vielleicht Großauftrag, muss wegen des Materials mit Laurent verhandeln.«

Laurent Sabatier war Christophes Zulieferer vom Steinbruch und Pierre war klar, was das »Verhandeln« bedeutete: stundenlange Sitzungen in irgendeiner Bar über Pastisse, Pernod oder etwas Ähnlichem. Perfekt um Sylvies Schreibtisch nochmals näher zu untersuchen.

Pierre schaute in die Mikrowelle, wo ein Teller mit kaltem Couscous stand, vermutlich der Rest einer aufgetauten Portion aus dem Eisschrank. In der Spüle entdeckte er den Gefrierbehälter, den sein Vater flüchtig ausgespült hatte. Er schaltete die Mikrowelle ein und stieg dann die Treppe hinauf. Vor dem Schlafzimmer seiner Eltern zögerte er kurz. Schon wieder beschlich ihn das schlechte Gewissen, aber René hatte Recht: Wenn sein Vater ihm so hartnäckig etwas verschwieg, blieb ihm keine andere Möglichkeit. Und außerdem musste er ja wirklich nach diesen Adressen für Renés Mutter suchen.

Der Sekretär war verschlossen. Mist!, dachte Pierre. Hätte ich mir denken können. Suchend schweiften seine Augen durch das Zimmer in der Hoffnung, irgendwo die Stelle zu entdecken, an der der Schlüssel versteckt war. Er öffnete nacheinander die Schubladen der Kommode, die gegenüber des Bettes stand, doch es befand sich nur Unterwäsche darin, noch dazu die seiner Mutter. Schnell schloss er die Schubladen wieder und verließ das Zimmer.

Unten war inzwischen das Couscous heiß, er nahm den Teller aus der Mikrowelle und begann langsam zu essen. Es gab eine Menge Möglichkeiten, wo Christophe den Schlüssel vor ihm in Sicherheit gebracht haben konnte. Vielleicht trug er ihn sogar bei sich. Pierre aß auf und schaltete dann den Computer ein und klickte sich in die Dateien seiner Mutter. Ihm war ein bisschen unheimlich dabei, als wolle er Sylvies Innerstes nach außen kehren. Andererseits wusste er, dass sie nichts dagegen haben würde, wenn er ihrer Freundin half. Es dauerte eine Weile, bis er fand, was er suchte. Er hatte gerade die Adressen an René gemailt, als das Telefon klingelte.

»Und? Hast du was gefunden?«, erkundigte sich René ohne lange Vorrede.

»Was meinst du? Die Adressen oder sonst was Interessantes?«, fragte Pierre ironisch. »Ja und nein. Ich hab dir eine Mail mit den Angaben für deine Mutter geschickt. Der Sekretär ist abgeschlossen. Keine Chance also.« Am anderen Ende blieb es einen Augenblick lang still. »Hör mal«, sagte Pierre, »ich glaub, ich hab mich da ziemlich verrannt. An meiner Mutter war nichts Ungewöhnliches, sie wollte nur einfach keinen Kontakt zu ihrer Familie, das ist alles. Wozu soll ich jetzt in alten Wunden wühlen, was meinen Vater nur verletzen würde?«

»Weil du ein Recht darauf hast, zu wissen, was dir deine Eltern verschweigen«, entgegnete René. »Such den Schlüssel. Wenn dein Vater ihn nicht mitgenommen hat, muss er irgendwo sein.«

Verblüfft nahm Pierre kurz den Hörer vom Ohr und schaute auf die Hörmuschel, als ob er dadurch auch René sehen könnte. »Woher weißt du, dass Christophe nicht zu Hause ist?«

»Weil ich ihn mit jemandem im *Le Coq* gesehen habe. Nicht mehr ganz nüchtern übrigens, jedenfalls nach den vielen Gläsern auf dem Tisch zu urteilen.« Renés Vater gehörte die Bar, also war es kein Wunder, dass er Bescheid wusste. »Ich kann ja verstehen, dass du deinem Vater nicht hinterherspionieren möchtest. Aber willst du denn wirklich nicht wissen ...«

»Doch«, gab Pierre zu. Genau genommen gab es nichts, was er mehr ersehnte, als das Geheimnis um Sylvie zu enträtseln, auch wenn er gerade noch behauptet hatte, dass es womöglich gar keins gab. »Ich hab den Schlüssel schon gesucht. Ist nicht da.«

»Wo hast du gesucht?«

»Im Schlafzimmer, in den Schränken.«

»Schätze, dein Vater rechnet damit, dass du genau das tust. Also musst du dir überlegen, wo du nie im Leben rumschnüffeln würdest. Das hat sich wahrscheinlich auch dein Vater überlegt und ich würde sagen, die Chancen, dass du den Schlüssel genau da findest, stehen nicht schlecht.«

Die Wäsche!, durchfuhr es Pierre. Er hatte keine Ahnung, woher er es so plötzlich wusste. »Ja, vielleicht«, sagte er, mit Mühe seine Erregung unterdrückend.

René seufzte. »Du klingst nicht sehr motiviert.« Als Pierre nichts erwiderte, fuhr er fort: »Tut mir Leid, wenn ich dir damit auf die Nerven falle. Ich habe gar kein Recht dazu und sollte mich da raushalten. Wir sehen uns morgen.«

Ein leises Tuten bewies, dass René aufgelegt hatte. Nachdenklich stand Pierre auf dem dunklen Flur. Dann ging er nach oben, um ein zweites Mal in der Kommode nachzusehen. In der mittleren Schublade unter einem Stapel weicher seidener Unterhemden fand er den Schlüssel. Er wog ihn zuerst in der Hand wie gestern den Stein, bevor er den Sekretär aufschloss. Es dauerte nicht lange, alle Fächer zu durchsuchen und alles wieder so zu hinterlassen, wie er es vorgefunden hatte. Alles bis auf eins: einen Umschlag mit seinem Namen. Er verstaute den Schlüssel dort, wo er ihn gefunden hatte, nahm den Brief an sich und zog sich zurück auf sein Zimmer, wo er sich auf sein Bett setzte. Mit zitternden Händen hielt er den Umschlag fest und brannte darauf, zu lesen, was seine Mutter geschrieben hatte. Gleichzeitig verspürte er Angst.

Er drehte den Brief hin und her, er war nicht zugeklebt. Rasch öffnete er ihn und entnahm ihm zwei Blätter, die er langsam und ein bisschen umständlich entfaltete. Mit einem Blick erkannte er den Grund, weshalb der Umschlag nicht zugeklebt gewesen war. Er begriff auch, weshalb er den Brief nicht bekommen hatte – nicht etwa weil sein Vater ihm etwas hatte verheimlichen wollen, sondern ganz augenscheinlich weil Sylvie nicht mehr dazu gekommen war, ihn zu beenden. Der Brief trug keine Unterschrift und hörte mitten im Satz auf.

Pierre holte tief Luft, dann lehnte er sich zurück in sein Kissen und begann zu lesen.

2. Mai 2002

Mein Sohn,

ich kann dir nicht sagen, wie schwer es mir fällt, diesen Brief zu schreiben. Wenn du ihn in der Hand hältst, heißt das, dass ich fort sein werde. Ich wusste, dass das eines Tages passieren würde, aber ich habe den Gedanken daran immer verdrängt. Und jetzt ist der Tag gekommen, an dem ich spüre, dass ich nicht mehr viel Zeit habe – ich hatte gehofft, dass du älter sein würdest, wenn es passiert.

Es gäbe so viel zu erklären. Und vielleicht hätte ich irgendwann in den vergangenen Jahren den Mut fin-

den sollen, es dir zu sagen. Wie die Dinge stehen, habe ich den Mut dazu noch immer nicht gefunden. Sonst würde ich jetzt nicht hier sitzen und nach Worten ringen, sondern stattdessen zu dir rübergehen, mich zu dir setzen und dir alles erzählen. Aber ich fürchte mich. Davor, dass du mir nicht glauben könntest. Dass du mich für verrückt hältst. Und so muss ich es diesen Zeilen überlassen – und möglicherweise jemandem, den du treffen wirst. Ich bin mir nicht sicher, ob er dich suchen wird, aber wenn er kommt – geh nicht mit ihm! Was auch immer er dir sagt: Geh nicht mit!

Aber ich sollte wohl besser von vorn beginnen. Du hast nie viel nach meiner Vergangenheit gefragt oder nach meiner Familie – vielleicht wirst du dich jetzt darüber wundern, weshalb auf meiner Beerdigung kein einziger Angehöriger von mir gewesen ist. Das liegt nicht daran, dass ich keine hätte. Aber sie leben nicht hier. Sie leben an einem anderen Ort, gar nicht so weit entfernt und doch weiter, als du dir vorstellen kannst. Derjenige, von dem ich vorhin sprach, der, der dich vielleicht bitten wird mit ihm zu gehen, war ein guter Freund von mir. Mein Lehrer. Ich habe alles, was ich weiß, von ihm gelernt. Als ich beschloss ihn und meine Umgebung zu verlassen, hat er es mir nicht verboten. Das konnte er nicht, aber er hat mich gebeten, nahezu angefleht, nicht fortzugehen. Ich bin trotzdem gegangen und habe ihn nie wieder gesehen. Aber ich weiß, dass er noch immer mein Freund ist, und vielleicht hofft er deshalb trotz allem, mir helfen zu können.

Ich merke, wie sehr ich selbst jetzt, während ich dies schreibe, versuche Zeit zu schinden, statt endlich zu sagen, was ich zu sagen habe. Wie gern würde ich das Blatt hier weglegen und wieder alles aufschieben ... Viel-

leicht dürfte ich dir nichts von der Welt erzählen, aus der ich komme. Vielleicht ist es viel zu gefährlich. Ich habe einmal versucht deinem Vater die Wahrheit zu sagen, aber ich glaube, er hat sie nie begriffen. Sie war zu viel für ihn, deshalb hat er sie verdrängt. Aber du, Pierre, du bist mein Sohn. Du bist zur Hälfte ein Steinmensch.

Meine Welt liegt direkt unter dir. Es gelang im Laufe der Jahre nur sehr, sehr wenigen von uns, die Oberwelt zu sehen. Aber seit ich als Kind davon gehört hatte, war es für eine lange Zeit das Einzige, was ich jemals wirklich wollte. Verstehst du, Pierre, ich wollte sie nur sehen, nie hätte ich geglaubt, dass es etwas geben könnte, das mich dort halten würde. Dann, eines Tages sah ich endlich eure Welt. Und ich begegnete deinem Vater. Damit hatte

An dieser Stelle endete der Brief. Pierre wollte die Blätter aus der Hand legen, war aber nicht fähig dazu. Krampfhaft hielt er das letzte Lebenszeichen seiner Mutter fest, die beiden Briefbögen raschelten, weil er keine Kontrolle mehr hatte über seinen Körper. Er zitterte wie Espenlaub. Dabei verstand er von dem, was er gelesen hatte, so gut wie gar nichts.

Sylvie hatte also gewusst, dass sie bald sterben würde. Und das offenbar schon länger als alle anderen. Pierre schaute zurück auf das Datum. Das war fast einen Monat, bevor er selbst und sein Vater die ersten Anzeichen der Krankheit wahrgenommen hatten. Es klang außerdem, als käme nichts davon überraschend für Sylvie, als hätte sie sogar gewusst, woran sie litt.

Dieser Mann an ihrem Grab – Pierre vermutete, dass das eben jener Freund war, den sie in ihrem Brief erwähnte. Der dann logischerweise auch wissen musste, was die Ärzte nicht erklären konnten. Doch wieso schrieb sie, er wolle ihr helfen? Dazu kam er doch wohl zu spät, sie war tot.

Das alles waren schon Rätsel genug, aber dass Sylvie dazu noch behauptete, aus einer anderen Welt zu stammen, und von Steinmenschen sprach, von denen er selbst angeblich einer sein sollte – zur Hälfte wenigstens. Was sollte diese andere Welt sein? Es gab keine andere Welt. Erst recht keine, die unter ihm lag. Da war nichts. Außer das Erdinnere und dort gab es kein Leben. Jedenfalls keins, das auch nur entfernt mit menschlichem Leben zu tun hatte.

Pierre sah endlich auf, faltete die Blätter zusammen und steckte sie zurück in den Umschlag. Wenn er diesen Mann noch einmal traf, würde nichts in der Welt ihn davon abhalten, ihm ein paar verdammte Fragen zu stellen! Auch wenn Sylvie zu glauben schien, dass von ihm eine Gefahr ausging, obwohl er einmal ihr Freund gewesen war.

Abrupt stand er auf und verstaute den Umschlag in der untersten Schublade seines Schreibtischs unter ein paar alten Schulsachen. Erst als er dabei auf die Uhr sah, erschrak er darüber, wie viele Stunden vergangen waren, seit er sich mit dem Brief auf sein Bett gelegt hatte. Es war beinah zehn Uhr. Draußen begann es allmählich dunkler zu werden, trotzdem fühlte er sich hellwach und wusste, dass er nicht einschlafen würde können. Er zog eine dünne Jacke über und verließ das Haus in Richtung Steinbruch.

Pierre lief zum selben Platz wie gestern, setzte sich auf denselben Stein und schaute hinüber zu *Aigle Fauve*. Und genau wie gestern sah er die Lichter wieder, die umherzutanzen schienen. Kerzenlichter. Schon wieder Stromausfall? Pierre runzelte die Stirn und fragte sich, ob Florence ihn belogen hatte, obwohl ihm beim besten Willen kein Grund dafür einfiel. Trotzdem erhob er sich und beschloss sich das Ganze aus der Nähe anzusehen.

Der Fußmarsch dauerte eine Weile, weil er erst den Steinbruch zur Hälfte umrunden musste, doch schließlich sah er *Aigle Fauve* im Dunkel des Abends vor sich liegen. Die tanzenden Lichter konnte er von seinem Standpunkt aus nicht erkennen, dafür stand er im falschen Winkel und musste er sich weiter vorwagen. Kurz dachte er daran, was Florence sagen würde, wenn sie ihn dabei ertappte, wie er um ihr Haus herumschlich.

Vorsichtig umkreiste er *Aigle Fauve*. Die Fenster im Erdgeschoss waren größtenteils mit Läden geschlossen, die in der ersten Etage waren dunkel, nur aus einer Dachbodenluke schimmerte ein mattes Licht, kaum genug, als dass jemand dabei hätte lesen können. Während Pierre noch unsicher dastand, hörte er mit einem Mal ein merkwürdiges Geräusch, ein Sirren, das von weiter weg zu kommen schien. Es erinnerte Pierre an den Bohrer beim Zahnarzt und er verzog das Gesicht. Gleichzeitig beeilte er sich, hinter einem Busch zu verschwinden.

Dann sah er die Lichter wieder. Tatsächlich ähnelten sie von nahem flackernden Kerzen, die durchs Haus getragen wurden. Verwirrt richtete Pierre sich hinter seinem Gebüsch auf. Er schob die Zweige ein wenig zur Seite um besser sehen zu können und machte einen Schritt vorwärts, als ihm plötzlich das Blut in den Adern gefror. Hinter ihm ertönte eine Stimme.

»Bleib, wo du bist!«

6

Die Stimme klang autoritär, als wäre der Mann, dem sie gehörte, gewohnt, Befehle zu erteilen, die befolgt und niemals in Frage gestellt wurden. Pierre wagte nicht sich umzudrehen. Sein erster Gedanke galt Florences Vater, der sich wahrscheinlich sehr über sein Eindringen wundern und mit Recht verlangen würde zu erfahren, weshalb er sich hier herumtrieb.

»Ich ...«, fing Pierre an, noch immer auf das Haus vor sich starrend, noch immer unbeweglich.

»Schsch...« Der Mann legte eine Hand auf Pierres Schulter und war neben ihm, bevor Pierre zur Seite treten konnte.

Pierre versuchte den Kopf zu drehen, stellte aber fest, dass er es nicht konnte, und blickte weiter geradeaus. Die Lichter wurden weniger, schließlich verschwanden sie ganz. Ein, zwei Sekunden herrschte absolute Stille, nicht mal ein Rascheln der Bäume war zu hören. Pierre spürte, wie der Mann neben ihm sich entspannte.

»Du hattest doch nicht etwa vor da reinzugehen?«, fragte er mit leicht tadelndem Tonfall.

Verblüfft wandte Pierre sich endlich um und sah sich dem Mann in Grau gegenüber. »Wer ...?«, begann er, aber wieder war es ihm nicht vergönnt, seinen Satz zu Ende zu sprechen.

»Das würdest du mir doch nicht glauben, mein Sohn«, seufzte der Mann, nur um gleich darauf ein fröhliches Grinsen aufzusetzen. »Also, ich wünschte, du wärst deiner Mutter nicht ganz so ähnlich. Die hat mir auch immer Schwierigkeiten gemacht mit ihrer Neugier. Muss wohl in der Familie liegen. Ist dein Vater auch so?«

»Ich glaube nicht, dass ich irgendwelche Fragen beantworten werde, bevor ich nicht ein paar Erklärungen von Ihnen bekomme!«, sagte Pierre fest. Er hatte sich jetzt wieder in der Gewalt und war sich ziemlich sicher, dass ihm keine Gefahr drohte. Im Gegenteil, es sah ganz so aus, als hätte der Mann in Grau ihn gerade vor einem Fehler bewahrt.

»Tststs!«, machte der jetzt. »Wir sind ja auf einmal mächtig sauer.«

»Ich hab keine Ahnung, was Sie sind, ich für meinen Teil bin nicht sauer, ich habe nur langsam diese Geheimniskrämerei satt.«

»Auf den Mund gefallen bist du nicht, das hab ich schon bemerkt«, gab der Mann zurück. »Wir sollten uns wirklich mal unterhalten, aber vielleicht an einem etwas angenehmeren Ort. Ich mag das Haus da nicht. Hab es nie gemocht.« Den letzten Satz murmelte er fast unverständlich vor sich hin. »Komm mit«, forderte er Pierre auf und zog ihn aus dem Gebüsch.

»Ich werde nirgends mit Ihnen hingehen«, widersetzte sich Pierre. »Meine Mutter hat mich vor Ihnen gewarnt. Sie sagte, Sie würden ...«

»So, hat sie das?«, wurde er unterbrochen. »Das erstaunt mich etwas. Als wir uns das letzte Mal über den Weg gelaufen sind, hattest du noch keine Ahnung, wer ich bin, geschweige denn was ich mit Emeraude zu tun haben könnte. Hab ich was verpasst?«

Pierre schaltete auf stur und blieb stumm, bis ihm aufging, dass er so überhaupt nichts erfahren würde. »Sie hat mir einen Brief geschrieben«, gab er zu, erwähnte jedoch nicht, wie wenig Wesentliches darin stand.

»Einen Brief«, wiederholte der Mann. Zum ersten Mal schlichen sich Zweifel in seine Stimme. »Hat sie meinen Namen erwähnt?«

Pierre schüttelte widerwillig den Kopf.

»Dann wird's wohl Zeit, dass ich mich vorstelle: Ich bin Caillou. Freut mich, dass wir uns endlich kennen lernen.« Er streckte Pierre die Hand hin, die der jedoch nicht ergriff. Stattdessen starrte er ihn sprachlos an, dann brach er zu seiner eigenen Überraschung in Lachen aus.

Caillou wartete ab, bis Pierre sich beruhigt hatte. »Ich sagte doch, du würdest mir nicht glauben«, lächelte er schließlich. »Wahrscheinlich begegnet dir nicht alle Tage jemand, der behauptet ein Geist zu sein. Obwohl das nun tatsächlich nicht meine Erfindung war, das mit dem Geist.«

»Sie sind kein Geist«, stellte Pierre fest.

»Besten Dank! Sehr freundlich von dir, das zu sagen. Ihr Menschen der Oberwelt habt einen merkwürdigen Sinn fürs Makabre. Ich verstehe nicht ganz, was ihr daran findet, euch zu gruseln. – Hättest du was dagegen, wenn wir uns jetzt mal auf den Weg zu dir nach Hause machen? Ich habe wirklich keine Lust, hier noch länger rumzustehen. Kann sein, dass sie bald zurückkommen.«

»Wer kommt zurück? Florences Familie?«, fragte Pierre, bevor er sich zurückhalten konnte.

Caillou antwortete mit einer Gegenfrage: »Ist dein Vater unterwegs?«

»Was wissen Sie über meinen Vater?«

»Meine Güte, Pierre, du machst es mir nicht gerade leicht. Ich habe ja vor dir alles zu erklären, aber das können wir ebenso gut woanders erledigen.«

Nachdenklich schaute Pierre den Mann neben sich an. Wegen der Dunkelheit konnte er die Gesichtszüge des anderen noch immer nicht genau erkennen – und hatte nach wie vor Schwierigkeiten, sich an Caillous Aussehen von den beiden ersten Begegnungen her zu erinnern. »Haben Sie Angst?«, erkundigte er sich, einer plötzlichen Eingebung folgend.

»Nein«, antwortete Caillou bedächtig. »Aber es gibt Risiken, die man nicht unnötig eingehen sollte.«

»Manchmal muss man was riskieren, wenn man was erreichen will.«

»Sehr kluger Spruch, mein Junge. Von dir?«

»Warum machen Sie sich dauernd über mich lustig? Und hören Sie endlich auf mich ›mein Junge‹ zu nennen oder ›mein Sohn‹. Ich bin weder das eine noch das andere.«

»Und so furchtbar erwachsen, hm?«

Pierre konnte es nicht sehen, aber er hätte schwören können, dass Caillou in sich hineinlachte. Wütend wollte er auffahren, doch er kam nicht dazu.

»Hör zu, ich bin nicht zum Spaß hier«, sagte Caillou jetzt wieder in dem befehlsgewohnten Ton, den er zu Beginn dieses Zusammentreffens an den Tag gelegt hatte. »Unser Geplänkel ist ja ganz amüsant, aber es wird Zeit, dass du tatsächlich erwachsen wirst und nicht nur so tust!« Caillou sah, dass Pierre nun nicht mehr bloß wütend war. Die Stirn des Jungen umwölkte sich und Caillou befürchtete, dass das erste Hinweise auf Verstockung waren. »Jetzt sei nicht beleidigt. Ich bin hier um eine sehr ernste Angelegenheit mit dir zu besprechen. Deine Mutter braucht deine Hilfe und wir sollten sie nicht unnötig warten lassen. Es ist nämlich nicht besonders schön dort, wo sie jetzt ist.«

Ohne weiter auf Pierre zu achten drehte er sich um und ging den Weg zurück. Pierre hatte keine Wahl. Er lief ein paar Schritte, bis er Caillou eingeholt hatte, der zielstrebig die Straße entlangmarschierte, die nach Hause führte.

»Meine Mutter ist tot«, meinte Pierre.

»Ist sie nicht«, sagte Caillou.

»Aber Sie waren ja selbst auf ihrer Beerdigung!«

»Da war ich bloß deinetwegen. Emeraude war längst fort.«

»Weshalb reden Sie so einen Scheiß? Meine Mutter lag in dem Sarg und jetzt hat sie wahrscheinlich schon angefangen zu vermodern.«

Für einen Augenblick blieb Caillou stehen. Er wusste, dass Pierre das nur sagte, um sich selbst zu schützen und nicht zugeben zu müssen, wie sehr er trauerte. Mitleid war jetzt aber fehl am Platz, es ging um viel mehr. Deshalb zog Caillou es vor, zurückzuschießen. »Ich bin sicher, Emeraude würde es sehr komisch finden, wie du von ihr redest.«

Pierre hatte den Anstand, zu erröten, was Caillou zwar nicht sah, aber doch zumindest ahnte.

»Dann hören Sie auf mir diesen Quatsch einreden zu wollen. Meine Mutter ist tot«, wiederholte Pierre.

»Hast du sie gesehen?«

»Was?«, fragte Pierre plötzlich verunsichert.

»Ob du sie gesehen hast? Im Sarg?«

»Nein.«

»Warum hältst du dann so hartnäckig daran fest, dass sie tot ist?«

»Weil ... weil ... Ich hab sie im Krankenhaus gesehen. Ich war dabei, als die Ärzte die Apparate ausgeschaltet haben. Ihr Herz hat aufgehört zu schlagen. Es gab keine Gehirnströme mehr. Reicht das nicht?« Den letzten Satz brüllte Pierre fast heraus.

»Nicht für Steinmenschen«, sagte Caillou ruhig.

Das ließ Pierre sacken. Lange Zeit sagte er kein Wort darauf und Caillou unterbrach seine Gedanken nicht.

Erst als sie vor dem Haus ankamen, räusperte sich Pierre. »War meine Mutter ein Steinmensch?«

»Ja, Pierre, das ist sie.« Caillou legte besondere Betonung auf das Wort ist.

»Sie ... sie sagte davon was in ihrem Brief. Sie sagte, ich wäre zur Hälfte auch ein Steinmensch.«

»Die Chancen dazu stehen recht gut.«

»Gut?« Das klang mehr als zweifelnd. »Ich weiß nicht, ob ich das gut finde.«

»Es könnte für unser Vorhaben natürlich auch Nachteile haben, aber das wird sich zeigen. Lass uns reingehen, ja?«

Christophe musste noch immer in Rocaille sein. Im Haus jedenfalls war alles ruhig, auch aus der Werkstatt drang kein Ton, die Tür stand halb angelehnt. Bevor Pierre gegangen war, hatte er noch einen kurzen Blick hineingeworfen. Interessiert trat Caillou näher, bevor Pierre die Tür endgültig schließen konnte. Die Umrisse des nun fast fertigen Grabsteins waren zu erkennen.

»Darf ich?«, fragte Caillou überflüssigerweise und schaltete das Licht ein. Vor ihnen stand ein Engel aus rötlichem Gestein, in weichen Formen, einem fließenden Gewand und mit winzig kleinen Flügeln. Caillou trat näher und berührte den Engel, strich sanft mit dem Zeigefinger die Konturen der Flügel nach. »Findest du es sehr ähnlich?«

Pierre zuckte mit den Schultern. »Ich weiß nicht. Ein bisschen vielleicht.«

»Nein. Dein Vater ist ein Meister seines Faches. Genauso hat Emeraude ausgesehen, als sie uns verlassen hat und sie ihn traf. Sie ist viel zu sehr gealtert hier bei euch. Wäre sie geblieben, sähe sie keinen Tag älter aus.«

Caillou drehte sich um und endlich konnte Pierre in

sein Gesicht schauen, das zu jung war, als dass dieser Mann der Lehrer seiner Mutter hätte sein können. Er war etwa Mitte vierzig, also noch nicht mal zehn Jahre älter als Sylvie.

»Sie haben mich belogen.«

Caillou hob die Brauen. »Habe ich das? Inwiefern?«

»Sie haben gesagt, Sie wären ...« Pierre stockte, als ihm etwas bewusst wurde, und sah Caillou lächeln.

»Richtig, *ich* habe gar nichts gesagt außer meinen Namen. Alles Weitere hast du dir selbst zusammengereimt. Ich fürchte allerdings, ich bin doch derjenige, vor dem deine Mutter dich warnen wollte. Sie kannte mich fast so gut wie ich sie.« Bevor sie die Werkstatt gemeinsam verließen, blickte Caillou noch ein letztes Mal auf die Engelsfigur. »Dein Vater«, sagte er zu Pierre, »wie viel weiß er?«

Pierres Überlegungen dauerten nur einen kurzen Augenblick. Je näher er an der Wahrheit blieb, desto mehr würde er im Gegenzug vielleicht auch von Caillou erfahren. »Er wollte es nicht hören, hat meine Mutter geschrieben.«

Caillou nickte. »Umso besser für ihn.«

Die Stille des Hauses wurde plötzlich vom lauten Klingeln eines Telefons gestört. Pierre starrte zuerst auf das Telefon, dann auf Caillou, als wisse er nicht, ob er den Anruf entgegennehmen sollte oder nicht.

»Geh ran«, erleichterte ihm Caillou die Entscheidung. »Ist vielleicht dein Vater und er wäre beunruhigt, wenn du dich nicht meldest.«

»Sie kennen sich gut aus mit den modernen Errungenschaften der Technik. Dafür dass sie schon ein paar hundert Jahre auf dem Buckel haben, meine ich«, konnte sich Pierre nicht verkneifen zu sagen. Er sah Caillou aus den Augenwinkeln belustigt lächeln und nahm gleichzeitig den Hörer ab. Aber es war nicht Christophe.

»Hallo, Pierre«, meldete sich eine weibliche Stimme am anderen Ende.

»Florence?« Unwillkürlich drehte er sich ein bisschen weg von Caillou, dem diese Geste nicht verborgen blieb.

»Ich weiß, es ist spät und wir müssen morgen zur Schule. Aber ich dachte ...« Pierre hatte Florence noch nie derart unsicher erlebt.

»Was gibt's denn?«, hakte er nach und spürte zugleich Caillous Blick in seinem Rücken. Er wurde rot, obwohl es dafür überhaupt keinen Grund gab. Wenigstens das konnte Caillou nicht sehen.

»Na ja, meine Eltern sind nicht da«, erklärte Florence gerade, »und wir haben so viel über Geister gesprochen, dass ich jetzt plötzlich jedes Geräusch in diesem Haus doppelt so laut höre. Ehrlich gesagt ist es mir etwas unheimlich. Also, ich dachte, wir könnten uns vielleicht ein bisschen unterhalten.«

Irgendwas war merkwürdig an Florence, auch wenn Pierre nicht genau sagen konnte, was es war. Er dachte an das stockdunkle Haus mit den herumirrenden Lichtern, vor dem er noch vor kurzem gestanden hatte.

»Ist bei euch wieder der Strom ausgefallen?«, erkundigte er sich ohne direkt auf das einzugehen, was sie gesagt hatte.

Florence antwortete nicht sofort. »Äh, ja«, kam es dann zögernd. »Deshalb ist es ja so unheimlich.«

Sie lügt, dachte Pierre. Warum lügt sie mich an? Nun schaute er doch wieder zu Caillou hinüber, der im Türrahmen zur Werkstatt gelehnt stand und die Stirn runzelte. Pierre war hin- und hergerissen zwischen dem

Wunsch, herauszufinden, warum Florence ihn belog, und dem Drang, Caillou endlich seine Fragen zu stellen. Er entschied sich zugunsten Caillous, der sonst möglicherweise einfach wieder verschwand. Florence dagegen würde er noch oft genug sehen.

»Tut mir Leid, Florence, aber mein Vater ruft mich gerade, ich muss auflegen. Mach doch das Radio an, dann ist es weniger still.«

»Ohne Strom?« Florence klang eine Spur ungeduldig.

»Dann vielleicht den Walkman«, schlug er vor. »Ich muss jetzt wirklich. Sei nicht böse. Bis morgen.« Bevor Florence etwas erwidern konnte, legte er auf.

»Florence?«, erkundigte sich Caillou lang gezogen. »Deine Freundin?«

»Hm«, machte Pierre unbestimmt.

»Was wollte sie?«

»Was geht Sie das an?«

Caillous rechte Braue zuckte in die Höhe. »Nichts, du hast Recht. Ich sollte nicht immer so neugierig sein.«

»Sie wohnt in *Aigle Fauve*«, sagte Pierre schließlich doch noch um seinen Worten die Schärfe zu nehmen.

Diesmal zuckten Caillous beide Augenbrauen fast bis an seinen hellbraunen Haaransatz. Er stieß sich vom Türrahmen ab und stand dort wie auf dem Sprung. Sein Blick schien prüfend, fast besorgt. »Entschuldige, ich weiß, es geht mich nichts an, aber ich bitte dich trotzdem zu antworten: Kennst du Florence gut?«

»Wieso ...?«

»Weil es wichtig sein könnte«, ließ Caillou ihn nicht ausreden. »Also?«

»Nein. Sie ist neu in der Schule. Ihre Eltern haben *Aigle Fauve* gekauft. Ich dachte, das wüssten Sie, immerhin sind Sie doch vorhin auch da gewesen.«

Das ließ Caillou unkommentiert. Stattdessen stellte er noch eine Frage: »Wie sieht sie aus?« Pierres Antwort, besonders der Vergleich ihrer Augen mit einem Opal, trug nicht dazu bei, seine Besorgnis zu mindern. Er starrte eine Weile an Pierre vorbei, dann traf er eine Entscheidung.

»Es tut mir Leid, Pierre, aber ich fürchte, wir werden unsere Unterhaltung noch etwas aufschieben müssen.« Er wandte sich zum Gehen, doch Pierre hielt ihn am Arm zurück.

»Was soll das heißen? Sie können jetzt nicht einfach abhauen!«

»Ich muss. Tut mir Leid«, wiederholte Caillou.

Für einen Sekundenbruchteil wurde Pierre von einem Schwindelgefühl erfasst, das ihm Übelkeit verursachte. Er schloss kurz die Augen. Als er sie wieder öffnete, war Caillou verschwunden. Nur ganz dunkel erinnerte er sich daran, eine Tür gehen gehört zu haben, doch sie war fest verschlossen. Trotzdem trat Pierre einen Schritt hinaus, aber niemand war zu sehen. Gerade als er sich wieder umdrehen wollte um ins Haus zurückzukehren, fiel sein Blick auf den Boden. Da war etwas, das er schon mal gesehen hatte. Er bückte sich und ließ seine Hand über das Pflaster des Weges gleiten. Als er sich wieder aufrichtete, haftete ein feiner weißer, seidig matter Staub an seinen Fingern. Der gleiche, der Florence auf dem Friedhof aufgefallen war.

7

Die Steinbrecher waren schneller gewesen, als Caillou angenommen hatte. Während er den Weg zu Diamants Palast hocheilte, wurde ihm klar, dass das Gefühl, das sich in seiner Magengrube festsetzte, bestenfalls ein Verdacht war. Aber es bestand immerhin die Möglichkeit, dass sich dieser Verdacht bewahrheitete. In dem Fall sollten sie sich besser beeilen.

Caillous Aufenthalt auf der Oberwelt war kürzer ausgefallen als geplant und die beiden Übergänge hatten ihn sehr viel Kraft gekostet. Das führte dazu, dass er etwas außer Atem war, als er vor Diamants Gemächern ankam. Praktische Erfindungen der Menschen – wie zum Beispiel das Telefon – gab es hier leider nicht. Und wenn Caillou sie auch gewöhnlich nicht vermisste, so bedauerte er doch in diesem Moment sehr, dass er ohne sie auskommen musste. So war er gezwungen Diamant in seinen Privatgemächern zu stören, ohne sich vorher anzumelden. In diesem Fall hoffte er jedoch, dass der Zweck die Mittel heiligte.

Die Tür zu Diamants Privatbereich war beinah ebenso kunstvoll mit Schnitzereien verziert wie die zur Empfangshalle. Davor stand ein Posten, der Caillou respektvoll grüßte und ihn sofort eintreten ließ. Diamant war nicht allein. Ein Mitglied des Rates der Steinweisen war bei ihm. Caillou kannte ihn recht gut, sein Name war Mica, er gehörte dem Rat seit langer Zeit an. Micas längliches Gesicht mit der hohen Stirn und dem etwas hervorstehenden Kinn blickte besorgt, als er Caillous ramponierten Zustand bemerkte. Doch es war Diamant, der zuerst sprach.

»Was ist passiert?«, fragte er alarmiert.

»Habt Ihr von Silex gehört?«, antwortete Caillou mit einer Gegenfrage.

»Nichts Neues mehr seit seinem letzten Ultimatum. Ich gebe es ungern zu, aber du hattest Recht: Wir brauchen den Jungen. Hol ihn so schnell wie möglich her.«

»Ich war gerade dabei, aber dann hat er mir etwas erzählt, das mich veranlasst hat, zunächst zurückzukommen und Euch zu informieren.«

Diamant schluckte seinen Ärger darüber hinunter, dass Caillou offensichtlich eigenmächtig gehandelt hatte, indem er Pierre ohne seine Erlaubnis in die Steinwelt bringen wollte. Er hätte ihn jetzt sowieso um seine Hilfe gebeten.

»Wo ist das Problem? Du konntest es doch vorher nicht eilig genug haben.«

»Stimmt, aber Pierre hat mir von einem Mädchen erzählt, das kürzlich in Rocaille aufgetaucht ist, Florence. Zumindest behauptet sie, so zu heißen. Der Beschreibung nach könnte es Opale sein.«

»Opale?«, schaltete sich Mica zum ersten Mal ein. »Mit allem Respekt, Caillou, aber das kann ich mir nicht vorstellen.«

Auch Diamant sah wenig überzeugt aus. »Glaubst du im Ernst, das würde Silex riskieren?« Trotz seines Zweifels wurde Diamants blasses Gesicht noch eine Spur weißer.

»Ich kenne Silex nicht persönlich, Seigneur, aber es sollte mich nicht wundern, wenn dieser Mann absolut alles riskiert um sein Ziel zu erreichen.«

Nachdenklich rieb sich Diamant das Kinn und blickte an Caillou vorbei zu Mica, der immer noch ungläubig den Kopf voller dunkler Locken schüttelte. »Du bist dir wirklich ziemlich sicher, oder?«, fragte er.

»Natürlich kann ich es nicht beschwören, Mica«, sagte Caillou ungeduldig. »Aber, ja, ich denke nicht, dass ich mich irre.«

Diamant fuhr sich durch seinen blonden Haarschopf und seufzte. »Vermutlich hast du Recht. Silex bringt jedes

Opfer. Was könnte Opales Aufgabe auf der Oberwelt sein?«

Darüber hatte sich Caillou schon seine Gedanken gemacht und die Antwort schien ihm relativ klar. »Wir sollten Silex nicht unterschätzen. Diesen Fehler haben wir schon einmal gemacht. Er kann sich an den Fingern abzählen, dass wir versuchen werden Pierre auf unsere Seite zu ziehen – und die besten Chancen dazu haben. Er wird also Gegenmaßnahmen ergriffen haben, damit wir nicht die Ersten sind, die Kontakt mit ihm aufnehmen.«

»Silex will ihn also mit Opale zu sich locken?«, fragte Mica.

Caillou schürzte die Lippen. »Nein, ich schätze, darauf legt er nicht sehr viel Wert. Er will keine Zwischenfälle, die sein Ultimatum gefährden könnten. Pierre wäre so ein Zwischenfall. Ich denke, der Junge soll eher davon abgehalten werden, allzu viel über seine Mutter nachzudenken, und sich stattdessen mit Opale beschäftigen. Nach allem, was man so hört, ist sie ein sehr schönes Mädchen. Und Pierre ist in einem empfänglichen Alter. Für ihn ist seine Mutter tot, nichts und niemand kann sie zurückbringen. Wenn plötzlich jemand daherkommt und ihn mit irgendwelchen abstrusen Geschichten vom Gegenteil überzeugen will, hat dieser Jemand gegen ein äußerst reales Mädchen, in das Pierre verliebt ist, nicht viele Chancen.«

»Hältst du Pierre für so unintelligent? Dann käme er nicht sehr nach seiner Mutter«, stellte Diamant fest.

Caillou fragte sich, ob er da eine gewisse Befriedigung in Diamants Stimme ausmachte oder ob er sich das nur einbildete.

»Ich halte Pierre für einen jungen Mann auf der

Schwelle zum Erwachsensein. Erinnert Ihr Euch, wie Ihr in diesem Alter fühltet? Als Ihr zum ersten Mal verliebt wart, wolltet Ihr auch nichts anderes hören. Auf jeden Fall habe ich in Opale eine harte Konkurrenz. Ich schlage vor, Ihr befragt Eure Spione, wann sie das Mädchen zum letzten Mal gesehen haben.«

»Das wird nicht leicht sein. Dummerweise ist der Kontakt zu meinen Spionen abgerissen. Deshalb ist Mica hier. Wir versuchen herauszufinden, wo das verdammte Leck ist. Silex ist wirklich ein gefährlicher Gegner, er muss sie seit langem enttarnt haben.«

»Alle?«, fragte Caillou entsetzt.

»Ich weiß es nicht. Vielleicht nicht alle. Aber diejenigen, die noch nicht entdeckt wurden, müssen jetzt übervorsichtig sein und können nichts riskieren. Wir werden trotzdem versuchen mit unserem besten Mann Verbindung aufzunehmen.«

Diamant warf einen auffordernden Blick auf Mica, der sich nun vor seinem Fürsten verbeugte und Caillou kurz zunickte, bevor er sie verließ. Danach wandte sich Diamant wieder Caillou zu. »Es ist gut, dass ich Bescheid weiß über Opale, aber ich bin mir nicht sicher, ob wir jetzt nicht zu viel Zeit verloren haben. Du kannst nicht sofort wieder zurück um Pierre zu holen.«

Caillou holte tief Luft. Er wusste, es würde schwer werden, aber er kannte auch seine Pflicht. »Es wird schon gehen, Seigneur. Wenn Silex bereit ist, Opfer zu bringen, sollten wir es erst recht sein.«

Lächelnd legte Diamant die Hand auf Caillous Schulter. »Danke. Ich würde selbst gehen, wenn ich es könnte, glaub mir.«

»Ich weiß, Seigneur.« Caillous Verbeugung fiel etwas weniger tief aus als Micas, er hatte kurz das Gefühl, alles doppelt zu sehen. Doch er schaffte es ohne weitere Schwierigkeiten, den Palast zu verlassen.

Am liebsten wäre er nach Hause zurückgekehrt und hätte sich bei seiner Frau wenigstens ein wenig ausgeruht, aber Diamant hatte Recht. Zeit war kostbar und ein Luxus, den er sich jetzt nicht leisten konnte. Er musste Pierre holen. Nur Pierre konnte Emeraude retten und damit das Volk der Steinmenschen vor einem Krieg mit den Steinbrechern bewahren, der unzählige Leben kosten würde.

Es war lange her, dass er das letzte Mal seine Fähigkeit verflucht hatte, die Grenze zur Oberwelt zu überschreiten. Zwar hatte er sich dem Fürsten gegenüber zuversichtlich gegeben, aber jetzt schon wieder so viel Energie verbrauchen zu müssen, würde ihn zweifellos schwächen.

8

Auf der Oberwelt herrschte tiefe Nacht, als Caillou zurückkam. Erschöpft lehnte er sich an einen Baum und atmete langsam und tief ein und aus. Ihm war ein wenig übel. Er kämpfte mit einem Schwindelgefühl und glaubte, dass ihm im nächsten Moment die Knie versagen würden. Mit Mühe richtete er sich auf und sah hinauf ins Mondlicht, das der Nacht einen silbrigen Schimmer verlieh.

Das Mondlicht. Caillou erinnerte sich an das Gefühl, das ihn überkommen hatte, als er vor langer Zeit zum ersten Mal das Mondlicht sah. Die Sonne hatte ihn erschreckt, der Mond jedoch verzaubert. Vor seinem inneren Auge erstand das Bild von Sophie im Garten ihres

Vaters. Sanft vom Mondlicht beschienen wirkte sie wie eine mystische Gestalt. Er verliebte sich rettungslos in sie – und wusste doch im selben Augenblick, dass diese Liebe keine Zukunft haben konnte. Er hatte sich getäuscht, weil er nicht ahnte, zu welchen Opfern eine Frau wie Sophie fähig war. Weil es damals seine Vorstellungskraft überstieg, zu glauben, jemand könnte ihn so sehr lieben und dafür jedes Risiko eingehen. Sophie belehrte ihn eines Besseren.

Jetzt musste er von Pierre etwas Ähnliches verlangen, etwas, von dem er kein Recht hatte, es von irgendeinem Menschen zu fordern. Aber wenn er versagte, würde die Steinwelt im Krieg versinken.

Allmählich spürte Caillou, wie die Kraft in ihn zurückkehrte. Er wischte sich mit zitternder Hand die Schweißtröpfchen von der Stirn und stieß sich vom Baum ab. Seine Beine waren immer noch wackelig. Sollte er Pierre davon überzeugen können, ihm zu folgen, musste er das alles noch ein viertes Mal in dieser Nacht hinter sich bringen. Natürlich gab es keine absolute Garantie, dass Pierre fähig sein würde, den Übergang zu bewältigen, aber sein Instinkt sagte ihm, dass es so war. Emeraude war Pierres Mutter – sie hatte es gekonnt und hoffentlich an ihn weitergegeben. Trotzdem bestand durchaus die Möglichkeit, dass dabei ein paar Schwierigkeiten auftauchten. Schließlich verfügte der Junge über keinerlei Erfahrung – und das Erlebnis konnte beängstigend sein, wenn man es nicht kannte.

Langsam setzte Caillou einen Fuß vor den anderen, bis er vor Pierres Haus stand. Wie nicht anders erwartet war kein Licht mehr zu sehen. Vermutlich war auch Christophe mittlerweile nach Hause gekommen und Caillou legte keinen Wert darauf, von ihm dabei beobachtet zu werden, wie er seinen Sohn quasi entführte. Er wusste, welches Pierres Fenster war, und sammelte vom Boden kleine Steinchen auf, um sie an die Scheibe im ersten Stock zu werfen. Doch leise Stimmen, die er plötzlich hörte, hielten ihn davon ab. Sie kamen vom Weg vor ihm, der in den Garten führte.

Caillou zog sich hinter ein Gebüsch zurück und wartete ab, wer in sein Sichtfeld kommen würde. Die weibliche Stimme kannte er nicht, doch die andere gehörte eindeutig Pierre.

»Du bist ganz schön verrückt«, sagte er gerade.

»Findest du das schlimm?«, flüsterte jemand zurück.

»Nein, nur ungewöhnlich. Ich meine, es ist mitten in der Nacht. Du hast behauptet, dir wäre unheimlich zu Hause, aber der lange Weg hierher hat dir offenbar nichts ausgemacht.«

»Ich wollte eben an deinen Beschützerinstinkt appellieren. Hat nicht geklappt. Da musste ich selbst vorbeikommen.« Caillou hörte ein etwas aufreizendes Kichern.

Pierre und das Mädchen kamen langsam den Pfad herauf, das Mondlicht schien auf sie herunter. Obwohl Caillou Opale nie gesehen hatte, wusste er sofort, wer sie war. Einen Augenblick lang verharrte er so und überlegte, was er tun sollte. Sein Erscheinen hier wäre sicher keine allzu große Überraschung für Opale, er hatte also nichts zu verlieren. Außer ein bisschen Glaubwürdigkeit gegenüber Pierre, wenn er plötzlich anfing sich mit einem Mädchen um ihn zu streiten, dachte er ämusiert. Aber das konnte er nicht ändern.

Pierre und das Mädchen, das sich Florence nannte, standen einander schweigend gegenüber. Sie waren beide noch sehr jung. Caillou war bewusst, was Opale tat, und er sah auch, dass Pierre gerade die Hand nach ihr austrecken wollte. Wenn er sie erst einmal berührte, war es vielleicht zu spät und Caillou hatte verloren.

»Selbst vorbeizukommen schien mir in der Tat auch das geeignetste Mittel«, sagte er laut und trat auf den Weg. Seine Stimme ließ nichts von der Anstrengung erkennen, die hinter ihm lag.

Das Mädchen und Pierre schraken zusammen. Es schien, als seien sie aus einer ganz eigenen Welt in die Gegenwart zurückgekehrt. Zwei Sekunden lang starrten sie einander an, ohne dass jemand etwas sagte. Caillou konnte sich des Eindrucks nicht erwehren, dass Pierre ihn sonst wohin wünschte, weil er im falschen Moment aufgetaucht war. Opale wirkte blasser als gerade eben noch, wohl weil sie sich Gedanken darüber machte, wer er war, und den richtigen Schluss zog. Caillou nickte ihr zu, beide fixierten sich und wogen die Gefahr ab, die vom anderen ausging.

Caillou war jedoch eindeutig im Vorteil, er besaß einen weitaus größeren Erfahrungsschatz und das nutzte er aus. »Wir sollten uns gelegentlich unterhalten, mein Kind, aber ich denke, du hast Verständnis dafür, dass Pierre jetzt vorgeht.«

Opale gab einen Laut von sich, der Wut und Ohnmacht gleichzeitig ausdrückte, als Caillou sich an Pierre wandte. Sie sprach, noch bevor Caillou etwas zu ihm sagen konnte. »Du magst mich für alles Mögliche halten, aber ich bin ganz sicher nicht dein Kind!«

Verwirrt sah Pierre von einem zum anderen. Caillou ignorierte Opale jetzt vollständig und sah Pierre in die Augen. »Sie ist nicht, wer sie zu sein vorgibt. Und garantiert passt es ihr nicht, dass ich euch hier dazwischenfunke.«

Unsicher schaute Pierre wieder zu dem Mädchen hinüber. Er hatte in dieser Nacht angefangen Caillou zu trauen, auch wenn er ihn nicht verstand, jetzt noch weniger als vor ein paar Stunden.

»Florence?« Er blickte in ihre Richtung.

»Was hat er dir erzählt?«, fragte sie aufgebracht zurück. »Bestimmt eine Menge Lügen.«

Hilflos fühlte sich Pierre wie das Seil beim Tauziehen. An der einen Seite zog der Mann, an der anderen das Mädchen, das ihn zwar vorhin belogen, ihm aber auch eine einleuchtende Erklärung dafür gegeben hatte. Zu einleuchtend vielleicht, zu sehr schien sie auf einmal seinem Ego schmeicheln zu wollen. Was fand Florence ausgerechnet an ihm? Pierre schaute in Caillous Augen und las dort die Wahrheit. Er begriff nichts von dem, was hier vor sich ging. Aber es war Caillou, dem er Glauben schenkte.

Mit einem Schlag wurde Caillou durch Pierres Blick bewusst, dass er gewonnen hatte. Erleichtert stieß er den angehaltenen Atem aus und stellte fest: »Wir müssen gehen. Du wirst alles verstehen, wenn wir dort sind.« Er schob Pierre vorwärts, fort von Opale, die ihm hinterherrief:

»Nein! Pierre, geh nicht mit ihm! Du darfst das nicht tun!«

Die Worte seiner Mutter hallten in Pierre nach: *Was immer er sagt, geh nicht mit ihm.* Doch er spürte, dass er keine Wahl hatte. Er musste es tun, wenn er das Rätsel lösen wollte. Wenn er je erfahren wollte, ob Caillous Behauptung, dass Sylvie noch lebte, nicht nur eine Lüge war. Nur einmal, während Caillou ihn mit sich zog, drehte er sich um. Er sah Florence im Mondlicht dastehen und fühlte etwas in sich zerreißen.

»Wohin ...?«, stieß er hervor.

»Später. Jetzt ist keine Zeit«, gab Caillou zurück, als sie den Rand des Steinbruchs erreicht hatten. »Ich hätte dir das gern vorher erklärt, aber Opales Auftauchen zwingt mich dazu, schneller zu handeln, als ich es möchte.«

»Opale?«

»Florence«, erklärte Caillou. »Sie gehört zu den Steinbrechern.«

»Wie meine Mutter?«, fragte Pierre.

»Nicht wie deine Mutter! Emeraude hasste die Steinbrecher so wie alle Steinmenschen!«

»Ich versteh nicht ...«

»Nein, ich weiß.« Caillou sah sich um und erwartete jeden Moment, Opales Leute hinter sich zu sehen. Sie war kaum allein hier. *Aigle Fauve* war schon lange das Tor der Steinbrecher in die Oberwelt. Aus diesem Grund hatte er Pierre unbedingt dort weghaben wollen. Ironischerweise hatte er mit der Geschichte über seinen Geist selbst dafür gesorgt, dass die Menschen das Haus mieden und den Steinbrechern damit unabsichtlich einen großen Dienst erwiesen.

»Wir müssen in die Steinwelt, bevor Opale uns daran hindern kann«, sagte Caillou hastig. Er fasste Pierre an den Händen. »Sieh mich an und konzentriere dich auf die Atome in deinem Körper. Sie sind anders als die menschlichen, du kannst sie durch deine eigene Energie dazu bringen, auseinander zu fallen und sich wieder zusammenzusetzen. Stell dir ...«

»Was?«, unterbrach Pierre.

»Wir müssen uns beeilen!«, drängte Caillou. »Keine Zeit für Fragen, tu einfach, was ich dir sage! Stell dir eine Feuerwerksrakete vor. Zuerst ist sie ein Punkt am Himmel, schließlich zerfällt sie in Millionen von winzigen

Teilen. Und dann denk an den Vorgang in umgekehrter Reihenfolge.«

Das war eindeutig zu viel für Pierre. »Was Sie da sagen, klingt wie Beamen! Das ist ...«

Caillou hatte keine Ahnung, was Pierre meinte, aber hinter sich hörte er Schritte und Stimmen, und wenn es für Pierre einfacher war, sich dieses Beamen vorzustellen, sollte ihm das recht sein. »Genau. Sieh mich an und konzentrier dich!« Die Stimmen und Schritte wurden lauter, jetzt konnte Caillou einzelne Wörter ausmachen.

»Sie müssen hier irgendwo sein.« Das war Opale.

Caillou zerquetschte fast Pierres Hände und hoffte, dass der Junge es allein schaffen konnte. Er hatte miterlebt, was dabei herauskam, wenn das nicht der Fall war. Außerdem würde er genug damit zu tun haben, Pierre zumindest an den richtigen Ort zu lotsen. Er spürte das vertraute Kribbeln in Armen, Beinen, Oberkörper und zum Schluss im Kopf direkt hinter der Stirn. Das Letzte, was er wahrnahm, waren Pierres zusammengekniffene Augen, als würde er sich mit aller Macht anstrengen zu tun, was Caillou ihm aufgetragen hatte.

Pierre fühlte sich merkwürdig, fast als würde er schweben. Er bekam Kopfschmerzen und wollte sich von Caillou befreien, aber es ging nicht, Caillou war viel stärker als er. Also gab er auf und versuchte sich tatsächlich auf die Anweisungen zu konzentrieren. Er sah einen riesigen roten Ball vor sich, der in Abertausende Splitter zerfiel. Mit einem Mal schien Caillou ihn loszulassen. Er fühlte nichts mehr, da war nur dieser heftige Druck hinter seiner Stirn und die vage Erinnerung daran, dass sich die zahllosen Teilchen wieder zu dem roten Ball zusammensetzen mussten. Und als hätten einzig seine Gedanken die Kraft, etwas geschehen zu lassen, taten die Splitter plötzlich genau das.

Dann sackte er auf steinigem Boden zusammen, seine Knie gaben nach, ihm war so übel wie nie zuvor in seinem Leben. Er beugte sich zur Seite und übergab sich.

9

Als er merkte, dass das Schlimmste vorbei war, wischte er sich mit dem Handrücken über den Mund und ließ sich mit geschlossenen Augen auf den Rücken fallen. Er atmete tief durch, bis die Übelkeit zu schwinden begann. Vorsichtig öffnete er die Augen. Wider Erwarten war da keine sternenklare Nacht über ihm, sondern ein leicht rötlich schimmernder Himmel mit etwas, das aussah wie schwarze Wolken. Gerade als er sich verwirrt aufsetzte, nahm er neben sich ein leises Stöhnen wahr und drehte sich um.

Caillou lehnte an einem Felsen und sah so elend aus, wie Pierre sich fühlte. So hatte Pierre Caillou noch nie gesehen und es war ihm nicht besonders wohl bei dem Anblick.

Caillou lächelte etwas gequält. »Ist schon gut, das wird wieder. Ich hab das heute schon viermal getan, das ist ein bisschen viel, selbst für mich.«

»Was zum Teufel war das?«

»Der Übergang«, sagte Caillou, als würde das alles erklären.

Pierre sah, dass es Caillou noch immer Schwierigkeiten bereitete, zu sprechen, und beschloss erst mal nicht auf einer näheren Erklärung zu bestehen. Er schwieg eine Weile und sah sich ungläubig um. Obwohl es keinen Himmel gab, sondern nur dieses seltsam rötliche Gestein über ihm, war es nicht so dunkel, wie es hätte sein müssen. Jetzt erkannte er auch, dass die vermeintlichen Wolken in Wirklichkeit dunklere stahlgraue und sehr bizarre Gesteinsbrocken waren. Die Kombination von grauem und rotem Fels erinnerte ihn an den Stein, den er in dem kleinen Kästchen gefunden hatte.

Caillou war Pierres Blick gefolgt. »Limazit«, sagte er. Seine Stimme klang kräftiger. »Eine Art Quarz.«

»Wo ...«, fing Pierre an.

»In der Steinwelt.«

Zweifelnd blickte Pierre wieder auf das rötliche Gestein über ihm. »Sie meinen, das da oben ist in Wirklichkeit ... die Erde? Wir sind unterhalb des Steinbruchs?«

Zuerst nickend, dann den Kopf schüttelnd kam Caillou allmählich auf die Beine und streckte die Hand nach Pierre aus. »Die Erde: ja. Der Steinbruch: nein. Und das ist auch ganz gut so. Das Gebiet unter dem Steinbruch gehört zum Reich der Steinbrecher.« Er sah Pierre an, dass er Schwierigkeiten mit dieser Vorstellung hatte.

»Das klingt wie Jules Verne«, stellte Pierre fest. »Reise zum Mittelpunkt der Erde und so. Fällt mir etwas schwer zu glauben, dass das wirklich existieren soll.«

»Na ja, der Mann hatte ein brillantes Vorstellungsvermögen, aber er hat auch ein bisschen übertrieben. Es gibt keine Dinosaurier hier und auch kein Meer, nur ein paar Flüsse.«

»Als Nächstes werden Sie mir erzählen, dass Jules Verne hier unten bei Ihnen war«, sagte Pierre, während er von Caillou hochgezogen wurde.

»Das würdest du mir nicht abnehmen, was?«, fragte Caillou amüsiert.

Pierre, der sich nach dem Aufstehen noch immer bemühte den Gleichgewichtssinn wieder zu finden, sah seinen Begleiter an, als hielte er ihn für übergeschnappt.

Caillou lachte etwas heiser. »Damit hättest du Recht. Du wirst hier sicher noch einige interessante Leute kennen lernen, aber Jules Verne kann ich dir leider nicht präsentieren.«

Er wandte sich zum Gehen und es blieb Pierre nichts anderes übrig, als ihm auf dem felsigen Weg zu folgen, der durch eine Umgebung führte, die auf ihn fremd und fast feindselig wirkte. Es gab eine Menge Fragen, die ihm auf der Seele brannten, er wusste nicht mal, welche er zuerst stellen sollte. Der Gedanke an Jules Verne hier unten hatte dagegen etwas so ungefährlich Fantasymäßiges, dass er sich für den Moment daran festklammerte, statt sich nach seiner Mutter zu erkundigen.

»Das wäre ja auch unmöglich«, brummte Pierre. »Der Mann ist immerhin seit fast hundert Jahren tot.«

»Oh, *das* ist nicht das Problem. Nur mal angenommen, er wäre wirklich einer von uns gewesen, dann wäre er ebenso wie Emeraude nicht gestorben, sondern würde sich bei bester Gesundheit befinden. Das heißt, wenn ihn die Steinbrecher bei seiner Rückkehr am Leben gelassen hätten. Aber das ist ja alles rein hypothetisch.«

Was Caillou ihm da in wenigen Sätzen an Merkwürdigkeiten erzählte, war unglaublich. Aber die Frage des Alters in der Steinwelt faszinierte Pierre doch.

»Stimmt, ja, ich hatte doch fast vergessen, dass Sie schon – wie alt? – sind.«

»Nach eurer Rechnung 338 Jahre, wenn du's ganz genau wissen willst.«

»Ach, älter noch nicht?« Die Worte brachte Pierre undeutlich heraus, weil er über einen kleinen Felsbrocke auf dem Weg gestolpert war. »Habt ihr in all den Jahrhunderten nicht mal geschafft vernünftige Straßen anzulegen?«

Caillou grinste. »Es gab Wichtigeres.«

»Den Kampf gegen die Steinbrecher«, stellte Pierre fest. »Meine Mutter ist also bei denen? Wieso?«

Eine Weile antwortete Caillou nicht, sondern ging schweigend weiter. Er war sich Pierres Blick in seinem Rücken wohl bewusst und er fragte sich, wie viel Neues der Junge auf einmal verkraften konnte. Er hätte wirklich lieber mehr Zeit gehabt, ihm die Zusammenhänge zu erklären. Andererseits war ihm bewusst, dass er Pierre ohne die augenblickliche Notlage nie auch nur ein Sterbenswörtchen erzählt hätte – vermutlich wären sie einander sogar niemals begegnet.

»Sehr wenige von uns«, begann er schließlich, »haben die Fähigkeit, die du auch hast: Wir können von einer Welt in die andere wechseln.«

»Aber ich bin keiner von euch«, widersprach Pierre.

»Du bist Emeraudes Sohn. Das heißt, du bist einer von uns, auch wenn du das bisher nicht wusstest.«

In der Ferne sah Pierre eine Gruppe Leute auf sie zukommen. Die ersten Menschen, die ihnen hier begegneten. Er schaute zur Seite und bemerkte, dass Caillous Augen sich verengten.

»Wohin gehen wir eigentlich?«, erkundigte sich Pierre und vergaß für einen Augenblick, dass Caillou im Begriff gewesen war, ihm zu erklären, wie Sylvie – oder Emeraude – in die Gewalt der Steinbrecher geraten konnte.

»Zu Diamant«, murmelte Caillou. Mittlerweile war die Gruppe näher gekommen und er erkannte, dass es sich um einen Trupp Minenarbeiter handelte. Normalerweise hätte er mit Pierre ganz dicht bei Diamants Palast auftauchen sollen, aber da er sich nicht nur auf seinen, sondern auch auf den Körper des Jungen hatte konzentrieren müssen, waren sie etwas vom Weg abgekommen. Jetzt trat er ein paar Schritte zur Seite und zog Pierre neben sich, damit die Arbeiter vorbeikonnten. Ihr Führer verbeugte sich kurz vor Caillou, der mit einem Nicken antwortete.

Pierre beobachtete den Trupp nachdenklich, der zum großen Teil aus Männern und nur ein paar Frauen bestand. Er erinnerte ihn an etwas, das er einmal gesehen hatte, aber er kam nicht drauf, wann und wo das gewesen sein könnte. Bestimmt irrte er sich. Diese Leute hier sahen abgehärmt und müde aus und trugen Kleidung, die schon mal bessere Tage gesehen hatte. Der Stoff war fadenscheinig, manchmal sogar löchrig, als Schuhe dienten dünne Sohlen aus lederähnlichem Material mit überkreuzten Riemen. Abgesehen von dem Anführer, der Caillou gegrüßt hatte, blickten die Männer und Frauen zu Boden. Sie waren fast vorüber, als Pierre erschrocken zusammenfuhr. Direkt vor ihm und Caillou landete etwas Weißes, Schleimiges auf dem Boden. Einer der Männer hatte ausgespuckt. »Verrecke, Steinmensch!«, zischte er.

Der Anführer hatte es nicht bemerkt und Caillou schwieg. Er schaute dem Trupp nur kurz hinterher, dann berührte er Pierres Schulter. »Wir müssen weiter.«

»Wer …«

»Minenarbeiter«, sagte Caillou.

Und plötzlich fiel Pierre ein, wo er solche Menschen schon gesehen hatte: im Fernsehen. Vor ein paar Wochen war René bei ihm gewesen, und obwohl sie eigentlich zusammen hatten lernen wollen, hatten sie den Fernseher eingeschaltet und waren durch die Kanäle gezappt. Bei einem ziemlich schaurigen Film, der im 19. Jahrhundert spielte, waren sie hängen geblieben: Es war eine Verfilmung von Victor Hugos berühmtem Roman »Die Elenden«. Die Bezeichnung schien ihm sehr passend für die Gruppe, die gerade an ihnen vorbeigegangen war.

»Ich weiß, was du denkst«, unterbrach Caillou Pierres Erinnerungen.

»Ach wirklich?« Pierres Stimme klang sarkastisch und auf einmal sehr erwachsen.

»Ja. Kein sehr schöner Anblick, aber glaub mir, die verdienen dein Mitleid nicht.«

»Weil es Steinbrecher sind?«, fragte Pierre, einer Eingebung folgend.

»Du hast keine Ahnung von den Steinbrechern!«, schnappte Caillou.

Zum ersten Mal erlebte Pierre, dass Caillou aus der Haut fahren konnte, wenn ihm etwas nicht passte.

»Dann erklären Sie's mir«, verlangte Pierre. »Aber ich für meinen Teil glaube nicht, dass irgendwas so eine Behandlung rechtfertigt.«

»Du musst noch viel lernen von unserer Welt«, seufzte Caillou, nun nicht mehr wütend. »Vor mehr als zehneinhalb Generationen – also ungefähr vor zwei Jahrtausenden – gab es hier unten nur ein einziges Volk und nur einen einzigen Herrscher. Sein Name war Pierre Précieuse.«

»Pierre?«

»Richtig. Emeraude hat dir deinen Namen nicht einfach so gegeben. Er bedeutet Stein und vielleicht ahnte sie, dass du irgendwann all ihren Warnungen zum Trotz zu uns kommen würdest.«

»Pierre Précieuse heißt Edelstein«, sagte Pierre mehr zu sich selbst. »Ein Edler also, ein Fürst?«

Caillou nickte. »Er war ein gerechter Herrscher, das Volk liebte ihn, aber wie auf eurer Welt gab es auch bei uns Neider und Missgünstige, die selbst herrschen wollten und zu diesem Zweck die Steinmenschen aufzuwiegeln versuchten. Um es kurz zu machen: Es gab einen gewaltigen Aufstand, der unzählige Steinmenschen das Leben kostete. Die Aufrührer gaben Pierre Précieuse die Schuld an dem Geschehen, dem es gelang, die meisten von ihnen zu besiegen und ihrer gerechten Strafe zuzuführen. Leider konnten trotzdem noch genug fliehen um ihr eigenes Volk zu gründen. Da sie in unseren Augen Gesetzesbrecher waren, bürgerte sich irgendwann der Name Steinbrecher ein, um sie von uns zu unterscheiden.«

»Sie haben vorhin gesagt, wir wären auf dem Weg zu Diamant«, sagte Pierre. »Da Diamanten auch Edelsteine sind, nehm ich an, Diamant ist so was Ähnliches wie ein Herrscher?«

»Nicht nur so was Ähnliches. Diamant ist der Fürst der Steinmenschen.«

»Dann müssen Sie auch ziemlich wichtig sein.«

Caillou lächelte. »Wie kommst du darauf? Ich bin nur ein Ratgeber.«

»Einer, der die Fähigkeit hat, die Welten zu wechseln. Wenn das nicht jeder kann, bedeutet das ja wohl, dass diejenigen, die es können, nicht einfach irgendwelche x-beliebigen Steinmenschen sind.«

»Ich war der Erste, der es konnte ohne das Tor zu benutzen. Das ist alles«, zuckte Caillou mit den Schultern.

»Das Tor?« Dann begriff Pierre. »*Aigle Fauve*? Das Haus ist das Tor zur Oberwelt?«

»Hat lange gedauert, bis ich es fand. Dann sind leider die Steinbrecher dahinter gekommen. Sie haben das

Tor besetzt und wir mussten uns eine andere Lösung einfallen lassen, wenn wir die Oberwelt besuchen wollten.«

»Diese Kiste mit den durcheinander wirbelnden Atomen?«

Caillou nickte. »Die den eindeutigen Nachteil hat, dass nur extrem wenige von uns es fertig bringen. Unsere Wissenschaftler haben noch immer nicht rausgefunden, woran das liegt.«

»Sie waren sicher, dass ich es kann, weil meine Mutter es konnte. Dann muss es ja wohl irgendwas mit den Genen zu tun haben.«

»Wahrscheinlich. Aber unsere Genforschung ist noch längst nicht so weit wie eure. Uns fehlt das Grundlagenwissen, das euren Wissenschaftlern schon von Kindesbeinen an eingetrichtert wird. Dass es überhaupt was mit Vererbung zu tun hat, haben wir mehr oder weniger zufällig entdeckt. Meine Tochter kann es auch.« Caillou sah den Ausdruck in Pierres Augen. »Guck nicht so überrascht. Findest du es so erstaunlich, dass ich eine Tochter habe?«, lächelte er.

»Ich finde alles Mögliche ziemlich erstaunlich, besonders seit ich hier bin«, murmelte Pierre. »Wie haben Sie ... Ich meine, ein Tor zu finden ist eine Sache, aber wie haben Sie herausgefunden, dass Sie sich sozusagen in Ihre Bestandteile auflösen können, um sich danach wieder zusammenzusetzen?«

»Das ist die Basisfunktion des Tors. Es ist nicht so, dass du vor einer Tür stehst, sie öffnest und auf der Oberwelt stehst. Es gibt da überhaupt nichts zu öffnen – obwohl es natürlich ein Diesseits und ein Jenseits gibt. Dazwischen liegen allerdings Tonnen und Abertonnen von Gestein. Der Begriff Tor ist eher bildlich zu verstehen. Es ist eine Art Hilfsmittel, eine Technik, die es unserem Körper erleichtert, zu tun, was nötig ist.«

»Aber wenn es eine Technik ist, dann muss sie jemand erfunden haben. Wer, wenn nicht Ihre Wissenschaftler?«

Caillou legte den Kopf schief und schaute Pierre nachdenklich an. »Die ersten Steinmenschen vermutlich. Es gibt eine Menge Legenden über sie, woher sie stammten, wie sie hierher kamen und warum. Dazu gehört auch die Legende der Oberwelt. In unseren Geschichtsbüchern wird sie in einer Randbemerkung abgehandelt, aber mich hat die Idee einer anderen Welt, die unserer ähnlich und doch so ganz anders sein musste, von jeher fasziniert. Ich wollte immer glauben, dass es diese Welt wirklich gab. Ich las alles über die Steinmenschen und unsere Geschichte, was ich finden konnte. Ich las es nicht nur ein Mal, ich las es unzählige Male. Dann machte ich mich auf die Suche. Wie gesagt dauerte es eine Weile, bis ich das Tor fand.«

»Haben die ersten Steinmenschen das Tor absichtlich geheim gehalten?« Allmählich begann die rätselhafte Erzählung Pierre in ihren Bann zu ziehen.

»Ich weiß nicht. Es wäre eine Möglichkeit. Vielleicht gab es irgendeinen Vorfall, der sie davon überzeugte, dass es besser war, wenn die Menschen eurer Welt und die unserer Welt einander nie begegneten – oder einander vergaßen.«

Eine Weile sagte Pierre nichts, sondern überdachte all das, was er seit seiner Ankunft gehört hatte. Dieser Aufstand zum Beispiel lag zweitausend Jahre zurück. Das war eine verdammt lange Zeit und bedeutete, dass das Volk der Steinmenschen wahrscheinlich seit ewigen Zeiten existierte. Wie konnte es dann sein, dass ...

»Wieso sprechen wir dieselbe Sprache?«, entfuhr es Pierre.

Caillou verzog die Mundwinkel. »Tun wir nicht.«

»Na sicher!«, widersprach Pierre. »Sie reden französisch mit mir und Florence, die doch angeblich zu den Steinbrechern gehört, wäre in der Schule bestimmt aufgefallen, wenn sie irgendein Kauderwelsch von sich gegeben hätte.«

»Ah, Opale ... Die Steinbrecher haben natürlich eure Sprache gelernt, schließlich sind sie oft genug auf der Oberwelt. Was mich betrifft: Ich habe nur ein einziges Mal französisch mit dir gesprochen. Auf der Beerdigung. Und auch das nur, weil noch andere Leute da waren.«

Pierres unmittelbare Reaktion war, sich an die Stirn zu tippen. »Klar, deshalb verstehe ich auch jedes Wort, das Sie sagen. Ich bin natürlich perfekt in Steinweltisch oder wie auch immer Sie es nennen.«

Sich nur mühsam ein Lachen verkneifend nickte Caillou. »Genau.«

Unwillig schüttelte Pierre den Kopf und wollte ein weiteres Gegenargument anführen, doch Caillou ließ ihn nicht zu Wort kommen. »Hast du vorhin gehört, was der Minenarbeiter gesagt hat? Es war nicht sonderlich nett.«

»Er sagte, Sie sollen verrecken«, wiederholte Pierre.

»Richtig.«

»Und was beweist das? Er war ein Steinbrecher, Sie haben gerade selbst behauptet, dass die unsere Sprache gelernt haben.«

»Warum sollte der Mann mich ausgerechnet auf Französisch verfluchen, hm? Weil es vornehmer klingt?«

Das ließ Pierre verstummen. »Aber wie ist das möglich?«, fragte er schließlich leise.

»Du bist zur Hälfte ein Steinmensch«, erinnerte ihn Caillou. »Deine Mutter hat dafür gesorgt, dass du dieses Erbe in dir trägst, auch wenn es dir nicht bewusst war. Sie hat dir unsere Sprache beigebracht, als du noch sehr klein warst. Steinmenschen haben ein ausgesprochen gutes Gedächtnis. Was wir mal gelernt haben, vergessen wir nie mehr.«

»Und warum habe ich dann vergessen, dass ich es überhaupt kann?«, fragte Pierre ironisch. »Und weshalb *merke* ich nicht, dass ich eine andere Sprache spreche?«

»Ich bin kein Wissenschaftler, aber ich schätze, es hat was mit dem Unterbewusstsein zu tun. Als wir uns das zweite Mal auf dem Friedhof begegneten, benutzte ich meine eigene Sprache. Du hast einen Augenblick lang irritiert ausgesehen – bis dein Unterbewusstsein sich erinnerte und meine Sätze für dich verständlich machte. Wenn du darauf achtest, wirst du sehr wohl merken, dass du schon lange nicht mehr französisch sprichst.«

»Schwachsinn«, murmelte Pierre noch immer nicht überzeugt. Doch dann hallte das Wort in ihm nach – und zum ersten Mal hörte er die fremden Laute selbst. Das war ziemlich irre, aber genau genommen nicht abwegiger als alles, was ihm in den letzten Tagen passiert war. In Gedanken versunken setzte er weiter einen Schritt vor den anderen, bis er plötzlich gegen Caillou stieß, der stehen geblieben war. Pierre sah vom Boden hoch, auf den er beim Gehen geblickt hatte um nicht zu stolpern.

Mittlerweile hatten sie ein Hochplateau erreicht, das den Blick freigab auf etwas so Ungewöhnliches, dass es Pierre endgültig die Sprache verschlug – egal welche. Unter ihnen lag eine Stadt, deren Häuser aus dem Boden zu wachsen schienen und in die Höhe ragten wie Wolkenkratzer.

»Beeindruckt?«, fragte Caillou. »Das ist La Ville. Nicht sehr einfallsreich, eine Stadt einfach ›Die Stadt‹ zu nennen, aber als sie gegründet wurde, war es die einzige weit und breit. Niemand machte sich die Mühe, einen passenden Namen zu finden.«

»Die Häuser sehen aus wie gewaltige Stalagmiten«, staunte Pierre.

»Sind sie auch. Das hier war ein ganzer Stalagmitenwald. Viele wurden abgeschlagen, aus denen, die übrig blieben, die Wohntürme geschaffen. Je nach Größe haben sie fünf bis achtzehn Stockwerke.«

»Aber kaum Fenster«, stellte Pierre fest.

»Nein. Die Wohnungen werden fast ausschließlich zum Schlafen genutzt. Fenster sind unnötig.«

»Ist hier jetzt auch Nacht wie in meiner Welt? Es sind kaum Menschen zu sehen.«

Caillou nickte. »Stimmt. Wir haben in etwa den gleichen Rhythmus wie ihr – Wach- und Schlafphasen.«

»Aber der Minentrupp ...«, wandte Pierre ein.

»Die Leute arbeiten in Schichten, ununterbrochen. Und jetzt komm, es ist nicht mehr weit.« Damit zog Caillou Pierre von dem Anblick fort.

»Diamant lebt nicht in der Stadt?«

»Natürlich nicht.« Caillou wandte sich um und zeigte in die entgegensetzte Richtung. »Das ist Diamants Anwesen.«

Das Hochplateau, auf dem sie standen, dehnte sich noch viele hundert Meter aus, am hinteren Ende stand ein riesiger Gebäudekomplex, für den der Ausdruck »Anwesen« Pierre sehr untertrieben schien. Auch hier hatte man offensichtlich vorhandene Gesteinsformationen genutzt, um für den Fürst der Steinmenschen einen angemessenen Palast zu schaffen. Keine Stalagmiten diesmal, es sah eher aus wie ein Indianerpueblo, als sei dieser Palast in einen überdimensionalen Felsvorsprung gehauen worden. Er bestand aus mehreren ineinander und übereinander geschachtelten Gebäuden und war auch nicht so schmucklos wie die Wohntürme in der Stadt. Beim Näherkommen sah Pierre, dass die zahlreichen Fenster von funkelnden Steinen umrahmt wurden.

Vor dem Haupttor standen zwei Wachen, die sich vor Caillou verbeugten und ihnen Einlass gewährten. Vorsichtig strich Pierre über das Tor und wandte sich dann verwundert an Caillou, noch bevor sie etwas betraten, das einem Innenhof ähnlich kam.

»Holz? Ich habe hier unten gar keine Bäume gesehen.«

»Es gibt auch nur noch sehr wenige. Dieses Tor ist uralt und das Holz schon versteinert. Nur im Inneren des Palastes gibt es noch ein paar neuere Holztüren. Holz ist das kostbarste Material bei uns – abgesehen von den Edelsteinen.«

Pierre sah sich genau um und Caillou schien es nicht mehr eilig zu haben. Geduldig stand er neben ihm und wartete, bis Pierre das Gesehene verarbeitet hatte. Dann wandte sich Pierre mit einem Mal von den Wundern des Palastes ab, als sei ihm erst jetzt etwas eingefallen. »Warum sind uns eigentlich die Steinbrecher nicht gefolgt?«

»Das sind sie mit Sicherheit. Aber sie müssen das Tor benutzen und können sich nicht einfach irgendwo materialisieren wie wir. Und hierher werden sie sich nicht trauen. Sie wagen sich so gut wie nie aus ihrem Gebiet. Wir brauchen deine Hilfe, damit das so bleibt.«

Sie haben gesagt, meine Mutter braucht meine Hilfe. War das gelogen? Wollen Sie mich benutzen für Ihren Krieg gegen die Steinbrecher? Pierre klang wütend und vorwurfsvoll.

»Nein. Niemand will dich benutzen.«

Pierre fuhr herum, als er die Stimme hinter sich hörte. Vor ihm stand ein Mann, der ganz in Weiß gekleidet war. Lange weißblonde Haare fielen ihm auf die Schultern und er musterte Pierre ruhig aus seinen sehr hellen blauen Augen. Seine Haltung drückte eine fast beiläufige Autorität aus, als käme er nicht mal auf die Idee, dass seinen Worten kein Glaube geschenkt werden könnte.

Obwohl Pierre klar war, dass der Fürst der Steinmenschen mit ihm sprach, dachte er nicht daran, vor Ehrfurcht zu erstarren. Aus den Augenwinkeln sah er, dass Caillou sich respektvoll verbeugte und ein leises »Seigneur« murmelte.

»Dann sagen Sie mir, was es ist, das Sie von mir wollen«, forderte Pierre Diamant heraus.

»Wir sollten das nicht unbedingt hier draußen diskutieren.« Der Einwand hörte sich eine Spur zu kühl an, wie Caillou sehr wohl bemerkte. Immerhin hatte sich Diamant nur damit einverstanden erklärt, Pierre hierher zu bringen, weil ihm keine andere Wahl blieb. Caillou befürchtete, dass sein Fürst nicht einfach ignorieren konnte, hier Emeraudes Sohn vor sich zu haben – den Sohn eines anderen Mannes.

Längst hatte Diamant sich umgedreht und war auf ein weiteres beeindruckendes Holztor zugegangen, das er jetzt öffnete. Es führte von der Halle in ein Labyrinth von Gängen und schließlich in weniger offizielle Räume. Pierre beobachtete seine Umgebung genau und ihm fiel auf, dass nur wenige Möbel aus Holz gefertigt waren. Die meisten bestanden aus kunstvoll behauenem und verziertem Stein, Marmor zum größten Teil. Die Oberflächen glänzten. An den Wänden hingen Kerzenleuchter, die ein warmes Licht verbreiteten.

Diamant schritt durch eine weitere Verbindungstür, bis er in einem relativ kleinen Raum mit Gemälden an den Wänden stehen blieb. Es waren keine Ölgemälde, wie Pierre sie kannte. Diese hier waren in Schwarzweiß gehalten, ein wenig glichen sie sehr genauen Kohlezeichnungen, sie wirkten fast so realistisch wie Fotografien.

Der Fürst ließ sich auf einem mit schimmerndem Stoff bezogenen Stuhl nieder und deutete mit der rechten Hand auf zwei weitere, die in der Ecke des Zimmers standen. Ein paar Atemzüge saß er wortlos da und fixierte Pierre, als wolle er etwas Bestimmtes in seinem Gesicht lesen.

»Du hast ihre Augen«, sagte er dann, bevor seine nächsten Worte Caillou galten. »Er weiß noch nicht, worum es geht und wer seine Mutter ist?«

»Nicht ganz, Seigneur. Zu allzu ausführlichen Erklärungen war keine Zeit. Wir sind den Steinbrechern gerade noch entkommen.«

10

Regungslos lehnte Silex mit verschränkten Armen an einer Felssäule und dachte nach. Etwas war schief gelaufen, das spürte er. Sollte es Caillou gelungen sein, Pierre in die Steinwelt zu bringen, würden er und Diamant zweifellos dafür sorgen, dass der Junge nichts anderes mehr im Kopf hatte, als seine Mutter zu befreien. Wenn ihnen das gelang, konnte Silex seine Pläne begraben.

Emeraudes Geiselnahme war über einen langen Zeitraum geplant worden. Sie konnten nicht wissen, wann sich das nächste Mal so eine Gelegenheit ergeben würde, die Steinmenschen herauszufordern – mit derart guten Aussichten jedenfalls. Nicht erst seit er Fürst der Steinbrecher war, hatte Silex über eine Möglichkeit nachgedacht, die Regierung der Steinmenschen zu stürzen. Viel länger schon beherrschten ihn solche Gedanken. Dann wurde ihm von seinen Spionen berichtet, dass sich ausgerechnet die Steinprinzessin in den Kopf gesetzt hatte, in der Oberwelt zu leben. Er wusste, wenn sie dort starb, blieb ihr keine andere Möglichkeit, in ihre Welt zurückzukehren, als das Tor – für einen anderen reinen Energieübergang wäre sie zu schwach.

Nach der Übernahme und Besetzung des Tors hatten Wissenschaftler den vierten Teil einer Generation damit zugebracht, herauszufinden, auf welcher Grundlage es funktionierte. Gleichzeitig begannen ihre Feinde gezwungenermaßen mit der Erforschung der Möglichkeiten, die Oberwelt auch ohne Hilfe des Tors betreten zu können. Die Steinmenschen waren dabei eindeutig im Vorteil, weil ihnen längst klar war, in welcher Weise das Tor den Übergang ermöglichte. Als auch die Steinbrecher die Lösung dazu gefunden hatten, wurde schnell ersichtlich, dass ihnen der Übergang ohne die künstliche Hilfe des Tors verwehrt bleiben würde, und zwar ausnahmslos. Weil sie dazu im falschen Gebiet des Steinreiches lebten.

Hinter sich hörte Silex jemanden kommen. Er drehte sich um und sah Opale entgegen, ihre Leute im Gefolge. Sie machten keinen sehr euphorischen Eindruck. Opale richtete ihren Blick auf irgendeinen Punkt hinter Silex. »Ich habe versagt. Caillou war schneller und ich konnte Pierre nicht zurückhalten.«

Silex' Augen verdunkelten sich, obwohl er bereits geahnt hatte, was Opale ihm jetzt nur noch bestätigte.

»Was passiert jetzt?«, fragte sie unsicher und mit gesenktem Blick.

Mit undurchdringlicher Miene betrachtete Silex das Mädchen. »Opale«, sagte er. Sie schaute auf und Silex erkannte Tränen in ihren Augen. »Es ist nicht deine Schuld.«

»Doch!«, widersprach Opale heftig. »Wenn unsere Sache scheitert, bin ich dafür verantwortlich. Falls Pierre die Steinprinzessin befreien kann, ist dein Ultimatum nichts mehr wert und wir stehen wieder am Anfang.«

»Opale«, wiederholte Silex. »Wir stehen keineswegs am Anfang. Die Steinmenschen wissen jetzt, dass sie uns mehr zu fürchten haben, als sie glaubten. Ihre Spione sind enttarnt und nützen ihnen nichts mehr, wir haben im Augenblick mehr Macht über sie als je zuvor. Wir werden gewinnen!«

»Wie kannst du so sicher sein?«

»Wir haben immer noch Emeraude.«

»Aber vielleicht nicht mehr lange.«

»Auf jeden Fall wird der Junge erst mal eine Weile brauchen, bis hierher vorzudringen. Falls es ihm überhaupt gelingt. Unsere Grenzposten werden gewappnet sein und sie wissen, was zu tun ist.«

Silex brauchte nicht allzu lange, seine Leute um sich zu versammeln. Seit Opales Rückkehr hatte er die Möglichkeiten überdacht, die ihm noch blieben. Es gab keinen Zweifel an der Effizienz seiner Wachen überall im Reich. Sie würden Pierre aufgreifen, bevor er auch nur ansatzweise zu seiner Mutter vordringen könnte, die im Übrigen sehr gut verborgen gehalten wurde.

Trotzdem wollte er lieber alle Vorsichtsmaßnahmen ergreifen. Ein Scheitern seines von langer Hand vorbereiteten Plans konnte sie in ihrem Kampf gegen die Steinmenschen um Generationen zurückwerfen – entgegen allem, was er zu Opale gesagt hatte. Er war nicht gewillt dieses Risiko einzugehen.

Es gab jedoch noch eine Sache, an die er bisher nicht gedacht hatte. An die bisher niemand gedacht hatte, wie es schien. Ein fataler Fehler. Er wusste allerdings auch, dass seine Überlegungen dazu wahrscheinlich bei den meisten seiner Leute auf Unverständnis stoßen würden. Sie beinhalteten ebenfalls ein großes Risiko. Dennoch konnte es sich lohnen, diese Möglichkeit ernsthaft in Erwägung zu ziehen. Auch wenn das all ihre Planungen über den Haufen warf und sich auf etwas ganz Neues stützte.

Das Gemurmel im Raum verebbte allmählich, als Silex sich erhob und erklärte, was er vorhatte. Wie nicht anders erwartet wurden Proteste laut.

»Das ist unmöglich!«, fasste Calcaire zu seiner Rechten die allgemeinen Äußerungen zusammen. Er starrte Silex an.

Silex starrte zurück und Calcaire senkte nach einem kurzen Machtkampf die Augen.

»Pyrite?«, wandte sich Silex an seinen zuverlässigsten Gefolgsmann.

Pyrite war ein großer Mann mit einem flammend roten Haarschopf, durch den sich bereits erste graue Strähnen zogen. Er hatte schon Silex' Vorgänger zur Seite gestanden, mit dem er nicht immer einer Meinung gewesen war, den er aber respektierte und dem er folgte. Jetzt beugte sich der Älteste aller Anwesenden nachdenklich vor und fuhr dabei mit der Fingerspitze über seinen Nasenrücken. Alle anderen warteten gespannt auf sein Urteil.

»Bist du sicher, dass es funktioniert?«, erkundigte er sich schließlich bei Silex.

»Nein, ich kann keine Garantien geben. Aber gemessen an der Tatsache, dass wir sonst unseren Kampf verlieren könnten ...« Er bemerkte, dass auch Pyrite immer noch unsicher war. Silex entschloss sich zu einem letzten Schachzug. »Hast du mal darüber nachgedacht, was passiert wäre, wenn Gravier dasselbe mit Caillou getan hätte?«

Kurz erstand vor Pyrites innerem Auge das Bild des letzten Fürsten, bis ihm aufging, was Silex meinte. »Bis jetzt nicht. Aber du könntest Recht haben. Vielleicht wäre uns dann einiges erspart geblieben.« Er sah nacheinander in die Gesichter der Männer und Frauen am Tisch, bis er wieder bei Silex anlangte. Dann holte er tief Luft: »Ich denke, wir sollten es versuchen.«

Wieder wurde Gemurmel laut, doch diesmal klang es zustimmender. Silex hob die Hand. »Wir haben nicht sehr viel Zeit und ich habe nicht vor, sie unnötig zu verschwenden. Ihr wisst, was auf dem Spiel steht.«

Bald darauf ging Silex mit Pyrite an der Seite durch ein kleines Waldstück, eines der wenigen, die hier unten im Gebiet der Steinbrecher noch vorhanden waren. Immerhin gab es ein paar Bäume, bei den Steinmenschen waren sie schon lange Mangelware. Nachdem sie den kleinen Wald durchschritten hatten, standen sie vor dem Eingang einer Höhle, der sorgfältig getarnt war. Davor saß mit übereinander geschlagenen Beinen ein Mann, der aufsprang, als er Silex und Pyrite kommen sah.

»Alles ruhig?«, erkundigte sich Silex.

»Keine Schwierigkeiten.«

Silex nickte und betrat das Innere der Höhle. Zwei

Gänge zweigten vor ihnen ab, er schlug den Weg nach links ein, bis er vor einer schweren Granittür stehen blieb, die Pyrite öffnete.

Drinnen herrschte schummriges Licht. An der Wand loderte eine Fackel, die er befohlen hatte anzubringen, nachdem er das erste Mal hier gewesen war.

Am einzigen, sehr einfach gehauenen Tisch in der Höhle saß die Steinprinzessin, die erschrocken aufsah, als sie jemanden hereinkommen hörte. Dann erkannte sie, wer es war, der sie mit seinem Besuch beehrte. Sie gab sich Mühe, ihre Gefühle zu verbergen, dennoch konnte Emeraude ein leichtes Zurückzucken nicht verhindern.

»Was wollt Ihr?«, vermochte sie dennoch mit einigermaßen fester Stimme zu fragen.

Silex ließ seine Augen über die Steinprinzessin gleiten. Sie war dünner geworden, seit sie hier war, obwohl sie genug zu essen bekam. Die Gefangenschaft tat ihr nicht gut.

»Dein Sohn ist hier«, sagte er und ließ die Worte wirken. Er konnte praktisch zusehen, wie Emeraudes Gesicht erblasste. Mit schreckgeweiteten Augen starrte sie Silex an.

»Was habt Ihr mit ihm gemacht?«

Silex wurde klar, dass sie ihn missverstanden hatte. Sie glaubte offenbar, dass sich Pierre nun ebenfalls in seiner Gewalt befand. »Willst du das wirklich wissen?«

Emeraude wurde schlecht. Sie sah in Silex' dunkle Augen und wünschte ihn in die furchtbarste Hölle, die sie sich vorstellen konnte. Das Einzige, was ihren Lebenswillen nicht hatte brechen lassen, war der Gedanke an Pierre gewesen, daran, dass sie nicht alles verkehrt gemacht hatte mit ihrer Entscheidung, der Steinwelt den Rücken zu kehren. Weil Pierre das Kostbarste war, das es in ihrem Leben gab. Gegeben hatte, korrigierte sie sich.

Pyrite sah, dass etwas in der Steinprinzessin zerbrach. Wäre sie vielleicht zuvor noch bereit gewesen für ihre Freiheit zu kämpfen, spürte sie jetzt keinerlei Wunsch mehr danach. Er blickte zur Seite auf seinen Fürsten.

»Ich weiß nicht, was die Steinmenschen mit ihm machen«, sagte Silex gerade.

Fast augenblicklich erwachte Emeraude aus ihrer Erstarrung. Pierre war bei ihrem Volk, nicht bei den Steinbrechern! Er war bei Caillou! Doch Silex' nächste Äußerung dämpfte ihre Erleichterung.

»Zweifellos ist er auf dem Weg hierher, um dich zu befreien. Es wird uns eine Freude sein, euch beide wieder zu vereinen.« Was er damit meinte, war für Emeraude ziemlich klar, doch Silex sprach schon weiter. »Ich habe allerdings beschlossen die Zeit bis dahin zu nutzen. Du wirst erfahren, warum wir dich als Geisel genommen haben.«

»Das weiß ich schon«, antwortete Emeraude.

»Tatsächlich?«, erkundigte sich Silex sarkastisch.

»Ihr wollt Diamant erpressen. Aber ich habe Euch schon einmal gesagt, dass er sich nicht erpressen lassen wird. Nicht meinetwegen.«

Silex erwiderte eine Zeit lang nichts, dann setzte er sich in Ermangelung eines zweiten Stuhles auf die Steinplatte, auf der Emeraude nach ihrer Ankunft gelegen hatte. Pyrite bedeutete er, draußen auf ihn zu warten.

»Als das alles hier begann, habe ich zugegebenermaßen etwas anderes geglaubt. Aber jetzt befürchte ich, dass du Recht haben könntest. Diamant ist viel zu machtbesessen, um wegen einer Frau auf seine Position zu verzichten. Aber dein Volk liebt dich.«

Das war nicht, woran Emeraude gedacht hatte. Ihr war klar, dass Silex Diamant hasste und ihm deswegen alle möglichen Dinge andichtete. Machtgier zum Beispiel. Doch Diamant war keineswegs machtbesessen. Eigentlich hätte sie selbst über die Steinmenschen herrschen sollen. Nur weil sie es vorgezogen hatte, die Steinwelt zu verlassen, war Diamant zum Fürsten ernannt worden.

»Mein Volk«, sagte sie nach einem Moment, »denkt, dass ich tot bin. Es spielt keine Rolle, ob es mich liebte oder nicht.«

»Es spielt eine sehr große Rolle. Ich glaube kaum, dass dein Volk begeistert davon sein wird, wenn es erfährt, dass es umsonst um dich getrauert hat, weil dein Vater und sein Rat der Steinweisen« – er gab dem letzten Wort eine ironische Betonung – »es für richtig hielten, eine Lüge über dein Verschwinden zu verbreiten. Aber da dein Volk dich so sehr liebte, wird es sicher bereit sein, es sich einiges kosten zu lassen, wenn ich verkünde, dass du in meiner Gewalt bist – und ich dich endgültig töten werde, wenn Diamant nicht tut, was ich verlange.«

»Damit würdet Ihr einen Krieg provozieren!«, sagte Emeraude entsetzt.

Silex nickte bedächtig. »Das stimmt wohl.«

»Er würde nicht nur auf Seiten der Steinmenschen viele Tote fordern. Auch Ihr hättet unzählige Verluste zu beklagen. Wir haben seit Generationen ...«

»... einen sehr wackligen Waffenstillstand«, beendete Silex Emeraudes Satz. »Meine Drohung, die Steinprinzessin zu ermorden, würde das schwache Fundament unseres Friedens mehr als ins Wanken bringen. Es würde zusammenbrechen unter dem Aufbegehren deines Volkes, und der Krieg, der dann käme, würde die gesamte Steinwelt in den Abgrund stürzen.«

»Ihr wärt bereit unsere Welt zu opfern?« Emeraude schluckte, doch ihr Mund war vollkommen trocken.

»Diamant hat durchaus eine Wahl«, erklärte Silex. »Wenn er sich vor Ablauf meines Ultimatums ergibt und wir euer Reich übernehmen können, wird nichts dergleichen passieren.«

»Das wird er nie tun! Das bedeutet Sklaverei für die Steinmenschen, das bedeutet ...«

Mit einer Handbewegung schnitt Silex Emeraude das Wort ab. »Ich weiß besser, was das bedeutet als du, meine kleine Prinzessin.«

Er stand wieder auf und sah auf Emeraude hinunter. »Aber wie ich schon sagte, ich will die Zeit nutzen, bis Pierre hier auftaucht und Dummheiten macht. Du wirst erfahren, was eine Übernahme eures Reiches durch uns tatsächlich bedeutet.«

Silex machte einen Schritt auf Emeraude zu. Sie wich zurück, doch er beachtete das nicht, sondern nahm ihre Hand und zog sie vom Stuhl hoch. Sie wehrte sich, aber auch das ignorierte er, hielt sie nur umso fester und schob sie zur Tür, vor der Pyrite wartete.

»Sie ist ein bisschen widerspenstig. Ich fürchte, wir müssen ihren Bewegungsdrang etwas einschränken. Halt sie fest«, befahl er. Dann, während sich Emeraude im eisernen Griff Pyrites wand, fesselte er ihre Hände. Schließlich drehte er sie um und stieß sie vor sich her auf den Ausgang der Höhle zu. Mehr stolpernd als gehend folgte sie Pyrite und spürte Silex' Blick in ihrem Rücken.

11

»Jetzt weißt du also, worum es geht«, sagte Diamant. »Nicht nur deine Mutter, unser ganzes Volk hat viel zu verlieren. Indem du ihr hilfst, hilfst du uns allen.«

»Meine Mutter – eine Prinzessin?« Pierres Stimme klang fassungslos. Er hatte in der letzten Stunde viel erfahren, beinah zu viel um es aufnehmen und vollständig begreifen zu können. »Und sie hat das alles aufgegeben? Warum?«

»Weil sie deinen Vater liebte«, ließ Caillou verlauten. Solange Diamant Pierre über die Verhältnisse in der Steinwelt, die gegnerischen Lager und ihre unterschiedlichen Ziele aufgeklärt hatte, war er weitgehend still geblieben. Jetzt fühlte er, wie sich Diamants Augen in seine bohrten.

»Aber sie muss gewusst haben, dass sie auf der Oberwelt früher oder später sterben wird«, wandte Pierre ein, der sich an ihren Brief erinnerte.

»Manchmal«, sagte Caillou wieder, ohne auf Diamants Blick zu reagieren, »ist Liebe stärker als das, was man zu befürchten hat. Man sieht nicht die Konsequenzen. Man sieht gar nichts mehr außer dem Menschen, den man liebt. Und das, was man wegwerfen würde, wenn man nicht bereit ist Opfer zu bringen.« Er dachte dabei vor allem an Sophie, aber das konnte Pierre nicht wissen.

Emeraudes Sohn war noch immer damit beschäftigt, sich zu fragen, ob er die Dinge glauben sollte, die ihm gerade erzählt worden waren. Doch seine Gedanken gingen auch in eine ganz andere Richtung. Zweifelnd sah er zu Diamant hinüber. »Aber meine Mutter war tot. Ich hab's gesehen. Wie kann sie jetzt auf einmal wieder leben? Egal wo.«

Diamant machte eine Geste in Caillous Richtung. »Das ist dein Feld, erklär's ihm. Du kennst dich besser mit den Übergängen zwischen unseren Welten aus.«

Caillou hörte den unterschwelligen Ärger darüber, dass Diamant nicht in der Lage war, die Steinwelt zu verlassen, jedenfalls nicht ohne die Hilfe des Tores, das sich bedauerlicherweise in der Hand der Feinde befand. Also waren ihm als Fürsten die Möglichkeiten verwehrt, die sein Untertan hatte. Normalerweise ließ sich Diamant das nicht anmerken, aber da er zweifellos wünschte selbst mehr tun zu können, als sich darauf zu verlassen, was andere für ihn unternahmen, musste das äußerst unbefriedigend sein.

»Unsere Körper sind etwas anders aufgebaut als die der Menschen in der Oberwelt«, fing Caillou an.

Pierre nickte. Das hatte Caillou kurz vor dem Übergang schon einmal gesagt.

»Das ist nichts, was man rein äußerlich sieht oder was eure Ärzte durch Röntgen feststellen könnten. Unsere Organe sitzen an den gleichen Stellen wie eure, sie funktionieren sogar größtenteils auf die gleiche Weise, und auch unser Metabolismus ist dem euren sehr ähnlich. Dennoch gibt es etwas hier unten, das in der Oberwelt fehlt und das auf unsere Körper einwirkt. Du hast es schon bemerkt, als wir ankamen.«

»Das ...« Pierre musste einen Moment nachdenken, bis ihm der Name des seltsamen Gesteins am Himmel der Steinwelt wieder einfiel, »... Limazit?«

»Genau. Dieses Quarz – es entspricht nicht ganz dem, was man an der Erdoberfläche Quarz nennt, aber es kommt dem ziemlich nahe –, dieses Quarz also ist für die Atmosphäre hier unten verantwortlich. Was bei den Menschen der Oberwelt zu dauerhaften Schäden führt, nämlich radioaktive Strahlung, ist für uns überlebenswichtig. Gleichzeitig führt sie offenbar dazu, dass unsere Zellen in der Lage sind, den Übergangsprozess zu bewältigen, sich aufzulösen und wieder zusammenzusetzen, ohne dass wir Schaden nehmen oder Verletzungen davontragen. Jedenfalls bei einigen von uns.« Bei diesen Worten warf er einen Blick auf Diamant, als bitte er um die Genehmigung, weitersprechen zu dürfen. Fast unmerklich nickte der Fürst.

»Ich habe schon erwähnt, dass nicht alle auf die Strahlen so reagieren wie ich oder meine Tochter. Wie gesagt wissen wir nicht, woran es genau liegt, dass die meisten von uns immer das Tor benötigen werden um an die Oberwelt zu gelangen. Das Tor nämlich verstärkt die Strahlung um ein Vielfaches.«

»Aber wieso sind die Steinbrecher ohne jede Ausnahme gezwungen das Tor zu benutzen? Gibt es niemanden unter ihnen, auf den die Strahlung der natürlich vorkommenden Limazite ähnlich wirkt wie auf Sie?«

»Doch, wahrscheinlich. Der Unterschied ist, dass es im Gebiet der Steinbrecher dazu nicht genug Limazit gibt. Das vorhandene Limazit gewährleistet ihr Überleben, aber das ist alles.«

Caillou machte eine kleine Pause, um sicherzugehen, dass Pierre ihm bis hierher folgen konnte. Offensichtlich hatte der Junge keine Schwierigkeiten damit, wie seine nächste Frage bewies: »Und weil es auf der Oberwelt überhaupt keine Limazite gibt, musste Syl... Emeraude sterben?«

»Du hast es schon ganz richtig sagen wollen«, lächelte Caillou. »Daran ist Sylvie gestorben. Als ich zum ersten Mal die Oberwelt betrat, bemerkte ich zunächst gar nicht, dass meinem Körper etwas fehlte. Das ist das

Heimtückische an Strahlungen. Du merkst nicht, ob sie dir schaden oder ob sie dir gut tun. Du spürst sie überhaupt nicht. Aber etwas in meinem Körper musste sich verändern, um ein Überleben da oben zu ermöglichen, wenn auch nur auf bestimmte Zeit. Als ich schließlich hierher zurückkehrte, wurde ich von unseren Medizinern sehr gründlich untersucht. Sie stellten fest, dass meine Organe und mein Stoffwechsel nicht mehr ganz so funktionierten, wie sie in der Steinwelt funktionieren sollten. Das führte zwar dazu, dass ich scheinbar keine Schwierigkeiten in eurer Welt hatte, aber das, was sich da in meinem Inneren tat, passte nicht zu meiner eigentlichen Daseinsform. Man könnte sagen, ich hatte begonnen zu mutieren. Schleichend langsam, doch auf die Dauer wäre es tödlich gewesen. Deine Mutter ist nicht die Erste, der genau das passiert ist. In ihr kämpften zwei verschiedene Daseinsformen.«

Caillou machte eine kleine Pause und überlegte, wie er Pierre diesen Vorgang am besten erklären konnte. »Der Teil von Emeraude, der sozusagen oberweltlich wurde, konnte die Daseinsform nicht besiegen, die unser Ursprung ist. Sie ist einfach stärker und setzt sich letztendlich durch. Emeraude hat gewusst, was passieren würde, weil es ein paar anderen vor ihr so ergangen war. Sie hat außerdem gewusst, dass sie bei ihrer Rückkehr den Steinbrechern in die Hände fallen wird, weil ihr die Kraft fehlte, ohne das Tor den Übergang zu bewältigen.«

»Aber wenn ihr Körper tot war, wie konnte sie dann das Tor benutzen um in ihre Welt zu gelangen?«, fragte Pierre. Mittlerweile hatte er ganz vergessen, dass außer ihm und Caillou noch immer Diamant im Raum saß, der sich jetzt erhob und ein paar Schritte entfernte. Irritiert schaute Pierre kurz zur Seite, dann widmete er sich wieder Caillou.

»Hast du schon mal den Ausdruck Astralleib gehört?«

Pierre grinste breit. »Klar. Nehmen Sie's mir nicht übel, aber an diesen Esoterikkram kann ich wirklich nicht glauben.«

»Ist auch nicht nötig. Ich versuche nur dir damit deutlich zu machen, was geschehen sein muss. Als deine Mutter im Krankenhaus starb, starb nur der oberweltliche Teil von ihr. Da ihr Körper sich überwiegend der Oberwelt angepasst hatte, blieb ihr von ihrer eigentlichen Existenz mehr oder weniger der geistige Teil, die Seele, wenn du so willst. Sie löste sich vom Körper und sammelte ihre Kräfte ähnlich wie beim Übergang von der Steinwelt in die Oberwelt. Dem Abbild der Seele, dem Astralleib also, gelang es, sich zu Atomen und Zellen zu verdichten, die sich wieder so zusammensetzten, wie es bei Emeraudes ursprünglichem Körper gewesen war. Dieser Vorgang muss ausgesprochen energiezehrend sein, mehr als ich mir vorstellen möchte. Mir ist zwar nicht die Gefangenschaft bei den Steinbrechern, dafür aber der Tod auf der Oberwelt erspart geblieben. Da bisher noch niemand zu uns zurückgekehrt ist, der beides erlitten hat, konnten wir nicht fragen, was für ein Gefühl das Sterben und Wiederauferstehen ist.«

»Wieso ist noch niemand zurückgekommen? Und woher wissen Sie dann so viel darüber?«

»Ich sagte, es ist noch niemand zu *uns* zurückgekehrt«, wiederholte Caillou. »Die Steinbrecher ließen diejenigen, die bei euch starben und das Tor in die Steinwelt benutzten, nicht wieder gehen. Wir wissen trotzdem relativ viel über den Prozess an sich, weil wir die Leiche eines Mannes fanden, der offenbar versucht hatte vor den

Steinbrechern zu fliehen. Unsere Wissenschaftler untersuchten den Körper und zogen ihre Schlüsse. Es gibt letztendlich keinerlei Beweise für das, was ich dir hier erzählt habe. Möglicherweise funktioniert es anders. Aber auch dieses Rätsel könnten wir ein für alle Mal lösen, wenn es uns gelänge, Emeraude zu befreien.«

Pierre seufzte und ließ seine Augen im Raum umherschweifen. Das lenkte ihn ein bisschen von dem ab, was Caillou sagte. Eines der Bilder an der gegenüberliegenden Wand, das Diamant gerade in Gedanken versunken betrachtete, zeigte ein junges, schönes blondes Mädchen. Caillou bemerkte, wohin Pierre sah und nickte.

»Deine Mutter.«

»Da war sie noch sehr jung, oder?«

»Das Bild entstand, kurz bevor sie zum ersten Mal die Oberwelt betrat.«

»Aber ...«, wandte Pierre ein. Emeraude wirkte noch so unglaublich jung. Dann dachte er an Caillous Bemerkung über den Grabstein, den Christophe wohl in Erinnerung an die Vergangenheit gemeißelt hatte. »Hat sie unsere Welt da oben tatsächlich so schnell altern lassen?«, fragte er leise.

»Ja, aber sie fand offenbar, dass dein Vater es wert war. Und du.«

Abrupt wandte sich Diamant um. »Caillou, ich denke, es wird Zeit, dass ihr zwei euch aufmacht und versucht zu retten, was zu retten ist«, sagte er schroff. »Das Ultimatum läuft bald ab.«

»Natürlich, Seigneur«, stimmte Caillou zu. »Allerdings glaube ich, dass Pierre sich erst mal ausruhen sollte. Er ist schon zu lange auf den Beinen und es nützt nichts, wenn er mir vor Müdigkeit und Erschöpfung unterwegs einschläft.«

»Ich bin nicht müde!«, protestierte Pierre.

»Ach nein? Dann sieh mal in den Spiegel. Deine Augen kann man ja kaum noch erkennen.«

»Aber wenn die Zeit drängt! Ich will nicht, dass durch meine Schuld ...«

»Du bist unsere einzige Hoffnung«, unterbrach Caillou ihn und stand auf. »Gerade deshalb sollten wir unsere Ressourcen nicht unnötig erschöpfen. Das wird kein Spaziergang, sondern anstrengend und gefährlich. Du wirst dich also etwas ausruhen, dann machen wir uns auf den Weg.« Damit bugsierte Caillou Pierre nach draußen. »Warte hier, ich komme gleich nach«, sagte er, um sich anschließend noch einmal an Diamant zu wenden.

»Wie viel Zeit bleibt uns noch, Seigneur?«

»Sechs Wachphasen. Recht wenig um ans Ausruhen zu denken.«

Jetzt war es Caillou, der zu Emeraudes Bild blickte. »Das ist wahr. Aber ich habe nicht nur Pierre, sondern auch euch meine Gründe erläutert.«

Diamant wusste, dass Caillou Recht hatte. Trotzdem war er ungeduldig und nervös. Es ging um so viel. Um sein Leben. Um seine Herrschaft. Um das Reich der Steinmenschen.

»Wenn ihr aufbrecht, wirst du Galène mitnehmen«, sagte er schließlich. »Einer mehr kann nicht schaden und er kennt sich aus.«

Caillou nickte. Bei der Erwähnung Galènes fiel ihm noch etwas anderes ein. »Habt Ihr Euren Mann bei den Steinbrechern erreichen können?«, erkundigte er sich mit wenig Hoffnung.

»Wie man's nimmt«, sagte Diamant verbittert.

»Was heißt das? Habt Ihr oder habt Ihr nicht?« Caillou war nicht in der Stimmung für logische Denkspiele.

Diamant drehte sich um, kehrte zu dem Tisch zurück, an dem sie zuvor gesessen hatten und öffnete eine Schublade. Eine kleine Schatulle aus Speckstein kam zum Vorschein, die er auf die Tischplatte stellte. Er winkte Caillou näher zu sich und hob dann den verzierten Deckel.

Im Inneren der Schatulle lag auf feinen Kieselsand gebettet ein Finger, an dem ein goldener Siegelring steckte. »Dieser Ring – ich selbst habe ihn Topaze geschenkt.«

Caillou holte tief Luft und atmete sie sehr langsam wieder aus. »Es gehört wohl nicht viel Fantasie dazu, sich auszumalen, wie es dem Rest von Topaze ergangen ist.«

»Nein, wohl kaum. Ich gedenke nicht, ebenso zu enden.« Ein harter Zug lag um Diamants Augen und seinen Mund. »Wenn Pierre es nicht schaffen sollte, Emeraude zu befreien, werde ich alle Kräfte mobilisieren und Silex jagen bis ans Ende der Steinwelt. Ich werde ihn kriegen – und dann mögen ihm und seinen verdammten Steinbrechern die Götter gnädig sein!«

12

Pierre war zunächst versucht gewesen, an der Tür zu lauschen. Es passte ihm nicht, plötzlich hinausgeschickt zu werden. Doch er ließ schnell von seinem Vorhaben ab, als er den Wachposten bemerkte, der regungslos neben der Tür stand. Er betrachtete den großen, sehr kräftigen Mann genauer, der keine Miene verzog und sich auch von Pierres neugieriger Musterung nicht irritieren ließ. Er trug eine Art Uniform aus braunem Stoff und mit glänzenden goldenen Knöpfen an der Jacke, die ihm bis zu den Knien reichte. Über der Schulter hing an einem Riemen ein langes, schmales Schwert, dessen Griff mit einem Diamanten besetzt war.

»Gehören Sie zur Leibwache des Fürsten?«, fragte Pierre.

Der Mann sah jetzt flüchtig in Pierres Richtung, wandte aber sofort wieder den Blick ab ohne etwas zu sagen.

»Verzeihung«, murmelte Pierre. »Ich wusste nicht, dass hier Redeverbot herrscht.«

Wieder schielte der Mann zu Pierre herüber und diesmal sah es so aus, als wolle er etwas sagen, doch er hielt sich im letzten Augenblick zurück. Pierre zuckte mit den Schultern, lehnte sich an die gegenüberliegende Wand und wartete auf Caillou. Erst jetzt merkte er, wie müde und ausgelaugt er wirklich war, und dachte mit Sehnsucht an sein Bett, das irgendwo, wer weiß wie viele Kilometer über ihm, in seinem verlassenen Zimmer stand. Christophe fiel ihm ein, und dass er sich wahrscheinlich die größten Sorgen machte, wenn er seinen Sohn nicht mehr vorfand.

Wenn das hier nicht ein gigantischer Albtraum war, aus dem er gleich durch seinen Wecker gerissen würde, dann ging sein Vater wahrscheinlich schon bald zur Polizei. René und Florence würden ihn ebenfalls vermissen. Das hieß ... Florence wohl eher nicht, wenn Caillou Recht behielt und sie eigentlich zu den Steinbrechern gehörte.

In diesem Moment öffnete sich die Tür und Caillou trat heraus. Die Wache salutierte, als Caillou und Pierre an ihr vorbei den Gang entlang bis in den Hof eilten.

»Ist nicht gerade sehr gesprächig, der Typ«, stellte Pierre fest und deutete hinter sich.

Caillou, der offenbar mit den Gedanken noch ganz woanders war, brauchte eine Weile, bis er wusste, was Pierre meinte. »Oh«, sagte er dann. »Nein, das ist er wohl nicht.«

»Darf er nicht reden?«

»Er kann nicht.«

»Ist er stumm?«

»Hm«, sagte Caillou einsilbig.

»Ist ja enorm praktisch.«

»Wie kommst du auf die Idee?« Inzwischen hatte Caillou den Weg zu seinem Haus eingeschlagen, das ein Stück weit hinter dem Palast lag. Er freute sich beinah so sehr auf ein bisschen Ruhe wie Pierre.

»Na ja, ich könnte mir vorstellen, dass die Steinbrecher hier ein paar Spione haben. So ein Wachposten, der zur Leibgarde des Fürsten gehört, kriegt doch sicher das eine oder andere von dem mit, was im Palast besprochen wird. Wenn also die Steinbrecher so jemanden schnappen, bringt ihnen das nicht viel, weil er nichts ausplaudern kann.«

»Hm«, machte Caillou erneut.

Die Einsilbigkeit seines Begleiters brachte Pierre auf einen neuen Gedanken. Obwohl das, was er da gerade zusammengesponnen hatte, nur so dahingesagt gewesen war, ahnte er plötzlich, dass möglicherweise doch ein Körnchen Wahrheit darin steckte.

»Caillou?«

»Hm?«

»Himmel, können Sie noch was anderes sagen?«, entfuhr es Pierre genervt. »Ich wollte nur wissen, ob alle Leibwächter des Fürsten stumm sind.«

»Ja, sind sie«, bestätigte Caillou.

»Wie viele gibt es?«

»Einige.«

Etwa zwei Minuten lang schwieg Pierre. »Ich finde«, sagte er dann, »dafür dass Sie mich so nötig brauchen, um Ihre Welt hier zu retten, könnten Sie ruhig etwas redseliger sein.«

»Du bist *nicht* stumm, mein Junge«, erinnerte Caillou Emeraudes Sohn. »Und wenn diese Mission schief gehen sollte, was immerhin sein könnte, auch wenn ich es wirklich nicht hoffen möchte ...«

»... dann wollen Sie sicher sein, dass ich nicht zu viel weiß?«, vollendete Pierre den Satz.

»Hm.«

»Danke für Ihr Vertrauen.«

Nun blieb Caillou stehen und drehte sich zu Pierre um. »Das hat nichts mit Vertrauen zu tun. Silex ist keineswegs zimperlich im Umgang mit Gefangenen. Er wird dich nicht einfach nett um Auskunft bitten. Er wird ganz was anderes mit dir tun.«

Ein kalter Schauer jagte Pierre über den Rücken, als er verstand, was Caillou damit meinte. Trotzdem dachte er weiter über die stummen Wachposten nach. »Die könnten natürlich auch aufschreiben, was sie wissen«, murmelte er dabei vor sich hin.

»Können sie nicht«, widersprach Caillou. »Schreiben ist eine Kunst, die nicht jeder beherrscht.«

Für den Rest des Weges sagte Pierre nichts mehr.

»Sophie?«, rief Caillou, als er mit Pierre sein Haus betrat.

Bevor Pierre noch dazu kam, dieses Gebäude mit den Wohntürmen La Villes zu vergleichen, mit denen es so gut wie keine Ähnlichkeit hatte, sah er sich der zweiten Hälfte der Legende um Caillou, dem Gespenst von *Aigle Fauve*, gegenüber. Eine blonde Frau kam herbeigeeilt und schaute Pierre prüfend an, nachdem sie Caillou begrüßt hatte. »Du bist also Pierre. Ich wusste, dass wir auf dich zählen können.«

»Hm«, machte Pierre und Caillou begann zu lachen. Er klopfte Pierre auf die Schulter und zog ihn mit sich in einen großen Raum. Wie es schien, war es der einzige im unteren Teil des Hauses und er diente offensichtlich gleichzeitig als Wohnraum und Küche. In der Mitte befand sich eine Feuerstelle, darüber hing ein großer Kessel, in dem irgendetwas vor sich hin brodelte. Pierre lief das Wasser im Mund zusammen. Er hatte nicht nur seit Ewigkeiten nicht geschlafen, er hatte auch schon lange nichts mehr gegessen.

Caillou drückte ihn auf eine steinerne Bank, auf der mehrere bequem aussehende bunte Kissen lagen. Dann holte er von irgendwoher zwei Schüsseln, die er auf den Tisch stellte. Kurz darauf kam Sophie mit einer Platte dunkler Brotscheiben und einem Topf, aus dem sie die Schüsseln mit Suppe füllte.

»Ich bin sicher, die Steinbrecher erwarten uns bereits«, wandte sich Caillou nach dem ersten Löffel an seine Frau. »Wir werden uns nach einer kurzen Pause bald wieder auf den Weg machen müssen.«

Sophie nickte. Ihre Augen blickten sorgenvoll zuerst auf Caillou, dann auf Pierre, der die Suppe wegen ihrer eigenartigen bläulichen Farbe leicht misstrauisch beäugte, sich dann aber überwand und sie probierte. Sie war gut und schmeckte ein bisschen nach Kohl. »Dir steht einiges bevor, aber du wirst das schon schaffen«, sagte Sophie.

»So wie Sie es geschafft haben, Caillou zu befreien?«

Das überraschte Sophie. »Hast du ihm schon erzählt, wie ...?«

»Nein.« Auch Caillou schaute einigermaßen erstaunt drein. »Woher weißt du das?«

»War nicht schwer zu erraten«, meinte Pierre zwischen zwei Bissen Brot. »Sie haben erklärt, nur ich könnte meine Mutter retten. Das heißt ja wohl, ich kann es, weil ich ein Mensch aus der Oberwelt bin. Sie haben außerdem gesagt, Sie waren selbst schon mal in der Gewalt der Steinbrecher. Da Sie jetzt aber nicht mehr dort, sondern hier sind, muss jemand Sie gerettet haben. Ein Mensch der Oberwelt. Sophie.« Er nickte in ihre Richtung. »Das heißt, wenn Sie die Sophie aus der Legende sind.«

»Bin ich«, bestätigte Sophie. »Aber ich habe niemanden gerettet.«

»Doch, das hast du«, widersprach Caillou. »Wenn du nicht da gewesen wärst, hätte ich nie getan, was ich getan habe.«

Eine Weile, in der Sophie und Caillou sich stumm in die Augen blickten, wagte auch Pierre nicht zu sprechen, obwohl ihm viele Fragen durch den Kopf geisterten. Er aß die Suppe auf, dann schob er den Teller von sich weg. »Es gibt zwei Dinge, die ich gern wüsste.«

»Welche?«, erkundigte sich Caillou, der ahnte, was kommen würde.

»Sie haben vorhin Ihre Tochter erwähnt. Wo ist sie?«

Damit hatte Caillou nicht gerechnet. Er lächelte ein bisschen traurig. »Sie hat sich gegen ein Leben hier unten entschieden. So wie deine Mutter.«

»Dann wird sie also auch eines Tages wiederkehren – und in die Hände der Steinbrecher fallen?«

Caillou sah an Pierre vorbei und fixierte dabei eine Kerze auf einer kleinen Anrichte aus hellgrünem Speckstein. »Nein, das glaube ich nicht. Sie ist weggegangen, weit weg. Anders als Emeraude blieb sie nicht mal in dem Land, das ihr Frankreich nennt. Vielleicht kommt sie zurück, wenn sie die ersten Anzeichen des Sterbens an sich wahrnimmt. Aber ich glaube es nicht. Sie mochte die Steinwelt nie besonders.«

Pierre wünschte, er hätte nicht gefragt. Caillous Trauer, seine Tochter verloren zu haben, war unübersehbar. Es wurde Zeit, das Thema zu wechseln. Er räusperte sich. »Aber dass unbedingt ich meine Mutter befreien muss, hängt doch damit zusammen, dass ich aus der Oberwelt komme, richtig? Warum ist das so? Und wieso kann Sophie hier trotz der radioaktiven Strahlung des Limazits überleben?«

Beide Fragen lenkten Caillou von seiner Tochter ab. Anerkennend ruhte sein Blick auf Pierre. »Das eine hängt mit dem anderen zusammen. Obwohl du vorhin sehr kluge Schlüsse gezogen hast, treffen sie nicht vollkommen zu. Sophie hat mich gerettet – aber die Tatsache, dass sie ein Mensch der Oberwelt ist, war dafür nicht verantwortlich. Damals war es nur ihr Mut, der zählte.« Caillou berührte die Hand seiner Frau leicht und lächelte. »Im jetzigen Fall allerdings hat es sehr wohl etwas damit zu tun, dass du von der Oberwelt kommst. Die Steinbrecher sind stärker geworden, ihre Technik hat sich schnell fortentwickelt, seit sie im Besitz des Tors sind. Wenn du nicht von der Oberwelt kämst, könntest du das Energienetz nicht durchdringen, das sie um ihr Reich aufgebaut haben.«

Pierre wollte gerade fragen, was damit gemeint war, wurde jedoch durch eine Handbewegung Caillous davon abgehalten. »Durch Sophies Auftauchen hier unten haben wir sehr viel gelernt«, fuhr er fort. »Der Schock der radioaktiven Strahlung hat auf Menschen der Oberwelt eine immunisierende Wirkung. Das Limazit ist ungleich stärker radioaktiv als alles, was bei euch auf der Erde vorkommt, und müsste demnach eigentlich sofort tödlich sein. Ist es aber nicht, sondern es scheint im Gegenteil, als wisse der Körper gerade aufgrund der übermäßigen Strahlung instinktiv, dass eine unmittelbare Gefahr drohte. Er baut um sich herum eine Art Schutzschild auf – und ausgerechnet dieser Schutzschild neutralisiert das Energienetz der Steinbrecher.«

»Woher kommt die Energie?«, fragte Pierre nun doch.

»Vom Tor. Die Steinbrecher müssen es geschafft haben, einen Teil der Energie des Tores zu bündeln und umzuwandeln, sodass jeder umkommt, der versucht das Netz zu durchbrechen.«

»Und dieser Schild – schützt er Menschen der Oberwelt auch dauerhaft vor den radioaktiven Strahlungen des Limazits?«

»Nicht dauerhaft. Es ist eher so, dass der Schutzschild im Laufe der Zeit schwächer wird und gleichzeitig mit diesem Prozess der Körper die Gelegenheit bekommt, sich den Gegebenheiten hier unten nach und nach anzupassen. Das zieht sich über lange, lange Zeit hin. Sophie ist jetzt seit hundertzweiundfünfzig Jahren hier. Wir wissen nicht, warum es den Steinmenschen umgekehrt nicht gelingt, sich eurer Welt endgültig anzupassen. Aber es ist leider auch der Grund, weshalb wir dich brauchen um Emeraude zu retten. Sophies Schutzschild kann nichts mehr gegen das Energienetz ausrichten.«

»Immerhin bewirkt es offensichtlich auch, dass man nicht altert«, sagte Pierre mit einem Blick auf Sophie.

Die lachte. »Danke!«

Pierre fiel nicht in das Lachen ein. »Dann ist da noch was. Ich bin nur zur Hälfte ein Mensch von der Oberwelt. Anscheinend habe ich genug von den Steinmenschen in mir, dass ich den Übergang ohne das Tor schaffe. Obwohl mir das Limazit mein ganzes Leben lang gefehlt hat.«

»Emeraude hatte genug davon in ihrem Körper gespeichert, als sie zu euch kam. Sie gab es während der Schwangerschaft an dich ab. Wärst du erst zehn Jahre später geboren worden, hätte es nicht mehr funktioniert, aber Emeraude hat dich schon sehr bald nach ihrem Übergang empfangen«, erklärte Caillou.

Das leuchtete Pierre ein, doch es änderte nichts an den anderen weit schlimmeren Zweifeln, die an ihm nagten. »Aber wenn ich nur zur Hälfte ein Mensch der Oberwelt bin – ist mein Schutzschild stark genug, das Energienetz der Steinbrecher zu neutralisieren?«

Wie vorhin bei Diamant holte Caillou tief Luft und atmete sie ganz langsam wieder aus. »Das, Pierre, werden wir erst herausfinden, wenn es so weit ist. Ich sagte ja, es wird gefährlich. Das bezog sich nicht nur auf die Steinbrecher.«

Dunkel erinnerte sich Pierre an etwas, das Caillou zu Hause in Rocaille zu ihm gesagt hatte: *Dass du zur Hälfte ein Steinmensch bist, könnte für unser Vorhaben natürlich auch Nachteile haben, aber das wird sich zeigen.* Damals hatte Pierre diese Aussage nicht verstehen können, erst jetzt wurde ihm vollends klar, was sie bedeutete. Was keinesweges zu seiner Beruhigung beitrug.

»Ich glaube, ihr habt jetzt genug diskutiert«, mischte Sophie sich ein. »Legt euch hin, ich wecke euch früh genug.«

Anfangs dachte Pierre, es würde ihm schwer fallen, einzuschlafen, obwohl seine Beine ihn mittlerweile kaum noch die paar Stufen in den oberen Bereich des

Hauses trugen, wo er auf eine weich gepolsterte Liege fiel. Seine Lider waren bleiern, trotzdem fühlte er sich hellwach im Kopf. Kaum hatte er sich jedoch ausgestreckt, bemerkte er nichts mehr um sich herum.

Er hörte auch nicht Sophies leise Frage: »Werdet ihr es schaffen?«

Und ebenso wenig Caillous erschöpfte Antwort: »Ich weiß es nicht. Ich hoffe es.«

13

Auch Caillou schlief schnell ein, doch im Gegensatz zu Pierre war sein Schlaf nicht ruhig und fest. Er träumte. Er träumte von dem Moment, als er zum ersten Mal die Oberwelt betrat. Er sah sich selbst in diesem merkwürdigen Haus stehen, das *Aigle Fauve* hieß, doch davon wusste er damals nichts.

Er hatte das Tor entdeckt, herausgefunden, wie es funktionierte, aber zunächst noch niemanden in das Geheimnis eingeweiht. Stattdessen benutzte er es einfach, ohne hundertprozentig sicher sein zu können, dass er den Übergang überleben würde. Aber die Neugier war größer gewesen als die Angst. Er spürte zum ersten Mal, wie seine Atome durcheinander gewirbelt wurden und sich kurz darauf wieder zusammensetzten. Ihm war übel und schwindelig und noch dazu fand er sich in einem dunklen, muffig riechenden Kellergewölbe wieder. Nachdem er sich davon überzeugt hatte, in einem Stück auf der anderen Seite des Tors angekommen zu sein, lauschte er mit angehaltenem Atem, nahm aber keinen Laut wahr. Vorsichtigt tastete er sich die Kellertreppe hinauf in das Erdgeschoss des Hauses, wo er bald in einem seltsamen Raum stand, in dem alle Möbel aus Holz und die Stühle und Sessel mit kostbaren Stoffen überzogen waren. Die Bilder an den Wänden waren farbig, Pflanzen mit unterschiedlich bunten Köpfen standen in runden gläsernen Gefäßen.

Von irgendwoher hörte er Schritte und wollte sich verstecken, doch er konnte sich nicht bewegen. Er hatte das Gefühl, seine Knie müssten ihm jeden Augenblick wegsacken. Erleichtert bemerkte er, dass die Schritte sich wieder entfernten und irgendwo im Haus verklangen. Nach einer Zeit spürte Caillou seine Kräfte zurückkehren und er schlich aus dem Haus in einen Garten. Draußen war es dunkel, sehr viel dunkler als in der Steinwelt. Das überraschte Caillou, weil die Legenden über die Oberwelt immer von strahlender Helligkeit berichteten. Doch seine Gedanken wurden abgelenkt, als sein Blick auf eine Gestalt fiel, die auf einem Holzbrett saß, das mit zwei Stricken an einer Stange befestig war.

Das Mädchen war wunderschön. Das Licht, das von dem silbrigen Rund kam, das am Himmel stand, tauchte sie in einen zauberhaften Glanz. Er stand ganz still da und beobachtete sie und wünschte sich, er könnte ewig so verharren. Er dachte nicht einmal daran, dass sie ihn sehen musste, wenn sie den Kopf nur ein wenig zur Seite drehte. Und genau das geschah. Ihre Blicke trafen sich und in diesem Moment fühlte Caillou etwas, das er nie zuvor gefühlt hatte. Einen Schmerz, der unglaublich wehtat und unglaublich schön war. Sein Herz schien zerreißen zu wollen und sich gleichzeitig zusammenzukrampfen. Er wollte die Hände ausstrecken und das Mädchen berühren, doch er blieb wie erstarrt. Das war der Beginn seiner Liebe zu Sophie.

Caillou nahm Arbeit im Steinbruch an und schuftete

mit den anderen Männern von Sonnenaufgang bis Sonnenuntergang. Er hörte ihnen zu und lernte allmählich ihre Sprache, und Sophie, die ihn zu diesem Zeitpunkt schlicht für einen Fremden aus dem Ausland hielt, half ihm dabei. Wenn die Arbeit getan war, schlich er sich nach *Aigle Fauve* und traf sich mit ihr im hintersten Winkel des großen Gartens. Sophie wusste, dass ihr Vater einer Heirat mit einem Arbeiter niemals zustimmen würde. Und Caillou ahnte ebenfalls, dass sie keine Hoffnung auf eine gemeinsame Zukunft hatten. Er war weitaus mehr als ein einfacher Arbeiter. In der Steinwelt war er Ratgeber eines Fürsten, aber hier nicht. Hier war er nichts. Ein Niemand, der eine Prinzessin liebte. Irgendwann begann er ihr von seiner eigenen Welt zu erzählen, und obwohl er befürchtete, sie könnte ihm keinen Glauben schenken, erwies sie ihm jedes Vertrauen. Aber sie hatte Angst, ihm zu folgen, wenngleich es die einzige Möglichkeit war, zusammenzubleiben. Caillou nahm ihr die Angst nicht übel. Er wusste nicht, ob ein Mensch der Oberwelt das Tor durchschreiten konnte. Genauso wenig konnte er Sophies Überleben in der Steinwelt garantieren. Viel zu wenig war bekannt von den Unterschieden und Gemeinsamkeiten ihrer beiden Welten.

Und so blieb Caillou. Seine kurzen Treffen mit Sophie waren das Schönste, was er je erlebt hatte, und auch wenn es gestohlene Momente bleiben mussten, hätte ihn nichts dazu gebracht, ohne Sophie in die Steinwelt zurückzukehren.

Doch dann kam das Unglück über die Liebenden. Eines Abends folgte ein Arbeiter Caillou bis zu *Aigle Fauve*, weil er neugierig war, wohin sein Kumpel aus dem Steinbruch so regelmäßig verschwand. Er sah ihn zusammen mit Sophie und beschloss aus seinem Wissen Geld zu machen, indem er Sophies Bruder davon erzählte. Von diesem Zeitpunkt an gab es keine heimlichen Zusammenkünfte mehr. Sophie wurde in ihr Zimmer gesperrt, Caillou fortgejagt. Vier Tage lang blieb Caillou unentdeckt in der Gegend, er versuchte Sophie wenigstens durch ihr Fenster im oberen Stockwerk des Hauses zu sehen. Vergebens.

Am fünften Tag beobachtete er, dass sich die gesamte Familie auf den Weg zur Kirche machte. Alle bis auf Sophie. Er belauschte von einem Gebüsch ein Gespräch zwischen Monsieur und Madame Vincent, die sich über den Gesundheitszustand ihrer Tochter unterhielten. Offenbar war Sophie in so etwas wie einen Hungerstreik getreten, für den ihr Vater allerdings keinerlei Verständnis zeigte.

Sie verließen das Haus, nur Sophie und ein paar Angestellte blieben zurück. Selbst wenn Caillou Sophie vergessen und zurück in die Steinwelt hätte gehen wollen, wäre er gezwungen gewesen *Aigle Fauve* zu betreten. Er befand, dass er eine solche Chance nicht zum zweiten Mal erhalten würde, und schlich durch eine geöffnete Terrassentür ins Haus. Stille herrschte wie am Abend seiner Ankunft vor wenigen Monaten.

Er hatte zwei Möglichkeiten: Entweder er ging geradewegs nach unten in den Keller und kehrte der Oberwelt den Rücken oder er sah Sophie wenigstens ein letztes Mal. Seine Überlegungen dauerten nicht lange. Er wusste, welches Zimmer ihres war, und hoffte die Tür unverschlossen zu finden. Offensichtlich hatte sich das Misstrauen der Vincents etwas gelegt, denn er konnte ungehindert Sophies Raum betreten.

Sie lag vollkommen angekleidet auf ihrem Bett und

starrte an die stuckverzierte Decke. Nicht einmal das Geräusch der Tür veranlasste sie zu einer Bewegung. Erst Caillous Stimme holte sie aus ihrem tranceartigen Zustand.

»Sophie«, sagte Caillou leise. Er sah, dass sie im ersten Moment glaubte zu träumen, dann richtete sie sich auf und breitete ihre Arme aus. Caillou kam zu ihr und hielt sie fest, als würde er sie nie wieder loslassen. Doch ihm blieb keine Wahl. Er musste zurück.

»Nimm mich mit«, bat Sophie unter Tränen.

»Das geht nicht, Liebste, es ist zu gefährlich für dich.«

»Ich sterbe lieber dort unten in deiner Welt als allein ohne dich hier.«

Caillou spürte Sophies Zittern, Tränen rannen ihr über die Wangen und er konnte gar nichts tun. Er küsste die Tränen fort, küsste ihren Mund, ihr Haar, ihren Hals – und Sophie wehrte sich nicht, als er anfing sie zu entkleiden. Er wusste, dass es Wahnsinn war, was sie hier taten, aber für beide schien es im Moment nichts anderes zu geben als die Gegenwart des anderen.

Dann wurde die Tür aufgerissen und Sophies Vater stand auf der Schwelle. Sein Zornesschrei hallte durch das ganze Haus. Er rief auch Sophies Bruder auf den Plan und gemeinsam zerrten sie Caillou aus dem Raum, stießen ihn die Treppe hinunter bis in den Keller und schlugen ihn zusammen, bis er regungslos liegen blieb.

»Was tun wir mit ihm?«, fragte die jüngere Stimme.

»Er muss weg. Endgültig«, antwortete Sophies Vater. »Geh das Morphium deiner Mutter holen. Wir werden ihm so viel geben wie nötig. Wenn er vollkommen bewusstlos ist, werden wir ihn irgendwo verschwinden lassen, am besten im Steinbruch.«

Der Sohn befolgte die Anweisungen seines Vaters,

der inzwischen auf Caillou aufpasste. Caillou lag stöhnend auf dem steinigen Boden und spürte ein furchtbares Dröhnen im Kopf. Als Sophies Bruder zurückkam, setzten sie ihm eine Spritze und warteten eine Weile.

»Nicht nötig, dass wir hier rumstehen«, sagte Monsieur Vincent nach einiger Zeit und ließ von Caillou ab, der kraftlos zu Boden sank. »Wir warten, bis es dunkel ist, dann bringen wir ihn fort.« Er verließ zusammen mit seinem Sohn den Keller und Caillou nahm lange Zeit nichts mehr wahr außer seinem eigenen röchelnden Atmen.

Wäre es ihm möglich gewesen, hätte er sich nur in das gegenüberliegenden Kellergewölbe schleppen müssen, um durch das Tor in die Steinwelt zurückzukehren, doch das Morphium hatte seinen Körper gelähmt. Irgendwann später hörte er wieder Schritte und tat, als wäre er bereits bewusstlos. Dann merkte er, dass sich eine kühle Hand auf seine Stirn legte.

»Caillou«, flüsterte Sophie. »Caillou, hörst du mich?«

Es kostete Caillou alle Kraft, die er aufbringen konnte, zu nicken. Unter enormen Anstrengungen bat er sie ihm zum Tor zu helfen, von dem nur er wusste, wo es sich verbarg. Der unbehauene Fußboden sah gänzlich unscheinbar aus, nur ein kaum sichtbar in den Stein geritzter Kreis mit einem sechszackigen Stern im Inneren markierte die Stelle, auf der irgendjemand vor Jahren *Aigle Fauve* errichtet hatte ohne zu ahnen, was sich unter ihm befand. Kreis und Stern umschlossen ein paar merkwürdige Zeichen, auf zwei davon legte Caillou seine Hände.

»Geh«, sagte er zu Sophie.

»Nein!«, schluchzte sie.

»Du ... musst. Wenn sie ... dich vermissen ...«

Sophie ahnte, was das hieß. Wenn ihr Vater und ihr Bruder sie hier unten bei Caillou fänden, verlöre er für immer die Möglichkeit, das Tor zu benutzen, weil sie ihn sofort wegschaffen würden. Sie erhob sich und floh aus dem Keller.

Caillou spürte die Energie, die durch seine Hände floss. Er schloss die Augen und versuchte sich zu konzentrieren. Es gelang ihm nicht sofort, zu stark war die benebelnde Wirkung des Morphiums. Doch schließlich dachte er an gar nichts mehr, nur noch an den Druck hinter seiner Stirn, den er gefühlt hatte, als er den Übergang zum ersten Mal gewagt hatte. Dann begann das Kribbeln in seinen Fingern durch seinen ganzen Körper zu laufen. Es wurde noch schwärzer um ihn herum – und als er das nächste Mal die Augen öffnete, blickte er auf das vertraute rötliche Gestein.

14

»Caillou!«, hörte er eine Stimme rufen. »Caillou, hörst du mich?«

»Du musst gehen«, murmelte er. »Geh, Sophie.«

»Nein, mein Liebster, *du* musst gehen. Es wird Zeit!«

Caillou wurde gänzlich wach und schaute in Sophies Augen. Der Traum war so wirklich gewesen wie lange nicht mehr. Er schloss Sophie in seine Arme und hoffte inbrünstig, dass seine Mission mit Pierre erfolgreich sein werde. Sonst war dies vielleicht das letzte Mal, dass er in Sophies Augen blickte.

Nachdem er sich schwerfällig erhoben hatte, beugte er sich über Pierre, der nicht durch quälende Träume heimgesucht worden zu sein schien. Jedenfalls atmete er tief und gleichmäßig. Sophie hatte ihnen sogar noch ein bisschen mehr Ruhezeit gegeben als vorgesehen, doch jetzt war die Schonfrist abgelaufen. Beide traten aus dem Haus, Caillou ließ nur zögernd Sophies Hand los, aber verabschiedet hatten sie sich bereits lange vorher. Als beide den Weg ins Ungewisse einschlugen, wandte er sich nicht noch einmal um. Er wusste auch so, dass Sophie ihnen hinterhersah, bevor sie kurze Zeit später ihre Arbeit in der kleinen Specksteinwerkstatt wieder aufnehmen würde.

»Wird es hier eigentlich nie heller oder dunkler?«, erkundigte sich Pierre.

»Nein, nur die Gewohnheit, der Befehl unseres Körpers, lässt uns schlafen oder wach sein. Es gibt sonst keinen Unterschied zwischen Tag und Nacht, wie du ihn kennst.«

Verstehend nickte Pierre. Er hatte noch eine Menge Fragen auf Lager, allerdings spürte er, dass Caillou gerade nicht in der Stimmung war, irgendwas zu beantworten. Also schwieg er. Bis unter ihnen – diesmal allerdings aus einer etwas anderen Perspektive – wieder die Stadt La Ville erschien. Jetzt wimmelte sie von Menschen, fast kam es Pierre vor wie ein gigantischer Ameisenhaufen. »Gehen wir da runter?«

»Ja. Galène wird uns begleiten, er lebt in der Stadt.«

»Galène?«, wiederholte Pierre fragend.

»Galène gehörte mal zu den Steinbrechern. Er kennt sich besser dort aus als irgendjemand von uns. Es gibt nicht viele Überläufer, Galène ist einer der wenigen und aus bestimmten Gründen zurzeit der einzige, der wirklich unser Vertrauen genießt. Er wird dir auf unserem Weg erläutern, worauf du achten musst, wenn es dir gelingt, das Energienetz zu durchbrechen.«

»Ein Steinbrecher genießt das Vertrauen der Steinmenschen? Was hat er getan, das das rechtfertigt?«

Caillou gestattete sich ein kleines Lächeln. »Wahrscheinlich ist Galène nicht mal ganz so freiwillig hier, aber da er es nicht lassen konnte, Améthyste nachzustellen und keinen Wert darauf legte, von Silex dafür umgebracht zu werden, bleibt ihm nichts anderes übrig.«

»Wer ist Améthyste?«

»Sie war Silex' Frau.«

»War? Ist sie gestorben?«

»Da gibt es diverse Gerüchte. Ich halte jenes für am wahrscheinlichsten, wonach Silex sie in einem Wutanfall selbst tötete. Er nahm an, sie hätte tatsächlich mit Galène ... du weißt, was ich meine. Galène beschwört das Gegenteil, aber ich schätze, das war Silex ziemlich einerlei.«

Pierre schluckte trocken. Der Fürst der Steinbrecher schien ein außergewöhnlich brutaler Mann zu sein. Pierre konnte nicht behaupten, allzu viel Wert darauf zu legen, ihm zu begegnen. Er mochte sich ebenso ungern ausmalen, was seine Mutter in seiner Gewalt zu erleiden hatte.

Caillou erriet Pierres Gedanken und versuchte ihn zu beruhigen. »Er wird Emeraude nichts tun, solange das Ultimatum nicht abgelaufen ist.« Tatsächlich war er sich dessen nicht so sicher. Silex einzuschätzen schien viel schwerer, als sie je angenommen hätten. Er war vollkommen unberechenbar. Wer konnte wissen, was in seinem Kopf vorging?

Nachdem sie den Abstieg nach La Ville geschafft hatten, standen sie in den belebten Straßen. Die Stalagmiten wirkten von hier unten noch weitaus beeindruckender als vom Felsplateau aus. Pierre konnte seine Augen nicht von den riesigen Wohntürmen nehmen. Sie sahen massig aus, fast ein wenig beängstigend. Er stellte sich die Dunkelheit vor, die in ihnen wegen der fensterlosen Bauart herrschen musste, und schauderte ein wenig.

Unterwegs bemerkte er immer wieder, dass viele Leute Caillou grüßten. Doch er sah auch, dass mindestens ebenso viele an ihnen vorbeihasteten ohne sie wahrzunehmen. Sie schienen eilig einem Ziel zuzustreben und dabei keine Zeit für ihre Umgebung zu haben.

»Was tun all die Menschen in der Stadt?«, fragte Pierre.

»Sie sorgen dafür, dass unsere Gesellschaft funktioniert. Jeder hat seine Aufgabe, jeder Einzelne ist wichtig für das System, ohne diese Menschen würde unsere Welt zusammenbrechen.«

Pierre sah Läden mit Lebensmitteln und ihm fiel auf, dass größtenteils pflanzliche Nahrung angeboten wurde, einiges an Fisch, aber kein Fleisch. Er sprach Caillou darauf an und der erklärte: »Es gibt keine Tiere hier außer den Fischen aus unseren Flüssen. Sie sind sehr wertvoll, weil sie uns mit dem nötigen Eiweiß versorgen.«

»Sind sie teuer?«

Caillou lachte. »Wir haben kein Geld, Pierre. Wir zahlen in Rohstoffen oder tauschen Waren.«

Pierre ließ seinen Blick weiterwandern, sah Stoffmanufakturen, Gerbereien, Schmieden – und unzählige Steinschleifereien und Juweliere. Dabei schien alles für alles gebraucht zu werden, Edelsteine für Schmuck oder Verzierungen, kostbare Metalle für Ketten und Gürtel, Speckstein und Marmor zur Herstellung von kleinen Schatullen über größere Möbel bis hin zu gewaltigen Steinplatten.

»Wofür sind die?«, erkundigte sich Pierre.

»Zum Bau weiterer Palastanlagen oder für die Häuser

der Ratsmitglieder. Stimmt«, fiel Caillou ein, »das kannst du nicht wissen. Diamant herrscht natürlich nicht allein über die Steinmenschen. Ihm zur Seite steht der Rat der Steinweisen.«

»Gehören Sie diesem Rat an?«

»Nein. Meine Aufgabe besteht nicht darin, das Reich zu regieren. Meine Fähigkeiten liegen auf anderem Gebiet.«

»Zum Beispiel die Kohlen für Diamant aus dem Feuer zu holen, was? Ich wette, von dem Rat der Steinweisen ist keiner fähig zu einem Übergang in die Oberwelt.«

Caillou schmunzelte. »Gewonnen.« Dann blieb er vor einem mittelhohen Wohnturm stehen. »Wir sind da. Hoffen wir, dass Galène zu Hause ist.«

Zum ersten Mal betrat Pierre einen der Stalagmiten. Das Innere war tatsächlich so düster, wie er es sich vorgestellt hatte. Eine Art Wendeltreppe führte in die oberen Stockwerke hinauf, aber es gab keine eigentlichen Wohnungen, sondern stattdessen offene, für jedermann einsehbare Kammern. Während Caillou und Pierre die Wendeltreppe bis zum vorletzten Stockwerk erklommen, erblickte Pierre nur in drei Kammern, die mit Kerzen erleuchtet waren, Menschen, die auf ihrer Bettstatt lagen und krank aussahen.

»Das sind sie tatsächlich. Sonst wären Sie bei der Arbeit.«

»Ist keiner da, der sie pflegt?«, fragte Pierre.

»Doch, selbstverständlich. Unsere Ärzte kümmern sich um sie, aber sie können natürlich nicht ständig bei den Patienten sein.«

»Nein«, widersprach Pierre mit gerunzelter Stirn. »Das meinte ich nicht. Ich spreche von der Familie. Jemand müsste doch ab und zu nach den Kranken sehen.«

»Das ist nicht nötig«, erklärte Caillou. »Die Kranken werden gut versorgt. Die Mitglieder der Familie müssen deshalb ihre Arbeit nicht unterbrechen. Wenn es den Patienten zu schlecht geht um hier zu bleiben, werden sie ins Lazarett gebracht.«

»Ziemlich effizient«, gab Pierre zu.

Caillou antwortete nicht darauf, sondern betrat in diesem Moment die kleine Kammer Galènes, die so leer war wie die meisten anderen, jedoch nicht so dunkel. An der Wand war eine Fackel befestigt, die noch brannte. Offenbar hatte Galène vor bald zurückzukommen.

»Wieso haben Sie damit gerechnet, Galène hier anzutreffen, wenn die anderen auch alle fort sind?«, fragte Pierre.

»Weil Galène den größten Teil seiner Arbeit hier erledigt.«

Pierre schaute sich im Raum um, konnte aber keinen Hinweis auf Galènes Tätigkeit erkennen. Auf engstem Raum gab es eine Liege, ein großes offenes Regal, in dem ein paar Kleidungsstücke lagen, einen Tisch mit mehreren Schubladen, von denen eine mit einem Schloss gesichert war, und einem Stuhl davor. Das hätte fast wie ein ganz normales Zimmer in Pierres Welt ausgesehen, wenn nicht jedes Möbelstück aus grauem Stein gearbeitet worden wäre. Im Gegensatz zu der Einrichtung in Caillous Haus war hier allerdings nichts verziert oder verschönert worden, sondern ausgesprochen nüchtern und kahl geblieben. Dazu wirkte alles penibel aufgeräumt, nirgends lag etwas herum.

»Scheint ein sehr ordentlicher Mann zu sein, euer Galène«, stellte Pierre fest.

Caillou lachte in sich hinein. »Das ist auch besser so. Wenn etwas von dem, was Galène tut, in falsche Hände geriete – und davor ist man nie sicher –, dann käme das einer Katastrophe gleich.«

Allmählich dämmerte Pierre, was genau Galène tat. »Er ist ein Spion?«

»So was in der Art. Er ist der Verbindungsmann zwischen unseren Spionen im Reich der Steinbrecher und uns. Leider scheint es, als seien die meisten unserer Spione von Silex festgesetzt worden.«

»Gibt Ihnen das nicht zu denken? Sie haben vorhin gesagt, Galène wäre nicht unbedingt freiwillig hier. Wenn er nun ...«

»... ein Doppelspiel treibt? Davor wird er sich hüten. Er weiß, dass er von Silex keine Gnade erwarten kann, egal was er tut oder lässt. Nur indem er hier bleibt, kann er seine Haut retten. So einfach ist das. Nein, das Versagen unseres Spionagenetzes muss eine andere Erklärung haben.«

In diesem Moment hörten sie Schritte auf der Treppe, die sich ihnen näherten. Ein Mann erschien in der Kammer, der abrupt stehen blieb, als er bemerkte, dass er nicht allein war. Dann erkannte er offensichtlich zumindest einen seiner Besucher.

»Caillou«, sagte er in neutralem Ton. »Welch seltener Glanz in meiner schäbigen Hütte.« Das wiederum klang äußerst ironisch und auch seine Verbeugung wirkte nicht sehr respektvoll.

Währenddessen hatte Pierre Zeit, Galène eingehend zu betrachten. Er versuchte im Geist sein Alter zu erraten. Wenn Caillou dreihundertachtunddreißig Jahre alt war und aussah wie Mitte Vierzig – wie alt mochte Galène dann sein?

»Lass dich dadurch nicht täuschen, Junge«, sagte Galène und berührte eine Strähne seines lockigen bleigrauen Haars, das er mit einem Band im Nacken zusammengebunden hatte. Offenbar war dem abtrünnigen Steinbrecher Pierres Musterung nicht entgangen. »Der gute Caillou hier ist älter als ich, auch wenn's nicht so aussieht! Und du bist der Sohn der Steinprinzessin?«

Verblüfft nickte Pierre und schaute unsicher zu Caillou hinüber. Galène schien wirklich ein sehr fähiger Spion zu sein. Doch Caillou war keineswegs überrascht.

»Du weißt also schon von Diamant, was uns bevorsteht? Und dir, falls Silex siegen sollte?«

Die unterschwellige Drohung entging Pierre nicht.

Galènes Blick verdüsterte sich. »Der Fürst – oder besser sein Abgesandter vom Rat der Steinweisen, er selbst hat sich nicht herbemüht – machte mir das unmissverständlich klar. Keine Sorge, ich weiß, was Ihr von mir erwartet und was ich zu tun habe.«

»Dann bist du also bereit?«

»Von mir aus kann's losgehen. Ich habe gerade noch die letzten Vorbereitungen getroffen und ein paar Besorgungen gemacht. Könnte sein, dass uns das eine oder andere davon hilfreich sein wird.« Damit deutete er auf den Beutel, den er in der rechten Hand trug und der dem ähnelte, den auch Caillou bei sich hatte. In Caillous Beutel befanden sich Verpflegung und ein paar Decken. Was Galène in seinem hatte, erklärte er nicht näher.

Kommentarlos nickte Caillou jedoch, dann dirigierte er Pierre zur Wendeltreppe zurück und ließ ihn vorgehen, während Galène seine Fackel löschte und als Letzter den beiden folgte.

Bald darauf hatten die beiden Männer aus der Steinwelt und Pierre La Ville hinter sich gelassen. Vor ihnen tat sich offenes Gelände auf. Felsplateaus, tiefe Schluchten, durch die sich Flüsse ihren Weg bahnten, hoch aufragende Gebirge, die in allen Schattierungen von Schwarz, Grau, Braun und Rot schimmerten. Und über allem das merkwürdige Licht, das von nirgendwo und gleichzeitig von überall zu kommen schien.

Noch immer gefangen von der seltsamen Landschaft war Pierre in der nächsten Stunde schweigenden Wanderns damit beschäftigt, die Umgebung in sich aufzunehmen. Hin und wieder bemerkte er, dass die Blicke Caillous und Galènes auf ihm ruhten, und fühlte den Drang, sich umzudrehen und beide herausfordernd anzustarren. Er hatte keine Ahnung, wohin ihn dieses verrückte Abenteuer führen würde, und es war ihm auch nicht wohl bei dem Gedanken, welche Verantwortung ihm übertragen worden war. Als ob es nicht reichte, seine Mutter von den Toten zurückzuholen – was für eine Vorstellung das schon allein war! Praktisch nebenbei wurde ihm damit auch noch die Rettung der Steinwelt aufgebürdet. Zwar legte er im Normalfall besonderen Wert darauf, schon erwachsen zu sein, dennoch war er noch nicht mal siebzehn, und seine einzigen Sorgen hätten eigentlich darin bestehen sollen, die Klausuren in der Schule halbwegs mit Anstand zu bestehen und sich eine Freundin zu angeln.

Plötzlich sah er Florence vor seinem inneren Auge. Florence, in die er sich verliebt hatte, bevor ihm das überhaupt so recht bewusst geworden war. Florence, die ihn belogen, die ihn benutzt hatte für die Zwecke der Steinbrecher. Für die Zwecke der Feinde seiner Mutter. In Gedanken sah er in Florences Augen, die wie Opale schimmerten, und fragte sich, wie er in ihre Falle hatte tappen können.

»Sie ist ein schönes Mädchen«, stellte Caillou fest, der neben Pierre herging, Galène vor ihnen stets im Auge behaltend.

Pierre schreckte aus seinen Grübeleien hoch. »Können Sie hellsehen?«, fragte er seufzend.

»Nein. Aber ich kann gelegentlich in Gesichtern lesen. Besonders wenn sie so offen sind wie deins. Hier unten solltest du lernen, deine Gefühle nicht so deutlich sichtbar vor allen auszubreiten. Jedenfalls sobald es dir gelingen wird, zu den Steinbrechern vorzudringen.«

»Wissen Sie«, fing Pierre an seine Überlegungen in Worte zu fassen, »ich ärgere mich ziemlich über mich selbst, dass ich auf Florence reingefallen bin.«

»Ja, das kann ich verstehen. Die meisten Frauen wissen genau, wie sie ihr hübsches Äußeres nutzen können. Manche tun das in sehr harmloser Weise. Anderen ist das zu langweilig. Opale ist mit dem, was sie tat, auch ein ziemliches Risiko eingegangen. Ihre Mission, wenn man das so nennen will, war von ihrem Blickwinkel auch nicht ganz ungefährlich. Ich frage mich, wie Silex auf ihr Versagen reagiert hat.«

»Glauben Sie, er wird ihr was antun?« In Sekundenschnelle spielten sich alle möglichen Schreckensszenarien vor Pierres innerem Auge ab. Es erstaunte ihn – und ärgerte ihn schon wieder–, dass ihn das nicht völlig kalt ließ.

Caillou zuckte mit den Schultern. »Keine Ahnung. Er hat nicht viel Aufhebens um seine Frau gemacht. Aber das eigene Kind ist vielleicht selbst für einen Steinbrecher was anderes.«

»Sein ... Kind?«, wiederholte Pierre entgeistert. »Florence – Opale ist Silex' Tochter?«

Bestätigend nickte Caillou. »Kinder sind ihren Eltern häufig sehr ähnlich. Scheint mir in Opales Fall auch zuzutreffen. Sie hat dich skrupellos getäuscht.«

»Sie haben mal gesagt, ich käme nach meiner Mutter«, erinnerte sich Pierre.

»Ganz eindeutig!«, lachte Caillou. »Du magst das Aussehen deines Vaters haben, aber ansonsten bist du wie Emeraude.«

»Erzählen Sie mir von ihr.«

So erfuhr Pierre nach und nach die ganze Geschichte der Steinprinzessin, eine Geschichte, die seine Mutter immer vor ihm verborgen gehalten hatte. Während Caillou die Vergangenheit heraufbeschwor, wurde sie so lebendig, als sei das alles nicht schon lange vorbei, sondern gerade erst gestern geschehen.

Pierre lauschte Caillous Erzählung wie gebannt und achtete kaum auf den noch immer vor ihnen gehenden Galène, doch ein, zwei Mal bemerkte er, dass der grauhaarige Mann sich umdrehte und ihn fast prüfend fixierte. Nachdem Caillou geendet hatte, entschied sich Galène auch etwas zur Unterhaltung beizutragen.

»Was Ihr da sagt, klingt, als wären wir unterwegs, eine Heilige zu retten«, wandte er sich an Caillou. »Ich hatte eigentlich immer angenommen, die einzige Frau, die sich solcher Lobpreisung von Euch sicher sein könnte, wäre Eure eigene.«

Pierre wollte auffahren, weil er den Spott in Galènes Stimme hörte, doch Caillou legte eine Hand auf seinen Arm und hielt ihn vor einer Erwiderung zurück. Die beiden Männer mochten sich nicht sonderlich, es war offensichtlich, dass Galène Caillou nur provozieren wollte.

»Meine Frau geht dich wirklich nichts an«, entgegnete

Caillou ruhig. »Auch wenn mir sehr wohl bekannt ist, dass du sehr wenig darauf achtest, ob die Frau, die du dir nimmst, jemand anderem gehört.«

Galène grinste und zwinkerte Pierre zu. »Ihr könnt beruhigt sein, Caillou. Eure Sophie reizt mich nicht.«

»Dein Glück«, brummte Caillou.

»Wollt Ihr mir drohen?«, fragte Galène noch immer belustigt.

»Das, was ich täte, wäre noch harmlos im Vergleich dazu, was Sophie mit dir anstellen würde, wenn du sie anfasstest. Verlass dich drauf.«

Galène gluckste vor sich hin. »Muss ja eine tolle Frau sein. Vielleicht sollte ich meinen Interessenschwerpunkt doch etwas verlagern ...«

»Dein Risiko. Sag nicht, dass ich dich nicht gewarnt habe, wenn dir hinterher was Wesentliches fehlt um andere Frauen zu beglücken.«

Jetzt lachte Galène laut auf. Aber er sagte nichts mehr.

Während Pierre bei Caillou und Sophie gewesen war, hatte er sich mehr als einmal gefragt, was eigentlich von der alten Legende um *Aigle Fauve* und dem dort umherspukenden Geist stimmte. Es schien nicht so, als ob das in der Steinwelt ein Geheimnis wäre, immerhin wusste Galène darüber Bescheid. Trotzdem tastete sich Pierre eher langsam vor, als er sich danach erkundigte.

Caillou lächelte ihn nachsichtig an. »Noch mehr Geschichten aus der Vergangenheit? Ich sag's ja, du stehst deiner Mutter in puncto Neugier in nichts nach.«

15

Caillou erinnerte sich wieder sehr deutlich an seinen überaus realen Traum und erzählte Pierre von *Aigle Fauve*, den Vincents, dem Steinbruch – und von Sophie, die ihm geholfen hatte sich im Keller des Hauses zum Tor zu schleppen. Noch einmal durchlebte er die Schmerzen, die Übelkeit, die kurze Bewusstlosigkeit, die seinem Übergang in die Steinwelt gefolgt waren. Noch einmal sah er sich aus der Ohnmacht erwachen, als Erstes den schalen Gedanken an Sophie im Kopf, die er niemals wieder sehen würde. Und noch einmal fühlte er, wie er von dem Mann, der über ihm stand, in die Rippen gestoßen wurde.

Er sah den starrenden und zugleich etwas benebelten Blick des verwahrlosten Mannes und begriff, dass er einen Ausgestoßenen vor sich hatte. Das bedeutete, dass er sich nicht automatisch auf der anderen Seite des Tors materialisiert hatte, sondern ein Stück weiter weg. Er hatte sich nicht darauf konzentriert, wo sein Körper sich wieder zusammensetzen sollte. Aber selbst wenn er zu diesem Zeitpunkt bereits gewusst hätte, dass das notwendig war, wäre er dazu nicht in der Lage gewesen. Trotz seines Zustands fing Caillou an zu begreifen, dass das Tor den Transport an sich förderte. Es hatte nichts mit irgendeiner Zielbestimmung zu tun. Auf dem Weg in die Oberwelt hatte er an die andere Seite des Tors gedacht, weil es ihm logisch erschienen war und war deshalb auch dort gelandet. Hätte er sich auf irgendeinen anderen Ort konzentriert, wäre er vermutlich dort angekommen. Er konnte noch nicht wissen, dass das nicht für alle gleichermaßen, sondern nur für ihn und ein paar Auserwählte galt, die irgendwann in der Zukunft auch ohne Hilfe des Tors den Übergang bewältigen würden. Er dachte überhaupt nicht an die Zukunft. Er dachte nur an die Gegenwart und daran, dass er in der Wildnis lag.

Caillou stöhnte und versuchte sich aufzurichten. Der Mann, der ihn beobachtete, zuckte zurück. Vielleicht war er davon ausgegangen, einen Toten ausrauben zu können. Doch auch wenn Caillou elend zumute war – er lebte.

»Wo bin ich?«, fragte er mühsam. Seine Zunge lag wie Blei in seinem Mund, Nachwirkungen des Giftes vermutlich, das die Vincents ihm gegeben hatten. Sein Gegenüber sagte nichts, gab aber einen undefinierbaren Laut von sich. Langsam richtete Caillou sich auf, saß sehr lange in der Hocke und schaute dann an sich hinunter. Dabei stellte er fest, dass er in etwa so aussehen musste wie der Ausgestoßene. Seine Kleider waren dreckig und zerrissen. Er fasste sich ans Kinn und bemerkte, dass dort erste Anzeichen eines Bartes sprießten. Wie lange hatte er hier gelegen?

»Hilf mir hoch«, forderte er den Ausgestoßenen auf.

Doch der rührte sich nicht. Stattdessen gab er ein Knurren von sich, das tief aus der Kehle kam und sehr wütend klang.

»Wir könnten ...«, begann Caillou und ihm wurde schlecht, als der Mann immer näher kam und er den schlechten Atem roch.

»Wir«, wiederholte der Ausgestoßene in einem Tonfall, der Caillou überhaupt nicht gefiel, »könnten gar nichts. Was *ich* könnte, entscheide immer noch ich.«

Caillou war unwohl bei dem Gedanken, dem Mann praktisch ausgeliefert zu sein. Wie Recht er mit seiner Befürchtung hatte, sollte er gleich darauf erfahren. Es nutzte ihm nichts, ein Berater des Fürsten zu sein. Der

Ausgestoßene hinderte Caillou nicht nur am Aufstehen, er verpasste ihm auch noch einen Kinnhaken, der ihn beinah wieder ohnmächtig werden ließ. Auf jeden Fall reichte er aus um ihn vollends außer Gefecht zu setzen. Trotz seines ausgemergelten Aussehens verfügte der Ausgestoßene über erstaunliche Kräfte. Vielleicht nicht ganz so erstaunlich, immerhin hatte er sich als Ausgestoßener in der rauen Welt außerhalb der Zivilisation ohne jeden Schutz behaupten müssen. Jetzt wuchtete er sich Caillou über die Schulter, der sich nicht weiter dagegen wehrte. Auf dem Weg zu einem unbekannten Ziel sank Caillou schließlich in einen Dämmerzustand, aus dem er erst aufwachte, als er unsanft fallen gelassen wurde.

»Es ist gut, du kannst gehen. Wir werden uns erkenntlich zeigen«, sagte ein Mann in hartem Ton.

Caillou war sich ziemlich sicher, dass diese Worte nicht ihm galten. Mit einiger Anstrengung öffnete er die Augen. Das Erste, was er sah, waren die schwarzweißen Marmorfliesen, auf denen er lag. Sie kühlten seine linke Wange und dankenswerterweise die Stelle, die der Ausgestoßene vorhin getroffen hatte. Caillou kannte die Stimme des Mannes nicht, der den Ausgestoßenen fortschickte. Das hätte an sich nicht beunruhigend sein müssen, dennoch spürte er, dass er nicht dort war, wo er hätte sein sollen. Ganz und gar nicht. Wie vorhin, als er im Freien zu sich gekommen war, versuchte er sich aufzurichten. Niemand half ihm, aber es hinderte ihn auch niemand daran. Als er schließlich einigermaßen sicher auf den Beinen stand, hob er den Kopf.

Sein Blick traf den eines Mannes, der ihn aus zusammengekniffenen Augen beobachtete. »Wie ist dein Name?«, fragte er mit befehlsgewohnter Stimme.

»Wie ist der Eure?«, entgegnete Caillou. Dem Auftreten nach war dies nicht irgendjemand, sondern ein Mann von Rang, also entschloss er sich ihm zumindest in der Ansprache mit Respekt zu begegnen.

Der Mann vor ihm, recht alt schon, mit fast weißen Haaren, aber noch wachen blauen Augen, verzog keine Miene, als er sagte: »Ich schätze, mein Name ist dir nicht unbekannt, auch wenn wir uns noch nie begegnet sind, Steinmensch. Ich bin Gravier.«

Caillou stöhnte innerlich auf. Da war er wirklich vom Regen in die Traufe gekommen. Von den Vincents, die ihn töten wollten, zum Fürsten der Steinbrecher, der mit Sicherheit auch nichts Angenehmeres mit ihm vorhatte. Erst recht nicht, wenn er ihm verriete, wer er war.

»Nachdem ich mich vorgestellt habe, solltest du das der Höflichkeit halber auch tun«, stellte Gravier fest.

Caillou schwieg.

»Nun, dann lass mich raten.« Gravier erhob sich von dem Stuhl, auf dem er bisher gesessen hatte, und umkreiste Cailllou wie ein Raubtier die Beute.

»Der Fürst der Steinmenschen vermisst einen seiner Ratgeber, wie mir meine Spione mitgeteilt haben. Eine ganze Weile schon. Dabei hatte er ihn dazu auserkoren, der Lehrer seiner Tochter zu werden. Welche Ehre, findest du nicht? Sag mir, Caillou, warum bist du trotzdem verschwunden? Und vor allen Dingen: wohin?«

Caillou schwieg.

»Ich mag eigentlich keine Ratespielchen, aber du lässt mir keine Wahl. Um es dir einfacher zu machen brauchst du nur zu nicken oder den Kopf zu schütteln. Dieser Caillou, ich habe ein Menge verrückter Sachen über ihn gehört. Zum Beispiel dass er mit aller Kraft nach einem so genannten Tor in die Oberwelt sucht.

Eine Welt, die es doch eigentlich nur in Legenden gibt. Jetzt, wenn ich dich so ansehe, frage ich mich, ob wohl an diesen alten Geschichten ein bisschen mehr dran ist.«

Graviers Stimme veränderte sich mit einer Plötzlichkeit, die Caillou erschreckte, als er laut hervorstieß: »Woher kommst du?« Er kam mit seiner Nase Caillous Gesicht so nahe, dass es diesen einige Anstrengung kostete, nicht zurückzuzucken. Von ihm würde der Steinbrecher nichts erfahren. Um keinen Preis der Welt.

»Nun gut«, sagte Gravier jetzt wieder ruhiger. »Wir werden sehen, wie lange du auf deinem Schweigen beharrst.« Er ließ seinem Gefangenen die Augen verbinden und ihn fortbringen.

Gravier war ein geduldiger Mann, wie Caillou sehr bald herausfand. Während er in einer Höhle festgehalten wurde, erwartete er ständig, dass Graviers Leute kommen würden um ihn zu foltern. Stattdessen ließen sie ihn in Ruhe im Dunkeln vor sich hin starren. In regelmäßigen Abständen kam jemand mit Wasser und einem Fladen aus Weizenmehl, sprach aber kein Wort und verriegelte dann sorgfältig die schwere Granittür, die ihn von der Außenwelt abschnitt. Es gab kein Licht, keine anderen Menschen, gar nichts. Daher konnte er nur abschätzen, dass etwa zehn Wach- und Schlafphasen vergangen waren, als der monotone Ablauf durchbrochen und er gefesselt und aufgefordert wurde, seinem Bewacher zu folgen.

Diesmal sah Caillou genau, wohin er gebracht wurde. Der Treffpunkt war ein anderer als bei seiner ersten Begegnung mit Gravier, nicht weit entfernt von der Höhle. Eine kleine Steinhütte diente der neuerlichen Unterredung. Als Caillou das zweite Mal vor Gravier stand, brauchte er noch eine Weile, um sich an die Helligkeit im Raum zu gewöhnen, in dem reichlich Fackeln brannten. Was er dann sah, versetzte ihm einen Schock. Neben Gravier, neben dem Fürsten der Steinbrecher, neben dem ärgsten Feind, den die Welt der Steinmenschen kannte, stand Sophie. Seine Sophie.

Sophie sah ungleich schlimmer aus als Caillou bei seiner Ankunft in der Steinwelt. Ihr Haar war aufgelöst, ihre Kleider schmutzig und zerrissen, sie trug nur einen Schuh. Aber das war es nicht, was Caillou am meisten entsetzte. Sophie war verwundet, überall an ihren Armen und Beinen und selbst im Gesicht bemerkte Caillou große Stellen getrockneten Blutes, einige davon waren entzündet und begannen bereits zu eitern. Mit einem Schlag war Caillou klar, was passiert sein musste. Sophie war ihm durch das Tor gefolgt – doch der Körper eines Menschen aus der Oberwelt überstand den Übergang offensichtlich nicht so unbeschadet wie ein Steinmensch. Sie musste höllische Schmerzen haben.

Aus ihren Augen sprach pure Angst. Gar nicht so sehr um sich selbst, wie es Caillou schien, sondern viel mehr um ihn. Sie machte einen Schritt auf ihn zu, was beinah dazu führte, dass ihre Knie nachgaben. Doch sie sackte nicht zu Boden, sondern fing sich wieder und stolperte auf Caillou zu, der ihr entgegenkam und sie festhielt. Dabei ließ er Gravier nicht aus den Augen, der sie mit einem seltsam befriedigten Blick ansah.

»Dein Aufenthalt bei uns«, wandte er sich an Caillou, »war sehr nützlich. Als deine Herzdame hier auftauchte um dich zu suchen, wurde uns einiges klarer. Besonders der Ort ihres Erscheinens hat uns enorm weitergeholfen. Wir sind ihr zu großem Dank verpflichtet, wirklich.« Gravier machte eine bedeutungsvolle Pause, in der Caillou

Zeit genug hatte, sich auszumalen, was geschehen war. Zweifellos hatte Sophie genau wie er bei seinem ersten Übergang das Tor für ein normales Tor gehalten und an die andere Seite gedacht. Und offensichtlich war sie genau dort gelandet, noch schlimmer zugerichtet, als er je gewesen war. Da das Tor in einer Art Niemandsland zwischen den Reichen lag, war die Wahrscheinlichkeit, dass sich weitere Ausgestoßene dort herumtrieben, recht groß. Einer davon musste sie hierher gebracht haben.

»Ich sehe, was hinter deiner Stirn vor sich geht«, stellte Gravier fest. »Natürlich haben unsere Leute den Platz gründlich abgesucht, an dem du gefunden wurdest. Leider umsonst. Bei deiner Freundin waren wir nicht ganz so erfolglos. Sieht so aus, als sei ihr der Transfer in unsere Welt nicht besonders gut bekommen.«

Caillous schlimmste Befürchtungen bewahrheiteten sich. Die Steinbrecher hatten tatsächlich das Tor entdeckt. Aber wussten sie auch, wie man es benutzte?

»Was uns jetzt noch fehlt, hätten wir gern von dir erfahren: Wie funktioniert der Übergang?«, fragte Gravier, als hätte er Caillous Gedanken gelesen. Es überraschte ihn offenbar kaum, dass sein Gefangener auch diesmal schwieg. Er zuckte mit den Schultern und wandte sich an einen anderen Mann, der die ganze Zeit wortlos im Hintergrund gestanden hatte: »Pyrite, lass unsere Gäste in ihr Quartier bringen. Und jemand soll sich um die Wunden des Mädchens kümmern. Tot nützt sie uns nichts. Schätze, das würde Caillous Zunge noch weniger lösen.«

Pyrite, ein rothaariger Hüne, nickte und bedeutete Caillou und Sophie voranzugehen. Caillou trug Sophie beinah, die sich kaum noch auf den Beinen halten konnte. Draußen wurde sie in die Obhut einer Frau gegeben, die sie fortführte. Der Wachposten wollte Caillou die Handfesseln wieder anlegen, doch der schüttelte ihn ab und schrie: »Sophie!«

Er wollte ihr hinterherlaufen aber der Mann mit den Fesseln war schneller und hielt ihn fest. Caillou sah trotzdem, dass Sophie sich umwandte und ihn mit traurigen Augen ansah. »Es ist meine Schuld«, schien sie sagen zu wollen. Das gab Caillou den Rest.

Obwohl er durch den Aufenthalt in der Höhle nicht gerade an Kraft gewonnen hatte, stürzte er sich mit aller Macht auf seinen Bewacher und riss ihn zu Boden. Dessen unterdrückter Schrei genügte allerdings um den rothaarigen Mann herbeizuholen, der noch bei Gravier in der Hütte geblieben war.

Pyrite erkannte die Lage mit einem Blick und griff Caillou an. Mit ungeahnter Stärke schlug Caillou zurück. Mit den Riemen, die seine Hände fesseln sollten und die er seinem Bewacher entrissen hatte, zielte er in Pyrites Augen. Pyrite konnte nichts mehr sehen, spürte nur noch einen brennenden Schmerz in seinen Augen und ließ Caillou los. Dann ging er stöhnend in die Knie.

All das bekam Caillou nur am Rande mit. In wenigen Schritten war er bei Sophie. Er stieß die Frau neben ihr zur Seite, die vor Überraschung gelähmt schien und sich nicht bewegt hatte, packte Sophies Hand und zog sie mit sich fort in das kleine Wäldchen hinein, das sich hinter der Hütte ausbreitete.

Hinter ihnen brüllte Gravier. »Haltet sie auf, verdammt!«

Caillou hörte das Rascheln des Laubs, ein Geräusch, das er vor seinem Ausflug auf die Oberwelt nie gehört hatte, weil es im Reich der Steinmenschen kaum noch

Bäume gab. Die paar, die übrig waren, trugen schon lange keine Blätter mehr. Sie versteinerten zusehends. Er hörte das fremde Geräusch, hörte Graviers Stimme, hörte, wie sich Leute formierten und ihnen bald dicht auf den Fersen waren. Hörte Sophies schweren Atem, spürte, wie sie neben ihm herstolperte, die letzten Kräfte mobilisierend. Er hielt kurz inne und hob sie hoch, dann lief er mit ihr auf den Armen weiter.

Er hatte keine Ahnung, in welche Richtung er rannte, ob er weiter hinein in das Reich der Steinbrecher geriet oder sich dem seines eigenen Fürsten näherte. Er lief einfach nur. Die Stimmen wurden nicht leiser, im Gegenteil, und es wurden mehr. Caillou achtete nicht mehr darauf und auch nicht mehr auf die Zeit. Irgendwann, es mochte ein Viertel oder nur ein Zwanzigstel einer Wachphase vergangen sein, erreichte er außer Atem einen reißenden, grünlich schimmernden Fluss.

»Kannst du schwimmen?«, fragte er nach Luft ringend, doch er erhielt keine Antwort von Sophie, die ohnmächtig geworden war. Ohne noch länger zu zögern sprang Caillou in die Fluten und begann sich so gut er konnte fortzubewegen, Sophie mit einer Hand festhaltend. Sein Ziel war ein großer Felsbrocken etwa in der Mitte des Flusses, an dem sich die Wassermassen brachen.

Das eiskalte Wasser brachte Sophie zur Besinnung, sie hustete heftig, als Flusswasser in ihre Lungen geriet. Dennoch versuchte sie sich nicht aus Caillous Arm zu befreien, sondern ließ sich von ihm mitziehen. Wegen des lauten Rauschens des Wassers konnte Caillou seine Verfolger nicht mehr hören und das war ihm im Augenblick auch ganz recht so. Endlich kam der Felsen in greifbare Nähe. Er umschwamm ihn mit Sophie und stellte dankbar fest, dass sich in die Rückseite des Gesteinbrockens eine Mulde eingegraben hatte, in der beide Halt fanden. Er hatte keine Kraft mehr, weiterzuschwimmen, die Kälte des Flusses lähmte seine Arme und Beine. Er sah Sophie unkontrolliert zittern.

»Es ist gut, Sophie, nur noch eine kurze Weile aushalten, dann haben wir's geschafft.« Caillou zweifelte selbst an seinen Worten. Wahrscheinlich würden die Steinbrecher sie hier schnell finden. Falls sie nicht vorher erfroren.

Lange Zeit geschah nichts, Caillou merkte, dass das Gefühl in seinen Füßen und Händen schwand. »Halt dich hier fest«, befahl er Sophie und legte ihre Hände um eine Felsspitze.

Sie klammerte sich daran, und als Caillou sicher sein konnte, dass sie sich eine Zeit lang so halten könnte, wagte er sich aus der Mulde hervor und lugte um den Felsen herum. Am Ufer war von Graviers Männern nichts zu sehen. Sorgsam suchten seine Augen die Umgebung ab. Aber entweder waren die Steinbrecher Meister der Tarnung oder sie hatten die Suche tatsächlich aufgegeben oder woanders fortgesetzt.

Wie dem auch sein mochte, Caillou und Sophie konnten nicht ewig im kalten Wasser bleiben. Sie mussten zurück an Land, und zwar schnell, sonst holten sie sich den Tod nicht durch ihre Feinde, sondern durch eine Lungenentzündung.

Es gelang Caillou schließlich, mit Sophie das gegenüberliegende, rettende Ufer zu erreichen. Noch immer wusste er nicht, wo genau sie sich befanden, und er konnte nur hoffen, dass der Weg, den er vor sich in der Ferne erkannte, nach Hause und nicht zurück zu Gravier führte.

16

»Die Flucht ist Ihnen geglückt«, stellte Pierre fest, der der Geschichte völlig gebannt gefolgt war.

»Ja.« Caillous Stimme war leise geworden. Er rieb sich die Schläfen, wie um die Erinnerung an die Vergangenheit wieder abzuschütteln. »Wie sich herausstellte, hatten wir den Fleuve de la Malachite überquert. Der Fluss stellt eine natürliche Grenze zwischen unseren Reichen dar. Kurz darauf trafen wir auf ein paar Grenzposten und wussten endlich, dass wir in Sicherheit waren. Zumindest ich wusste es. Sophie war zu jenem Zeitpunkt halb tot. Es dauerte lange, bis sie sich einigermaßen erholte.« Caillou machte eine Pause.

»Wie hat Sophie es überhaupt geschafft, Ihnen durch das Tor zu folgen?«, fragte Pierre. »Haben Sie nicht gesagt, es liegt an der Strahlung des Limazits, die es dem Körper überhaupt erst ermöglicht, sich aufzulösen und dann wieder zusammenzusetzen?«

Caillou nickte. »Ja, das ist wahr. Tatsache ist, dass ich keinerlei rationale Erklärung dafür habe. Zuerst dachten wir, es läge daran, dass sie von Geburt an in *Aigle Fauve* lebte, auf dem Pulverfass der Strahlung sozusagen, und sich ihr Körper deshalb daran gewöhnen konnte. Aber dann hätte er nicht das Schutzschild gegen exakt dieselbe Strahlung aufgebaut, als Sophie zu uns in die Steinwelt kam. Außerdem hätte das Tor in diesem Fall eine verheerende Wirkung auf alle diejenigen Mitglieder der Familie Vincent gehabt, die erst nach *Aigle Fauve* zogen, als sie ihr halbes Leben schon hinter sich hatten: auf ihren Vater und ihre Mutter.«

»Vielleicht war es pure Willenskraft«, mutmaßte Pierre, »weil sie Ihnen unbedingt folgen *wollte.*«

»Wozu Liebe doch fähig ist!«, fing Galène wieder an zu spötteln.

Caillou warf ihm einen Blick zu. »Du musst es ja wissen.« Er schwieg einen Augenblick und fuhr dann an Pierre gewandt fort: »Ich nahm damals an, dass Sophie mich im Keller allein gelassen hätte, doch sie erzählte mir später, sie sei zurückgekommen und habe gesehen, wie mein Körper sich in seine Atome zerlegte und plötzlich verschwand. Obwohl sie nicht begriff, was da passierte, merkte sie sich die Stelle genau und kam nächtelang, wenn keiner sie beobachtete, hinunter und starrte auf das Tor, als ob sie sich hindurchwünschen konnte.«

»Was ihr anscheinend gelungen ist«, ergänzte Galène, diesmal ohne Spott in der Stimme.

Caillou ignorierte den Einwurf. »Ich sagte schon, dass unsere Mediziner mich nach meiner Rückkehr ziemlich auf den Kopf stellten. Was sie herausfanden, trug nicht gerade dazu bei, meine Angst um Sophie zu mindern. Doch diese Sorgen waren zum Glück unbegründet.«

»Die anderen Sorgen dagegen, die Euren Fürsten damals sicherlich mehr bewegten, wohl nicht ganz«, stellte Galène fest.

»Nein«, bestätigte Caillou. »Sie waren sehr berechtigt. Gravier besetzte mit seinen Leuten das Tor und alles, was ich mühevoll darüber in Erfahrung gebracht hatte, nutzte uns gar nichts mehr. Die Steinbrecher verfügen seitdem über die Macht, die Oberwelt zu betreten und wieder zu verlassen, wie es ihnen beliebt.«

»Jedenfalls, nachdem sie herausgefunden hatten, wie das Tor funktionierte. Eure Flucht zögerte diese Entdeckung noch etwas hinaus«, grinste Galène. Das klang überhaupt nicht bösartig und auf einmal schienen sich der ehemalige Steinbrecher und Caillou einig.

Caillou grinste zurück. »Das will ich hoffen!«

»Gab es keinen Krieg wegen des Tores? Hat der Fürst der Steinmenschen nicht wenigstens versucht es zurückzuerobern?«

»Das hat Saphir schön bleiben lassen«, sagte Galène. »Obwohl ich nicht bezweifle, dass er gelegentlich daran dachte, was, Caillou?«

»Ich nehme an, er hat mit dem Gedanken gespielt.«

»Und gekniffen.« Das kam wieder von Galène.

»Wieso?«, wollte Pierre wissen.

»Weil ihm das Risiko zu groß war. Er wusste nicht, welche technischen Errungenschaften die Steinbrecher von den Menschen der Oberwelt in die Steinwelt brachten. Waffen zum Beispiel, die die Steinmenschen nicht hatten und die möglicherweise dazu hätten führen können, dass Saphir einen Krieg schneller verloren hätte, als er gucken konnte«, war Galènes saloppe Antwort.

»Ich war Saphir keine große Hilfe, weil ich während meines Besuchs auf der Oberwelt nicht ein einziges Mal aus Rocaille herauskam und keine Ahnung hatte, wie die Erde außerhalb des kleinen Ortes aussah«, gestand Caillou. »Es dauerte schließlich noch sehr lange, bis wir herausfanden, dass ich das Versäumte jederzeit nachholen konnte.«

»Ja, ja, Liebe macht blind. Und das nicht nur in einer Hinsicht ...«, witzelte Galène.

»Dass ausgerechnet du das sagst!«, schoss Caillou zurück.

»Aus mir spricht ein reicher Erfahrungsschatz!«

»Und jetzt soll wieder ein Krieg verhindert werden«, meinte Pierre mehr zu sich selbst. Das Geplänkel zwischen Caillou und Galène hatte er gar nicht richtig mitbekommen. »Jetzt, wo Diamant durch Sie weiß, was für ein nettes Spielzeug es auf unserer schönen Erde gibt.« Pierre sah dabei Caillou an.

»Das ist nicht der Grund«, widersprach Caillou. »Was gibt es schließlich bei euch so Furchtbares?«

»Mittel- und Langstreckenraketen mit konventionellen und atomaren Sprengköpfen, zum Beispiel«, sagte Pierre herausfordernd.

»Zugegeben, eure Raketen könnten ziemlich unangenehm werden. Allerdings möchte ich bezweifeln, dass Silex so dumm wäre, sie einzusetzen, wenn er sie besitzen sollte. Sie würden nicht nur das Leben der Steinmenschen vollkommen vernichten, was Silex absolut nichts ausmachen würde. Was ihm aber sehr wohl nicht gleichgültig sein kann, ist, dass sie unser Reich komplett zerstören würden. Das kann er nicht wollen, weil er damit auch unsere Minen verliert. Und die will er haben. Mag sein, dass es bei den Steinbrechern noch Holz gibt. Aber es gibt kaum Edelsteine. Und noch wichtiger: das ...«

»... Limazit«, beendete Pierre den Satz. »Sie sagten, es reicht gerade mal zum Überleben. Weiß man wie lange noch?«

»Nein, wir jedenfalls wissen es nicht. Aber ich denke doch, dass Silex es weiß. Und er wird das große Limazitvorkommen bei uns auf keinen Fall vollständig zerstören wollen.«

»Man kann heutzutage sogar Atomwaffen auf sehr begrenztem Raum einsetzen«, warf Pierre ein.

Caillous einzige Antwort darauf war eine hochgezogene rechte Braue.

Dann begriff Pierre.

»Die Ihnen keinen Schaden zufügen könnten«, sagte er mit einem Seufzer.

»Nein, jedenfalls nicht deren lächerliche Strahlung.

Die Zerstörung, die sie hier ansonsten anrichten würden, käme der eurer so genannten konventionellen Waffen gleich. Und darüber haben wir ja gerade schon gesprochen.«

Pierre drehte sich zu Galène um. »Das Limazit – wissen Sie, wie dringend Silex es benötigt?«

»Gar nicht, es sei denn, er legt besonderen Wert auf die Fähigkeit, die Caillou hat. Muss er aber nicht, schließlich kann das Tor ihm genügen. Trotzdem stimmt, was Caillou sagte: Silex würde das Limazit nicht zerstören. Die Atmosphäre in der Steinwelt ist nicht überall gleich, aber je mehr es von dem Zeug gibt, desto länger werden alle was davon haben, Steinmenschen und Steinbrecher. Wenn die Strahlung, die eure Atomspaltung auslöst, auch nur ansatzweise für uns ausreichen würde, hätte Silex überhaupt kein Problem, aber auch so werden die Steinbrecher noch sehr viele Generationen lang überleben können. Generationen, in denen sich eine Menge ereignen kann.«

»Pierre«, sagte Caillou sehr ernst und blieb stehen um ihm in die Augen zu sehen. »Der Krieg, der uns möglicherweise bevorsteht, wenn unsere Mission misslingt, wird keiner sein, wie du ihn kennst. Niemand wird auf irgendwelche Knöpfe drücken, Raketen in die Luft schießen oder Bomben werfen. Aber er wird deshalb nicht weniger grausam. Er wird unzählige Menschenleben kosten und die Steinwelt verwüstet zurücklassen. Es geht nicht um die Ressourcen oder die Minen. Es wären kaum noch Menschen da, die unsere Welt wieder in Gang bringen und aufbauen könnten.«

»Aber wieso sollte Silex das wollen?«, fragte Pierre verwirrt. »Das kann doch auch nicht in seinem Sinne sein!«

»Es ist nicht sein allererstes Ziel, deshalb hat er Diamant das Ultimatum gestellt. Aber Silex will das Reich der Steinmenschen letztlich um jeden Preis. Es ist ihm egal, wie viele Leben es kostet. Er will siegen. Und er will herrschen.«

»Über wen denn, wenn alle tot sind?«, fragte Pierre.

Das brachte Caillou zum Schweigen. Nur Galène betrachtete Pierre mit neuer Aufmerksamkeit.

»Und wenn Diamant sich stellt? Das würde einen Krieg doch verhindern«, kam eine erneute Frage von Pierre.

»Diamant wird sich nicht stellen. Er wird nicht einfach kapitulieren und sein Volk untergehen und leiden lassen unter einem Fürsten Silex. Wenn es uns nicht gelingt, Emeraude zu befreien und Silex so seines Druckmittels zu berauben, dann werden wir eben kämpfen müssen.«

Der Marsch durch die Steinwelt war anstrengend, es ging ständig bergauf und bergab, manchmal mussten sie klettern um voranzukommen. Pierre war jetzt seit Stunden unterwegs und merkte allmählich, wie seine Kräfte nachließen.

»Gibt es eigentlich keinen einfacheren Weg?«, wollte er außer Atem wissen, als sie gerade eine Schlucht auf der einen Seite hinunter- und auf der anderen wieder hinaufgeklettert waren.

»Doch, gibt es«, antwortete Caillou. »Aber der ist gefährlicher. Übersichtlicher für die Feinde. Die Steinbrecher sind sehr wachsam.«

Das reichte, um Pierre ein paar Kilometer klaglos weiterlaufen zu lassen. Unterwegs aßen sie ohne Pause zu machen von den Weizenfladen aus Caillous Beutel. Dazu gab es etwas, das Ähnlichkeit hatte mit Preiselbeermarmelade, allerdings nicht rot, sondern grün aussah, und das Caillou als Masuna-Mus bezeichnete. »Eine dankbare Beere, die hier im Überfluss gedeiht«, erklärte er.

Für Pierre schien bereits eine halbe Ewigkeit vergangen zu sein, als sie schließlich an eine Art Lichtung kamen, einem freien Platz inmitten aufragender Felsen. »Hier werden wir uns schlafen legen«, bestimmte Caillou.

»Wie weit ist es noch bis zur Grenze?«, fragte Pierre.

»Morgen noch fast die gesamte Wachphase, dann wirst du noch früh genug auf dich selbst gestellt sein.«

Der Gedanke, ohne Caillou, ja selbst ohne Galène, den Steinbrechern ausgeliefert zu sein, um seine Mutter nicht nur zu finden, sondern auch zu befreien, behagte Pierre überhaupt nicht.

»Galène wird dir das Nötigste über jenen Teil des Reiches der Steinbrecher erzählen, den du durchqueren musst. Glaub mir, ich würde lieber mitkommen oder allein gehen, wenn ich es könnte.«

»Sie wissen nicht mal, ob *ich* es kann«, sagte Pierre leise in Erinnerung an Caillous Erklärungen über das Energienetz.

»Nein, das weiß ich nicht. Und ich kann dich nicht zwingen so viel zu riskieren. Niemand kann dir befehlen zu versuchen das Netz zu durchdringen. Oder dich in die Gefahr zu begeben, Silex' Gefangener zu werden, wenn du das erste Hindernis überwunden hast. Es ist deine Entscheidung.«

»Ich werde gehen. Das wissen Sie.«

»Ja«, sagte Caillou nur. Er warf einen Blick zu Galène hinüber, der scheinbar unbeteiligt damit beschäftigt war, Decken für das Lager auszubreiten.

»Wo soll ich eigentlich mit der Suche anfangen? Haben Sie eine Ahnung, wo meine Mutter gefangen gehalten wird?«

»Ich vermute, es ist derselbe Ort, an dem ich festgehalten wurde. Es schien mir damals so eine Art Gefängnis zu sein, in der Höhle gab es ein weit verzweigtes Netz von Gängen, die vielleicht zu ähnlichen Zellen führten wie die, in der ich saß.«

Pierre nickte. »Die sind in der Nähe der Stelle, an der ich die Grenze überqueren muss?«

»Laut Galène jedenfalls nicht zu weit davon entfernt. Unser Ziel ist der Fleuve de la Malachite. Nicht der Abschnitt, an dem ich mit Sophie rübergeschwommen bin, das würde ein unnötiges Risiko bergen. Wahrscheinlich erwarten Silex' Leute uns dort, weil sie wissen, dass ich die Gegend kenne. Weiter flussaufwärts ist es nicht nur aus diesem Grund weniger riskant, auch die Strömung ist dort längst nicht so stark.«

»Wenn Sie schon drüben waren, wozu soll mir dann Galène irgendwas erklären? Sie könnten mir doch auch sagen, wo ich lang muss.«

Galène war inzwischen wieder näher herangekommen. »Unser Freund konnte damals aus verständlichen Gründen nicht ausführlich nach links und rechts sehen. Außerdem ist sogar noch zu meinen Zeiten bei den Steinbrechern einiges an Sicherheits- und Grenzschutzmaßnahmen hinzugekommen.«

»Trotz des Netzes?«, fragte Pierre verwundert. »Reicht das denn nicht?«

»Normalerweise schon. Aber wie wir gerade sehen, kann es durchaus passieren, dass ein vorwitziger Mensch der Oberwelt beschließt Silex ein Schnippchen zu schlagen«, sagte Galène bedeutungsvoll. »Wir sollten uns hinlegen und schlafen. Morgen während des zweiten Abschnitts unseres Marsches werde ich dir alles erklären, was du wissen musst.«

Caillou nickte zu Galènes Ratschlag. Er streckte sich auf der Decke aus und nahm sich trotzdem vor nicht allzu viel zu schlafen, sondern lieber die Umgebung zu beobachten. Doch er merkte bald, dass er die Anstrengungen der so rasch aufeinander folgenden Übergänge mit dem wenigen Schlaf zu Hause nicht hatte kompensieren können. Seine Augen wurden immer schwerer. Schließlich schlief er ein.

Auch Pierre spürte die ungewohnten Strapazen des Weges. Seine Knochen taten ihm weh und er wusste, er würde morgen beim Aufwachen furchtbaren Muskelkater haben. Er suchte nach einer möglichst bequemen Position auf dem harten Steinboden, schloss die Augen und folgte sehr bald Caillou ins Reich der Träume.

Galène dagegen saß sehr wach auf seiner Decke und schaute den beiden Schlafenden zu. Ab und zu schreckte er hoch, doch die Geräusche in der Umgebung entpuppten sich schließlich stets als das vertraute Kullern, das entstand, wenn sich irgendwo ein Steinchen löste und mit sich weitere Steine und Sand in irgendeinen Abgrund riss. Sonst herrschte Stille.

Nachdenklich betrachtete er den einigermaßen bequem auf der Seite liegenden Jungen und sann darüber nach, was Pierre im Laufe dieser Wachphase gesagt hatte. Darunter waren ein paar sehr kluge Bemerkungen und Fragen gewesen. Dabei ahnte er vermutlich nicht einmal, wie nah er manchmal der Wahrheit gekommen war. Galène war sich keineswegs darüber im Klaren, ob das gut oder schlecht war. Es würde sich zeigen.

Zurückgelehnt an einen Felsen hob Galène die Augen zu den Gesteinsmassen hoch über ihm. Er dachte an seine Zeit bei den Steinbrechern und an seine Zeit bei den Steinmenschen, und dass er jetzt gerade so dicht an seinem ehemaligen Leben vorbeischrammte wie schon lange nicht mehr. Noch ein Marsch wie der heutige und er wäre zu Hause. Seufzend ließ er den Blick wieder durch die Umgebung schweifen und bemerkte dabei, dass Pierre nicht mehr schlief, sondern zu ihm herübersah.

Er winkte und Pierre stand langsam und vorsichtig auf um Caillou nicht zu wecken. Zögernd blieb er vor Galène stehen, bis dieser ihm mit einer Geste bedeutete, sich neben ihn zu setzen.

»Warum sind Sie wach?«, fragte Pierre.

Galène lächelte. »Warum bist *du* wach?«, antwortete er mit einer Gegenfrage.

Pierre zuckte mit den Schultern. »Ich weiß nicht. Irgendwas hat mich geweckt, ein Geräusch vielleicht oder ein Traum. Ich kann mich nicht erinnern.«

Einen Augenblick lang schwiegen beide. »Was hat Caillou dir über mich erzählt?«, wollte Galène dann wissen.

Unsicher starrte Pierre auf irgendeinen Punkt hinter seinem schlafenden Freund und wusste nicht, was er darauf sagen sollte. Er hörte Galène seufzen. »Schon gut, du musst nicht antworten.«

»Sind Sie ein Spion?«, fragte Pierre, bevor er sich zurückhalten konnte.

Amüsiert hob Galène die Brauen. »Klar!« Mehr sagte er nicht, als ob das alles erklären würde.

»Für welche Seite?«

»Für die richtige.«

Jetzte schaute Pierre Galène zum ersten Mal wieder an. »Darüber, welches die richtige Seite ist, gibt es hier unten ziemlich verschiedene Auffassungen.«

»Und welche ist *deine* Auffassung?«

»Die Steinbrecher haben meine Mutter in ihrer Gewalt. Silex zettelt einen Krieg an, der diese Welt ins Verderben führen wird, wenn Diamant nicht tut, was er von ihm verlangt. Klingt mir sehr danach, als ob das auf jeden Fall die falsche Seite wäre.«

Galène nickte langsam. »Das stimmt, danach hört es sich an. Aber wenn es dir gelingt, die Steinprinzessin zu befreien, müssen wir uns keine Sorgen machen. Dann wird dieser Krieg vermieden, Diamant bleibt Fürst der Steinmenschen, Silex geht leer aus. Alles beim Alten. Friedlich. Einigermaßen friedlich jedenfalls.«

Beim letzten Satz richtete sich Galène auf. Pierre wollte etwas sagen, doch Galène legte den Finger auf seine Lippen und hieß ihm still zu sein. Seine ganze Körperhaltung drückte Wachsamkeit aus. Pierre bemühte sich nach Kräften, zu sehen oder zu hören, was Galène alarmiert hatte, doch er konnte nichts erkennen.

»Bleib hier«, befahl Galène flüsternd und drängte Pierre noch dichter an den Felsen.

Pierre sah, wie Galène nach einem Dolch griff, der in seinem Hosenbund steckte, und dann geduckt zu Caillou hinüberlief. Eine Sekunde lang erschrak er und überlegte fieberhaft, ob er Caillou warnen sollte. Wer schließlich sagte ihm, ob das Ganze nicht ein Trick war und Galène vorhatte Caillou umzubringen? Caillou war sich der Zuverlässigkeit Galènes so sicher. Dennoch ... Bevor er sich entschließen konnte, bemerkte Pierre zu seiner Erleichterung, dass seine Ängste unbegründet gewesen waren. Galène schüttelte Caillou und flüsterte ihm etwas zu.

Im selben Augenblick erschienen auf dem Felsen, an dem Caillou lag, zwei Wesen und stürzten sich herunter auf die beiden Männer. Sie sahen verwahrlost aus, aber sie waren groß und kräftig. Der Kampf, der jetzt entbrannte, schien Pierre auf unheimliche Weise irreal, weil er vollkommen lautlos vonstatten ging.

Der größere der Angreifer schnappte sich Galène und wirbelte ihn herum. Dann standen sie einander fast regungslos gegenüber, Galène mit dem Dolch in der Hand, sein Gegner mit etwas, das aussah wie eine Waffe aus der Urzeit der Erde: eine Art Axt aus Stein, vorn sehr spitz und wahrscheinlich sehr scharf. Die beiden umkreisten sich, bis der Fremde zum Angriff überging.

Gleichzeitig war Caillou damit beschäftigt, sich gegen den zweiten Mann zu wehren, der eine ähnliche Waffe trug wie sein Gefährte. Damit holte er jetzt aus und verfehlte Caillous rechte Schulter nur um Haaresbreite.

Pierre zuckte zusammen und saß an seinem Felsen wie gelähmt. Er wusste nicht, was er tun sollte, ob er irgendwie helfen konnte. Im Moment sah es so aus, als wäre es das Beste, sich an Galènes Befehl zu halten und zu bleiben, wo er war. Die beiden Männer, die sich an ihr Lager geschlichen hatten, mussten Ausgestoßene sein. Leute wie der Mann, der Caillou vor hundertfünfzig Jahren zu den Steinbrechern gebracht und dafür vermutlich irgendeinen Gegenwert erhalten hatte. Pierre hatte nach Caillous Erzählung schon fragen wollen, wer die Ausgestoßenen waren, doch zumindest was diese beiden Männer betraf, schien die Frage überflüssig. Trotz des ausgesprochen schlechten Zustands ihrer Kleidung erkannte Pierre die braune Uniform der Leibwache Diamants. Die wenigen goldenen Knöpfe, die noch vorhanden waren, blitzten während des Kampfes hin und wieder auf.

Gerade jetzt zum Beispiel, als Galènes Gegner die Oberhand gewann, sich auf den am Boden liegenden

Steinbrecher stürzte und ihm seine Axt an die Kehle setzte. Doch Galène gab sich noch nicht geschlagen. Mit seiner freien linken Hand versetzte er dem Ausgestoßenen einen schweren Schlag gegen den Hals, sodass der Mann einen Augenblick lang keine Luft mehr bekam. Das nutzte Galène, um sich von dessen Gewicht zu befreien. Aber der Gegner kam schnell wieder auf die Beine.

Auch Caillou hatte alle Hände voll zu tun. Er rang mit dem Angreifer, beide hielten sich umklammert, dann verpasste Caillou dem Ausgestoßenen einen heftigen Schlag in die Nierengegend. Aufstöhnend sank der Getroffene auf die Knie und war für zwei Herzschläge außer Gefecht gesetzt. Caillou bückte sich blitzschnell, nahm einen Stein vom Boden auf und streckte damit den Ausgestoßenen nieder. Schwer atmend schaute Caillou auf den Mann hinunter, dann suchte sein Blick die Umgebung ab und er entdeckte Pierre an dem Felsen.

Galène rang noch immer mit seinem Gegner und Pierre erwartete eigentlich, dass Caillou ihm jetzt zu Hilfe kommen würde. Doch der bekam gar keine Gelegenheit dazu, weil sich sein Feind plötzlich wieder rührte. Caillou fuhr herum und schlug erneut so kräftig zu, dass der Mann taumelnd zuerst über eine der Decken stolperte und dann endgültig zusammenbrach.

Davon jedoch bekam Pierre nur am Rande etwas mit. Seine Aufmerksamkeit galt Galène, der inzwischen seinen Dolch verloren hatte. Der Ausgestoßene gewann die Oberhand, kniete wie schon einmal über dem Steinbrecher und hob die Hand mit der Waffe.

»Galène!«, brüllte Pierre. In der Sekunde, in der er erfasste, dass Galène keine Chance mehr hatte, sprang er in die Höhe, rannte auf die Kämpfenden zu, hob im Laufen Galènes Dolch vom Boden auf und stach dem Ausgestoßenen blindlings in die Seite. Pierre wusste nicht, wo man einen Menschen tödlich verwunden konnte, aber das schien unwesentlich. Wichtig war nur, dass der Angreifer abgelenkt wurde, und das wurde er eindeutig. Seiner Kehle entrang sich ein entsetzliches Geräusch, ein schmerzerfülltes Aufstöhnen, das sich mit einem Schrei vermischte, und er ließ von Galène ab. Der kam wieder auf die Beine, griff nach dem Dolch und stieß erneut zu. Mitten ins Herz. Der Ausgestoßene röchelte nicht einmal mehr, sondern war sofort tot.

17

Entsetzt starrte Pierre auf die beiden Besiegten auf dem felsigen Boden, der eine tot, der andere bewusstlos. Er hörte Galènes schweres Atmen hinter sich. Dann legte sich eine Hand auf seine Schulter.

»Danke. Ohne dich läge ich jetzt da.«

Pierre schluckte und drehte sich um. Seine Augen trafen die Galènes und nur für einen Lidschlag glaubte er etwas in ihnen zu lesen, das einem Versprechen sehr nahe kam – dem Versprechen, zu tun, was in seiner Macht stand, um Pierre zu helfen.

Dann war der Moment vorbei und Galène wandte sich an Caillou: »Wo zwei sind, werden sich auch noch mehrere rumtreiben. Wir sollten lieber nicht hier bleiben.«

Caillou nickte, blickte aber Pierre unverwandt an. »Wenn du bei Silex denselben Mut zeigst, deine Mutter zu befreien, müssen wir uns keine Sorgen machen, glaube ich.« Dabei lächelte er leicht.

»Was machen wir mit dem hier?«, fragte Galène inzwischen und zeigte auf den Ausgestoßenen, den Pierre besiegt hatte. Caillou trat zu dem Toten, zog den Dolch aus dessen Brust und wischte das Blut an den Resten der Uniform ab. Dann ging er die wenigen Schritte hinüber zu seinem Angreifer. »Ich lege keinen Wert darauf, an Silex verraten zu werden. Einmal im Leben reicht mir.« Damit drang die Klinge in den Ausgestoßenen und dessen unregelmäßiges flaches Luftholen endete abrupt.

Erschrocken fuhr Pierre zusammen. »Warum haben Sie das getan?«

»Weil es für uns alle sicherer ist. Silex weiß, dass wir auf dem Weg zu ihm sind. Vielleicht ahnt er sogar, von wo aus wir uns seinem Reich nähern. Es aber genau zu wissen, ist eine andere Sache. Das Risiko sollten wir vermeiden.«

Pierre war klar, dass Caillou Recht hatte, trotzdem sträubte sich etwas in ihm, so einfach zu akzeptieren, dass sein Freund gerade kaltblütig einen Mord begangen hatte. Caillou sah das und fuhr etwas ungeduldig fort: »Was sollten wir sonst deiner Meinung nach tun? Den Mann mitschleppen? Das hielte uns nur unnötig auf. Du wirst frühestens morgen Abend bei den Steinbrechern sein, du musst deine Mutter finden, sie befreien und anschließend den ganzen Weg mit ihr zurückkommen. Wir haben also wirklich keine Zeit zu verlieren.« Zu Galène sagte er: »Hilf mir die beiden aus dem Weg zu räumen. Muss nicht gleich jeder drüberstolpern, der hier langkommt.«

Galène nickte und zerrte mit Caillou die Männer hinter den Felsen zurück. Pierre räumte unterdessen die Decken zusammen und verstaute sie in den Taschen, die Caillou und Galène gehörten. In Galènes Beutel stieß er dabei auf etwas Kleines aus Metall, das er vorsichtig hervorzog, nachdem er sich überzeugt hatte, dass er nicht beobachtet wurde. Er hielt eine silberne Dose in der Hand, in dessen Deckel ein Muster eingraviert war, das ihn an zwei ineinander verschlungene Buchstaben erinnerte. Es war das erste Mal, dass er die Schrift der Steinwelt sah, und unwillkürlich fragte er sich, ob seine Mutter ihm die auch einst beigebracht hatte. Dann sollte er die runenartigen Zeichen eigentlich entziffern können. Offenbar fiel ihm das aber etwas schwerer, erst nach drei, vier Sekunden glaubte er so etwas wie ein G und ein A ausmachen zu können, ohne sich jedoch vollkommen sicher zu sein. Trotzdem fiel Pierre sofort der Name der Frau ein, die dafür verantwortlich war, dass Galène zu den Steinmenschen hatte flüchten müssen: Améthyste, die Frau des Fürsten Silex, die von ihrem eigenen Mann getötet worden war – weil sie einen anderen liebte? Pierre öffnete neugierig die Dose und entdeckte mehrere weiße Kügelchen in zwei verschiedenen Größen, die aussahen wie kleine runde Tabletten. Seinen ersten Gedanken schüttelte er sofort wieder ab. Nein, Galène würde kein Gift mit sich führen um ihn oder Caillou auf dem Weg zu den Steinbrechern zu beseitigen. Oder doch?

Er starrte noch immer auf die weißen Kügelchen, als er plötzlich jemand neben sich spürte. Erschrocken ließ er beinah die Dose fallen und blickte auf. Galène stand über ihm, sein Blick war undefinierbar. Wortlos nahm er Pierre die kleine Dose aus der Hand und verstaute sie wieder in seinem Beutel. Pierre erhob sich, blieb jedoch nur einen Schritt weit entfernt stehen.

»Caillou hat gesagt, du wärst neugierig«, ließ sich Galènes Stimme vernehmen, der sich nicht umdrehte um

Pierre anzusehen. »Scheint ganz so, als hätte er nicht übertrieben.«

»Haben Sie sie geliebt?«, fragte Pierre wider besseren Wissens. Es ging ihn nichts an, aber aus irgendeinem Grund wollte er jetzt nicht einfach gehen und so tun, als wäre nichts geschehen.

Galène hielt im Packen inne, drehte sich aber immer noch nicht um. »Ja«, sagte er. »Ja, das habe ich. Und wenn du jemals in deinem Leben eine Frau triffst, die du so lieben kannst, dann ist dir sehr viel Glück beschieden.«

»Es tut mir Leid«, murmelte Pierre unglücklich. »Ich hätte nicht ...«

»Nein.« Jetzt richtete Galène sich auf. »Da hast du Recht. Es wäre besser gewesen, wenn du das nicht getan hättest. Aber nun lässt es sich nicht mehr ändern.«

Er schulterte seinen Beutel und sah zu Caillou hinüber , während Pierre sich fragte, was die Worte zu bedeuten hatten. Sie klangen beinah bedauernd, als sei Galène nun zu etwas gezwungen, das er eigentlich nicht hatte tun wollen. Oder umgekehrt. Vielleicht hatte Galène etwas vorgehabt, das sich nun nicht mehr ausführen ließ, weil zumindest Pierre gewarnt war. Vielleicht waren die weißen Kugeln ja wirklich Gift.

Caillou winkte die beiden zu sich und sie setzten schweigend den Weg fort. Pierre hatte das Gefühl, besonders scharf beobachtet zu werden. Sicher rechnete Galène damit, dass die Dose und deren Inhalt nicht unerwähnt bleiben würden. Als Pierre jedoch tatsächlich die Stille brach, sagte er: »Diese Ausgestoßenen, wer sind sie?«

»Abtrünnige«, erklärte Caillou.

»Aber diese beiden gehörten zur Leibwache Diamants, oder?«

»Ja, ich fürchte schon.«

»Was haben sie getan? Wenn sie weder sprechen noch schreiben konnten, hatten sie ja wohl kaum die Möglichkeit, irgendwas auszupaudern.«

»Es gibt andere Wege, Verrat am Reich der Steinmenschen zu begehen.«

»Massenweise«, murmelte Galène so leise, dass Pierre es kaum verstand.

»Welche?«

»Vielleicht waren sie mit der Zeit doch unzufrieden damit, ein Leben ohne Zunge führen zu müssen, und ein bisschen aufmüpfig«, schaltete sich Galène jetzt deutlich hörbar ein.

»Was?«, fragte Pierre entgeistert.

»Du hast doch gewusst, dass die gesamte Leibwache des Fürsten aus stummen Männern besteht?«

»Sicher, aber ...«

»Sie tun das freiwillig!«, sagte Caillou ungeduldig. »Galène, hör auf Pierre Horrorgeschichten zu erzählen.«

»Moment mal«, verschaffte Pierre sich Gehör. »Sie meinen, alle Männer, die zu Diamants Leibwache gehören, lassen sich freiwillig die Zunge rausschneiden?«

Caillou nickte. »Es ist eine sehr ehrenvolle Aufgabe – sie wird sehr großzügig entlohnt.«

»Damit, ausgestoßen zu werden?«, entgegnete Pierre. Neben sich hörte er Galène leise lachen.

»Diamant wird seine Gründe gehabt haben, sie aus seinen Diensten zu entlassen«, ignorierte Caillou den Steinbrecher.

»Welche?«, wiederholte Pierre seine Frage von vorhin.

»Ich weiß es nicht«, seufzte Caillou noch immer ungeduldig. »Ich gehöre nicht zum Rat der Steinweisen. Meine Funktion als Diamants Berater lässt mich nicht automatisch an allen Entscheidungen des Fürsten teilhaben, besonders nicht an so unwichtigen wie der Entlassung von ein paar Männern.«

»Und die anderen?«, hakte Pierre weiter nach.

»Welche anderen?«

»Die anderen Ausgestoßenen. Es werden ja wohl nicht nur ehemalige Leibgardisten ausgestoßen, nehme ich an.«

»Nein, natürlich nicht. Es sind Menschen, die nicht mehr ins System passen. Wir bemühen uns sie zu ...« Caillous Stimme geriet ins Stocken.

»Resozialisieren?«, schlug Pierre vor und erklärte auf den verständnislosen Blick Caillous hin, was das auf der Oberwelt bedeutete. »Zum Beispiel wenn Menschen aus dem Knast kommen, haben sie es draußen im normalen Leben nicht gerade einfach. Sie brauchen Hilfe, um sich wieder in die Gesellschaft einzufügen. Das nennt man Resozialisation.«

Caillou nickte. »Dann ist das in etwa das, was wir tun. Bei den meisten haben wir Erfolg, bei einigen wenigen nicht. Um unser System nicht zu gefährden werden sie ausgestoßen, damit alle anderen so weiterleben können wie bisher.«

»Aber warum gehen die Ausgestoßenen nicht zu den Steinbrechern?«, überlegte Pierre laut.

»Manche tun es wohl oder sie machen zumindest Geschäfte mit ihnen, wie der Mann, der mich damals zu Gravier brachte. Aber der größte Teil fürchtet die Steinbrecher genauso wie wir.«

»Also bleibt ihnen nichts anderes übrig, als hier draußen irgendwie um ihr Überleben zu kämpfen, indem sie andere angreifen und ausrauben.«

»Was sie sehr gefährlich macht«, vollendete Caillou Pierres Schlussfolgerungen.

»Wenn ihr fertig seid mit eurer Diskussion über erfolglose – wie hieß das? – Resozialisation von unerwünschten Mitgliedern des Systems, sollten wir langsam mal daran denken, uns noch eine Weile aufs Ohr zu legen.« Das kam von Galène. »Wir haben morgen einen anstrengenden Weg vor uns und Pierre muss das Netz überwinden. Wenn er dazu nicht genug Kraft hat, weil er nicht ausgeruht ist, und unsere Mission deshalb scheitert, wird Diamant vielleicht uns ausstoßen, wer weiß?«

»Sehr witzig«, sagte Caillou. »Ich wäre dir wirklich dankbar, wenn du aufhören würdest so einen Unsinn zu erzählen.«

»Unsinn? Ich finde nicht, dass das Unsinn ist. Pierre braucht wirklich alle Kräfte, die ...«

»Du weißt genau, was ich meine«, fuhr Caillou dazwischen. Er setzte seine Tasche ab, sah sich um und wies dann mit dem Kopf in Richtung eines schützenden Felsvorsprungs nahe eines kleinen Baches. »Dort«, bestimmte er.

Galène nickte zufrieden. Hinter diesem Felsvorsprung konnten sich unmöglich Ausgestoßene verbergen. Ein zweites Mal schlugen sie also ihr Lager auf, Galène ging hinüber zum Bach und füllte drei Becher mit Wasser, von denen er je einen Caillou und Pierre reichte.

Pierre nahm seinen und schaute auf das klare Wasser darin. Er hatte die weißen Kügelchen keineswegs vergessen und fragte sich, ob eine davon jetzt in seinem oder Caillous Becher schwamm.

»Sie hätte sich längst aufgelöst«, flüsterte Galène Pierre zu, ohne dass Caillou es hören konnte. »Du würdest sie nicht sehen – und auch nicht schmecken.«

Erschrocken ließ Pierre fast den Becher fallen.

»Was ist denn?«, erkundigte sich Caillou, der die Bewegung gesehen hatte.

»Nichts«, murmelte Pierre. »Ich habe nur keinen Durst.« Damit stellte er den Becher zur Seite.

Galène verzog die Mundwinkel zu einem spöttischen Lächeln, nahm den Becher und leerte ihn in einem Zug. »Wirklich nicht?«, fragte er dann und reichte Pierre seinen eigenen Becher. »Solltest du dir noch mal überlegen, du hast heute kaum was getrunken. Ist nicht gut, wenn der Körper zu wenig Flüssigkeit bekommt.«

Fast trotzig griff Pierre nach Galènes Becher, und während ihm kurz der Gedanke kam, dass Galène genau das beabsichtigt haben könnte, trank er in großen Schlucken. Dann legte er sich hin, starrte an die Felsdecke über ihm und wartete, dass ihn die Müdigkeit überfiel. Doch sie kam nicht; irgendwann hörte er Caillou und Galène leise vor sich hin schnarchen. Offenbar war Galène der Meinung, dass er selbst nun auch eine Mütze voll Schlaf verdient hatte. Irgendwann schloss Pierre die Augen und schlief endlich ein.

Als er wachgerüttelt wurde, schoss er wie von der Tarantel gestochen hoch, weil er instinktiv einen neuen Angriff Ausgestoßener erwartete. Doch es war nur Caillou, der überrascht zur Seite sprang. »Alles in Ordnung«, beruhigte er Pierre. »Wir müssen weiter.«

Nur langsam senkte sich Pierres Adrenalinspiegel wieder. Er sah sich nach Galène um, konnte ihn aber nirgends entdecken.

»Wo ist Galène?«

»Ein Stück weiter den Bach hinunter. Er badet.«

»Sie lassen ihn allein gehen?«, fragte Pierre verwundert.

»Weshalb sollte ich nicht?«, gab Caillou ebenso verwundert zurück.

Erst da wurde Pierre bewusst, dass für Caillou kein

Grund bestand, Galène zu misstrauen, weil er selbst noch keine Gelegenheit gefunden hatte, allein mit ihm zu sprechen. Leise und hastig erzählte er nun von der silbernen Dose und ihrem Inhalt. Nachdenklich rieb Caillou sich das Kinn. »Wenn Galène wirklich was im Schilde führt, ist heute für ihn der letzte Zeitpunkt, es auszuführen.«

»Halten Sie es nicht doch für möglich, dass es Galènes Schuld war, dass die Kontakte zu Ihren Spionen abgerissen sind?«

»Du hast mich das schon gestern gefragt und vielleicht war ich da ein bisschen zu blauäugig. Sieht ganz so aus, als hätten deine Argumente was für sich. Allerdings muss ihm klar sein, dass du dein Wissen nicht für dich behältst. Vielleicht hilft uns das weiter.«

In diesem Augenblick kam Galène zurück. Er achtete scheinbar nicht darauf, dass Pierre und Caillou sich wie auf Kommando voneinander entfernten. Doch Pierre konnte er damit nicht täuschen. Irgendwie bedauerte er, dass Galène ein Verräter war. Er hatte begonnen ihn zu mögen, er mochte seinen spöttischen Humor und er mochte Galènes Augen, die freundlich und überhaupt nicht bösartig oder hinterhältig blickten.

Er erinnerte sich außerdem an den Ausdruck in ihnen, nachdem Pierre ihm das Leben gerettet hatte. Er konnte nicht glauben, dass er sich so geirrt haben sollte. Andererseits, wenn Galène ein Spion war, wusste er sehr gut, wie man andere dazu brachte, das Gegenteil von dem anzunehmen, was in einem vorging.

»Ihr seid dran!«, rief Galène Caillou zu. »Wenn Ihr mir Pierre für ein paar winzige Wachphasenbruchteile anvertrauen wollt, heißt das.«

»Ich bin mir nicht sicher, ob ich das sollte, nach allem,

was er mir eben erzählt hat. Darf ich dich um die Dose bitten?« Auffordernd streckte Caillou die Hand aus.

Galènes Blick streifte Pierre. Zu seiner Verwunderung nahm er ein belustigtes Funkeln in den Augen des Spions wahr. »Wenn Ihr gestattet, werde ich die Dose behalten. Sie ist wertvoller für mich als für Euch. Außerdem ist es doch wohl eher der Inhalt, der Euch interessiert.«

Galène holte die silberne Dose aus seinem Beutel, öffnete sie und gab die Kugeln an Caillou weiter.

»Besten Dank«, sagte Caillou mit einer ironischen Verbeugung.

»Gern geschehen«, erwiderte Galène die Geste, wobei er sich halb drehte und auch Pierre mit einbezog.

Der fühlte sich mit einem Mal aus unerfindlichen Gründen selbst wie ein Verräter und schaffte es nicht, Galène anzusehen.

»Nachdem das nun geklärt ist, wollt Ihr Euer Bad noch nehmen?«, fragte Galène süffisant.

»Ich denke, ich kann drauf verzichten«, erklärte Caillou.

»Ich aber nicht«, murmelte Pierre, der den beiden Männern für einige Minuten entfliehen wollte. Er drehte sich um und lief zum Bach hinunter, wurde aber durch eine Stimme aufgehalten.

»Fang!«, rief Galène und warf ihm etwas zu. »Und spring nicht gleich ganz rein. Es ist ziemlich kalt!«

Pierre fing ein weiches rötliches Tuch auf, das ein wenig feucht war, aber noch trocken genug um sich damit nach dem Bad abzureiben. Wortlos machte er kehrt und lief weiter, bis er beim Ufer angekommen war. Er zog sich aus, steckte probeweise den Zeh in den Bach und stellte fest, dass Galène nicht übertrieben hatte. Das

Wasser war tatsächlich eiskalt. Dann überwand er seinen inneren Widerwillen und watete so lange weiter, bis er bis zu den Hüften im Wasser stand. Er schloss die Augen und ging in die Knie, sodass er gänzlich untertauchte. Prustend schoss er wieder an die Oberfläche. Jegliche Müdigkeit war wie weggeblasen. Am Ufer rieb er sich trocken, kleidete sich wieder an und ging zu den wartenden Männern zurück.

»Danke«, sagte er und reichte Galène das Tuch.

»Keine Ursache.«

Caillou hatte auch Pierres Decke wieder verstaut und der zweite Teil des Marsches zu den Steinbrechern begann. An diesem Abend oder spätestens am nächsten Morgen würde sich entscheiden, ob die Steinmenschen eine Chance hatten, Silex' Pläne zu unterwandern.

18

Vor ihnen öffnete sich eine Schlucht, die tiefer und gefährlicher aussah als die, die sie am Tag zuvor überquert hatten.

»Müssen wir da durch?«, fragte Pierre.

»Nein«, antwortete Caillou. »Jedenfalls nicht hier. Wir werden an der Schlucht entlanggehen bis zu einer in den Stein gehauenen Treppe. Die Stufen führen zum Ufer des Fleuve de la Malachite. Dem Flussverlauf folgen wir in sicherer Entfernung, bis wir dort sind, wo du versuchen wirst die Grenze zu überqueren.«

Wie Caillou vorausgesagt hatte, kamen sie bald an eine Stelle, an der sie mithilfe einer grob gehauenen Treppe ungefährdet hinunter in die Schlucht gelangten. Etwa auf halber Strecke hielt Pierre jedoch plötzlich an und zeigte auf eine Höhle, die direkt vor ihnen lag.

»Was ist das?«

»Wahrscheinlich eine alte Edelsteinmine, aus der nichts mehr zu holen ist«, vermutete Caillou. »Kommt weiter.«

Doch Pierre weigerte sich dem Befehl zu folgen. Stattdessen starrte er auf den Eingang der Mine und suchte dann mit den Augen die Umgebung ab. Es sah aus, als hielte er nach etwas Bestimmtem Ausschau, doch Caillou konnte sich nicht vorstellen wonach. Dann hörte er ein merkwürdiges Geräusch, das er zwar kannte, aber hier unten noch nie gehört hatte.

»Flügelschlagen?«, fragte Caillou verblüfft. »Doch das ist unmöglich. In der Steinwelt gibt es keine Vögel.«

»Wann sind Sie das letzte Mal hier gewesen?«, fragte Pierre, der jetzt lauter reden musste, weil das Geräusch seine Stimme fast übertönte.

»In dieser Gegend? Nicht mehr seit meiner Flucht vor Gravier«, antwortete Caillou.

»Dann hat sich seitdem wohl einiges verändert«, stellte Pierre fest und wies nach oben.

Über ihnen flog ein kleiner Schwarm gurrender Vögel, der nur ein Ziel zu haben schien: die ehemalige Mine. Mit einem synchronen Sturzflug setzten die Tiere zur Landung in der Höhle an. Pierre, Caillou und Galène gingen in Deckung, doch die Vögel ignorierten sie und verschwanden im Inneren der Mine. Es herrschte wieder Stille.

»Woher hast du das gewusst?«, fragte Caillou.

»Hab ich nicht. Aber das da«, Pierre zeigte auf etwas Weißgraues am Eingang der Höhle, »sah mir sehr nach den Hinterlassenschaften geflügelter Wesen aus. Von der Oberwelt. Wir sind hier schon sehr nahe am Grenzgebiet, das ist doch so?«

Caillou nickte langsam. »Ziemlich dicht dran.« Sein Blick bohrte sich in Galènes Gesicht. »Irgendwie habe ich das Gefühl, als könntest du mir das Ganze hier erklären …«

Galène schaute Caillou ausdruckslos an. »Ich bin schon lange fort aus dem Reich der Steinbrecher. Ich weiß nicht mehr als Ihr.«

»Vielleicht«, vermutete Pierre, »hat Silex angefangen mit dem Tor zu experimentieren. Vielleicht reicht es ihm nicht, nur die Oberwelt zu betreten, sondern er will wissen, ob und wie es umgekehrt funktioniert. Ihm ist wegen Sophie bewusst, dass Menschen den Übergang nicht unbeschadet überstehen. Aber Tiere mögen anders reagieren. Vielleicht findet er, dass Tiere durchaus nützlich für sein Reich sind.«

»Das heißt, den Vögeln macht der Übergang durch das Tor offenbar nichts aus«, schlussfolgerte Caillou.

»Kann sein. Vielleicht sind das hier aber auch schon längst Nachfahren der wenigen ersten Tiere, die den Übergang überlebten«, gab Pierre zu bedenken. »Was ich interessanter finde, ist die Tatsache, dass sie keine Probleme damit zu haben scheinen, das Energienetz zu durchdringen.«

»Hm«, machte Caillou und wandte sich wieder an Galène. »Und du bist sicher, dass du uns dazu nichts sagen kannst? Zum Beispiel warum sie ausgerechnet hier nisten? Und warum sie nicht bis zu unserer Stadt vordringen?«

Galène schüttelte unwillig den Kopf. »Ich habe in meinem Leben außer Fischen nicht ein einziges Tier gesehen, Caillou. Ich war nie auf der Oberwelt. Ich hätte nicht mal gewusst, dass diese Wesen dort Vögel sind!«

»Brieftauben!«, stieß Pierre plötzlich hervor.

»Wie bitte?«, fragte Caillou verständnislos.

»Es sind Tauben. Und sie sind abgerichtet! Caillou, das erklärt das Versagen Ihres Spionagenetzes! Kein Mensch musste die Grenze überqueren um Informationen von einer Welt in die andere zu bringen. Eine ähnliche Höhle muss es drüben bei den Steinbrechern geben und jemand kommt regelmäßig hierhin und dorthin«, er nickte zu der alten Mine hinüber, »um Botschaften zu empfangen und zu senden. Silex ist genial! Er braucht die Waffen der Oberwelt nicht, er kopiert die einfachen Dinge, die für seine Zwecke viel wirksamer sind!«

»Ich weiß nicht, ob ich deine Begeisterung für Silex teilen kann«, sagte Caillou und schüttelte zweifelnd den Kopf. »Aber vielleicht sollten wir uns mal das Innere der Höhle ansehen. Wenn du Recht hast, könnten wir dort auf einen von Silex' Spionen treffen. Und einer weniger von denen ist auf jeden Fall ein Pluspunkt für uns.«

Er winkte Pierre und Galène ihm zu folgen, dann fiel ihm gerade noch rechtzeitig ein, Galène vorgehen zu lassen.

»Ich weiß wirklich nicht, warum Ihr mir so misstraut. Ich hätte Euch längst aus dem Weg räumen können, wenn mir was daran läge«, stellte Galène sachlich fest. »Ihr habt sehr tief geschlafen. Außerdem kann sich Diamant über meine Leistungen als Verbindungsmann nicht beschweren. Also hört auf, mich wie einen Verbrecher zu behandeln, und denkt lieber mal wieder daran, was mir blüht, wenn ich es wagen sollte, Silex unter die Augen zu treten.«

»Möglicherweise habe ich zu oft daran gedacht und

zu selten an die Alternativen. Also bitte nach dir.« Auffordernd zeigte Caillou in die Höhle hinein.

Galène zuckte mit den Schultern und betrat als Erster die alte Mine. Es war ziemlich dunkel, doch nah am Eingang stolperte er über eine am Boden liegende Fackel, die er mit einem einzigen Schlag eines kleinen Feuersteins entzündete, bevor er vorsichtig den Gang hinunterging. Die anderen folgten ihm. Je weiter sie sich in die Höhle hineinwagten, desto lauter wurde das Gurren der Tauben. Irgendwo musste also der Taubenschlag sein – und vielleicht sogar die Person, die die Tiere versorgte und die Botschaften abschickte und empfing.

»Weshalb sind eigentlich Saphir oder Diamant nie auf diese Idee gekommen?« Pierres Stimme klang hohl und etwas unheimlich.

»Wir haben nicht nur daran gedacht, wir haben es sogar versucht«, erwiderte Caillou. »Umsonst. Ich kann zwar den Übergang ohne das Tor bewältigen – aber mitnehmen kann ich nichts, weder in die eine noch in die andere Richtung. Das geht offenbar nur mithilfe des Tores.«

Schließlich weitete sich der Gang zu einer großen Nische, in der tatsächlich, wie von Pierre vermutet, ein Taubenschlag stand. Etwa zwanzig Tiere saßen in den aus Stein gemeißelten Verschlägen, pickten Körner oder schliefen. Sonst war nichts zu sehen, kein Mensch weit und breit. Caillou nahm Galène die Fackel aus der Hand und leuchtete damit sorgfältig die Wände ab. Dabei fand er tatsächlich etwas. Er pfiff leise durch die Zähne, als er mit den Fingern die Umrisse einer steinernen Tür nachzog, die bei flüchtigem Hinsehen kaum als solche zu erkennen war.

»Hilf mir mal«, bat er Pierre und zog zusammen mit ihm die Steinplatte zur Seite. Dahinter befand sich ein mit zwei Fackeln beleuchteter, recht komfortabel ausgestatteter Raum mit einer Schlafstatt, einem Tisch und zwei in den Felsen gehauenen Sitzmöglichkeiten, auf denen zum bequemeren Sitzen zwei Polster lagen. An der linken Wand hing ein Regal, auf dem Lebensmittel lagerten und ein Krug mit Wasser stand. Doch der Bewohner der Kammer war nirgends zu sehen.

Caillou holte tief Luft. Einerseits war er erleichtert niemanden anzutreffen, weil er keineswegs wusste, was er mit dem Mann hätte anstellen sollen. Andererseits hieß das, dass sie im Moment nicht erfahren würden, wer der Spion der Steinbrecher war, denn auf ihn warten konnten sie nicht, dazu hatten sie es zu eilig.

Er wandte sich zum Gehen. »Das hier bringt nichts, offensichtlich ist der Verräter ausgeflogen. Sobald Pierre auf der anderen Seite der Grenze ist, haben wir genug Zeit, den Mann festzusetzen.«

»Wollt Ihr das allein bewerkstelligen«, fragte Galène ironisch, »oder nehmt Ihr meine Hilfe dabei an?«

Widerwillig musste Caillou zugeben, dass er keine andere Wahl hatte. Zuerst zu Diamant zurückzukehren um ihm Galène als möglichen feindlichen Spion zu übergeben, wäre zu gefährlich. Er konnte nicht wissen, welche Botschaften die Tiere den Steinbrechern inzwischen brachten. Caillou bedeutete Galène und Pierre, ihm aus der Höhle zu folgen.

»Schschsch!«, machte Galène jedoch in diesem Augenblick und zeigte auf den Gang hinaus, wo jetzt auch Caillou und Pierre das Geräusch von Schritten ausmachten. Eilig zog sich Caillou zu den anderen beiden in den Schatten zurück. Trotzdem musste der Mann, dessen Unterschlupf dies war, natürlich durch die offene Tür gewarnt sein.

Tatsächlich erschien auch nur sehr kurz eine Gestalt im Durchgang zu der Kammer. Caillou blieb kaum ein Lidschlag, um die Züge des Feindes zu erkennen, als dieser sich auch schon blitzschnell umdrehte und den Gang zurück nach draußen hastete.

»Los!«, rief Caillou und sprintete dem Mann hinterher. Pierre und Galène folgten, doch im Gegensatz zu dem Bewohner der Mine waren sie mit den Unebenheiten des Höhlengangs nicht vertraut. Als sie endlich stolpernd den Ausgang der Höhle erreicht hatten, war der Mann die Treppenstufen zu weit hinuntergelaufen, um ihn noch einholen zu können.

Caillou lehnte sich an die Felswand und stöhnte. Er sah blass aus und aus seinen Augen sprach Unglauben, als er dem Verräter hinterhersah.

»Haben Sie ihn erkannt?«, fragte Pierre, der Caillous Seufzen richtig gedeutet hatte.

»Jemand muss Diamant warnen«, sagte Caillou jedoch nur.

»Das könnte ich erledigen«, schlug Galène vor. »Wer war der Mann?«

»Du«, sagte Caillou jetzt ruhiger, »wirst nirgends hingehen. Stattdessen wirst du Pierre genau erzählen, worauf er zu achten hat, nachdem es ihm gelungen ist, das Netz zu durchdringen.«

»Dann müsst Ihr Diamant selbst warnen und mich mit Pierre allein lassen. Welches Risiko ist Euch lieber?« Galène stellte diese Frage ohne Wertung, nicht einmal das gewohnte amüsierte Blitzen war in seinen Augen zu sehen.

Einen Moment lang spielte Caillou jedes denkbare Szenario durch und kam dann zu der Erkenntnis, dass ihm keines davon gefiel. Pierre zu den Steinbrechern zu bringen war oberste Priorität, er würde diese Mission nicht mit der Jagd nach einem Spion aufs Spiel setzen.

»Wir machen weiter wie geplant. Der Verräter wird uns nicht dazu bringen, etwas Unüberlegtes zu tun. Früher oder später büßt er für das, was er getan hat.«

Er setzte sich wieder in Bewegung und ging zur Treppe, die vor ihnen Silex' Agent in wahnwitziger Geschwindigkeit hinuntergelaufen war.

»Wer war der Mann?«, wiederholte Pierre Galènes Frage nach ein paar Stufen.

»Sein Name ist Mica. Er ist Mitglied im Rat der Steinweisen«, sagte Caillou noch immer fassungslos. Niemals hätte er einen Verräter auf so hoher Ebene vermutet. Ein fataler Fehler, wie sich jetzt herausstellte. Vor sich hin brütend stieg Caillou weiter hinab, doch die Konturen der Treppe verschwammen vor seinen Augen. Er sah Mica vor sich, als er ihn das letzte Mal bei Diamant getroffen hatte. Damals beauftragte ihn der Fürst Kontakt zu Topaze aufzunehmen, seinem besten Spion bei den Steinbrechern. Dass Mica der Letzte war, dem er diese Aufgabe hätte anvertrauen sollen, konnte keiner ahnen.

Irgendwann wurden die Stufen weniger steil und leichter begehbar, Pierre erkannte in der Ferne die Ausläufer des Fleuve de la Malachite. Sie näherten sich dem Fluss nur langsam, doch je geringer die Entfernung wurde, desto stärker rückte auch seine eigentliche Aufgabe in sein Blickfeld. Wenn er an das Energienetz der Steinbrecher dachte, wurde ihm leicht übel. Zu gut erinnerte er sich daran, was Caillou über Sophie erzählt hatte, die verletzt und blutend auf der anderen Seite des Tores angekommen war. Wenn das Netz mit der umgewandelten Energie auf ihn eine ähnliche Wirkung hatte, weil er zur Hälfte ein Steinmensch war, stand ihm sehr Unangenehmes bevor.

Unten am Fluss wurde der Weg noch bequemer. Galène legte einen Schritt zu und ging dann eine Weile schweigend neben Pierre her. Caillou beobachtete die beiden, es wurde allmählich Zeit, dass Galène mit seinen Erklärungen begann. Gerade als er ihn dazu auffordern wollte, fing Galène an zu sprechen.

»Ich schätze, du misstraust mir ebenso, wie Caillou es tut«, sagte er fast beiläufig.

Pierre befand sich in einer Zwickmühle. Er wollte Galène vertrauen, aber was er gesehen hatte, machte das nicht gerade leicht. »Diese Tabletten«, sagte er schließlich doch, »war das Gift?«

Galène sah kurz zur Seite. »Was soll ich jetzt antworten? Wenn ich es leugne, beweist das gar nichts. Wenn ich etwas zugebe, wirst du mir noch weniger trauen. Aber es ist wichtig, dass du mir traust, sehr wichtig sogar. Deshalb habe ich gesagt, es wäre besser gewesen, wenn du nicht in meinem Beutel rumgeschnüffelt hättest.«

»Ich habe nicht geschnüffelt!«, fuhr Pierre auf. »Ich wollte nur die Decke verstauen, dabei bin ich auf die Dose gestoßen.«

Erleichtert bemerkte Galène, dass Pierre dieser Unterschied offenbar wichtig war. Das vereinfachte die Sache vielleicht. Dennoch überging er Pierres Kommentar, als er wieder anfing zu sprechen. »Für das, was du zu tun beabsichtigst, musst du ein paar Dinge über die Steinbrecher und ihr Reich wissen. Was ich dir darüber erzählen kann, ist möglicherweise schon ein wenig überholt, aber es wird trotzdem nützlich für dich sein. Deshalb ist es notwendig, dass du mir glaubst.

Wenn du annimmst, ich würde nur eine Menge Unwahrheiten von mir geben, können wir das Ganze ebenso gut lassen.«

Pierre nickte. Dann fiel ihm etwas ein. Er drehte sich zu Caillou um. »Geben Sie mir eine von Galènes Tabletten.«

»Was willst du damit?«

»Sie nehmen. Dann wissen wir endgültig, ob wir Galène trauen können oder nicht.«

»Bist du übergeschnappt?« Caillous heftige Reaktion war verständlich, doch Galène lachte.

»Was wollt Ihr? Der Junge hat mehr Mumm in den Knochen als so mancher verdiente Steinmensch!«

»Das könnte dir so passen! Pierre wird überhaupt nichts nehmen!« Caillou sah Pierre einen Moment lang fest an. »Vergiss es!«

»Aber das ist verrückt«, widersprach Pierre. »Galène hat Recht: Wenn wir ihm nicht trauen, können wir es gleich bleiben lassen. Dann müssen wir davon ausgehen, dass das, was er mir über das Reich der Steinbrecher erzählt, von vorn bis hinten gelogen ist und ich in eine Falle laufe.«

Genau dieser Gedanke war Caillou seit der Entdeckung der kleinen weißen Kugeln auch schon mehrfach durch den Kopf gegangen. Unnötige Risiken einzugehen war dumm. Doch Pierre musste zu den Steinbrechern. »Wenn du drüben bist, Pierre«, sagte Caillou, »wirst du selbst entscheiden müssen, was von dem, was du von Galène weißt, wahr ist und was nicht. Das kann dir niemand abnehmen.«

»Die Chancen, dass ich nicht lüge, stehen fünfzig zu fünfzig«, lächelte Galène. »Du darfst eins nicht vergessen: Ich werde hier sein, während du da rübermarschierst. Also ist es auf jeden Fall besser für mich, wenn ich bei der Wahrheit bleibe. Wenn nicht, wird Diamant das nämlich früher oder später erfahren. Und dann macht es keinen Unterschied mehr, welcher der beiden Fürsten mir den Kopf abschlägt.«

»Dann erzählen Sie.«

»Gute Antwort!« Galène bückte sich und hob einen Stein auf. »Sieh her«, forderte er Pierre auf und begann etwas auf dem sandigen Boden zu skizzieren. »Das ist das Grenzgebiet und das hier der Fluss. Sobald du das Netz überwunden hast, wirst du vor zwei Problemen stehen. Das erste wird sein, die Grenzposten zu entdecken, bevor sie dich sehen, und ihnen sozusagen unter der Nase zu entwischen.«

»Irgendwelche Vorschläge?«

»Nur den, dich möglichst lautlos und schnell zu bewegen. Die Grenzposten verbergen sich entweder auf Felsvorsprüngen oder in kleinen Felsspalten, die sehr gut getarnt sind. Vermeide also die Felsen am Fluss. Sie bieten dir keinen Schutz, sondern sind im Gegenteil sehr gefährlich.« Galène fügte seiner Zeichnung die Felsen hinzu, die den Fleuve de la Malachite säumten. »Stattdessen versuch, so schnell es geht, zwischen diesen beiden Felsgruppen hindurch zu verschwinden. Wenn es dir gelungen ist, die Zone unbeschadet zu durchqueren, wirst du zu einer kleinen Schlucht kommen. Das zweite Problem. Sie ist weithin einsehbar, du kannst dich nirgends verstecken. Außerdem ist sie voller Fallen, die Silex anbringen ließ. Wenn du in eine davon tappst, bist du verloren. Du siehst: Der Weg durch die Schlucht ist zwar kürzer, aber auch weitaus gefährlicher. Deshalb wende dich nach rechts und folge einem schmalen Bachbett, bis du zu einem kleinen Wald gelangst. Er ist nicht besonders dicht, aber ein paar Bäume werden dich entlang der gesamten Schlucht begleiten. Obwohl du da ungleich mehr Möglichkeiten hast, dich zu verbergen als in der Schlucht, musst du daran denken, dass Silex' Männer wahrscheinlich mit allem rechnen. Auch damit dass dir jemand den sichereren Weg verrät. Sei also trotz des Waldes immer wachsam.«

Pierre nickte. »Und dann?«

»Am Ende des Waldes musst du in die Schlucht hinunter.«

»Aber ich dachte ...«

»Der Abstieg lässt sich nicht vermeiden«, unterbrach Galène ihn. »Die Chancen, dass du bis dahin überlebst, sind allerdings größer, wenn du tust, was ich dir gesagt habe. Der Weg hinunter ist nicht weit, aber trotzdem etwas schwierig. Es gibt keine Treppenstufen wie hier, du wirst dich an Steinen, Gebüschen und Geröll festklammern müssen.«

Pierre seufzte und sah Caillou an. »Wieso kann ich nicht einfach den Fluss an derselben Stelle überqueren wie Sie damals? Das erscheint mir weitaus weniger mühsam.«

»Wer hat behauptet, die Welt zu retten sei eine einfache Angelegenheit?«, fragte Caillou resigniert lächelnd. »Ich will nicht, dass du stirbst, bevor du die Chance hattest, deine Mutter zu befreien. Ich will überhaupt nicht, dass du stirbst. Silex wird gerade an der uns bekannten Stelle seine Leute postiert haben, mehr noch als anderswo.«

»Okay«, gab Pierre nach. »Also weiter. Was kommt nach der Schlucht?«

»Der schwerste Teil. Wenn du den Ausgang der Schlucht passiert hast, kommt eine kurze offene Strecke, an deren Ende sich die Höhlen befinden, die Silex als Gefängnis dienen. Wie du da reinkommst – dafür habe ich auch keine Patentlösung. Du musst sehen, welche Möglichkeiten dir die Gegebenheiten bieten, und danach handeln.«

»Wenn ich erwischt werde«, fing Pierre an, »was passiert dann mit mir?«

Caillou senkte den Blick. Als er den Kopf wieder hob, las Pierre die Antwort in seinen Augen, die er bereits befürchtet hatte, ohne dass Caillou sie aussprechen musste.

»Wieso, verdammt noch mal, leben eigentlich noch irgendwelche Idioten bei den Steinbrechern?«, rief er. »Wieso laufen die nicht alle über zu den Steinmenschen? Die müssen doch verrückt sein, unter diesen barbarischen Bedingungen in ihrer Welt zu bleiben!«

Einen Moment lang schien es, als wolle Galène die Hand ausstrecken und Pierre berühren.

Es war jedoch Caillou, der es erklärte. »Das Netz hält nicht nur uns davon ab, das Reich zu betreten. Es wirkt auch umgekehrt.«

»Und vorher? Das Netz gibt es doch erst, seitdem das Tor entdeckt wurde.«

»Vorher? Vorher hatten Silex und seine Vorfahren andere Mittel«, sagte Caillou.

Galène wandte sich ab und verwischte mit den Füßen seine Skizze auf dem Boden. Pierre beobachtete ihn dabei. Hier war offenbar jemand, dem es gelungen war, auf die andere Seite zu wechseln, sogar zu einer Zeit, als es das Netz schon gab.

»Wie haben Sie's geschafft?«, fragte Pierre.

»Jemand hat das Netz für mich abgeschaltet«, murmelte Galène.

»Abgeschaltet?«, wiederholte Pierre verdutzt.

»Ja. Das Energiefeld kann abgeschaltet werden. Es hängt wie eine Glocke über dem Reich der Steinbrecher und man aktiviert es am Tor – oder man deaktiviert es.«

»Jaja, schon klar, das meinte ich nicht. Ich meinte: Wer hat ...« Dann begriff er. Es musste Améthyste gewesen sein. Die Frau, die Galène geliebt hatte.

Galène sah das Verstehen in Pierres Augen und lächelte. Und Pierre verstand noch etwas anderes, nämlich die tiefere Bedeutung von Galènes Worten, dass ihm sehr viel Glück beschieden gewesen war, eine Frau zu finden, die er so sehr lieben konnte – und die ihn so sehr liebte.

»Eigentlich seid ihr euch ziemlich ähnlich«, fand Pierre und grinste seine beiden Begleiter an. In der Tat hatten Galène und Caillou offenbar sehr viel gemeinsam, was die Liebe einer Frau anging. »Vielleicht solltet ihr aufhören euch gegenseitig das Leben schwer zu machen.«

»Vielleicht«, sagte Galène. »Vielleicht werden wir irgendwann in der Zukunft Freunde. Wer weiß?« Dabei zwinkerte er Caillou mit dem Anflug seines alten spöttischen Lächelns zu. »Oder wäre Euch das sehr zuwider?«

»Das kommt ganz auf dich an.«

Galène lachte. »So, meint Ihr?«

Den Rest des Weges legten sie schweigend zurück. Jeder hing seinen Gedanken nach, die sich trotz allem mit derselben Frage befassten: Würde es Pierre gelingen, die Steinprinzessin zu befreien?

Als sie das Ufer des Flusses endlich erreichten, war es nach Pierres Zeitgefühl beinah Abend. Sie hielten sich im Schatten der Felsen, damit sie von der anderen Seite nicht beobachtet werden konnten.

»Wo soll ich …?« Pierre brachte den Satz nicht zu Ende. Argwöhnisch betrachtete er den Fleuve de la Malachite, dessen Wasser tatsächlich so grün schimmerte wie ein geschliffener Malachit.

»Dort drüben.« Galène zeigte auf eine Stelle neben einem mannshohen Felsen, der fast bis hinüber ans andere Ufer reichte. »Du wirst dich lange im Schutz des Felsens bewegen können, nur die letzten zwei, drei Meter sind wirklich gefährlich. Wie gut sind deine Augen?«

»Ich hatte nie Probleme damit.«

»Ausgezeichnet.« Galène spähte über den Fluss und fand offenbar, was er suchte. »Siehst du den Felsspalt dort drüben, gleich unterhalb des roten Quaders auf dem Vorsprung?«

Pierre brauchte einen Moment, doch dann nickte er.

»Das ist eine der Stellungen der Grenzposten. Wenn du dich am Felsen im Fluss so bewegst, wie ich dir es gerade gesagt habe, und dich danach ins Wasser fallen lässt und das letzte Stück schwimmst, wird er dich vielleicht übersehen.«

Während er sprach, öffnete Galène seine Tasche und entnahm ihm eine weite Hose und ein Hemd aus fast demselben Stoff, aus dem das Tuch gewesen war, das er Pierre zum Abtrocken geliehen hatte. »Zieh das über deine Sachen. Die Felsen da drüben haben in etwa die gleiche Farbe. Es ist keine perfekte Tarnung, aber schaden kann es auch nicht.«

Es dauerte nicht lange, sich die zusätzliche Kleidung überzustreifen. Danach gab es keinen Grund mehr, noch länger zu zögern. Er war jetzt so bereit wie zu jedem anderen Zeitpunkt.

Caillou sah Pierre in die Augen und legte ihm die Hände auf die Schultern. Er sagte nichts und das war

Pierre auch lieber so. Irgendwelche Phrasen wären jetzt zu viel für ihn gewesen. Caillous Blick genügte.

Galène verabschiedete sich nicht wortlos. »Du bist einen weiten Weg gekommen um das hier zu tun. Wenn du dort drüben bist, wirst du Entscheidungen zu treffen haben, von denen die Zukunft der Steinwelt abhängt. Viel Glück!«

Pierre schluckte, dann drehte er sich um und bewegte sich vorsichtig auf den Felsen zu. Er hielt sich dabei, so weit es ging, im Schatten des Massivs, das den Fluss säumte. Dann erreichte er den Felsen und machte einen ersten Schritt ins Wasser. Wie bei seinem morgendlichen Bad war auch hier das Wasser kalt. Er tastete sich langsam am Felsen entlang immer weiter in den Fleuve de la Malachite hinein. Galène hatte ihm nicht sagen können, wo genau er auf das Energienetz stoßen würde, er selbst vermutete es etwa in der Mitte des Flusses. Bald würde er die Stelle erreicht haben. Es war zu spät, die einmal getroffene Entscheidung zu ändern. Trotzdem oder gerade deswegen wurde ihm schlecht bei dem Gedanken daran, was möglicherweise mit seinem Körper passieren würde, wenn dieser Schutzschild, von dem Caillou gesprochen hatte, nicht ausreichte.

Pierre drehte sich noch einmal um und sah über seine Schulter hinweg die beiden Männer dicht nebeneinander stehen und ihm hinterherschauen. Galène bewegte sich gerade noch ein Stück weiter auf Caillou zu. Und plötzlich erfasste Pierre, was dort am Ufer vor sich ging. Entsetzt öffneten sich seine Lippen zu einem Schrei, gleichzeitig wollte er kehrtmachen und zurücklaufen, doch weder das eine noch das andere gelang ihm. Stattdessen spürte er einen unglaublichen Sog, ähnlich wie bei dem Übergang von der Ober- in die Steinwelt. Die

Umgebung verschwamm vor seinen Augen, nur noch sehr undeutlich nahm er wahr, dass Caillou in den Sand fiel und sich Galène über ihn beugte. Dann machte er instinktiv einen Schritt vorwärts und in der nächsten Sekunde umfing ihn Schwärze.

19

Christophe wälzte sich unruhig auf seinem Bett hin und her. Er träumte. Abwechselnd von Sylvie und von Pierre. Beide erschienen ihm hintereinander, er rief nach ihnen, doch sie hörten ihn nicht, er lief ihnen entgegen, doch sie entfernten sich immer weiter. Als er erwachte, blieb er erschöpft und schweißnass zwischen den Laken liegen.

Er starrte an die Decke und fragte sich verzweifelt, was mit seinem Leben passiert war. Erst hatte er seine Frau verloren – und jetzt auch noch seinen Sohn. Christophe machte sich Vorwürfe, nicht zum ersten, sondern zum tausendsten Mal. Er war so sehr in seine Trauer vergraben gewesen, dass er nicht bemerkt hatte, wie sehr Pierre gelitten hatte und wie sehr er seinen Vater gebraucht hätte.

»Und was habe ich getan?«, fragte er in den Raum hinein. »Ich musste diesen verdammten Grabstein meißeln und mich betrinken.« Wieder wälzte er sich auf die andere Seite. »Lieber Gott, ich habe eine Menge falsch gemacht, aber gib mir bitte meinen Sohn zurück. Gib mir eine verdammte Chance!« Den letzten Satz stieß er so laut hervor, dass er vor seiner eigenen Stimme erschrak.

Er wusste nicht, wann genau Pierre verschwunden war. Es musste irgendwann vorgestern Nacht gewesen sein. Als Pierre am vergangenen Morgen nicht zum Frühstück herunterkam und Christophe ihn aus dem Bett werfen wollte, stellte er fest, dass es unbenutzt war. Gut, vielleicht war es nichts Besonderes, dass ein Sechzehnjähriger mal eine Nacht lang nicht nach Hause kam, aber als er am Abend noch immer nicht auftauchte, fing Christophe an sich ernsthaft Sorgen zu machen. Das war nicht Pierres Art, überhaupt nicht. Christophe ging zur Polizei und entgegen seinen Erwartungen begann ein Trupp Beamter tatsächlich noch in derselben Nacht die Gegend zu durchkämmen. Christophe war die ganze Zeit über dabei, doch als die Suche auch bis zum Morgen erfolglos geblieben war, wurde er nach Hause geschickt. Widerwillig fügte sich Christophe, nur die bleierne Müdigkeit, die ihn überfiel, ließ ihn einlenken.

Jetzt hatte er gerade ein paar Stunden geschlafen. Schwerfällig erhob er sich und schaute ohne viel Hoffnung in Pierres Zimmer. Alles unverändert. Nach einem Blick auf die Uhr stellte er fest, dass es kurz vor elf war. Er rief bei der Polizeistation in Rocaille an, aber natürlich gab es noch immer nichts Neues. Hier einfach sitzen zu bleiben schien undenkbar, er musste irgendetwas tun. Nach einer kurzen Dusche verließ Christophe das Haus und beschloss Pierres Mitschüler auszufragen. Auch wenn das sicher schon ein paar Beamte getan hatten, es konnte nicht schaden, es selbst ein zweites Mal zu tun.

Christophe kam gerade rechtzeitig zur Pause, eine Menge Kinder und Jugendliche standen auf dem Schulhof zusammen. Natürlich kannte er nicht jeden aus Pierres Jahrgang, aber ein paar Gesichter kamen ihm schon vertraut vor. Außerdem hoffte er René zu finden, der ihm vielleicht helfen konnte. Als er sich nach Pierres Freund umsah, wurde er von der Seite angesprochen.

»Monsieur Marchand«, sagte die Stimme.

Christophe drehte sich um und fand sich Madame Couvier gegenüber, Pierres Chemielehrerin.

»Die Polizei war schon hier und hat ihre Fragen gestellt. Sie sollten sich nicht so quälen. Warum gehen Sie nicht einfach nach Hause und verlassen sich bei der Suche nach Ihrem Sohn auf die Behörden?«

»Ich bin sicher, Sie meinen es gut, Madame, aber es ist nicht Ihr Kind, das verschwunden ist. Also verschonen Sie mich bitte mit guten Ratschlägen.« Christophe merkte, dass Madame Couvier zusammenzuckte, doch es gab kaum etwas, das ihm gleichgültiger war. Er konnte die Frau nicht ausstehen, die Sylvie immer kichernd »den Bunsenbrenner« genannt hatte. Gerade in diesem Moment entdeckte er René, wandte sich von der Lehrerin ab und ging auf ihn zu.

René erschrak über Christophes schlechtes Aussehen, selbst auf Sylvies Beerdigung hatte er nicht so eingefallen und kreidebleich gewirkt.

»Hallo René«, grüßte Pierres Vater. »Ich schätze, du hast schon gehört, was los ist.«

Seit heute ganz früh am Morgen die Polizei in der Schule aufgetaucht war, geisterte René ein Gedanke im Kopf herum. Den Beamten hatte er nichts davon gesagt, aber inzwischen war er sich ziemlich sicher, dass er es Christophe gegenüber erwähnen sollte. »Da ist etwas, das Sie wissen sollten. Glaub ich jedenfalls.«

Bis eben war Christophe noch einigermaßen ruhig gewesen, aber jetzt fuhr er auf und packte René bei den Schultern. »Hat es was mit Pierre zu tun?« Da René fast ebenso groß war wie er selbst, hielt der Junge der plötzlichen Bewegung stand, sonst hätte er leicht das Gleichgewicht verlieren können.

»Vielleicht ist es unwichtig«, begann René zögernd.

»Nichts ist unwichtig! Red schon!«

»Hat Pierre Ihnen von Florence erzählt?«

»Florence?«, wiederholte Christophe verwirrt. »Nein. Wer soll das sein?«

»Sie ist neu in der Schule. Pierre verstand sich ziemlich gut mit ihr.«

Allmählich dämmerte Christophe, dass sein Sohn doch so etwas erwähnt hatte. Da war noch eine andere Sache, die damit zusammenhing, aber daran konnte er sich nicht erinnern. Er nickte René auffordernd zu. »Was ist mit dieser Florence? Glaubst du, sie könnte wissen, wo Pierre steckt? Wo ist sie?« Suchend schaute sich Christophe auf dem Schulhof um.

»Weiß ich nicht. Das meine ich ja gerade«, sagte René. »Sie ist nämlich auch weg.«

»Was?« Entgeistert riss Christophe die Augen auf. »Wieso hat die Polizei davon nichts gesagt?«

»Weil ...« Jetzt kam der etwas schwierige Teil, bei dem sich vielleicht herausstellen würde, dass René an zu viel Einbildungskraft litt. »Weil Florence nicht vermisst wird. Sie ist nur einfach nicht hier. Ihre Eltern haben eine Entschuldigung geschrieben, doch sie ist gestern nicht aufgetaucht – und heute auch nicht.«

»Vielleicht ist sie krank.« Christophes Enthusiasmus hatte sich gelegt. René wollte helfen, aber am Fehlen von Florence schien nichts Ungewöhnliches.

»Vielleicht. Vielleicht nicht. Immerhin könnte es doch nicht schaden, mal nach *Aigle Fauve* zu gehen und nachzufragen.«

»*Aigle Fauve*?« Jetzt fiel Christophe wieder ein, was Pierre über das Mädchen gesagt hatte. Sie lebte mit ihren Eltern in *Aigle Fauve*, dem Spukhaus. Das hätte ihm gleich komisch vorkommen sollen, aber er hatte ganz andere Dinge im Kopf gehabt als neue Mitschülerinnen in alten Häusern. Christophe seufzte und wünschte, er hätte Pierre besser zugehört. »Du hast Recht. Und genau das werde ich jetzt tun.«

»Ich komme mit.«

»Du hast Unterricht«, widersprach Christophe nur halbherzig.

»Scheiß auf den Unterricht! Ich will wissen, was aus Pierre geworden ist. Florence ist ein krasses Mädchen, nach der haben sich innerhalb von fünf Minuten alle Jungs die Finger abgeleckt. Aber sie fuhr auf Pierre ab und ich frage mich inzwischen, ob sie dafür einen bestimmten Grund hatte.«

»Was sollte sie für einen Grund gehabt haben? Vielleicht hat er ihr einfach gefallen. Mein Sohn ist nicht gerade hässlich.«

»Natürlich nicht. Und wenn die beiden jetzt nicht zufällig zusammen verschwunden wären, hätte ich mir auch keine Gedanken darüber gemacht.«

Weder Christophe noch René stand der Sinn nach Konversation, sie sprachen nicht viel. Erst als sie vor der Abbiegung nach *Aigle Fauve* standen, gab Christophe wieder zu bedenken: »Bist du sicher, dass du mitkommen willst? Wenn wir zu zweit da aufkreuzen, wirkt das vielleicht wie eine Inquisition. Könnte auch peinlich für dich werden, wenn das – wie hast du dich ausgedrückt? – krasse Mädchen bloß mit einer Erkältung im Bett liegt. Schließlich musst du dann ihren Spott in der Schule ertragen.«

René zuckte mit den Schultern. »Wenn schon. Mal gewinnt man, mal verliert man. Pierre ist mir wichtiger als Florence.«

Kurz darauf kam *Aigle Fauve* in Sichtweite. »Sieht mir nicht sehr bewohnt aus, was meinst du?«

»Nee, wirklich nicht.« Renés Blick glitt über die Fassade. Der riesige Steinadler auf dem Dach wirkte genauso baufällig wie immer. Unwillkürlich fragte er sich, wann das Ding endgültig das Gleichgewicht verlieren werde. Er wollte dann lieber nicht drunterstehen.

Vier Stufen führten hinauf zur großen Eingangstür. Zusammen mit Christophe stand René auf der letzten Stufe und wartete ab, was passieren würde, nachdem Christophe den Türklopfer betätigt hatte. Eine Klingel konnten sie nirgends entdecken. Als sich auch nach nochmaligem Klopfen und weiteren drei Minuten nichts rührte, sahen sie sich an und nickten dann beide. Christophe drückte die Türklinke hinunter. Nichts. Die Tür war abgeschlossen.

»Es gibt noch einen Hintereingang«, sagte René und war schon halb auf dem Weg.

»Wie oft wart ihr eigentlich hier?«, erkundigte sich Christophe.

»Nicht sehr oft. Das Haus ist echt unheimlich, selbst bei Tageslicht, finden Sie nicht?«

Christophe gab einen zustimmenden Laut von sich.

»Das letzte Mal haben Pierre und ich *Aigle Fauve* vor anderthalb Jahren einen Besuch abgestattet. Nachts. Wir haben uns aber nie ins Haus reingetraut.«

»Na, dann wird das ja jetzt eine Premiere«, sagte Christophe. Er versuchte die Hintertür zu öffnen – vergebens.

»Oder auch nicht«, stellte René fest.

»Glaub ja nicht, dass ich mich von ein paar abgeschlossenen Türen davon abhalten lasse, rauszufinden, wo mein Sohn ist«, stieß Christophe zwischen den Zähnen hervor. Die Tür schien nicht sonderlich stabil zu sein. Er warf sich dagegen und verursachte ziemlich viel Krach dabei. Das Holz hielt weit mehr aus, als es zunächst den Anschein gehabt hatte.

»Monsieur Marchand«, wagte René einzuwerfen. »Wir sollten wirklich nicht ...«

»Du kannst gern abhauen, wenn du willst. Aber ich werde in dieses Haus gehen und es auf den Kopf stellen, darauf kannst du Gift nehmen.« An der Vorderfront waren zumindest die Fenster im Erdgeschoss mit Läden verrammelt gewesen, hier hinten sah es ähnlich aus. Dann entdeckte Christophe eines, das die Bewohner wohl vergessen hatten. Er schlug mit einem Stein die Scheibe ein, angelte nach dem Griff und öffnete das Fenster. Schließlich zog er sich am Rahmen hoch und schwang die Beine über die Fensterbank. Kurz darauf stand er in einem dunklen, muffig riechenden Raum. Er drehte sich um und schaute nach unten zu René. »Kommst du?« Dabei streckte er die Hand aus.

Zuerst schüttelte René den Kopf, dann nickte er. »Mal gewinnt man, mal verliert man«, murmelte er dabei. Er ließ sich von Christophe durch das Fenster ziehen und sah sich um. Im Raum standen Möbel, die man mit Tüchern abgedeckt hatte, doch von den Tüchern war jetzt kaum noch etwas übrig. Überall hingen Spinnweben, an den Möbeln, an den Wänden, an der Decke.

»Das sieht wirklich nicht sehr bewohnt aus«, erklärte René.

»Kann man wohl laut sagen.«

Zusammen erkundeten sie *Aigle Fauve* von oben bis unten. Überall machten die Räume den gleichen verwahrlosten Eindruck. Das Einzige, was merkwürdigerweise recht neu zu sein schien, waren die Riegel und Schlösser an den Außentüren. An den schweren Eisenriegeln saßen keine Spinnweben und die Schlösser sahen nicht nur massiv aus, sondern waren kunstvoll geschmiedet.

»Jemand legt offenbar sehr viel Wert darauf, dass hier keiner reinkommt«, sagte Christophe.

»Trotzdem müssen Leute da gewesen sein«, bemerkte René und deutete auf den Boden, auf dem sich deutlich Fußspuren im Staub abzeichneten.

Nachdenklich kniff Christophe die Augen zusammen. »Diese Florence, wie heißt sie mit Nachnamen?«

»Duroc.«

»Ich hab das Gefühl, ich sollte mich mit der Familie Duroc mal näher befassen.«

René nickte, dann horchte er plötzlich auf. »Wo kommt das denn her?«

Christophe stand völlig still und lauschte ebenfalls. Er hatte das Geräusch nicht sofort gehört wie René, und als er es endlich wahrnahm, war das leise Sirren auch schon fast wieder vorbei. »Klingt wie beim Zahnarzt«, stellte er flüsternd fest, »wenn man im Wartezimmer sitzt und ganz leise den Bohrer hört.«

»Mhm«, machte René und zeigte nach unten. »Kam das aus dem Keller?«

Sie waren schon im Keller gewesen, hatten aber dort genauso wenig gefunden wie überall sonst im Haus. »Gehen wir doch noch mal nachsehen«, beschloss Christophe.

Er öffnete vorsichtig die Kellertür und schlich die düstere Treppe hinunter. Da unten war jemand, ganz eindeutig, er hörte Schritte und etwas wurde auf dem Fußboden hin und her geschoben. Christophe drehte sich zu René um und bedeutete ihm stehen zu bleiben. Man konnte nie wissen, wer oder was dort geschah, und er wollte nicht schuld daran sein, wenn René etwas zustieß. Ein vermisster Junge reichte. Aber René ließ sich nichts sagen, unbeirrt überholte er Christophe und stand schließlich vor ihm im dunklen Flur des Kellers. Das Geräusch kam aus einem der beiden hintersten Räume, die Tür davor war nur angelehnt. Er bemerkte diffuses, leicht flackerndes Licht und schlich langsam darauf zu.

Christophe war letztlich doch schneller. Er hielt René fest, zog ihn hinter sich und stieß mit einem Fußtritt die Holztür auf.

Mitten im Raum, der merkwürdigerweise durch eine brennende Fackel an der Wand erleuchtet wurde, stand ein Hüne von einem Mann. Seine Haare waren lang und rot und er sah nicht aus wie jemand, dem man leicht einen Schreck einjagen konnte. Jetzt jedoch war er eindeutig überrascht worden und fuhr bei Christophes Worten herum:

»Wo ist mein Sohn?«

Pyrite brauchte einen Moment, um sich an den Anblick des Mannes zu gewöhnen, der in drohender Haltung vor ihm stand – und der sich selbst von Pyrites beeindruckendem Äußeren nicht einschüchtern ließ. Er ahnte, wen er vor sich hatte: Pierres Vater. Mit allem hatten sie gerechnet, aber nicht damit, dass ausgerechnet von dieser Seite Schwierigkeiten auftauchen würden.

»Ich weiß nicht, was Sie meinen«, antwortete Pyrite trotz allem relativ ruhig. »Aber ich glaube, wenn hier jemand Fragen stellen darf, dann ich. Was haben Sie in meinem Haus zu suchen?« Angriff war die beste Verteidigung, jedenfalls zunächst mal.

»Monsieur Duroc, nehme ich an?«, erkundigte sich Christophe der Form halber, obwohl er sich Florences Vater irgendwie anders vorgestellt hatte.

Pyrite nickte – ebenfalls der Form halber. »Sie sind mir gegenüber im Vorteil. Mit wem habe ich das Vergnügen?«

»Sie wissen verdammt gut, wer ich bin«, stellte Christophe mit lauter Stimme fest. »Ich habe keine Lust auf irgendwelche Spielchen und ich warne Sie: Wenn Sie mir nicht sofort sagen, was Ihre Tochter mit meinem Sohn gemacht hat, werde ich Ihnen die Behörden auf den Hals hetzen!«

Zu Christophes Erstaunen grinste sein Gegenüber jetzt breit und brach dann in heiseres Lachen aus. »Meine Tochter ...«, fing er an und lachte noch immer. Dann sah er Christophe auf sich zukommen. »Beruhigen Sie sich, Mann! Meine Tochter hat überhaupt nichts mit Ihrem Sohn angestellt. Ich versichere Ihnen, wenn das der Fall wäre, könnten wir alle besser schlafen.«

»Wo ist Pierre?«, fragte Christophe und betonte jede Silbe. Er war mit seiner Geduld am Ende. Dieser Monsieur Duroc machte keinen sehr Vertrauen erweckenden Eindruck. Seine Kleidung sah altertümlich aus, seine bis über die Fesseln hochgebundenen Schuhe waren aus irgendeinem festen Material, das aussah wie Leder, aber doch keines zu sein schien. Seine Hosen und seine Weste waren aus einem bräunlichen, groben Stoff, der sich trotzdem weich an den Körper schmiegte. Nur das Hemd sah halbwegs so aus, als könnte es aus einem Geschäft in Rocaille stammen.

Ganz kurz erschien vor Christophes innerem Auge ein Bild. Das Bild von Sylvie, wie er sie zum ersten Mal gesehen hatte. Sie trug ein merkwürdiges Kleid, es war blau, aber der Stoff erinnerte ihn an die Kleidung des Mannes vor ihm. Dann verschwand das Bild wieder, so schnell es gekommen war.

Florences Vater hatte bis jetzt geschwiegen. »Sie schulden mir eine Antwort!«, sagte Christophe drohend.

»Ich schulde Ihnen gar nichts!«, antwortete Pyrite. Mit einem schnellen Schritt war er neben Christophe. Bevor der reagieren konnte, sauste Pyrites Arm auf ihn nieder. Zu überrascht, um noch aufschreien zu können, ging Christophe zu Boden.

René, der die ganze Zeit halb hinter der Tür gestanden, aber trotzdem jedes Wort gehört und jede Bewegung gesehen hatte, zuckte zusammen. Er presste sich gegen die Wand und betete, dass der rothaarige Typ ihn nicht entdeckte, wenn er aus dem Kellerraum kam. Doch die Tür bewegte sich um keinen Zentimeter. Ein paar Sekunden später nahm René wieder das Sirren wahr, dann herrschte absolute Stille. René lugte sehr vorsichtig um die Tür herum. Der Raum war leer – nur Christophe lag bewusstlos auf dem Boden. Der Mann, der sich Duroc nannte, war verschwunden.

René hockte sich neben Christophe auf die Erde und schüttelte ihn. »Monsieur Marchand!«, rief er. Christophe rührte sich nicht. René lief nach oben. Ohne viel Hoffnung versuchte er den Wasserhahn in der Küche aufzudrehen. Tatsächlich kam ein schmales Rinnsal aus dem Hahn, er holte ein Taschentuch aus seiner Jeans und hielt es unter das Wasser, dann lief er zurück in den Keller. Er legte Christophe das Tuch auf die Stirn und rüttelte ihn erneut. Diesmal regte er sich und begann zu stöhnen. Bald darauf setzte er sich auf, was ihm ziemliche Schmerzen zu verursachen schien. Er verzog das Gesicht und hielt sich den Kopf.

»Geht's?«, fragte René besorgt.

Christophe blinzelte und brauchte einen Augenblick, um sich an das zu erinnern, was vorgefallen war.

»Wo…«, begann er, dann wurde ihm schwindelig. Erneut hielt er sich den Kopf, nach einer Weile verschwand das Schwindelgefühl. »Wo ist der Kerl hin?«

René kam sich etwas feige vor, weil er sich hinter der Tür versteckt hatte, statt zu beobachten, was passierte. Ratlos zuckte er mit den Schultern. »Ich weiß nicht. Jedenfalls kam er nicht aus dem Raum. Ich war die ganze Zeit im Kellerflur und habe ihn nicht gesehen. Es muss irgendwo hier einen Ausgang geben.«

»Hier?« Zweifelnd breitete Christophe die Arme aus. »Hier ist nichts außer Wänden. Das ist ein Keller!«

»Ein unterirdischer Gang vielleicht?«, schlug René vor.

»Möglich.« Christophe stand auf, was ihm erst beim zweiten Anlauf gelang. Aber obwohl René und Christophe eine volle Stunde lang den Raum absuchten, fanden sie nichts. Nur ein merkwürdiges, großes Zeichen auf dem Boden.

»Hat Ähnlichkeit mit einem Pentagramm«, fand René. »Vielleicht wurden hier früher mal Satansmessen abgehalten.«

»Wer weiß …«, murmelte Christophe. »In diesem verfluchten Haus scheint nichts zu verrückt. Aber das hilft uns auch nicht weiter.«

»Was machen wir jetzt?«, fragte René.

Ratlos stand Christophe in der Mitte des Kellers und fragte sich dasselbe. Er atmete tief aus, dann meinte er: »Irgendwann kommt der Typ zurück. Ich werde hier sein, wenn er auftaucht.«

»Aber Sie können doch nicht …«

»Und ob ich kann. Er weiß was über Pierre, hundertprozentig. Ich werde die einzige Chance, die ich habe, nicht wegwerfen. Du kannst mir helfen, wenn du willst.«

Wenig überzeugt hob René die Brauen. Natürlich

wollte er Christophe unterstützen, aber er war sich über dessen Methoden nicht so sicher.

»Bring mir Decken und Lebensmittel. Hier ist der Schlüssel zu meinem Haus, da wirst du alles Nötige finden.«

»Sollten wir nicht einfach die Polizei rufen und denen von dem merkwürdigen Verschwinden der Familie Duroc erzählen?«, wagte René noch einen letzten Einwand.

Christophe schüttelte abwehrend den Kopf. »Nein. Irgendwie hab ich das Gefühl, dass der Anblick von Polizei die ohnehin nicht vorhandene Informationsbereitschaft von Florences Vater noch weiter unter den Nullpunkt sinken lassen würde. Mehr als mein Anblick jedenfalls. Ich bleibe hier und warte.«

20

Der Schock des kalten Wassers, in das Pierre fiel, brachte ihn mit einem Schlag wieder zu sich. Gerade eben noch war er von Schwärze umfangen gewesen, jetzt rang er heftig nach Atem. Er rappelte sich auf und drehte sich um ohne daran zu denken, dass er sich so schnell wie möglich vor den Grenzposten der Steinbrecher in Sicherheit bringen musste. Sein erster Gedanke galt Caillou, der von Galène überwältigt worden war. Pierre stand dort im Wasser und starrte hinüber ans Ufer, wo Galène etwas in Caillous Taschen suchte. Erst dann ging ihm auf, dass er Galènes Pläne unterstützte, wenn er sich nicht beeilte von hier fortzukommen.

Das Wasser hemmte seine Schritte und er erinnerte sich an Galènes Rat, ließ sich wieder in den Fluss fallen und schwamm die wenigen Meter. Ohne zurückzusehen, weil er wusste, dass ihn das wahrscheinlich von seiner Mission abhalten würde, bewegte er sich vorwärts auf den schmalen Gang zwischen den beiden Felsgruppen zu, durch den er sicher hindurchmusste. Er erwartete jeden Augenblick die Grenzposten auftauchen zu sehen, doch vielleicht half ihm der Tarnanzug, den Galène ihm gegeben hatte, tatsächlich. Das, seine Schnelligkeit und der richtige Winkel, in dem er sich fortbewegte, sodass die Gefahr, gesehen zu werden, möglichst gering gehalten wurde. Egal was es war, er war dankbar, als er die Strecke hinter sich gebracht hatte.

Pierre machte nur eine kurze Pause, in der ihm plötzlich auffiel, dass Galènes Informationen alle richtig gewesen waren. Vielleicht mussten sie das sein, um sein Misstrauen nicht noch mehr zu schüren. Offenbar hatte Galène nicht damit gerechnet, dass sich Pierre kurz vor dem Energienetz noch einmal umdrehen und beobachten würde, was mit Caillou geschah. Auch jetzt blickte er zurück, und was er sah, ließ ihm das Blut in den Adern gefrieren. Galène war dabei, den Fluss zu überqueren. Die Grenzposten mochten unaufmerksam gewesen sein, aber Galène würde dafür sorgen, dass Pierre nicht entkam.

Dem Steinbrecher schien die Durchquerung des Netzes überhaupt nichts auszumachen, es war, als sei es für ihn abgeschaltet worden. Trotzdem bezweifelte Pierre, dass das der Fall war. Niemand konnte wissen, dass Galène kurz nach Pierre herüberkommen würde. Wenn er alle Geschehnisse der letzten Tage richtig deutete, war nie vorgesehen gewesen, dass sie überhaupt so weit kamen. Die merkwürdigen Kugeln in der silbernen Dose waren mit Sicherheit Gift und dazu bestimmt gewesen, ihn und Caillou außer Gefecht zu setzen.

All diese Gedanken schossen ihm blitzartig durch den

Kopf. Bevor er weiter darüber nachdenken konnte, rannte er los, fort von Galène, der sich ihm schnell näherte.

Doch auch aus dieser Richtung wurde ihm der Weg abgeschnitten. Die Steinbrecher waren keineswegs so unaufmerksam gewesen, wie er geglaubt hatte. Mit bedrohlichen Schritten kamen vier Männer auf ihn zu. In Panik wandte er sich wieder um und sah sich Galène gegenüber, der ihn fast entschuldigend anschaute.

Es gab keinen Ausweg, Pierre war eingekesselt.

»Verräter!«, zischte er.

Galène zuckte zusammen, doch dann nickte er. »Aus deiner Sicht hast du wohl Recht. Tut mir Leid.«

»Halten Sie's Maul!«, entfuhr es Pierre.

»Also wirklich«, kam es von hinten. »Das ist aber gar nicht nett. Du brichst dir keinen Zacken aus der Krone, wenn du ein bisschen höflicher bist.«

Pierre fuhr erneut herum. Die vier Männer hatten sich ein paar Schritte auseinander bewegt und ließen den Blick frei auf ein Mädchen mit dunklen Haaren und Augen, die wie Opale schimmerten. Sie zwinkerte Pierre zu, als wären sie die besten Freunde und hätten sich gerade eben erst in der Schule getrennt.

»Florence!«

»Blöder Name«, sagte sie. »Ich würde es vorziehen, wenn du mich Opale nennst.«

»Mir egal, was du vorziehst!« Pierre betonte das letzte Wort ironisch. »Und dir kann es genauso egal sein, wie ich dich nenne. Ich nehme an, ich werde nicht mehr viel Gelegenheit dazu haben, überhaupt was zu sagen.«

»Wie kommst du auf diese Idee?«, fragte Opale unschuldig.

»Ihr werdet mich bestimmt zum Schweigen bringen.«

Damit bezog er auch Galène mit ein, der jetzt neben den anderen Männern stand.

»Sicher«, sagte Opale ungerührt. »Wir haben da so unsere Methoden. Interessiert an Einzelheiten?«

Pierre schwieg und sah Opale finster an, die ein paar Sekunden lang zurückstarrte, bevor sie sich an Galène wandte.

»Ist leider nicht alles so gelaufen, wie es sollte«, sagte er. »Aber ich nehme an, Mica hat es noch geschafft, euch rechtzeitig zu unterrichten, sonst wärt ihr nicht hier.«

»Mica?« Opale runzelte die Stirn. »Nein, eigentlich hätte er dich informieren sollen, dass wir unsere Pläne geändert haben. Wir dachten, das hätte geklappt, als wir euch drei hier ankommen sahen.«

Galène schüttelte den Kopf. »Dann hat Caillou also unbewusst die richtige Stelle am Fluss ausgesucht«, stellte er amüsiert fest. »Er ist mit dem Jungen früher bei mir aufgetaucht, als ich erwartet hatte. Davon muss Mica erfahren haben, wahrscheinlich wollte er unterwegs Kontakt mit mir aufnehmen. Das wär ihm auch fast gelungen, wenn Pierre nicht ein so guter Beobachter wäre. Er hat Micas Unterschlupf entdeckt und unser Agent musste abhauen.«

»Kluger Junge!«, stellte Opale fest. »Als ich ihn kennen lernte, hab ich sofort gewusst, dass wir ihn nicht unterschätzen dürfen. Schade, dass Caillou schneller war als ich.« Dabei schien ihr etwas einzufallen. Sie sah hinüber zum anderen Flussufer, wo Caillou noch immer im Sand lag.

Pierre folgte ihrem Blick und ballte die Hände zu Fäusten, halb aus ohnmächtiger Wut und halb aus Trauer. Caillou war tot, er hatte sein Leben riskiert und verloren für die Welt der Steinmenschen. Aber auch um Emeraude zu befreien.

»Hol ihn rüber«, hörte er Opale zu Galène sagen und begriff erst kurz darauf, dass sie Caillou meinte.

»Wozu das noch?«, fuhr Pierre sie an. »Lasst ihn wenigstens in seinem eigenen Reich liegen. Genügt es nicht, dass ihr ihn umbringen musstet?«

Opale zog die Brauen zusammen, ignorierte Pierre dann aber wieder. »Galène«, sagte sie auffordernd.

Der sah sie fragend an. »Was hat Silex für Pläne?«

»Später«, meinte Opale, indem sie kurz in Pierres Richtung blinzelte.

Galène verstand. Er holte seine silberne Dose hervor, öffnete sie und nahm zwei Tabletten heraus, von denen eine kurz darauf in seinem Mund verschwand. Dann lief er zum Fluss zurück und überquerte ihn, als gäbe es absolut kein Energienetz. Pierre beboachtete, wie Galène Caillou etwas zwischen die Lippen schob, bevor er sich ihn auf die Schulter lud und zurückkam. Vor Opale ließ er Caillou schließlich zu Boden gleiten.

Zwei Dinge erfasste Pierre mit einem Augenschlag. Caillou war nicht tot, er atmete. Flach zwar, aber er schien nur bewusstlos zu sein.

»Die Kugeln ...«, begann er.

»Willst du eine?«, griente Galène fröhlich. »Wie ich sagte, sie sind geschmacksneutral.« Er hielt ihm die geöffnete Dose hin. »Ich würde dir allerdings raten eine von den kleinen zu nehmen. Die etwas größeren sind nicht so gut bekömmlich.«

»Wozu ...?«

»Die kleinen, um den Körper gegen das Energienetz zu schützen. Die größeren bewirken einen sehr langen und sehr traumlosen Schlaf. Beim Aufwachen fühlt man sich nicht besonders.«

»Könnt ihr eure Diskussion vielleicht unterwegs fortsetzen?«, unterbrach Opale und reichte dabei sowohl Galène als auch Pierre trockene Kleidung. »Zieht euch um und dann lasst uns losgehen.« Sie wandte sich an zwei der vier Männer. »Bringt Caillou zu den Höhlen. Wir brauchen ihn sicher noch, aber im Augenblick haben wir erst mal genug mit dem Sohn der Steinprinzessin zu tun.«

Die Männer nickten. Pierre sah, wie einer Caillou schulterte. Sie schlugen nicht den Weg durch die Schlucht ein, vor dem Galène ihn so eindringlich gewarnt hatte, sondern hielten sich weiter links. Pierre schaute ihnen so lange nach, bis Opale die Geduld verlor und ihn daran erinnerte, dass sie es eilig hatten.

»Du wirst ihn schon noch früh genug wiedersehen! Muss dir ja mächtig ans Herz gewachsen sein.«

»Von so was hast du natürlich keine Ahnung«, schoss Pierre zurück. »Ich wette, du weißt nicht mal, wo das Herz überhaupt sitzt. Falls ihr Steinbrecher eins habt.«

»Aua«, sagte Galène belustigt, während er Pierre mit sich hinter einen Felsen zog, wo sich beide aus den nassen Sachen schälten. Als sie wieder zum Vorschein kamen, brachen sie endlich auf.

Im Gehen sah Galène sich um, atmete tief durch und breitete die Arme aus. »Meine Güte, es tut wirklich gut, wieder zu Hause zu sein. Die Welt der Steinmenschen ist nichts für mich.« Er wandte sich an Opale: »Sag nicht, dass ich wieder zurückmuss!«

Opale lachte. »Nein, keine Angst. Ich will lieber nicht dran denken, was die mit dir anstellen, wenn du dich da sehen lässt. Silex kann dich hier gut brauchen. Du kannst ihm viel über La Ville erzählen, besser als irgendwelche Verbindungsleute. Kann sein, dass das ziemlich wichtig wird.«

Galène wurde mit einem Schlag ernst. »Wird es zum Krieg kommen?«

Einen Augenblick schwieg Opale. »Ich weiß nicht. Kommt drauf an.«

»Worauf?«, schaltete sich Pierre ein. Er war von den beiden Steinbrechern, die Opale begleitet hatten, in die Mitte genommen worden. Es gab keine Möglichkeit zur Flucht. »Auf Diamant? Er wird sich nicht ergeben. Er wird kämpfen um sein Reich, er wird nicht zulassen, dass die Steinmenschen versklavt werden.«

»Du meinst, er wird nicht zulassen, dass er als das entlarvt wird, was er ist«, korrigierte Opale. »Richtig, das glaube ich auch.«

»Was ist er denn deiner Meinung nach?«, fragte Pierre bitter.

»Ein Lügner, ein Sklaventreiber und ein Diktator«, sagte Opale. »Und wenn ich mir Mühe gebe, fallen mir sicher noch ein paar andere Beschreibungen ein, die nicht so schmeichelhaft sind.«

»Scheiße, wer lügt hier?«, fuhr Pierre auf. »Wer droht mit Krieg? Wer hält meine Mutter als Geisel? Wenn Diamant ein Diktator ist, als was würdest du euren hochherrschaftlichen Fürsten dann bezeichnen? Ein Mann, der sogar seine Frau umbringt, nur weil sie einen anderen liebt, kommt mir nicht sehr Vertrauen erweckend vor.«

Opale wurde bleich. Es war das erste Mal, dass Pierre sie nach Worten ringend erlebte. Er hatte sie bewusst verletzt und es tat ihm nicht die Spur Leid. Sollte sie ruhig hören, was er von ihrem Vater hielt.

Er hatte mit allem Möglichen gerechnet, aber mit dieser Reaktion sicher nicht. Gerade noch war sie totenblass gewesen, jetzt färbte sich ihr Gesicht rot, sie holte mit einer Geschwindigkeit aus, dass er die Bewegung kaum wahrnahm. Nur das laute Klatschen und der Schmerz, den er an seiner Wange spürte, ließen keinen Zweifel daran, was sie getan hatte.

»Sag so was nie wieder, hörst du!«, rief sie heiser. »Wenn du das je wieder erwähnst, weiß ich nicht, was ich tue.«

»Du weißt sowieso nicht, was du tust«, sagte Pierre, der sich nur kurz die Wange gehalten hatte.

Er spürte eine Hand auf seinem Arm und drehte sich um. Galène hatte sich zwischen ihn und einen seiner Bewacher geschoben, sah ihn an und schüttelte den Kopf. »Du solltest nicht ...«

»Lassen Sie mich los!«, fauchte Pierre.

Galène zog seine Hand zurück, wich aber Pierres Blick nicht aus. »Du solltest nicht vorschnell urteilen.«

»Wie bitte?« Pierres Stimme überschlug sich. »Waren Sie das nicht, der mir Vorträge über die Liebe gehalten hat? Silex hat die Frau getötet, die Sie geliebt haben. Das scheint Ihnen ja nicht mehr viel auszumachen!«

»Streng mal dein Gehirn ein bisschen an«, sagte Galène ruhig.

Pierre antwortete nicht. Er musste jetzt mehr auf den Weg unter seinen Füßen achten, der steinig und uneben war. Ganz langsam machte sich ein Gedanke in seinem Kopf breit. Offensichtlich fürchtete sich Galène nicht vor einer Begegnung mit Silex, im Gegenteil, er schien sich darauf zu freuen, seinen Fürsten wieder zu sehen. Das passte nicht zu der Geschichte, die er von Caillou kannte. Also hatte Galène gar nichts mit Silex' Frau gehabt? Aber was bedeutete dann das A auf der silbernen Dose? Wenn das mit Galène und Améthyste nicht stimmte, wie viel Wahres war dann an dem Rest? War

Améthyste gar nicht tot? Doch, entschied Pierre. Das wenigstens musste den Tatsachen entsprechen, sonst wäre Opale nicht so ausgerastet.

Als der Weg wieder besser wurde, schaute er rechts neben sich, aber Galène hatte ihn wieder den Wachen überlassen und ging mit Opale voran. Sie sprachen wie Gleichgestellte miteinander, Pierre war kein einziges Mal ein respektvolles »Ihr« oder »Euch« aufgefallen. Galène duzte die Tochter seines Fürsten, als sei das völlig selbstverständlich.

Pierres bohrender Blick in Galènes Rücken blieb nicht unbemerkt. Der Steinbrecher drehte sich um und schürzte die Lippen. »Hast du dich wieder abgeregt?«

»Wer ist A?«, fragte Pierre, entschlossen sich nicht provozieren zu lassen.

Galène lächelte leicht schief und sah zu Opale, die sich Mühe gab, Pierre nicht zu beachten. »Scheint so, als hätte er angefangen nachzudenken.«

»Wird auch Zeit«, sagte Opale verächtlich.

»Wir dürfen nicht zu viel von ihm erwarten. Er hält uns für seine Erzfeinde und wäre schön dumm, wenn er von einem zum anderen Moment anfangen würde uns zu vertrauen.« Galène ließ sich ein Stück zurückfallen um wieder neben Pierre gehen zu können. »Ihr Name war Agate. Sie war meine Frau – und Améthystes Schwester.«

»Wieso war? Hat Silex sie auch umgebracht?«, fragte Pierre herausfordernd.

Galène holte tief Luft. »Du verwechselt die Fürsten, mein Junge. Silex hat niemanden getötet.«

»Nein? Hat er die Drecksarbeit jemand anderen machen lassen?«

»Das reicht jetzt!« Selbst dem beherrschten Galène riss

irgendwann der Geduldsfaden. »Wenn du unbedingt so dickköpfig sein und bei deiner vorgefassten Meinung bleiben willst, meinetwegen.«

»Verzeihung, aber es fällt mir ziemlich schwer, zu glauben, dass der Mann, der meine Mutter gefangen hält und ein ganzes Volk mit ihr erpresst, kein Blut an den Fingern kleben hat.«

Bisher hatte Opale schweigend zugehört, doch jetzt drehte sie sich zu ihm um. Ihr Gesicht war wieder bleich und ihre Stimme war leise, als sie sprach: »Willst du wissen, wer meine Mutter auf dem Gewissen hat? Willst du es wirklich wissen?«

Auf einmal war Pierre unsicher, ob er die Antwort hören wollte. Aber Opales Frage war rein rhetorisch.

»Saphir ist es gewesen, Diamants geschätzter Vorgänger. Nicht höchstpersönlich natürlich, sondern jemand, der für ihn die Drecksarbeit gemacht hat, wie du so schön sagtest!« Sie stieß die Worte fast atemlos hervor.

»Opale«, versuchte Galène sie zu beruhigen.

»Was?« fuhr sie ihn mit blitzenden Augen an.

»Du weißt, dass das nicht ganz stimmt. Ich gebe es ungern zu, aber in diesem Fall kann Saphir seine Hände in Unschuld waschen. Er hatte keine Ahnung davon, was sich hier abspielte. Immerhin haben wir seine Unwissenheit ausgenutzt, um ihm meine nette, kleine Geschichte unterzujubeln.«

Trotzig hob Opale das Kinn. »Aber es war einer von Saphirs Leuten. Das kommt letztlich auf dasselbe raus.«

Galène seufzte und schüttelte den Kopf. Vermutlich war er geneigt Opale Recht zu geben, die sich wieder an Pierre wandte.

»Du weißt nichts von unserer Welt außer einem Haufen Lügen, die dir erzählt wurden. Von Diamant und seinen Helfern, von den Unterdrückern der Steinmenschen. Die Steinmenschen jenseits der Grenze, Diamants so genanntes Volk, hast du es gesehen? Natürlich hast du es gesehen. Sag mir, was du davon hältst, los, sag's mir!«

Pierre wusste nicht, was er darauf erwidern sollte.

»Fällt dir nichts dazu ein? Nichts dazu, wie sie leben? Falls man das leben nennen kann. Sie haben keine Ahnung davon, wie es ist, wirklich zu leben. Sie hören von früh bis spät, dass sie tun müssen, was man ihnen sagt, dass sie wichtig sind für das *System*. Ein System, das einzig und allein dazu dient, sie kleinzuhalten. Unwissend. Damit die Herrschenden kein Stück von ihrer Macht verlieren. Was glaubst du, wie viele von den Steinmenschen in La Ville wissen, dass es die Oberwelt gibt?«

»Ihr habt das Tor besetzt. Sie können nicht einfach ...« Es war ein bisschen viel, was Opale da sagte, aber wenigstens auf Letzteres wusste er etwas zu erwidern.

»Natürlich können sie nicht einfach! Worüber Diamant verdammt froh ist. Wenn sein Volk erfahren würde, was es außerhalb der Steinwelt gibt, würde es vielleicht anfangen zu rebellieren. Wir haben das Tor besetzt, damit es nicht in falsche Hände gerät. Wir können froh sein, dass es nur wenige gibt, die fähig zum Übergang ohne das Tor sind. Die paar, die es können, haben es meist vorgezogen, auf der Oberwelt zu leben. Und das ist auch ganz gut so. Caillou macht uns gerade genug Schwierigkeiten.«

»Jetzt wohl nicht mehr«, murmelte Pierre, der sich gleichzeitig an Caillous Tochter erinnerte. Das passte immerhin zu dem, was Opale sagte. »Was werdet ihr mit ihm machen?«

»Wenn ich ihn hätte töten wollen, hätte ich es tun können«, mischte sich Galène wieder ins Gespräch. »Weißt du, ich mag ihn.«

»Na, da kann er ja froh sein! Wenn Ihnen seine Nase nicht gepasst hätte, wär er wohl nicht mehr am Leben.«

»Caillou ist auch nur ein Opfer, aber wenn es nötig gewesen wäre, hätte er sterben müssen, ja.«

»Opfer?« Das kam zusammen mit einem Auflachen von Opale. »Der Mann ist ein treuer Ergebener Diamants. Sein Fürst muss nur mit den Fingern schnippen und schon tut er, was von ihm verlangt wird.«

»Ich weiß nicht«, schüttelte Galène den Kopf. »Pierre hat ihm unterwegs eine Menge Fragen gestellt. Ziemlich kluge – und ein paar recht unangenehme für Caillou. Ich hatte hin und wieder den Eindruck, als würden dadurch Caillous Augen ein wenig für das geöffnet, was um ihn herum vorgeht. Er kennt nichts anderes. Genauso wenig wie das einfache Volk.«

»Irgendwo hab ich so was schon mal gehört«, sagte Opale. »Du und mein Vater – ihr habt manchmal erstaunlich ähnliche Ideen in euren verrückten Köpfen.«

Opale erläuterte nicht näher, was sie mit diesen rätselhaften Worten meinte. Was sie sonst noch gesagt hatte, ließ Pierre einigermaßen ratlos zurück. Es stimmte, die bedrückende Atmosphäre in La Ville war ihm sehr wohl aufgefallen, auch das abgestumpfte Aussehen der Menschen. Das in Einklang zu bringen mit dem, was er von Diamant und Caillou gehört hatte, hätte ihm vielleicht schwerer fallen sollen. Aber wenn das Volk bereit war für die Steinprinzessin in den Krieg zu ziehen, damit sie nicht getötet wurde, hieß das doch wohl auch, dass die Steinmenschen ihre Herrscher liebten. Sie konnten nicht so unzufrieden sein, wie Opale ihn glauben machen wollte. Doch dann hörte er wieder Galènes Stimme: *Sie kennen nichts anderes.*

Nein, das konnte alles so nicht stimmen, dachte Pierre. Was Opale und Galène hier an ihm betrieben, war nichts weiter als Gehirnwäsche. Sie wollten ihn umdrehen, damit er so wenig Schwierigkeiten wie möglich machte. Er glaubte kein Wort von dem, was er gehört hatte. Silex hielt seine Mutter als Geisel in irgendeinem Höhlengefängnis fest. Er würde sie befreien und dann musste es ihnen irgendwie gelingen, in das Reich der Steinmenschen zurückzukehren – und der Krieg, den Silex auslösen wollte, konnte vermieden werden. Pierre war nicht in diese vollkommen fremde Welt gekommen, um vor ein paar Sätzen zu kapitulieren, die ihm hingeworfen wurden wie Hundefutter.

21

Bald lag die Schlucht hinter ihnen und Pierre erkannte die weite offene Ebene, von der Galène ihm erzählt hatte, an deren Ende sich angeblich das Gefängnis befinden sollte. Doch stattdessen stand dort am Horizont ein einsames großes Haus, das ähnlich wie Diamants Palast halb in den Fels gehauen und halb aus Steinplatten errichtet worden war. Es wirkte jedoch ganz und gar nicht wie ein Palast. Es gab keine Verzierungen aus Edelsteinen an den Fenstern, keine großen Eingangstore und auch keine Wachen. Es war einfach nur ein Haus.

Davor standen zwei Männer. Einer davon, groß und rothaarig, gestikulierte gerade wild mit dem rechten Arm, als wolle er etwas demonstrieren. Der zweite Mann, schwarzhaarig und nicht ganz so groß wie der andere, stand daneben und sah zunächst etwas ungläubig drein, dann warf er den Kopf zurück und lachte. Pierre konnte nicht verstehen, worüber die beiden Männer sprachen, dazu waren sie noch zu weit entfernt, aber die Szene wirkte beinah unwirklich in dieser Umgebung. Viel zu normal. Sie erinnerte ihn an zu Hause. An seinen Vater.

Der Schwarzhaarige wurde wieder ernst und redete eine Weile auf sein Gegenüber ein, dann musste er aus den Augenwinkeln die Gruppe um Pierre gesehen haben. Er hielt mitten im Satz inne, wandte sich um und sah ihnen entgegen.

Sein Blick streifte zuerst Opale, dann Pierre und blieb schließlich sehr lange an Galène haften. Ohne sich einen Schritt zu bewegen sagte er in neutralem Tonfall: »Du bist also zurück.«

Ebenso emotionslos antwortete Galène: »Allerdings.«

Der Mann mit den für die Steinwelt ungewöhnlich kurzen Haaren nickte. Sein Gesicht gab nichts von seinen Gefühlen preis. Allmählich begann es Pierre zu dämmern, wen er hier vor sich hatte, und er betrachtete ihn genauer. Über einer geraden, recht langen Nase blickten dunkle, weit auseinander stehende Augen unverwandt auf Galène. Pierre konnte nicht erkennen, ob sie dunkelbraun oder sehr dunkelblau waren. Er mochte etwa vierzig sein, allerdings hatte Pierre jetzt wirklich nicht den Nerv, das in Steinweltjahre umzurechnen.

Der Mann hatte lange geschwiegen und Pierre erschrak jetzt fast, als er wieder sprach: »Schon Sehnsucht nach Diamant?«

Galène fiel auf die Knie, streckte die Arme aus und stammelte: »Gnade! Gnade, Fürst, schickt mich nicht zurück! Man wird mich erhängen, in Stücke reißen, vierteilen, jeden Körperteil einzeln verbrennen.«

Noch immer starrte Silex regungslos auf Galène hinunter. »Zweifellos. Wie würde dir das gefallen?«

»Ich will lieber von Euch erhängt, in Stücke gerissen und gevierteilt werden.« Galène flehte Silex förmlich an.

»Du hast das Verbrennen vergessen«, sagte Silex.

»Natürlich, natürlich, bitte, verbrennt mich!«

Angewidert wandte Pierre sich ab. Trotz allem hatte er Galène irgendwie gemocht, es gefiel ihm nicht, ihn jetzt derart gedemütigt zu sehen. Er bemerkte, dass Opale sich auf die Lippen biss.

»Ich fürchte«, sagte Silex gerade bedauernd, »wir müssen sparsam mit dem Holz umgehen. Nimmst du es mir sehr übel, wenn ich auf das Verbrennen verzichte?«

Silex klang jetzt fast, als müsse er sich das Lachen mühsam verbeißen. Plötzlich streckte er die Hand aus und zog Galène hoch. Eine ganze Weile standen die beiden Männer so da und ließen die Hand des anderen nicht los.

»Galène, mein Freund«, brach Silex schließlich das Schweigen. »Du kannst nicht ermessen, was für wertvolle Dienste du uns geleistet hast.«

»Blödsinn!«, sagte Galène, lächelte dabei aber erfreut.

Silex schaute Galène durchdringend an: »Du wagst es, deinem Fürsten zu widersprechen?«

»Ist sonst niemand da, dem ich widersprechen könnte«, lachte Galène. »Abgesehen von unserem Gast hier natürlich. Wenn er länger bei Diamant geblieben wäre, hätte es unser geschätzter Feind ziemlich schwer mit ihm gehabt. Er ist es nicht gewohnt, dass man ihm widerspricht, und Pierre liebt nichts so sehr wie unbequeme Fragen zu stellen!«

Silex lächelte und musterte Pierre. »So, tust du das?«

»Ich warne dich, Silex«, meldete sich Galène noch einmal zu Wort. »Er wird auch dir eine Menge Fragen stellen. Er hat nämlich allerhand über dich gehört, das ihm nicht gefällt.«

»Ja, das kann ich mir denken.«

»Wo ist meine Mutter?«, waren Pierres erste Worte an Silex.

Er hörte Galène lachen. »Siehst du, was hab ich dir gesagt?«

Silex nickte belustigt. »Du wirst deine Mutter morgen sehen«, bestimmte er.

»Nein. Heute. Jetzt«, forderte Pierre. »Bringen Sie mich zu ihr. Was haben Sie zu verlieren? Wir sind beide in Ihrer Gewalt, wir können nirgends hin. Da Diamant sich nicht ergeben wird, werden Sie Emeraude und mich töten, also lassen Sie uns wenigstens die Zeit, die uns bleibt, zusammen verbringen.«

»Ich habe durchaus nicht vor jemanden zu töten, Pierre«, stellte Silex richtig. »Mein Ultimatum besagt, dass ich mit der Ermordung der Steinprinzessin *drohe*. Das ist ein Unterschied, der dir hoffentlich bewusst ist.«

»Dann kommt es zum Krieg. Dann werden mehr Menschen sterben als meine Mutter und ich. Ich hoffe, das ist ein Unterschied, der *Ihnen* bewusst ist.«

»Ich will diesen Krieg nicht«, sagte Silex. »Deshalb habe ich es auf anderem Weg versucht.«

»Mit einer Geiselnahme?«

»Mit dem größtmöglichen Druckmittel, das sich uns seit dem Aufstand dargeboten hat. Wenn es zum Krieg kommt, wird er nicht von mir ausgehen, sondern von Diamant.«

»Das ist eine fadenscheinige Entschuldigung um sich aus der Verantwortung zu stehlen!«, sagte Pierre mit erhobener Stimme. »Selbst wenn die Steinbrecher nicht den ersten Schlag führen, haben sie ihn provoziert. Damit sind Sie letztendlich verantwortlich für die Konsequenzen!«

Silex schwieg einen Moment lang nachdenklich. »Das mag stimmen. Aber es bleibt trotzdem Diamants Entscheidung. Wie du gerade festgestellt hast, werde ich nicht zum ersten Schlag ausholen.« Er machte eine Pause, aber als er sah, dass Pierre etwas sagen wollte, hielt er ihn mit einer Handbewegung, die absolut keinen Widerspruch duldete, davon ab. »Du wirst deine Mutter morgen sehen. Jetzt geh mit Opale!«

Er wandte sich wieder an Galène und nickte auch dem rothaarigen Mann zu, der die ganze Zeit abwartend dabeigestanden, Pierre aber fast ebenso eingehend betrachtet hatte wie Silex. Pierre sah, wie sie zu dritt im Haus verschwanden.

»Dein Vater ist kein bisschen besser, als er Diamant zu sein vorwirft«, sagte Pierre verbittert.

»Meinen Vater und Diamant«, sagte Opale langsam, »trennen Welten. Bildlich und wörtlich gesprochen. Sie auch nur in einem Atemzug zu nennen, müsste eigentlich unter Todesstrafe gestellt werden. Wenn es sie gäbe.«

»Du hast es selbst gerade eben getan«, erinnerte Pierre sie.

»Sehr witzig.«

»Dein Vater will diesen Krieg nicht? Warum provoziert er Diamant dann?«

Opale antwortete nicht, sondern winkte Pierre, ihr zu folgen. Begleitet von den beiden Wachmännern betraten sie das Haus durch einen anderen Eingang und gelangten in einen großen hellen Raum. Ein gewaltiger Herd mit einer gusseiserner Platte zog Pierres Blick auf sich. Das Teil wirkte reichlich antiquiert, war aber schon ein gewaltiger Fortschritt, wenn er an Sophies Kessel über der Feuerstelle dachte. An der Decke hingen Bündel von getrockneten Kräutern und Beeren, in der Mitte stand ein ausladender runder Marmortisch mit mehreren Holzstühlen. Das Material fiel Pierre sofort auf und er fragte sich, ob die Stühle aus dem wenigen Holz gezimmert worden waren, das es hier unten noch gab, oder ob das Holz von Bäumen der Oberwelt stammte.

»Wenn Diamant all das ist, was du vorhin behauptet hast – und ich sage immer noch nicht, dass ich irgendwas davon glaube –, dann muss euch doch klar gewesen sein, dass er sich niemals ergeben würde«, bohrte er weiter.

Inzwischen hatte Opale von einem Regal helles Brot und Steingutschüsseln mit getrocknetem Gemüse geholt und auf den Tisch gestellt. Dazu gab es eine weitere Schüssel mit etwas, das Pierre an eine Joghurtsoße erinnerte. Er merkte widerwillig, wie sein Magen anfing zu knurren.

»Greif zu«, sagte Opale.

»Keine Dienstboten, die den Tisch decken?«, erkundigte sich Pierre ironisch. »Wozu ist dein Vater Fürst, wenn du in der Küche arbeiten musst?«

»Wir haben eine Köchin und das ist auch besser so, weil es mit meinen Kochkünsten und denen meines Vaters nicht weit her ist. Ansonsten brauchen wir niemanden, der uns hinterherräumt.«

»Wie ungemein bescheiden ...«

»Schön, dass du's einsiehst. Willst du nicht essen? Es ist wirklich gut!«

»Was ist das?«, fragte Pierre und deutete auf die Soße. »Ich dachte, ihr habt keine Tiere? Woher kommt dann die Milch?«

»Die Steinmenschen haben keine. Wir haben sehr wohl Tiere. Dank des Tores.«

»Aha«, machte Pierre und erinnerte sich an die Tauben. »Und haltet ihr es für richtig, den Steinmenschen das vorzuenthalten?«

Seufzend tat sich Opale von dem Gemüse auf den Teller und brach ein Stück Brot ab. »Erstens habe ich dir schon mal zu erklären versucht, dass Diamant das Tor einzig für seine Interessen nutzen würde, das Volk hätte mit Sicherheit nichts davon. Zweitens hat mein Vater im Gegensatz zu Diamant das Wohl aller in der Steinwelt im Sinn. Wenn Diamant täte, was mein Vater verlangt, würde sich diese Welt zum Besseren verändern.«

Das brachte Pierre zwischen zwei Bissen wieder auf das eigentliche Problem zurück. »Warum hat Silex überhaupt jemals angenommen, dass Diamant kapitulieren würde?«

»Weil er den Fehler begangen hat, zu denken, dass wenigstens ein Rest von Menschlichkeit in Diamant steckt. Diamant hat Emeraude nämlich mal geliebt. Wenn jemand *meine* Mutter entführt hätte, hätte mein Vater alles getan um sie zurückzubekommen.«

»Hätte er auch sein Reich aufgegeben?«, erkundigte sich Pierre.

Nachdenklich schaute Opale an Pierre vorbei. »Sein Reich? So bezeichnen wir unser Land nicht. Es ist unser Zuhause. Mein Vater hätte nicht wählen müssen zwischen seiner Frau und seinem Land. Er weiß, dass jemand den Kampf an seiner Stelle weitergeführt hätte, um uns vor dem Feind zu beschützen. Sein persönliches Schicksal wäre ihm egal gewesen, wenn er Améthyste dafür hätte retten können. Aber an so was denkt Diamant nicht. Er denkt nur an sich und daran, um jeden

Preis seine Macht zu erhalten. Diamants Antwort auf das erste Ultimatum meines Vaters gleich nach Emeraudes Ankunft hier hat das eindeutig bewiesen. Also mussten andere Maßnahmen ergriffen werden. Den Steinmenschen die Wahrheit über Emeraude zu erzählen und bei der Gelegenheit auch gleich noch mit ihrer Ermordung zu drohen hat weit reichende Konsequenzen, über die selbst Diamant anfangs nachdachte. Mein Vater hoffte, dass Diamant letztlich vor einem Krieg zurückschrecken mochte, bei dem es auch unter den Steinmenschen unzählige Tote geben würde.« Opale schwieg, aber Pierre ahnte, dass sie noch nicht ganz fertig war. »Es war den Versuch wert, das erste Risiko, das es seit Generationen lohnte einzugehen, weil es zumindest eine Chance auf Erfolg in sich barg.«

»Also kommt es jetzt zum Krieg, weil dein Vater sich geirrt hat?« Das sollte spöttisch klingen, aber eigentlich war das Ganze nicht im Mindesten komisch.

»Vielleicht kommt es überhaupt nicht zum Krieg.«

»Aber du hast doch gerade gesagt ...«

»Dein Auftauchen in unserer Welt hat die Lage etwas verändert. Wir wussten, du würdest alles versuchen um Emeraude zu befreien und konnten schließlich nicht garantieren, dass du scheiterst. Wir brauchten also eine Alternative und plötzlich hat mein Vater eine ganz neue Möglichkeit gesehen, zu erreichen, was er will. Ob das gelingt, hängt von deiner Mutter ab. Und von dir.«

Zur selben Zeit saß Silex mit Galène und Pyrite im Beratungsraum und ließ sich zum zweiten Mal erzählen, was Pyrite in *Aigle Fauve* erlebt hatte, damit auch Galène davon erfuhr.

»Sieht also so aus, als bekämen wir Schwierigkeiten

aus einer ganz ungeahnten Richtung«, fasste Pyrite zusammen. »Ich kann's nicht beschwören, aber es sollte mich nicht wundern, wenn Pierres Vater in dem verdammten Keller bleibt und darauf wartet, dass ich oder sonst jemand erscheint.«

»Wieso sollte er? Du hast ihn niedergeschlagen, er war bewusstlos, du bist verschwunden. Es gibt keinen Grund für ihn, anzunehmen, dass du ausgerechnet da wieder auftauchst.« Obwohl die Situation recht ernst war, amüsierte Silex die Vorstellung, wie Pyrite unverhofft auf Christophe Marchand stieß.

»Er war nicht allein«, erklärte Pyrite. »Ich hab niemanden gesehen, aber ich könnte schwören, dass da noch jemand war, hinter der Tür vermutlich. Der wird sich mit Recht gewundert haben, wohin ich abgehauen bin ohne an ihm vorbeizulaufen.«

»Glaubst du, Pierres Vater hat das Tor entdeckt?« Galènes Stimme klang besorgt.

Pyrite zuckte mit den Schultern. »Schon möglich. Aber da er keine Ahnung hat, wie es funktioniert, droht uns da wohl keine Gefahr.«

»Nur können wir das Tor nicht mehr benutzen. Jedenfalls für eine Weile nicht.«

Pyrite nickte. »Wäre wohl sicherer für uns.«

»Na schön«, seufzte Silex. »Wir haben jetzt bei uns sowieso genug zu tun und zu planen. Die Oberwelt wird erst mal auf uns verzichten müssen. Sag überall Bescheid, dass das Tor geschlossen ist, und sichere es zusätzlich für den Fall, dass es nicht alle mitbekommen.«

»Hab ich schon veranlasst.« Pyrite stand auf. »Was wirst du mit dem Jungen machen?«

»Ihn zu seiner Mutter bringen, wie ich es versprochen habe.« Er wandte sich an Galène. »Du bist noch nicht informiert über unsere kleine Änderung in der ... Kriegsführung.«

Nachdem Pyrite sie verlassen hatte, klärte der Fürst Galène über den neuen Plan auf und schloss: »Du kennst Pierre inzwischen ganz gut. Was hältst du von ihm? Glaubst du, er macht Schwierigkeiten?«

Galène hatte Silex mehr oder weniger erstaunt zugehört, war aber am Schluss davon überzeugt, dass der Fürst Recht hatte. »Kommt auf seine Mutter an, schätze ich. Letztlich ist er überhaupt ihretwegen hier. Dass er die gesamte Steinwelt vor einem Krieg bewahren soll, ist quasi ein Abfallprodukt seiner Mission.«

»Du meinst, wenn ich Emeraude überzeuge, habe ich auch ihn überzeugt?«

»So ähnlich. Er hat zwar durchaus eine eigene Meinung, was den Umgang mit ihm nicht immer leicht macht«, schmunzelte Galène, »aber die Steinprinzessin auf unserer Seite würde die Sache vereinfachen. Nicht nur bei ihrem Sohn, nebenbei bemerkt.«

»Hm«, machte Silex zustimmend. »Die Chancen stehen nicht allzu schlecht. Dass Emeraude einen Teil Ihres Lebens auf der Oberwelt verbracht hat, hilft uns. Das war zwar keine sehr lange Zeit, aber sie reicht um Vergleiche anzustellen.«

Er dachte an Emeraude, dachte an ihre smaragdgrünen Augen, die er sehr genau dabei beobachtet hatte, wie sie ihre Umgebung aufnahmen. Selbstverständlich gab es zwingende politische Gründe, die Steinprinzessin mehr im Kopf zu haben als alles andere. Die Gründe, die er hatte, waren jedoch größtenteils persönliche.

22

Im Haus war alles still. Pierre lag auf einem Bett unter einer Daunendecke – das erste Mal seit er hier war. Offensichtlich hatten die Steinbrecher eine ganze Menge nützlicher Dinge von der Oberwelt in ihre eigene Welt gebracht.

Trotzdem – oder gerade deswegen? – blieb Pierre argwöhnisch. Er traute diesem Silex nicht, der sich zum Märchenprinz für alle Menschen in der Steinwelt aufschwingen wollte. Eine einzige Bitte hatte er ihm nicht gewährt: Er hielt ihn von seiner Mutter fern. Warum? Weil sie in irgendeinem Höhlenlabyrinth schmorte, in das man auch Caillou geschleppt hatte?

Zum ungefähr hundertsten Mal schmiedete Pierre Pläne, abzuhauen. Es schien nicht gerade schwierig zu sein. Abgesehen von den beiden Eingangspforten gab es nicht mal Türen in diesem Haus. Stattdessen waren vor den Zimmern Vorhänge angebracht. Blöderweise stand da allerdings dieser Mann vor seinem Raum, der aufpasste, dass er gar nicht erst auf dumme Gedanken kam. Also konnte er sich vermutlich die Mühe sparen, sich die genialsten Fluchtmöglichkeiten einfallen zu lassen.

Eigentlich hätte er todmüde sein müssen, er erinnerte sich nicht, je in seinem Leben so lange auf den Beinen gewesen, so viel gelaufen zu sein wie in letzter Zeit. Schlafen konnte er dennoch nicht. Immer wieder kreisten seine Gedanken um Diamant, Caillou, die Steinmenschen und um die Frage, ob nicht doch ein Körnchen Wahrheit an dem sein konnte, was Opale und Galène ihm auf dem Weg hierher erzählt hatten.

Seufzend drehte er sich auf die andere Seite und

schloss die Augen. Opale war wirklich ein echt krasses Mädchen, dachte Pierre, bevor er sich dessen bewusst wurde. Er zuckte innerlich zusammen. Was dachte er denn da? *Das* sollte doch wohl sein geringstes Problem sein! Er versuchte sich mit allen möglichen anderen Dingen abzulenken, davon gab es schließlich genug. Aber letztlich landete er trotzdem immer wieder bei der Tochter des Fürsten Silex. Sie spielte eine ziemlich große Rolle in diesem Stück, in dem es wahrhaftig um Leben und Tod ging. Ihretwegen wäre er Caillou beinah nicht gefolgt. Erst in letzter Sekunde hatte er beschlossen, Caillou zu trauen und nicht dem Mädchen, das er als Florence kannte. Wenn seine Entscheidung anders ausgefallen wäre – wo wäre er dann jetzt? Wahrscheinlich zu Hause bei seinem Vater. Er wäre niemals in diese ganze Sache verwickelt worden und heute noch immer genauso ahnungslos gegenüber dem, was sich unter der Erde abspielte.

Plötzlich fuhr er aus seinen Gedanken auf. Da war ein Geräusch gewesen, am Durchgang zum Flur. Es war hell genug im Raum um zu erkennen, dass der Vorhang vorsichtig zur Seite geschoben wurde. Unter halb geschlossenen Lidern sah er, wie eine Gestalt ins Zimmer trat, von der er nur die Schuhe sah. Jetzt schloss Pierre die Augen ganz, weil er sich nicht verraten wollte. Er musste sich zwingen ganz ruhig zu atmen. Er hörte, wie die Schritte näher kamen und dann unmittelbar vor seinem Bett anhielten.

»Pierre?«, fragte eine eindeutig weibliche Stimme. Opales Stimme.

Er ließ sich nicht anmerken, dass er sie gehört hatte, sondern spielte weiter den Schlafenden. Er nahm eine Bewegung wahr, Opale musste sich gesetzt haben.

»Pierre«, wiederholte sie. Er spürte, wie ihr Finger sanft an seinem Arm entlangglitt. »Ich weiß, dass du nicht schläfst.« Sie bewegte sich, beugte sich weiter zu ihm herunter.

Als er endlich die Augen öffnete, schaute er geradewegs in ihre. Selbst in diesem Dämmerlicht sah er sie schimmern wie Opale. Es war nicht so, dass er nicht wusste, was er in dieser Situation tun sollte. Immerhin war er beinah siebzehn und er hatte schon die eine oder andere Freundin gehabt. Mit der letzten wäre er fast im Bett gelandet. Na ja, korrigierte er sich, das war etwas übertrieben. Sie hatten bei einer Fete ein bisschen rumgeknutscht und gefummelt, mehr war da nie gewesen.

Opale lächelte und kam seinem Gesicht noch näher. Pierre hob einen Arm, um sie ganz zu sich hinunterzuziehen, und ihre Lippen trafen sich zu einem Kuss. Nach einem Augenblick löste sich Opale von ihm.

»Ich bin froh, dass du hier bist«, sagte sie leise.

Pierre erwiderte nichts, sondern zog sie wieder an sich, um sie ein zweites Mal zu küssen. Opale schien nichts dagegen zu haben. Willig ließ sie sich in Pierres Arme fallen, der sich jetzt so drehte, dass beide bequem nebeneinander lagen, Opale mit dem Rücken zur Wand. Er sah das Mädchen eine Zeit lang schweigend an, als frage er sie lautlos, ob sie wirklich wollte, wozu sie offenbar hier war. Opale lächelte wieder. Sie strich mit ihrem Zeigefinger an Pierres Wange entlang bis zu seinem Mund.

»Sonst wäre ich nicht gekommen«, sagte sie.

Ein bisschen schwindelig vor Müdigkeit und von einem durchaus angenehmen Gefühl, das sich jetzt in Pierre breit machte, umfasste er ihre Hand, lenkte sie von seinem Gesicht weg weiter nach unten und küsste

Opale erneut. Sie öffnete ihre Lippen und ließ Pierres Zunge ihren Mund erforschen. Er hörte sie seufzen, hielt ihre Hand noch fester umschlossen und zog ihren Körper noch ein Stück näher zu sich heran. Mit seiner freien Hand tastete er blind über die Bettkante nach seinen Turnschuhen.

Im selben Moment, in dem er einen zu fassen kriegte, warf er sich mit seinem ganzen Gewicht auf Opale, die erschrocken die Augen aufriss und sofort merkte, was er vorhatte. Sie wollte schreien, doch sie kam nicht mehr dazu. Pierre stopfte ihr einen seiner Socken als Knebel in den Mund.

»Tut mir Leid«, sagte er ein wenig außer Atem. Trotz des Plans, der in seinem Kopf Gestalt angenommen hatte, seit Opale in sein Zimmer gekommen war, hatte er seinen Körper nicht ganz so unter Kontrolle wie seine Gedanken. »Aber ich lass mich ungern zweimal mit demselben Trick reinlegen.«

Er saß jetzt rittlings auf Opale, die sich wie wild wehrte, aber er war stärker als sie und drückte mit beiden Knien ihre Arme auf das Laken, während er mit leicht zittrigen Fingern den Schnürsenkel aus seinem Turnschuh zog. Er war sehr lang und reichte aus, Opales Hände zu fesseln und sie an einen Bettpfosten zu binden. Das kostete Pierre ziemlich viel Kraft, weil Opale versuchte um sich zu schlagen. Ihr durch die Socke fast völlig unterdrücktes Schreien lockte niemanden herbei und Pierre hoffte, dass Opale den Wachposten weggeschickt hatte.

Er schnappte sich auch den zweiten Turnschuh und lief barfuß zum Vorhang hinüber. Seine Hoffnung hatte sich erfüllt. Niemand war zu sehen, er drückte sich auf den Flur hinaus und ließ den Vorhang wieder zufallen. Opales gedämpfte Schreie schienen in seinen Ohren zu dröhnen, doch er wusste, dass er sich das nur einbildete. Niemand würde sie hören.

Sein Zimmer lag im ersten Stock, er musste die Treppe hinunter und an einer ganzen Reihe von Räumen vorbei. Aus einem davon drang hellgrünes Licht durch einen dünnen, seidig glänzenden Vorhang. Zwei Männer unterhielten sich. Eine Stimme gehörte Silex, die andere erkannte Pierre nicht. Leise schlich er näher um zu lauschen. Zwar war sein erster Gedanke Flucht gewesen, aber da er sowieso sehr vorsichtig und langsam sein musste, beschloss er, so viel wie möglich von dem mitzubekommen, was gesagt wurde. Vielleicht würde das irgendwann noch nützlich sein.

»Gut, dass jetzt jeder Bescheid weiß«, sagte Silex gerade. »Ich möchte mir lieber nicht ausmalen, was passiert, wenn Marchand jemanden von uns aus dem Nichts auftauchen sieht.«

Pierres Nackenhaare stellten sich auf. Silex sprach von seinem Vater?

Ein leises Lachen war die Antwort. »Hoffentlich ist der Mann nicht so hartnäckig wie sein Sohn. Sonst sitzt er möglicherweise wochenlang da oben.«

Silex erwiderte nichts, vielleicht nickte er nur, jedenfalls war es der Unbekannte, der weitersprach. »Was ich ihm nicht mal verübeln könnte. Immerhin hat er seine Frau und seinen Sohn verloren. Ziemlich viel innerhalb von ein paar Oberwelttagen.«

Jetzt hörte Pierre Silex trotz der Entfernung tief Luft holen. »Das ist wahr.« Aus irgendeinem Grund glaubte Pierre zu wissen, dass Silex dabei an seine eigene Frau dachte. Seine nächsten Worte bestätigten das. »Ich bin ein verdammt großes Risiko eingegangen, als ich Opale nach oben schickte um Caillou bei Pierre zuvorzukommen. Dabei hätte viel schief gehen könne. Wenn ihr was passiert und sie in Diamants Hände gelangt wäre, hätte ich mir das nie verziehen.«

»Es ist aber nichts schief gegangen«, erwiderte der zweite Mann. »Außerdem war Opale das Risiko bewusst. Sie ist es eingangen, weil sie etwas für unsere Sache tun wollte.«

Silex schwieg eine Weile. Was er dann sagte, überraschte Pierre. »Manchmal frage ich mich, ob es das alles wert ist, Pyrite.«

Unwillkürlich machte Pierre eine Bewegung, dabei geriet er ins Straucheln und wäre fast gegen die Wand gefallen. Von drinnen kamen keine Stimmen mehr, vielleicht war die Unterhaltung beendet. Vorsichtig schlich Pierre an dem Vorhang vorbei. Zwei Meter trennten ihn noch von dem rettenden Ausgang, als ihm aufging, dass spätestens dort jemand stehen würde. Auch wenn er bei seiner Ankunft keine Wachen gesehen hatte, änderte sein eigenes Hiersein die Situation wohl beträchtlich. Wenn er also hier nicht entwischen konnte, dann sollte er es lieber durch ein Fenster versuchen. Links neben ihm war ein offener, dunkler Raum, den er vorsichtig betrat. Niemand hielt sich darin auf, aber es gab ein Fenster. Er lief hinüber, öffnete es lautlos und sah sich draußen um. Wie er gehofft hatte, machte sich offensichtlich keiner die Mühe, auch die Fenster zu bewachen. Er kletterte auf den Sims und ließ sich dann auf den Boden gleiten. Pierre hatte keine Ahnung, in welche Richtung er laufen sollte. Genau wie Caillou vor anderthalb Jahrhunderten musste Pierre jetzt einfach sein Glück versuchen. Er zog sich die Turnschuhe an, von denen der rechte wegen des fehlenden Schnürsenkels sehr locker saß. Dann lief er los.

Das Haus stand am Ende der Ebene, dahinter schien

es nicht weiterzugehen, also musste er ein Stück desselben Weges zurücklaufen, auf dem er mit Galène und Opale gekommen war. Er lief so schnell er konnte und blickte auch nicht zurück, weil er nicht erpicht darauf war, zu sehen, wie bald seine Flucht entdeckt werden würde. Unterwegs dachte er über einen Plan nach und kam zu der Überzeugung, dass er zunächst tatsächlich bis zu der Stelle zurücklaufen würde, an der er den Fleuve de la Malachite überquert hatte.

Dann musste er dem Weg folgen, den die Wachen mit Caillou gegangen waren. Die Chance, von dort irgendwann zu dem Höhlengefängnis zu gelangen, in dem sein Freund und seine Mutter gefangen gehalten wurden, schien ihm noch am größten.

An einem schroffen dunkelbraunen Felsen machte er kurz Halt um Atem zu schöpfen. Soweit er erkennen konnte, lief er noch in die richtige Richtung. Er schloss kurz die Augen, sog noch einmal Luft in seine Lungen und stieß sich dann wieder vom Felsen ab. Weiter, er konnte sich keine allzu langen Pausen leisten.

»Irre ich mich oder solltest du nicht eigentlich ganz woanders sein?«, hörte er plötzlich jemanden hinter sich.

Pierre fuhr herum und sah sich Galène gegenüber, der ihm zuzwinkerte und breit grinste. »Deine Abenteuerlust ist wirklich kaum zu bremsen. Gerade bist du angekommen, willst du schon wieder weg? Dabei gibt es so viel Interessantes bei uns zu sehen. Die Hauptattraktionen kennst du noch gar nicht.«

Panik machte sich in Pierre breit. Gehetzt sah er sich um, doch er und Galène schienen allein zu sein. Lässig stand Galène da, beide Hände in die Hüften gestemmt und wartete. Auf eine Antwort oder einen Fluchtversuch Pierres?

»Was tun Sie denn hier?«, war das Erste, was Pierre einfiel. Er wusste, dass er gegen Galène kaum eine Chance hatte – außer vielleicht, er lenkte ihn mit einer Unterhaltung ab. Dann gewann er wenigstens ein paar Meter Vorsprung.

»Was *ich* hier tue?«, wiederholte Galène, offenbar entzückt von Pierres Wortwahl. »Was *du* hier tust, ist doch wohl wesentlicher, oder? Ich nehme nicht an, du genießt die schöne Aussicht. Obwohl sie wirklich Grund genug wäre, hier zu sein, ich für meinen Teil hab sie viel zu lange vemissen müssen. Damit habe ich deine Frage beantwortet. Wie wär's, wenn du jetzt meine beantwortest?«

Dazu kam Pierre jedoch nicht mehr. Hinter Galène zeichneten sich die Umrisse mehrerer Männer ab, die auf sie zukamen. Galène drehte sich nicht um, sondern behielt Pierre im Auge. »Schätze, das ist das Ende deines kleinen Ausflugs.«

Resigniert sackten zuerst Pierres Schultern nach unten, doch dann wagte er trotzig einen letzten Versuch. Er machte auf der Hacke kehrt und sprintete los. Nach zehn Metern verlor er den rechten Turnschuh und stolperte dabei, rappelte sich wieder hoch und wollte weiterlaufen, spürte jedoch zur gleichen Zeit eine Hand auf seinem Rücken, die sich gleich darauf wie ein Schraubstock um seinen Arm legte.

»Pierre. Das hat wirklich keinen Sinn. Damit gewinnst du nichts, im Gegenteil. Du wirst dich bloß verfluchen, dass du den Rest deiner Schlafphase so vergeudet hast.«

Inzwischen hatten Silex' Männer zu ihnen aufgeschlossen. Sie wollten Pierre festhalten, doch Galène schüttelte den Kopf. »Nein, nicht nötig. Ich kümmere mich um ihn.«

Den Kopf gesenkt ging Pierre neben Galène her, der mit den Männern scherzte und überhaupt keinen Gedanken an ihn zu verschwenden schien. Seine Flucht hatte nicht lange gedauert. Als er schließlich mit Galène das inzwischen hell erleuchtete Haus des Fürsten betrat, wurde er von ihm in den Raum geführt, in dem er zuvor Silex und Pyrite belauscht hatte. Es musste so etwas wie ein Besprechungszimmer sein, jedenfalls war es entsprechend nüchtern eingerichtet. Das einzig Bemerkenswerte war ein Regal mit Büchern. So etwas hatte Pierre bisher in der Steinwelt noch nicht gesehen, auf die Entfernung konnte er nicht erkennen, mit welcher Schrift die Buchrücken bedruckt waren.

Silex stand am Fenster – und Opale saß in der am weitesten entfernten Ecke auf einem kleinen Mauervorsprung und mied Pierres Blick. Sie sah nicht gerade aus, als hätte sie von ihrem Vater die Tapferkeitsmedaille verliehen bekommen. Was Pierre dazu brachte, sich zu fragen, ob das vorhin möglicherweise kein Trick gewesen war. Es fiel ihm schwer, das zu glauben, aber da Opale weder ihn noch Silex ansah, war der Gedanke vielleicht nicht ganz so abwegig. Pierre spürte, wie er errötete, und hasste sich dafür beinah noch mehr als für das Misslingen seiner Flucht.

Jetzt drehte sich Silex um und sah ihn lange durchdringend an. »Was du mit meiner Tochter gemacht hast, war nicht sehr nett«, sagte er. Es klang neutral, ohne jede Wertung, es war einfach eine Feststellung. Er warf einen Blick zu Opale hinüber, die sich nicht rührte. »Andererseits hat sie es wohl verdient. Obwohl du als Knebel wirklich nicht unbedingt deine Socke hättest benutzen müssen.« War da ein Hauch von Belustigung in Silex' Stimme?

»War nichts anderes da«, murmelte Pierre.

»Das war das Ekligste, was ich je im Mund hatte!«, ließ sich Opale im Hintergrund vernehmen.

»Ich glaube nicht, dass du dich beschweren solltest«, stellte Silex fest. »Wenn du dich schon unbedingt in jemanden von der Oberwelt verlieben musstest, dann hättest du wenigstens so lange warten können, bis er keine Gefahr mehr für uns darstellt.«

Opale sah zur Seite und vermied es nach wie vor, jemanden im Raum anzusehen.

»Du machst es mir wirklich nicht einfach«, sprach Silex jetzt wieder zu Pierre gewandt, der sich weigerte irgendwas zu seiner Verteidigung zu sagen.

»Sei nicht zu hart zu ihm, Silex, er hat nur getan, was er für richtig hielt.«

Im ersten Moment glaubte Pierre seinen Ohren nicht zu trauen. Dann wirbelte er herum. Dort auf der Schwelle ins Zimmer stand seine Mutter. Sylvie. Emeraude. Die Steinprinzessin.

23

Pierre wusste nicht, was er tun sollte. Er wusste nicht mal, was er tun *wollte*. Ein Teil von ihm wäre gern auf seine Mutter zugestürzt, ein anderer Teil hielt ihn zurück. Vielleicht derjenige, der ihm sagte, dass diese Frau dort auf gewisse Weise eine Fremde für ihn war. Sie war Sylvie Marchand, zweifellos, auch wenn er sie so, wie sie jetzt vor ihm stand, nie gesehen hatte. Sie sah so aus wie auf dem Bild in Diamants Palast, so unglaublich jung. Aber gerade deswegen war sie vielleicht mehr Emeraude als Sylvie, mehr die Steinprinzessin als seine Mutter.

Emeraude schienen ganz ähnliche Gedanken zu quälen. Auch sie stand dort ohne sich zu bewegen und schaute unsicher zu Pierre herüber. Plötzlich war die Gegenwart aller anderen vergessen, weder Silex noch Opale oder Galène existierten in diesem merkwürdigen Vakuum, in dem es nur Pierre und Emeraude gab.

Schließlich war sie es, die den ersten Schritt tat. Sie ging auf Pierre zu, bis nur ein halber Meter sie trennte. »Es tut mir Leid«, sagte sie. »Ich hätte dir und deinem Vater das nicht antun sollen. Aber ich konnte nicht anders. Ich ...« Ihre Stimme brach.

Pierre erkannte Tränen in ihren Augen und spürte einen so gewaltigen Schmerz in sich, dass er tief Luft holen musste, wie um sich von einem Schock zu befreien. Er öffnete hilflos die Arme, und Emeraude tat den letzten Schritt und ließ sich hineinfallen.

Eine ganze Weile standen sie so, und als sie sich voneinander lösten, war tatsächlich niemand sonst mehr im Raum. Sie waren allein. Emeraude nahm Pierre an der Hand und führte ihn zu einer gepolsterten Bank unter dem Fenster, an dem Silex vorhin gestanden hatte. Sie setzte sich und zog Pierre neben sich. »Du bist einen langen Weg gekommen«, sagte sie.

Pierre nickte. Dasselbe hatte schon Galène festgestellt, kurz bevor Pierre durch den Fluss ins Land der Steinbrecher gegangen war. Noch immer fühlte er sich außerstande, etwas zu sagen. Er war keineswegs sicher, ob er seine Stimme gefunden hätte.

»Ich habe versucht dir vieles zu erklären. Ich schrieb einen Brief, aber ich konnte ihn nicht mehr beenden.«

Wieder nickte Pierre. Diesmal jedoch räusperte er sich und brachte ein krächzendes »Ich weiß« heraus. Auf Emeraudes verwunderten Blick hin erklärte er stockend unter welchen Umständen er auf den Brief gestoßen war. Nachdem er einmal angefangen hatte zu reden, glaubte er nicht mehr aufhören zu können. Alles sprudelte aus ihm heraus: wie er Caillou und Opale auf der Oberwelt begegnet war, wie er beschlossen hatte Caillou zu folgen, was er von Diamant gehört hatte und wie er letztendlich hier bei Silex und den Steinbrechern gelandet war.

Die ganze Zeit über ließ Emeraude seine Hand nicht los, fast als befürchtete sie, sie würde ihren Sohn ein zweites Mal verlieren, wenn sie ihn nicht festhielt. »Dann weißt du ja beinah alles«, sagte sie, als Pierre geendet hatte.

Etwas atemlos nickte er. »Bis auf eine Sache.« Er machte eine Pause und schaute in Emeraudes grüne Augen. Allmählich gewöhnte er sich daran, dass seine Mutter aussah wie ein junges Mädchen und trotzdem dieselbe geblieben war.

»Was ... kann ich dir noch erklären?«, fragte Emeraude, als das Schweigen zu lange anhielt.

»Den Anfang. Wie bist du auf die Erde gekommen? Wie hast du rausgefunden, dass du das Tor nicht brauchtest? Warum hast du dich entschieden, auf der Oberwelt zu bleiben und Diamant deinen Platz zu überlassen, statt Fürstin der Steinmenschen zu werden?«

Emeraudes Lächeln sah bezaubernd und spitzbübisch zugleich aus. »Ich habe Caillou gefragt, wie *er* es macht. Das heißt, ich hab ihn nicht einfach gefragt, ich hab ihn gelöchert, bis er's nicht mehr hören konnte. Er hat mit Sicherheit nicht geglaubt, dass ausgerechnet ich eine der Begünstigten sein würde, deshalb ist er irgendwann damit rausgerückt, wie es funktioniert. Ich hab es heimlich immer wieder probiert – zuerst nur halbherzig, weil ich auch ein bisschen Angst hatte. Irgendwann dachte ich, ich muss es endgültig wissen und versuchte es in Caillous Beisein. Es klappte. Ich hab keine Ahnung, wer erstaunter darüber war – er oder ich.«

Pierre malte sich die Situation aus und Caillous verdutztes Gesicht, als sein Schützling vor seinen Augen verschwand. »Er war nicht sehr begeistert, oder?«

Emeraude verzog den Mund. »Das ist noch milde ausgedrückt. Er kannte mich einfach zu gut und wusste, dass ich es nicht bei dem einen Mal belassen würde. Als ich das nächste Mal die Oberwelt betrat, tat ich es mit einem bestimmten Ziel und ohne sein Wissen. Ich hatte vor ganz in der Nähe von *Aigle Fauve* aufzutauchen. Caillou hatte mir seine Geschichte erzählt und ich wollte wissen, wie die Welt dort aussah, wollte das Haus sehen, wollte mir vorstellen können, wie es war, als Caillou Sophie das erste Mal traf. Caillou hielt *Aigle Fauve* und dessen Umgebung aus verständlichen Gründen für viel zu gefährlich und er machte mir die Hölle heiß, nachdem ich ihm erzählt hatte, wo ich gewesen war. Er war wirklich wütend, ich hatte ihn noch nie so gesehen.«

In Erinnerung daran lachte Emeraude auf, wurde aber gleich wieder ernst. »Trotzdem hat er mir am Ende sehr geholfen. Ohne ihn hätte ich auf der Oberwelt erheblich mehr Schwierigkeiten gehabt. Caillou hat mich mit falschen Papieren versorgt, die ich da oben dringend brauchte. Wenn Saphir das gewusst hätte, wäre Caillou wahrscheinlich die längste Zeit sein Berater gewesen.«

Ein recht deutliches und sehr klischeehaftes Bild von Caillou in irgendeiner Fälscherwerkstatt erschien vor Pierres innerem Auge und er musste bei dem Gedanken lächeln – bis er daran dachte, wo sich Caillou jetzt möglicherweise gerade zwangsweise aufhielt. Er wollte aber

Emeraude nicht in ihrer Erzählung unterbrechen, also fragte er vorerst nicht danach.

»Jedenfalls ging bei meinem ersten wirklich geplanten Besuch auf der Oberwelt etwas daneben, schließlich hatte ich kaum Übung und konnte nicht hundertprozentig koordinieren, wo genau ich erscheinen würde. Ich landete zwar beim Steinbruch, aber nicht bei Aigle Fauve, sondern gegenüber. Und ich sah nicht Caillous Schicksal, ich sah mein eigenes. Ich sah deinen Vater. Ich hatte wissen wollen, wie Caillou seine Zeit auf der Oberwelt erlebt hatte, ich erfuhr es sehr viel genauer, als ich je geglaubt hätte. Mit allen Konsequenzen.«

Emeraudes Blick wanderte in die Ferne, die Vergangenheit wurde wieder gegenwärtig. Sie blieb sehr lange still, dann kehrte sie mit einem Ruck in die Wirklichkeit zurück. »Ich will dir ersparen, welche Kämpfe ich hier unten mit meinem Vater ausfocht – und mit Diamant. Ich hatte immer gewusst, dass uns bestimmt war zu heiraten und eigentlich nie was dagegen gehabt. Ich wollte nur vorher noch ein bisschen was erleben. Mein ungeheurer Vorteil war, dass mich niemand zurückhalten konnte.«

»Caillou sagte, diese Fähigkeit hätte was mit Vererbung zu tun. Dein Vater konnte es nicht. Wieso du?«, fragte Pierre dazwischen.

Emeraude zuckte mit den Schultern. »Ich weiß nicht. Meine Mutter starb, bevor Caillou und unsere Wissenschaftler herausfanden, dass man das Tor nicht unbedingt für den Übergang benötigte. Wahrscheinlich hätte sie es gekonnt.«

»Warum?«

»Warum was?«, fragte Emeraude verständnislos.

»Deine Mutter. Wieso ist sie gestorben? War Silex dafür verantwortlich?«

»Silex?« Emeraude klang ehrlich erstaunt. »Nein, selbstverständlich nicht! Wie kommst du dazu, so etwas anzunehmen?«

Pierre breitete die Arme aus, als wolle er die gesamte Umgebung einschließen. »Weil er ein Steinbrecher ist. Weil das genau zu dem passen würde, was Caillou und Diamant über Silex behaupten. Immerhin hält er dich gegen deinen Willen hier fest und will die Steinwelt in einen Krieg stürzen.«

Emeraude antwortete nicht sofort. Sie betrachtete ihre Hände und schien seinen Blick zu meiden. Dann stand sie auf und bedeutete ihrem Sohn, ihr zu folgen. Sie schritt weiter bis zur Pforte, die ins Freie führte. Draußen breitete sie die Arme in ganz ähnlicher Weise aus, wie Pierre es gerade getan hatte, und er erkannte, was Emeraude ihm damit sagen wollte, auch wenn er es noch nicht wirklich verstand.

»Silex hält mich nicht gegen meinen Willen hier fest. Nicht mehr. Ich bin freiwillig hier. Mein ganzes Leben wurde ich dazu erzogen, die Steinbrecher zu fürchten – und zu hassen. Ich dachte, ihr einziges Ziel sei es, unser eigenes Reich zu zerstören, Unrecht, Gesetzlosigkeit, Gewalt und Sklaverei über uns zu bringen. Ich dachte, wir müssten mit allen Mitteln dagegen vorgehen um ein System zu schützen, das unser Überleben garantierte.« Emeraude senkte den Kopf, als würde sie sich plötzlich für etwas schämen. »Wie viel hast du von Diamants Reich gesehen?«

»Den Palast. La Ville.«

»Und die Menschen?«

Pierre nickte.

»Ich nehme an, die Gegensätze sind dir aufgefallen?«

»Ja, natürlich. Aber ich dachte ...«

»Genau das dachte ich auch«, unterbrach Emeraude. »Ich dachte, es müsste so sein. Ich dachte, alles hätte seinen Grund und es ginge nicht anders. Dann kam ich auf die Oberwelt und lernte mit einem Mal, dass es doch anders ging. Aber immer noch kam ich nicht auf die Idee, dass etwas mit unserem Reich ganz furchtbar falsch sein könnte, weil ja hier unten ganz andere Bedingungen herrschten als auf der Oberwelt. Ich dachte eben, hier müsste alles so sein«, wiederholte sie.

»Aber es muss nicht?«

»Nein. Selbstverständlich nicht. Ich war nur viel zu sehr mit mir und meinen eigenen kleinen unwichtigen Problemen beschäftigt um zu sehen, wie viel im Argen lag. Ich wurde als Prinzessin erzogen, die über die Steinwelt herrschen sollte. Ich habe alles für selbstverständlich hingenommen, weil es seit Generationen und Generationen so war. Ich will mich nicht dafür entschuldigen. Es war so und es war falsch.«

Emeraude drehte sich um sich selbst, legte dann den Kopf in den Nacken und schaute nach oben. Doch dort befanden sich keine Sterne und kein dunkelblauer Himmel, wie sie es in den letzten Jahren gewohnt gewesen war. »Dein Vater«, sagte sie, ohne die Augen von den Gesteinsmassen über sich abzuwenden, »hat mich glüklicher gemacht, als ich je zuvor im Leben war. Die Entscheidung, auf der Oberwelt zu bleiben, ist mir nicht schwer gefallen, obwohl ich wusste, was mir bevorstand, wenn ich eines Tages zurückkam. Oder jedenfalls habe ich gedacht, ich wüsste es. Ich fürchtete mich davor, je näher die Zeit rückte. Aber weißt du, ohne diese Entscheidung, ohne deinen Vater wäre ich heute Fürstin der Steinmenschen und würde die Steinbrecher noch immer hassen ohne sie zu verstehen. Weil ich deinen

Vater liebte und dafür ein Teil von mir gestorben ist, bekam ich die Chance, einzusehen, dass ich mich irrte.«

Endlich wandte sich Emeraude wieder Pierre zu und sah ihm fest in die Augen: »Christophe ist verantwortlich für all das, was gut war in meinem Leben. Für die Liebe, die ich fühlte, für dich, für das, was jetzt im Augenblick geschieht und was ich langsam anfange zu lernen. Du wirst es selbst sehen.«

In Pierres Kopf kreisten die Gedanken wirr umher. Alles, was Emeraude sagte, war das komplette Gegenteil von dem, was er gedacht hatte, als er aufgebrochen war um sie von den Steinbrechern zu erretten. Silex, Opale und Galène war es nicht gelungen, ihn davon zu überzeugen, dass er auf der falschen Seite kämpfte. Jetzt stand die Steinprinzessin vor ihm, seine Mutter, und behauptete genau dasselbe. Er musste Zeit haben, in Ruhe über alles nachzudenken.

»Das ist eine ganze Menge auf einmal, nicht?«

»Hm«, machte Pierre. Das war allerdings eine glatte Untertreibung.

»Es ist beinah Morgen«, sagte Emeraude leise. »Nutz die restlichen Stunden um dich etwas auszuruhen.«

»Ich glaub nicht, dass ich jetzt schlafen kann.«

»Opale wird dich nicht noch mal stören ...«

Flüchtig lächelte Pierre vor sich hin. »Man weiß nie so genau, wie man bei ihr dran ist.«

»Dafür ist sie eine Frau.«

»Kann man wohl sagen.« Pierre hielt sich selbst mit den Armen umschlungen, obwohl er nicht fror.

Einen Augenblick lang ruhte Emeraudes Blick auf ihrem Sohn. Schließlich drehte sie sich wortlos um und ging ins Haus zurück. Sie wusste, Pierre würde nachkommen – wenn er so weit war.

Pierre hörte die Schritte seiner Mutter und wartete, bis sie in Silex' Haus verschwunden war. Schließlich hockt er sich im Schneidersitz auf den Boden und starrte ins Nichts. Er dachte nicht mal an etwas Bestimmtes, er saß einfach nur da und versuchte einen klaren Kopf zu bekommen, um irgendwann entscheiden zu können, was er glauben sollte.

Er war sich Opales Anwesenheit nicht bewusst, die nur ein kleines Stück entfernt an einem Felsen lehnte und ihn beobachtete. Sie war ungewollt Zeugin des Gesprächs zwischen ihm und seiner Mutter geworden und wäre jetzt gern zu ihm hinübergegangen und hätte mit ihm gesprochen. Sie hatte jedoch Angst, dass alles, was sie sagen könnte, verkehrt bei ihm ankommen würde. Deshalb blieb sie, wo sie war.

24

Pierre erwachte von ungewohnten Schmerzen im Rücken. Er war draußen eingeschlafen und lag auf dem harten Steinboden ohne jede Decke. Langsam kam er auf die Beine und streckte seine Glieder, die sich allesamt anfühlten, als hätte er den Montblanc erklommen und sei anschließend in eine Gletscherspalte gefallen. Mit etwas unsicheren Schritten ging er auf das Haus zu und suchte den großen, einladenden Raum, in dem er gestern mit Opale gesessen hatte. Der Duft von etwas Kaffeeähnlichem stieg ihm in die Nase. Er musste nur dem Aroma folgen um tatsächlich in die Küche zu gelangen, die bereits mit einer Hand voll Leute gefüllt war.

Am Tisch saßen Silex und Galène auf der einen, Emeraude und Opale auf der anderen Seite. Sie sahen aus, als hielten sie Kriegsrat. Halbwegs amüsiert über diesen sehr passenden Gedanken grinste Pierre vor sich hin. Wie nannte man das? Galgenhumor?

Opale wirkte ähnlich übernächtigt, wie er sich fühlte, stand aber auf und goss ihm etwas Heißes in einen Becher, das nicht nur wie Kaffee duftete, sondern auch so aussah und fast so schmeckte.

»War's draußen nicht ein bisschen hart?«, erkundigte sich Silex, der als Erster das Wort an Pierre richtete.

»Ich hab's überlebt. Schien mir sicherer als mein Bett.« Dabei warf er Opale einen herausfordernden Blick zu.

Galène lachte leise auf, enthielt sich aber jeden Kommentars.

»Wo ist Caillou?« Pierres vollkommen unvorhergesehene Frage ließ Silex die Brauen heben.

»Dir liegt viel an Caillou, richtig?«

»Ihnen wohl nicht. Immerhin ist er Diamants Berater und davor war er Saphirs Berater. Wenn ich Opale gestern richtig verstanden habe, ist Emeraudes Vater ja wohl irgendwie mitverantwortlich für den Tod Ihrer Frau.«

Silex legte den Kopf schief und ließ Pierre nicht aus den Augen, während er sagte: »Immerhin glaubst du also nicht mehr, dass ich selbst Améthyste getötet habe?«

Pierre schluckte. »Nein. Glaube ich nicht.« Er hatte gesehen, wie Silex mit seiner Tochter umging, und er konnte sich beim besten Willen nicht vorstellen, dass dieser Mann seine eigene Frau kaltblütig umbrachte.

»Das beruhigt mich. Ich bin zwar allerhand gewöhnt und diese üble Nachrede hätte mich nicht mehr treffen sollen als alles andere, aber was Améthyste angeht, bin ich vielleicht etwas empfindlich.« Er machte eine kurze Pause. »Um deine Frage zu beantworten: Galène sagt, dass du durch deine Bemerkungen Caillou ein bisschen zum Nachdenken angeregt hast. Ich bin zwar der Meinung, dass ein Mann wie Caillou damit schon eine ganze Weile früher hätte anfangen sollen, und ich weiß auch, dass er keineswegs so vollkommen ahnungslos gegenüber dem gewesen ist, was sich in seinem Land abgespielt hat. Trotzdem verurteile ich ihn nicht vorschnell, vor allem weil ich ebenfalls weiß, dass er zumindest eines gewiss nicht kannte: die Wahrheit über uns. Caillou soll seine Chance bekommen, sich zu bewähren. Im Augenblick ist er in Les Cristaux.«

»Wo?«

»In unserer Stadt. Wenn du sie siehst, wirst du ihren Namen verstehen.«

Caillou hatte gesagt, eine Stadt einfach nur La Ville – eben Die Stadt – zu nennen, sei nicht sonderlich originell. Pierre war neugierig, wie das Gegenstück der Steinbrecher zu La Ville aussehen mochte.

»Wird dir gefallen«, ließ sich Galène vernehmen. »Hast du was dagegen, Silex, wenn ich Pierre begleite? Ich war schon ewig nicht mehr in Les Cristaux. Außerdem würde ich gern wissen, wie's dem guten Caillou so ergangen ist.«

Silex schien in Gedanken etwas abzuwägen, dann hatte er seine Entscheidung getroffen. »Eigentlich wär's mir lieber, du würdest hier bleiben, um mit Emeraude und mir das weitere Vorgehen zu besprechen. Ich weiß, das ist viel verlangt, aber wir brauchen dich dafür.«

Galène sah etwas enttäuscht aus, nickte aber.

»Opale, du wirst Pierre die Stadt zeigen«, bestimmte Silex. »Ich habe mit Pyrite vereinbart, dass ihr ihn und Caillou am Lac de l'Aigue-Marine trefft.«

Es passte Pierre gar nicht, dass man ihn einfach so

verplante ohne ihn zu fragen. Außerdem hätte er gern seine Mutter dabeigehabt. Trotz allem, was er erfahren hatte, blieb immer noch ein kleiner Funken Misstrauen, und wenn er Emeraude jetzt hier allein zurückließ, konnte sich das als großer Fehler erweisen.

Emeraude erriet Pierres Gedanken. »Du kannst beruhigt gehen, mir wird nichts passieren.«

»Ich werde auf die Steinprinzessin aufpassen.« Silex lächelte Emeraude zu.

»Das bezweifle ich nicht«, sagte Pierre sarkastisch.

Silex' Lachen erfüllte den Raum. »Meine Güte, Emeraude, dein Sohn ist wirklich ein harter Brocken!«

»Das muss er von mir haben. Ich war auch immer ziemlich stur.«

»Warst du?« Silex bedachte Emeraude mit einem langen Blick. Einem Blick, den Pierre nicht mochte.

Widerwillig stand er trotzdem auf, als Opale ihm einladend zuwinkte. Er sah noch einmal zurück in den Raum, zurück zu Silex, Galène und seiner Mutter, die da saßen, als gehörten sie zusammen.

»Ich kann dir wohl nicht übel nehmen, dass du so misstrauisch bist«, meinte Opale, nachdem sie eine ganze Weile gegangen waren.

»Nein«, sagte Pierre einsilbig. Andererseits wunderte es ihn, dass er tatsächlich nur mit Opale unterwegs war. Niemand begleitete sie, obwohl sich jeder ausmalen konnte, dass er sich durch das Mädchen nicht aufhalten lassen würde, falls er beschloss eine zweite Flucht zu wagen.

»Warum solltest du das tun? Du musst deine Mutter nicht mehr befreien und Caillou auch nicht«, stellte Opale fest, als Pierre sie darauf ansprach. Sie schwieg einen Moment, dann fing sie stockend wieder an zu sprechen. »Ich ... ich wollte dich nicht reinlegen, als ich – du weißt schon.« Es schien sie allerhand zu kosten, das zuzugeben. »Und was ich gesagt habe, habe ich auch so gemeint: Ich bin froh, dass du da bist.«

»Weil ihr sonst einen Gegner mehr hättet?«

Seufzend schüttelte Opale den Kopf. »Wenn du das unbedingt glauben willst, kann ich dich wohl nicht davon abhalten. Aber vielleicht überzeugt dich das da.« Sie zeigte den Weg entlang auf etwas, das am Horizont schimmerte und langsam größer wurde, je näher sie kamen.

Wenn Pierre gestern Nacht in diese Richtung geflohen wäre, wäre er den Steinbrechern in ihrer Stadt schon viel früher in die Arme gelaufen. Les Cristaux, die Stadt, die nach den Kristallen benannt war, lag gar nicht so weit entfernt von Silex' Haus. Hin und wieder begegneten ihnen Leute, die Opale zunickten. Darunter war kein Minentrupp in schäbiger Kleidung und mit ausgemergelten Gesichtern. Es spuckte auch niemand vor Opale aus wie damals vor Caillou.

Jetzt kam ihnen ein Mann entgegen, der nicht nur im Vorbeigehen grüßte, sondern vor ihnen stehen blieb. Im ersten Moment glaubte Pierre ihn schon einmal gesehen zu haben, aber er konnte sich nicht erinnern, wo das gewesen sein sollte. Dunkle Locken umrahmten ein Gesicht mit hoher Stirn und leicht hervorspringendem Kinn.

»Mica!«, rief Opale aus. »Du bist hier!«

»Ja, das hielt ich für entschieden sicherer. Ich wusste nicht, ob Galène Caillou zurücklassen würde. Falls das der Fall gewesen wäre, hätte ich drüben ziemliche Schwierigkeiten gekriegt. Schätze, ich sollte mich beim

Rat der Steinweisen so schnell nicht mehr blicken lassen.«

Endlich begriff Pierre, warum ihm der Mann bekannt vorkam. Er hatte Mica nur sehr kurz in der alten Mine beim Taubenschlag gesehen, zu kurz um ihn sofort wieder zu erkennen.

Lächelnd nickte Opale. »Mein Vater sitzt mit Galène und der Steinprinzessin zusammen, er wäre bestimmt dankbar, wenn du dazustößt.«

»Bin schon auf dem Weg. Pyrite hat mich benachrichtigt«, verabschiedete sich Mica.

»Das ist also euer Topspion?«, fragte Pierre.

»Mica auf unserer Seite zu haben war von unschätzbarem Wert. Er war der einzige unserer Agenten, der direkten Zugang zu Diamant hatte, niemand sonst konnte uns über so viele Einzelheiten unterrichten.«

»Woher kennt ihr euch? War Mica öfter hier? Das wäre doch eigentlich viel zu gefährlich und dank der Tauben gar nicht mal nötig gewesen.«

»Stimmt. Trotzem konnte Mica nicht widerstehen ein einziges Mal zu uns rüberzukommen.«

Den letzten Satz bekam Pierre kaum noch mit, weil er beinah mitten im Schritt erstarrte. Ähnlich wie kurz nach seiner Ankunft bei den Steinmenschen schaute er auch jetzt von einem Hochplateau auf eine Stadt hinunter. Das war allerdings die einzige Gemeinsamkeit zwischen La Ville und Les Cristaux.

»Beeindruckt?«, kam es trocken von der Seite.

Genau dasselbe hatte damals auch Caillou gefragt.

»Was ist das?«, fragte Pierre.

»Les Cristaux.«

»Ja, aber ... sind das wirklich ... Ich meine ... Aus welchem Material sind die Häuser?«

Pierre sah auf die funkelnden Gebilde nieder, die sich weitflächig und scheinbar ungeordnet unter ihm ausbreiteten. Alle sahen verschieden aus, selbst von hier oben, keines war höher als zwei Stockwerke. Nein, korrigierte sich Pierre, da hinten, etwa in der Mitte, neben einem großen aquamarinfarbenen See, stand ein Haus, das etwas höher war.

»Kristallisierter Kohlenstoff. Geschliffen natürlich.«

»Was?« Pierre war noch immer abgelenkt von dem Anblick.

»Diamanten«, übersetzte Opale.

Das brachte Pierre auf den Boden der Realität zurück. Verblüfft sah er Opale zum ersten Mal an diesem Morgen direkt in die Augen. »Du willst sagen, das da«, er zeigte hinunter, »sind Häuser aus Diamanten?«

»Ja, sicher. Komm mit.« Ohne eine Antwort abzuwarten begann Opale eine in den Stein gehauene Treppe hinabzusteigen. Les Cristaux lag nicht ganz so tief wie La Ville, sodass auch der Abstieg nicht so anstrengend war. Während sie in die Stadt hinunterstiegen, erinnerte Pierre sich an etwas, das Caillou gesagt hatte.

»Dann seid ihr also gar nicht an den Edelsteinminen der Steinmenschen interessiert?« Das war nämlich laut Caillou ein Grund dafür, weshalb Silex das Reich der Steinmenschen in seine Gewalt bringen wollte.

»Nein, warum sollten wir? Wir haben genug davon. Glücklicherweise liegen die meisten Minen in unserem Gebiet. ›Glücklicherweise‹ kann man ruhig wörtlich nehmen, das wusste nämlich niemand, als sich nach dem Aufstand die Steinbrecher, die das Massaker überlebt hatten, hierher zurückzogen. Ein Massaker, das veranstaltet worden war, weil sie gewagt hatten die Zustände im Land anzuprangern.« Opales Gesicht verzog sich zu einer Grimasse, bevor sie fortfuhr. »Allerdings kann ich mir vorstellen, dass die Steinmenschen sich selbst verfluchten, als sie erfuhren, wie wertvoll diese Gegend ist. Wie man hört, lassen sie ihre eigenen Minen bis zum Letzten ausschlachten. Von unseren Leuten.«

Sehr deutlich sah Pierre wieder den Minentrupp vor sich. Er verdrängte das Bild schnell. »Dafür haben sie mehr Limazit. Könnte man als ausgleichende Gerechtigkeit bezeichnen.«

»Richtig, sie haben mehr davon. Nützlich für uns.«

»Wieso?«

»Weil sonst deine Mutter die Oberwelt nicht hätte betreten können. Und dass sie es konnte, ist jetzt unser Vorteil.«

»Aber wenn es zum Krieg kommt, wird all das hier zerstört!«, stieß Pierre hervor. Les Cristaux war wunderschön. Obwohl es natürlich auch hier keine Sonne gab, war die Stadt ungleich heller als La Ville, die Häuser sahen freundlich, strahlend aus. Sie schienen ein Abbild der Menschen zu sein, die nicht einfach ohne nach links oder rechts zu sehen ihrer Arbeit nachgingen. Er sah Leute auf den Straßen zusammenstehen und reden. Er sah Läden, deren Türen einladend offen standen, die Kunsthandwerk aus Stein oder Metallen anboten, Geschäfte, in denen Kleidung und Stoffe in leuchtenden Farben verkauft wurden. Er sah einen Markt, auf dem Händler lautstark Lebensmittel anboten, Gemüse, Obst, Milchprodukte, Brot und ...

»Hast du nicht gesagt, ihr habt Tiere?«

»Ja, haben wir.«

»Ich seh hier aber nirgends Fleisch zum Verkauf.«

Opale schüttelte sich, als ob sie noch den Geschmack von Pierres Socke im Mund hätte. »Selbstverständlich nicht! Wie könnt ihr da oben so barbarisch sein, Tiere abzuschlachten um sie zu essen? Sie geben uns ihre Milch, ihre Wolle – und wenn sie sterben, ihre Haut, die wir zu Leder verarbeiten. Wir bekommen alles von ihnen, was wir brauchen, wir würden sie niemals töten.«

Vor Pierres Augen entstand das Bild eines Steaks, medium gebraten, mit einer Ofenkartoffel und er fragte sich, ob er je imstande sein würde, darauf zu verzichten. Andererseits, in der Steinwelt kannten die Menschen seit Jahrtausenden überhaupt kein Fleisch. Was man nicht kannte, vermisste man auch nicht.

Er ließ seinen Blick weiter über die Häuser und Straßen gleiten, die im Gegensatz zu denen in La Ville ordentlich gepflastert waren und keine Schlaglöcher aufwiesen. Zwischen den Häusern gab es hier und da Gärten mit exotisch aussehenden Pflanzen. Ein Kind lief an ihm vorbei, das ihn fast umgerannt hätte. Kinder hatte er in La Ville überhaupt nicht gesehen. Dem Mädchen folgte eine ganze Gruppe lärmender Jugendlicher.

»Wo kommen die denn plötzlich alle her? Aus der Schule?«

Opale lachte. »So was Ähnliches. Ist allerdings nicht so grauenvoll wie bei euch. Ich muss schon sagen, dass es mir sehr schwer gefallen ist, die paar Male in eurer Bildungsanstalt aufzutauchen.«

Dabei fiel Pierre plötzlich etwas ganz anderes ein. »Sag mal, wie habt ihr das eigentlich hingekriegt? Die wollten doch bei uns mit Sicherheit irgendwelche Unterlagen sehen, Zeugnisse von dir und so.«

»Ach, das war kein Problem.« Wieder lachte Opale, diesmal über Pierres verblüfften Gesichtsausdruck. »Wir wussten ja, dass ich nicht allzu lange bleiben würde, und haben die Schule mit der Behauptung vertröstet, dass sich die Papiere ganz unten in irgendwelche Umzugskisten verirrt hätten. In der Verwaltung gaben sie sich damit zufrieden, dass wir die Zeugnisse später nachreichen würden.« Opale machte eine kleine Pause, bevor sie ernsthafter fortfuhr: »Euer Schulsystem ist vielleicht nicht gerade das beste, allerdings immer noch Gold gegen das, was bei den Steinmenschen abgeht. Da kann nämlich keiner lesen oder schreiben und alles Wissen bleibt bei den Herrschenden. Sonst könnte ja auch mal jemand anfangen ein paar Fragen zu stellen. Fragen hat man da nicht gern, das bedeutet nämlich Denken. Und eigenständiges Denken stellt eine Gefahr für das System dar.«

Sie näherten sich langsam dem etwas größeren und höheren Gebäude und damit auch dem Lac de l'Aigue-Marine, dessen Wasser so blau schimmerte, wie das des Fleuve de la Malachite grün. Selbst das Haus wirkte dadurch leicht bläulich. Eine breite Treppe führte zum geöffneten Eingangsportal hinauf, das links und rechts von Säulen aus dunkelroten Edelsteinen eingefasst war.

»Granate«, erklärte Opale, die Pierres Blick gefolgt war, und machte dann eine das ganze Gebäude umfassende Geste. »Unser Landesrat.«

»So was habt ihr? Ist Silex nicht weise genug, allein euer glückliches Volk zu regieren?«

»Du verwechselst schon wieder die Fürsten. Diamant ist Alleinherrscher, sein Rat der Steinweisen besteht aus Männern, die ihre Stellung und die damit verbundenen Privilegien nicht verlieren wollen. Also unterstützen sie den Fürsten. Niemand von den Steinmenschen hat irgendeinen Einfluss auf die Männer, die dem Rat beitreten. Unsere Ratsmitglieder werden vom Volk gewählt.«

»Der Fürst auch?«

»Spotte nur! Ja, der Fürst auch.«

»Schade. Dann bist du ja nur eine Prinzessin auf Zeit sozusagen, gar keine echte Thronfolgerin.«

»Wer hätte je behauptet, dass ich eine bin? Im Gegensatz zu deiner Mutter kann ich tun und lassen, was mir gefällt. Ich muss niemanden heiraten, der mir bestimmt ist. Ich kann gehen, wohin ich will, und lieben, wen ich will.«

»Das hat meine Mutter auch getan.«

»Weil sie wohl irgendwie anders ist als die meisten der oberen Schicht in ihrem Reich. Vor allem anders als Saphir – obwohl er ihr Vater war.«

»Was ist damals passiert mit Améthyste?«, fragte Pierre leise. Auf einmal war ihm nicht mehr danach zumute, Opale zu provozieren.

Sie schüttelte aber nur den Kopf und wollte ganz offensichtlich nicht darüber reden. Stattdessen deutete sie auf eine Bank am See, etwa fünfzig Meter von ihnen entfernt. Darauf saßen zwei Männer, einer von ihnen war der mit den roten Haaren. Der andere kehrte Pierre den Rücken zu. Pyrite wurde jetzt aufmerksam auf sie und stand auf.

Als Pierre und Opale herangekommen waren, richtete Pierre seinen Blick auf den Mann, der sitzen geblieben war und nichts um sich herum wahrzunehmen schien.

»Caillou«, sagte er.

Sein Freund reagierte nicht.

»Caillou«, versuchte es Pierre erneut und setzte sich neben ihn.

Als erwache er aus einer Art Trance, schaute Caillou langsam auf. Er starrte lange an Pierre vorbei, dann rieb er sich müde die Augen und ließ die Schultern fallen.

»Das ist ...«, fing er mit brüchiger Stimme an, konnte aber nicht weitersprechen. Er hob zitternd eine Hand und zeigte über den See auf die Stadt, dann ließ er den Arm wieder kraftlos zur Seite fallen.

»Ich war bei Emeraude«, sagte Pierre.

Das endlich drang zu Caillou durch. Er sah schlecht aus, viel schlechter noch als nach seinen anstrengenden und energiezehrenden Übergängen in die Oberwelt und zurück.

»Es geht ihr gut«, sprach Pierre weiter.

Caillou nickte, schien aber trotzdem an etwas anderes zu denken. »Was habe ich all die Zeit getan?«, fragte er schließlich. »Wie konnte ich so blind sein? Wie konnte ich gegen das hier kämpfen?«

»Sie haben es nicht gewusst.«

»Nein, habe ich nicht. Aber ich habe auch nie gefragt. Ich habe immer nur ...« Er ließ den Satz in der Luft hängen und Pierre sah Tränen in Caillous Augen. »Ich habe nie gefragt«, stieß er wieder hervor.

»Dafür gibt es jetzt eine Menge, was du tun kannst, alter Knabe«, schaltete sich Pyrite ein. »Wir brauchen deine Hilfe. Deine, Emeraudes und Pierres.«

»Es gibt nichts, was ich tun könnte.« Caillous Stimme war noch immer müde und traurig.

»Hast du nicht zugehört? Ich sagte gerade, du kannst eine Menge tun. Dazu müsstest du dich allerdings mal bequemen aus deiner Lethargie aufzuwachen. Und zwar schnell. Das Ultimatum läuft übermorgen ab. Wenn uns bis dahin nicht gelingt, was wir vorhaben, muss Silex handeln, sonst könnte euer Fürst misstrauisch werden.«

Caillou seufzte auf. »Ich weiß wirklich nicht, was oder wer diesen verdammten Krieg verhindern sollte. Ich kann das ganz sicher nicht.«

Ungeduldig verdrehte Pyrite die Augen. »Jetzt hör endlich auf zu jammern, dann kannst du nämlich wirklich nichts ändern.« Er packte Caillou an den Schultern und zog ihn von der Bank hoch.

Ohne Widerstand zu leisten ließ sich Caillou Pyrites rohen Griff gefallen. »Was könnte ich denn ...«

»Was du tun könntest? Wie wär's zuerst mal damit, Diamant ein paar nette Lügen aufzutischen und bei einem kleinen Aufstand zu helfen?«

25

In dem imposanten Gebäude mit den Granatsäulen tagte der Landesrat. Als Gäste nahmen auch Pierre, Emeraude und Caillou an der Versammlung teil. Das Wiedersehen mit der Steinprinzessin hatte Caillou endgültig dazu gebracht, wieder er selbst zu werden, sodass ihm jetzt nichts mehr von seiner Niedergeschlagenheit anzumerken war. Trotzdem ahnte Pierre, dass sein Freund sich noch immer gewaltige Vorwürfe machte, die Handlungen seines Fürsten so lange unterstützt zu haben. Noch bemerkenswerter als dieses Wiedertreffen fand Pierre allerdings die Begegnung zwischen Caillou und Silex. Eine Sekunde lang hätte er geschworen, dass sie sich nicht zum ersten Mal sahen und dass Caillou sogar noch um eine Spur blasser wurde. Da aber in Silex' Miene keinerlei Anzeichen eines Wiedererkennens zu entdecken waren – er hatte Caillou nur kurz zugenickt und dann die Versammlung eröffnet –, sagte sich Pierre, dass er vermutlich an zu viel Einbildungskraft litt und anfing Dinge zu sehen, die es nicht gab.

Bei den Plänen, die geschmiedet wurden, stand viel

auf dem Spiel. Es ging um alles oder nichts und für Caillou ging es noch um etwas mehr: Er musste Sophie warnen und in Sicherheit bringen, bevor Diamant die Verschwörung aufdeckte und sie zu seiner Geisel machte. Er würde sie kaum so gut behandeln, wie Silex das bei Emeraude getan hatte.

Nach einer notwendigerweise kurzen, aber intensiven Beratung löste sich die Versammlung wieder auf und erst jetzt nahm Pierre die Umgebung richtig wahr. Der Saal war groß und luftig, es schien überhaupt kein Dach zu geben. Das war natürlich nur eine Illusion, weil sich in Wirklichkeit der rötlich schimmernde Fußboden, der aus demselben Material war wie die Gesteinsschichten über der Stadt, in den Kristallen der Decke spiegelte. Aber es ließ den Raum unendlich wirken.

Pierre stand noch immer staunend in der Mitte des Saales, als seine Mutter neben ihn trat. »Vielleicht ist es noch ein bisschen zu früh, davon zu sprechen«, fing sie zögernd an. »Aber wenn das alles hier vorbei ist und uns gelingt, was wir vorhaben – was wirst du tun?«

Nie zuvor war Pierre der Gedanke gekommen, dass er dann zwischen zwei Leben würde wählen müssen. Er dachte daran, was aus dieser Welt werden könnte, wenn sie erfolgreich waren, und dass es schön wäre, zu bleiben. Bei Emeraude und bei Opale. Dann dachte er an seinen Vater, der irgendwo über ihnen vor sich hin brütete und sich verzweifelt fragte, wo er steckte.

»Ich bin mir nicht sicher. Aber Christophe ...«

»Wie geht es ihm?« In Emeraudes Stimme schwang Trauer und Angst mit.

»Nicht besonders. Er war ziemlich schlecht drauf, als ich die Oberwelt verließ. Ich schätze, es geht ihm inzwischen nicht gerade besser, weil ich jetzt auch noch verschwunden bin. Ich hatte keine Zeit, ihm irgendeine Nachricht zu hinterlassen.«

Emeraude rieb sich die Schläfen. »Das war das Schlimmste, weißt du. Euch zurückzulassen ohne Erklärung. Ich habe versucht Christophe die Wahrheit zu erzählen, aber ich glaube, er hat das alles als Spinnerei abgetan, es verdrängt und vorgezogen, nicht an irgendwelche verrückten Fantasygeschichten zu glauben. So hat er es genannt: Fantasy.« Sie lächelte ein schiefes Lächeln. »Ich würde viel drum geben, ihn noch ein Mal zu sehen und ihm zu sagen, dass es mir gut geht.«

»Warum tust du's nicht?«, fragte Pierre.

»Weil ich es nicht kann. Ich habe nicht mehr genug Kraft.«

»Wo ist das Problem? Silex wird dir bestimmt erlauben das Tor zu benutzen.«

»Darum geht es nicht. Ich könnte auf der Oberwelt nicht sehr lange überleben. Mein Körper braucht das Limazit um sich wieder vollends zu regenerieren. Wenn ich mich längere Zeit einer Atmosphäre ohne Strahlung aussetze, werde ich endgültig sterben.«

»Wie lange könntest du es aushalten?«

Emeraude zuckte mit den Schultern. »Ein paar Minuten, mehr nicht, fürchte ich. Ich würde es von *Aigle Fauve* nicht bis zu unserem Haus schaffen, unmöglich.«

Pierre fiel das Gespräch zwischen Silex und Pyrite vom Abend zuvor ein. Es hatte sich so angehört, als hätte Silex das Tor schließen lassen, weil auf der anderen Seite ein Mann davor saß und wartete. Sein Vater.

»Ein paar Minuten reichen vielleicht«, sagte Pierre und erklärte seiner Mutter, was er damit meinte.

Auf Emeraudes Gesicht zeichnete sich Hoffnung ab. Sie schaute zu Silex, der noch mit Caillou, Galène und einem anderen Mann namens Calcaire am großen, runden Beratungstisch saß.

Silex schien das zu spüren. Fast augenblicklich wandte er sich von Calcaire ab, mit dem er eben noch gesprochen hatte, und stand auf, um zu ihr herüberzukommen. »Du siehst nachdenklich aus. Was ist los?«

Auf Emeraudes Bitte reagierte Silex allerdings ganz anders als erwartet. Er lehnte sie rundweg ab. »Das geht nicht! Du musst das verstehen. Je weniger Menschen der Oberwelt von uns wissen, desto besser. Stell dir vor, sie würden das hier sehen! Überlege dir, was dann passiert! Früher oder später würden sie einen Weg finden, zu uns zu gelangen, mit oder ohne das Tor. Sie würden die Edelsteine sehen und blind werden vor Gier und Gewinnsucht. Wir haben sehr viel von der Oberwelt gelernt und auch einiges übernommen. Aber ein paar Eigenschaften der Menschen dort erinnern uns zu sehr an die Herrscher der Steinmenschen. Viel zu sehr, als dass wir dieses Risiko eingehen könnten.«

»Besten Dank!«

Silex ignorierte Pierres Einwurf. Er hielt Emeraudes Blick fest und berührte ihren Arm, als er merkte, dass sie dabei war, sich innerlich von ihm zu distanzieren. »Bitte, Emeraude, mach es mir nicht noch schwerer. Siehst du die Gefahr nicht? Du hast doch da oben gelebt, du weißt, wie die Menschen sind. Sie sagen das eine und meinen das andere. Sie lügen ohne mit der Wimper zu zucken, wenn es ihrem Vorteil dient. Sie machen Geschäfte, die andere das Leben kosten, und das alles unter dem scheinheiligen Deckmantel der Gerechtigkeit. Die Mächtigen führen Kriege im Namen eines Gottes, an den sie selbst nicht glauben. Willst du, dass es bei uns bald genauso aussieht?«

»Du hast durch meine Geiselnahme und deinen Erpressungsversuch auch indirekt einen Krieg riskiert.«

»Du weißt, dass das nur Mittel zum Zweck sein und nie in Kämpfe ausarten sollte.«

»Aber das Risiko bist du eingangen. Erzähl mir jetzt also nichts von den Gefahren, die uns von dritter Seite drohen. Außerdem ist Christophe weder gierig noch machthungrig. Und außer ihm wird kein Mensch von uns erfahren.«

»Kannst du mir das garantieren?«

»Nein, und das weißt du ganz genau!« Emeraude hob ihre Stimme und Pierre wartete gespannt, was geschehen würde, wenn ihr Dickkopf auf den von Silex traf, denn für gewöhnlich bedeutete dieser Tonfall, dass seine Mutter wütend wurde. Dann war sie nur schwer zu bremsen.

»Damit ist die Sache erledigt.« Ohne eine weitere Antwort abzuwarten ging Silex zu Galène zurück. Pierre wusste, dass der Fürst sein Handeln gleich bedauern würde.

»Silex.« Emeraude sagte nur dieses eine Wort, scharf und befehlsgewohnt – einer Herrscherin würdig. »Du wirst mich gehen lassen!«

Nur kurz hielt Silex inne, ignorierte Emeraude dann aber und war schon fast bei Galène angekommen, als die Steinprinzessin ihr Ass aus dem Ärmel schüttelte. »Ihr seid auf meine Hilfe angewiesen, Fürst der Steinbrecher. Ihr werdet sie nicht bekommen, wenn Ihr mich nicht gehen lasst.«

Ganz langsam wandte sich Silex um. Er war blass geworden, doch aus seinen Augen sprach eine solche Härte, wie Pierre sie noch nie gesehen hatte. Emeraude dagegen kannte diesen Blick. Als sie Silex zum ersten

Mal begegnet war und er sie in ihrem Höhlengefängnis gemustert hatte, war ihr nicht ganz klar gewesen, was genau sie in diesen dunklen Augen lesen sollte. Sie hatte es für unterdrückten Hass gehalten oder für die Befriedigung, endlich das eigene Ziel erreicht zu haben. Tatsächlich bedeutete es etwas anderes, und zwar Entschlossenheit. Entschlossenheit, sich durchzusetzen, gepaart mit dem Wissen, dass eine Entscheidung, die gefällt worden war, die richtige sein musste.

»Du willst mich erpressen?« Silex' Stimme klang gefährlich leise. Die wenigen anderen im Raum, die noch da waren und miteinander gesprochen hatten, verstummten wie auf einen Schlag.

»Das ist ein hässliches Wort«, sagte Emeraude fast ebenso leise. »Aber es trifft den Kern der Sache. Was Ihr könnt, kann ich ebenso.«

»Ich habe dich für klüger gehalten.«

»Klüger als Ihr es seid, meint Ihr? Tut mir Leid, Euch enttäuschen zu müssen. Vielleicht bin ich nur genauso dumm wie Ihr.«

»Emeraude ...«, schaltete sich Caillou ein. »Was zum Henker ...«

»Halt dich da raus, Caillou«, schnitt die Steinprinzessin ihm das Wort ab. »Dies ist eine Sache zwischen dem Fürsten und mir.«

»Worum es auch immer geht«, widersprach Caillou, der wie die meisten nicht mitbekommen hatte, warum Emeraude und Silex stritten, »kann nicht so wichtig sein wie das, was wir tun müssen. Wir haben keine Zeit für unnötige Auseinandersetzungen.«

»Ich habe nur um ein paar Augenblicke gebeten.«

Fragend schaute Caillou zu Silex.

»Du hast vergessen zu erwähnen, was uns diese Augenblicke kosten könnten, teuerste Prinzessin«, stellte Silex sarkastisch fest.

Er stand etwa vier Meter von Emeraude entfernt, die dunklen Augen, von denen sie immer noch nicht wusste, ob sie blau oder braun waren, schienen sich in ihre zu brennen. Erneut sah sie sich auf der Steinplatte in ihrem Gefängnis sitzen und zu ihm aufschauen, ihm, dem Fürsten der Steinbrecher, den sie gelernt hatte zu hassen und zu fürchten wie niemanden sonst. Widerwillig hatte sie sich selbst eingestanden, wie gut er aussah, aber es war ihr ein Rätsel geblieben, weshalb er ihr damals plötzlich so vertraut erschienen war. Bis zu diesem Moment.

Sie griff blind zur Seite um bei Pierre Halt zu suchen und dann war auch Silex neben ihr. »Emeraude«, sagte er sanft.

Pierre drehte sich fast der Magen um, als er mit ansehen musste, wie ein anderer Mann als sein Vater seine Mutter im Arm hielt, auch wenn er es nur tat um sie zu stützen. Er ließ wieder von ihr ab, sobald er merkte, dass sie sich gefangen hatte.

Emeraude murmelte leise etwas vor sich hin, das Pierre nicht verstand, doch Silex musste es gehört haben. Er nickte ganz leicht und lächelte schwach.

All das hatte sich sehr schnell abgespielt und gerade kam Galène herüber um sich zu erkundigen, ob alles in Ordnung sei.

»Es geht schon wieder«, sagte Emeraude, konnte aber ihre Augen nicht von Silex abwenden. »Mir war nur ein bisschen schwindelig. Ich hätte den Fürsten wohl nicht herausfordern sollen, womöglich hab ich mich damit übernommen.« Ihr Lächeln wirkte etwas aufgesetzt, aber Galène gab sich damit zufrieden.

Caillou beobachtete das alles von seinem Standpunkt

aus und rührte sich nicht. Auf Pierres fragend hochgezogene Brauen reagierte er nur mit einem Schulterzucken. Dennoch war Pierre überzeugt, dass er weit mehr wusste, als er zuzugeben bereit war.

Den eigentlichen Grund für die Diskussion schien Emeraude vergessen zu haben. Fast traumwandlerisch schritt sie zusammen mit den anderen die ebenfalls kristallenen Stufen des Landesratsgebäudes hinunter. Sie mochte an das denken, was vor ihnen lag, doch Pierre bezweifelte es.

Die Operation sollte von Silex' Haus aus gestartet werden. Sie würden sich so schnell wie möglich auf den Weg machen müssen, damit sie die wenige Zeit, die ihnen blieb, voll nutzen konnten.

Pierre verschwand mit Galène und Caillou um einzupacken, was sie mitnehmen wollten – und um sich von Opale zu verabschieden.

»Pass auf dich auf«, sagte sie. Gern hätte sie die Hand ausgestreckt und Pierre berührt, aber sie befürchtete, dass sie das einmal zu oft getan hatte.

»Werde ich.« Es war Pierre, der die Hand ausstreckte und mit dem Zeigefinger auf Opales Nasenspitze tippte. »Ich hab nicht vor auf das zu verzichten, worauf du mir so anschaulich einen kleinen Vorgeschmack gegeben hast.« Er wurde nächste Woche siebzehn und er fand, dass er das mit Opale feiern sollte. Wenn alles gut ging. Wenn nicht, würde er seinen Geburtstag entweder in einem Kerker feiern – oder ihn nicht mehr erleben.

Langsam stieg er die Treppe hinab um unten zu seiner Mutter zu stoßen. Von Caillou und Galène war noch nichts zu sehen, dafür hörte er, dass sich Emeraude und Silex leise unterhielten.

»Liebst du ihn so sehr?« Das kam von Silex.

»Ja, das tue ich, sonst hätte ich mich damals wohl nicht für ein Leben auf der Oberwelt entschieden. Vielleicht werde ich irgendwann frei sein für einen anderen Mann. Irgendwann ...«

Pierre spürte, wie er wütend wurde. Was sollte das denn bedeuten? Hatte Silex gerade versucht seine Mutter anzubaggern? Dessen nächster Satz hielt ihn jedoch davon ab, in den Raum zu stürmen und ihm ein paar passende Worte zu sagen.

»Dann geh zu ihm.«

»Jetzt? Wir haben nicht mehr viel Zeit ... Du hast so viel riskiert. Ich will nicht, dass deine ganze Arbeit, deine Mühen vergebens gewesen sein sollen, nur weil ich ...«

»Ich bin der Fürst der Steinbrecher, schon vergessen? Ich kann dir *befehlen*, Christophe nicht länger leiden zu lassen.«

»Aber ...«

»Du solltest mir wirklich nicht dauernd widersprechen. Ihr werdet nur einen kleinen Umweg machen, das Tor ist nicht weit. Du wirst keine Ruhe finden, wenn du es nicht tust. Ich hätte das gleich einsehen sollen.«

26

Christophe saß auf zwei Decken, die René ihm gebracht hatte, und starrte vor sich hin. Es kam ihm vor, als säße er schon seit einer Ewigkeit in diesem dunklen Kellerloch, in dem es staubig war und muffig roch wie im ganzen übrigen Haus auch, nur noch viel schlimmer. Er wäre nie auf die Idee verfallen, dass er unter einer

Stauballergie leiden könnte, aber allmählich fing er an genau das zu glauben. Gerade vor fünf Minuten hatte ihn ein Niesanfall heimgesucht und seine Nase kribbelte immer noch.

Es gab im Keller kein elektrisches Licht, also ließ er Kerzen brennen. Alles in allem wirkte die Umgebung ziemlich unheimlich, doch das merkte Christophe kaum noch. Er fror ein wenig. Was tat er hier eigentlich? Einem Gespenst nachjagen? Wenn er nicht immer noch leichte Kopfschmerzen und die kleine Beule am Hinterkopf gehabt hätte, hätte er angenommen, dass er sich den ganzen Vorfall mit dem seltsam gekleideten Mann nur eingebildet hatte.

Schon als René das letzte Mal hier gewesen war, um ihm weitere Lebensmittel zu bringen, hatte er versucht ihn zu überreden, das Warten auf den Unbekannten aufzugeben. Unwillig hatte Christophe das abgelehnt. Zwar hätte er eigentlich einen wichtigen Auftrag zu Ende bringen müssen, doch den würde er wohl kaum noch termingerecht abschließen können, selbst wenn er sofort hier verschwand. Es war ihm egal. Zumindest ein oder zwei Tage würde er noch ausharren. Er tat es schließlich für Pierre. Wenn die Polizei schon nichts fand, musste er eben selbst was unternehmen. Unternehmen? Christophe lachte auf, was hier unten merkwürdig hohl klang. Sein Tatendrang erschöpfte sich darin, rumzusitzen und nichts zu tun. Grandios.

Christophe schloss die Augen und dachte an Sylvie, ihre Beerdigung und alles, was danach geschehen war. Er fragte sich zum x-ten Mal, was Pierre gefühlt hatte und was ihn letztlich dazu bewogen haben könnte, von zu Hause abzuhauen. Mit dieser Florence oder ohne sie. Der Mann, der ihn niedergeschlagen und zugegeben hatte, Florences Vater zu sein, wusste jedenfalls etwas, das war eindeutig.

Von Florence, die er überhaupt nicht kannte, flogen seine Gedanken zu Sylvie. Zu einer sehr viel jüngeren Sylvie, zu einer Zeit, die lange zurücklag. Er barg sein Gesicht in den Händen, die nass wurden von seinen Tränen. Er hatte alles verloren, zuerst Sylvie, dann seinen Sohn. Und jetzt saß er hier in diesem verdammten Keller und hoffte auf ein Wunder. Er war so in Gedanken versunken, dass er das leise Sirren drei Meter vor sich nicht hörte.

Emeraude stöhnte leise auf und musste sich mit den Händen am Boden abstützen um nicht zu fallen. Sie brauchte einen Augenblick, dann hob sie den Kopf und stand schließlich mühevoll auf. Sie wankte, der Übergang hatte sie noch weit mehr Kraft gekostet, als sie geglaubt hatte.

Im ersten Moment dachte sie, dass etwas furchtbar schief gelaufen und sie statt auf der anderen Seite des Tores irgendwo in Silex' Höhlen gelandet war, weil das Licht in diesem Raum ähnlich flackerte wie die Fackeln an den Wänden ihres Gefängnisses. Dann bemerkte sie, dass es Kerzen waren, die den Keller in diffuses Licht tauchten.

Ein seltsames unterdrücktes Geräusch ließ sie herumfahren. Was sie sah, brach ihr fast das Herz. Dort in der Ecke kauerte Christophe und schluchzte leise. Sie trat einen Schritt auf ihn zu, hielt aber wieder inne, als ihr bewusst wurde, dass sie ihm besser nicht zu nahe kam. Sie fürchtete sich vor ihrer eigenen Reaktion.

»Christophe«, sagte sie leise.

Christophe sah die Bilder einer Vergangenheit vor sich, die auf immer verloren war. Er sah Sylvie lachen, er sah, wie sie Pierre gebar, sah, wie sie lächelte. Er strich ihr die Haare aus dem Gesicht, und sie zu berühren war das größte Glück, das er kannte. Er hörte ihre Stimme, die seinen Namen rief.

»Christophe. Christophe, sieh mich an.«

Es klang so wirklich und er wünschte sich nichts mehr, als in diesem Traum verweilen zu können, sich in ihm zu verlieren und nie wieder aufzuwachen.

»Bitte, ich habe nicht viel Zeit.«

Die leichte Verzweiflung in Sylvies Stimme passte nicht zu dem Bild, das er vor sich sah, und auf einmal begriff er, dass die Stimme nichts mit seinem Traum zu tun hatte. Jemand musste ihm in den Keller gefolgt sein. Hoffentlich nicht diese grässliche Frau aus der Schule. Sie sollten ihn um Himmels willen alle in Ruhe lassen.

»Gehen Sie!«, sagte Christophe ohne den Kopf zu heben.

»Das muss ich auch gleich wieder. Ich kann nicht lange bleiben. Bitte sieh mich an.«

Endlich kam Bewegung in seinen Körper. Er wischte sich mit der rechten Hand die Tränen aus dem Gesicht, schaute auf und blinzelte in den düsteren Raum hinein. Er erkannte eine Gestalt, die kaum einen Meter vor ihm entfernt stand. Eine Frau. Sie streckte die Hand nach ihm aus – und sie sah Sylvie so ähnlich.

Emeraude wusste, dass es falsch war, aber sie sehnte sich nach Christophes Berührung, nach seiner Umarmung. Es wäre das unwiderruflich letzte Mal.

Wie in Trance erhob sich Christophe und starrte die Frau vor sich an. Er räusperte sich und konnte doch nichts sagen, er konnte sie nur ansehen.

»Christophe«, wiederholte sie. »Es tut mir Leid. Ich habe nicht genug Zeit, dir alles zu erklären. Aber ich möchte nicht, dass du länger trauerst.«

»Bist du ...«, fing Christophe mit heiserer Stimme an.

»... ein Geist? Nein. Vor vielen, vielen Jahre habe ich versucht dir zu erklären, wo ich herkomme, erinnerst du dich? Du wolltest es nicht glauben, vielleicht weil du es nicht verstehen konntest.«

Christophe machte einen Schritt auf die Frau zu, die behauptete Sylvie zu sein. »Du ... siehst so jung aus.«

Ein Lächeln umspielte Emeraudes Lippen. »Als ich starb, musste ich zurückkehren in die Welt, in der ich geboren bin. Dort altern wir nicht so schnell wie hier oben. Mein Körper hat sich regeneriert, deshalb sehe ich aus wie damals, als wir uns trafen.«

Zögernd näherte sich Christophes Hand ihrem Gesicht. Er berührte sanft ihre Wange und zuckte fast zurück, als er merkte, dass er nicht durch sie hindurchgriff, sondern auf feste Materie stieß. »Sylvie, mein Gott, Sylvie.« Ein Schluchzer entrang sich seiner Kehle, mit einer plötzlichen Bewegung zog er sie zu sich heran und hielt sie fest im Arm.

Eine kleine Weile gestattete sich Emeraude ebenso wie Christophe die Vergangenheit zurückzuholen, doch sie wusste, dass ihre Zeit bemessen war, sehr kurz bemessen. Von ihrer Rückkehr hing außerdem so viel ab, dass sie unmöglich riskieren konnte, zu lange hier zu bleiben. Langsam löste sie sich von ihm. Sie schaute in seine Augen und erkannte, dass er begann sich an das zu erinnern, was sie ihm einst über sich erzählt hatte.

»Emeraude«, sagte er leise. »Dein Name war Emeraude. Was du damals sagtest, war kein Märchen? Es war die Wahrheit?«

»Ja.«

Christophe hörte Emeraude unglaubliche Dinge sagen, Dinge, die jetzt so viel erklärten, allem einen Sinn gaben. Gleichzeitig ahnte er, dass dieses Wiedersehen nur ein vorübergehendes war, dass sie sich voneinander trennen mussten, damit Emeraude ihr Leben weiterleben konnte.

»Es geht mir gut, Christophe. Du musst dir keine Gedanken um mich machen, du darfst auch nicht mehr trauern, ich bin ja gar nicht wirklich gestorben.« In welcher Gefahr sie schwebte, was ihrer Welt möglicherweise bevorstand, hätte sie ihm am liebsten verschwiegen, aber das ging nicht. Sie musste ihm sagen, wo ihr Sohn war. »Pierre ...«, begann sie.

Das ließ Christophe zusammenzucken. »Er ist verschwunden.«

»Nein, er ist bei mir.«

»Bei dir?«

Emeraudes Knie fingen plötzlich an zu zittern. Es begann früher, als sie befürchtet hatte. Ihre Kräfte schwanden. Sie holte tief Luft und fing an Christophe in sehr groben Zügen über die Lage in der Steinwelt aufzuklären. Irgendwann merkte sie, dass sie nicht mehr stehen konnte. Christophe ließ sie langsam zu Boden gleiten und hielt sie fest. Er verstand nicht alles, was sie ihm erzählte, aber das, was er verstand, trug nicht gerade dazu bei, ihn von seinen Sorgen um Pierre zu befreien.

Er zweifelte keine Sekunde mehr daran, dass das, was er von ihr hörte, den Tatsachen entsprach. Außerdem spürte er instinktiv, dass Emeraudes Zeit auf der Oberwelt beinah zu Ende war. Und dass er gar nichts tun konnte um daran etwas zu ändern.

»Ich muss gehen. Bring mich zum Tor zurück.« Sie war zu schwach, selbst für die paar Schritte.

»Werdet ihr es schaffen?«, fragte Christophe.

»Ich hoffe es.«

Christophe nickte. »Sag Pierre, er soll auf dich aufpassen, ja? Ich liebe dich.«

»Ich liebe dich auch«, flüsterte Emeraude. »Lass mich jetzt los.«

Nur sehr zögernd trennte sich Christophe von ihr. Er sah, wie sie die Augen schloss und sich auf irgendetwas zu konzentrieren schien. Er sah ihre Hände zittern und kurz danach ihren ganzen Körper. Er sah die Schweißtröpfchen, die sich auf ihrer Stirn bildeten, und schließlich hörte er ein leises Sirren, das kaum merklich anschwoll. Er nahm seine Augen nicht von der Stelle, an der Emeraude lag. Er wollte jeden Sekundenbruchteil auskosten, den es ihm noch vergönnt war, sie anzusehen. Plötzlich schien sie leicht durchsichtig zu werden, dann begann sie sich aufzulösen, aber nicht auf einmal, sondern sie verwandelte sich zuerst in Abermillionen kleiner Sternchen, die in rasender Geschwindigkeit durcheinander wirbelten, immer blasser wurden und am Ende ganz verschwanden.

Wie betäubt starrte Christophe auf das pentagrammähnliche Gebilde auf dem Boden. Er atmete Emeraudes Duft ein, der in der Luft hing, spürte sie in seinen Armen, obwohl ihr Körper wieder dort war, wo er hingehörte.

»Geht es Ihnen nicht gut?«, kam von irgendwoher plötzlich eine Stimme.

Christophe fühlte sich nicht imstande zu antworten.

»Monsieur Marchand?« Jemand berührte ihn an der Schulter. »Ist was passiert?«

Unendlich langsam drehte Christophe sich um und erkannte René, der ihn beunruhigt musterte. »Nein«, sagte er. »Nein, es ist nichts passiert. Ich dachte nur gerade daran, dass es sinnlos ist, hier noch länger zu warten.«

Wie nah das der Wahrheit kam, würde René nie erfahren.

»Sind Sie sicher? Sie wollten doch noch ...«

»Ich hab meine Meinung geändert. Lass uns die Sachen einpacken.« Er bückte sich um die Decken zusammenzulegen.

René sammelte die Lebensmittel ein und verstaute sie in einem Korb. Insgeheim war er erleichtert, dass Christophe Marchand wieder Vernunft annahm. Er hatte es von jeher für eine blödsinnige Idee gehalten, in diesem Haus auf irgendwas Unbestimmtes zu warten.

Gemeinsam stiegen sie Stufen zum Erdgeschoss empor und verließen *Aigle Fauve* auf demselben Weg, wie sie es betreten hatten: durch das Fenster.

Christophe sah nicht zurück. Er hatte Emeraude nicht gefragt, was passieren mochte, wenn das, was sie zu tun beabsichtigten, misslang. Er hatte auch nicht gefragt, ob Pierre je nach Hause kommen würde, ganz unabhängig davon, ob sie mit ihrem Plan Erfolg hatten. Er wollte es nicht wissen. Er wollte lieber mit der Hoffnung leben, seinen Sohn eines Tages wiederzusehen.

27

Pierre erschrak, als seine Mutter wieder vor ihm auftauchte. Sie sah schrecklich aus, war bleich und zitterte. Doch sie erhob sich ohne Hilfe, schüttelte Caillous Hand ab.

»Schon gut. Ich muss mich nur kurz ausruhen. Es ist längst nicht so schlimm wie nach meinem ... Tod.«

Während Pierre, Caillou und Galène auf die Rückkeh der Steinprinzessin gewartet hatten, waren sie noch einmal ihren Plan durchgegangen. Was sie vorhatten, war riskant. Außerdem gab es keinerlei Garantie, aber den Versuch war es wert.

Pierre und Caillou sollten zu Diamant zurückkehren und vom angeblichen Scheitern ihrer Mission berichten. Zur selben Zeit würde Galène Kontakt zu der kleinen Gruppe von Widerständlern aufnehmen, die es im Reich der Steinmenschen gab und die von Männern wie ihm und Mica in der Vergangenheit unterstützt worden war.

Caillou hatte von ihrer Existenz nur gerüchteweise gehört. Dass immer wieder Menschen spurlos verschwanden, deutete allerdings sehr darauf hin, dass Diamant mehr darüber wusste und nicht tatenlos zusah. Es war schwierig für die Steinmenschen, die im Untergrund gegen den Fürsten und seinen Rat der Steinweisen arbeiteten, ihre Treffen geheim zu halten. Sie durften sich offiziell nicht einmal kennen, denn Diamants Arm reichte weit, und sich seiner Überwachung zu entziehen war beinah unmöglich.

Das vordringliche Ziel dieser Gruppe bestand darin, behutsam diejenigen Steinmenschen ausfindig zu machen, die nicht blind gegenüber den Zuständen im Reich und mit den Verhältnissen alles andere als einverstanden waren. Es gab einige von ihnen, doch die weitaus meisten schwiegen aus Angst und wohl auch in dem Bewusstsein, dass sie nicht nur sich, sondern ebenfalls ihre Familien in Gefahr brachten, wenn sie laut aussprachen, was sie dachten.

Hin und wieder gelang es den Widerständlern, einen Mann oder eine Frau zu rekrutieren, doch immer noch waren sie viel zu wenige, als dass sie sich wirklich formieren hätten können um Diamant und seine Regierung zu stürzen. Es ging nur langsam voran, viel zu langsam. Doch mit Emeraude bekam der Widerstand nun eine unschätzbare Waffe in die Hand.

Wie Silex richtig bemerkt hatte, war die Steinprinzessin geliebt worden wie kaum ein Herrscher oder angehender Herrscher vor ihr. Das lag durchaus in Saphirs Absicht. Ursprünglich hatte er – wie es seit jeher üblich war – seinen Sohn zum Nachfolger auserkoren, doch dann wurde Béryl bei einem der seltenen Kämpfe mit den Steinbrechern getötet. So musste Saphir seine noch sehr junge Tochter zu einer Prinzessin aufbauen, der das Volk später genauso frag- und klaglos folgen würde wie ihm, damit die Dynastie weiterbestand. Es wurde ein Bild von Emeraude gezeichnet, das sie als pflichtbewusstes Mädchen darstellte, dessen oberste Aufgabe es sein würde, das System zu schützen und dafür zu sorgen, dass es den Steinmenschen an nichts fehlte. Fast nichts würde sich ändern im alltäglichen Leben der Steinmenschen, wenn Saphir seiner Tochter die Herrschaft übertrug – und keine Veränderung bedeutete Sicherheit. Das Einzige, was anders sein würde, war, dass es mit Emeraude erstmals einer Frau bestimmt war, über die Steinmenschen zu herrschen. Doch zu Saphirs Erstaunen war es gerade diese Tatsache, die dem Volk gefiel. Er nutzte das nach Leibeskräften aus und zeigte sich mit Emeraude, wo immer es ging.

Seiner Tochter schienen dieses Leben und die bevorzugte Behandlung zu gefallen, er machte sich ihretwegen keine Sorgen. Caillou war der Erste, der die dräuende Gefahr erkannte. Emeraude zur Fürstin zu erziehen hieß auch, dass man ihr beibringen musste eigene Entscheidungen zu treffen. Die Entscheidungen, die sie schließlich traf, waren in letzter Konsequenz nicht vereinbar mit dem, was für sie vorgesehen war. Ihr Vater konnte sie nicht zurückhalten, nicht einmal Caillou gelang das. Er war machtlos und er wusste aus eigener Erfahrung, dass keine Macht der Welt Emeraudes Entschluss ändern konnte. Sie war noch nicht lange fort, als Saphir starb und Diamant, der Mann, den sie hätte heiraten sollen, an ihrer Stelle Fürst der Steinmenschen wurde. Er regierte, als wäre er es gewesen, den man sein Leben lang darauf vorbereitet hatte.

Dem Volk erzählte man, Spione der Steinbrecher hätten der Prinzessin aufgelauert und sie schließlich ermordet. Damit war Emeraudes Verschwinden wenigstens dazu gut, die Angst vor den Feinden noch mehr zu schüren.

Jetzt jedoch kehrte die Steinprinzessin zurück und würde all das, was man das Volk glauben gemacht hatte und immer noch glauben machte, endgültig als Lügen entlarven. Sie würde mit den Menschen sprechen, würde ihnen die Wahrheit über die Steinbrecher erzählen und die Wahrheit über die Oberwelt, von deren Existenz die überwältigende Mehrzahl der Steinmenschen nicht einmal wusste.

Natürlich würde es in der Kürze der Zeit unmöglich sein, wirklich die Massen auf ihre Seite zu ziehen. Zu viele Generationen der Gewohnheit, allein für das System zu existieren und nichts infrage zu stellen, arbeiteten gegen sie. Eigenständiges Denken war den meisten fremd, sie nahmen hin, was ihnen erzählt wurde, glaubten es, weil sie nichts anderes kannten und weil sie längst vergessen hatten, dass sie Individuen waren.

Keine Massen an Revolutionären also – aber vielleicht

schafften sie es mit Emeraudes Hilfe, genügend Steinmenschen zu mobilisieren, um Diamant zu stürzen.

Als Emeraude sich erholt hatte und wieder zu Atem gekommen war, setzten die vier ihren Weg fort. Die Route war nicht dieselbe, die Pierre von der Reise in die umgekehrte Richtung kannte, und so lernte er einen weiteren Teil der Steinwelt kennen. Außerdem hatte er das Tor gesehen. Es war nur eine Zeichnung im Fels, die ihn entfernt an ein Pentagramm erinnerte, kaum sichtbar in den Stein geritzt, verborgen in einer Höhle, die zwar direkt vor dem Tor vielen Menschen Raum bot, deren Eingang jedoch so winzig war, dass er von außen jederzeit übersehen werden konnte.

Jetzt ging er neben Emeraude und hörte zu, was sie von Christophe berichtete. Er war froh, dass noch eine Menge vor ihm lag und er nicht jetzt sofort entscheiden musste, welches Leben er wählte. Von der Verzweiflung seines Vaters zu erfahren war schwer für ihn. Aber er dachte auch an Opale, die bei Silex auf ihn wartete. Der Fürst der Steinbrecher konnte an der Mission selbst nicht teilnehmen. Wenn es tatsächlich entgegen aller Hoffnung zum Krieg kam, musste er bei seinem Volk sein.

Galène drängte zur Eile und schließlich gelangten sie an den Rand eines Wäldchens, der sie von einem reißenden Fluss trennte. Bei diesem Anblick blieb Caillou kurz stehen und holte tief Luft.

»Ist das die Stelle, an der Sie mit Sophie den Fleuve de la Malachite überquert haben?«, erkundigte sich Pierre.

Caillou nickte. Er dachte nicht nur an damals, sondern auch daran, dass er sofort nach seinem ersten Bericht an Diamant zu Sophie musste.

Emeraude schaute indes zweifelnd auf die wilden

Wassermassen. »Gibt es keinen sichereren Übergang?«, fragte sie an Galène gerichtet.

»Doch, für uns beide schon. Pierre und Caillou allerdings werden hier rübergehen. Kann nicht schaden, wenn sie möglichst abgerissen drüben ankommen, dann klingt die wilde Flucht ein bisschen glaubwürdiger.«

»Wir werden uns schon hier trennen?«, fragte Pierre.

»Ist besser. Wenn irgendjemand uns alle zusammen sieht und Diamant davon erfährt, könnt ihr eure Geschichte von der gescheiterten Mission vergessen.« Galène kramte in seiner Tasche und holte die silberne Dose hervor. Wieder sah Pierre die beiden ineinander verschlungenen Buchstaben auf dem Deckel und fragte sich, was mit Agate und Améthyste wirklich geschehen sein mochte.

»Ist eine lange Geschichte«, sagte Galène leise, der Pierres Blick bemerkt hatte. »Und nicht sehr erfreulich. Ich ziehe es vor, so wenig wie möglich daran zu denken. Wir haben mit dem Mann, der dafür verantwortlich war, kurzen Prozess gemacht. Er wird sich aus mehreren Gründen verflucht haben, dass er sich ausgerechnet an Améthyste vergriffen hatte: Letztlich hat er nicht mal bekommen, was er wollte, sondern musste stattdessen zwei Morde begehen, weil er dachte, dadurch unentdeckt zu bleiben.«

»Zwei?«, warf Pierre ein, obwohl er die Antwort ahnte.

Galène nickte. »Meine Frau kam dazwischen. Dass er sie ebenfalls umbrachte, hat ihm nicht geholfen. Weil *ich* dazwischenkam. Zu spät, aber ich habe den verdammten Dreckskerl wenigstens noch erwischt.«

All das lag bereits lange Zeit zurück, doch es machte Galène trotzdem schwer zu schaffen, darüber zu reden.

Pierre versuchte ihn mit seiner nächsten Frage von seinen Gedanken an Agate abzulenken. »Sie sprachen von mehreren Gründen.«

Das munterte Galène tatsächlich auf. »Tja, stell dir vor, er war der letzte von Saphirs Spionen, den wir noch nicht enttarnt hatten. Es dauerte eine Weile, bis die Steinmenschen hier wieder ein kleines, nettes Spionagenetz aufbauen konnten – angeblich mit meiner Hilfe.« Galène grinste. »Meine Stolpersteine und Verzögerungstaktiken waren gar nicht übel. Am besten hat mir Topaze gefallen, er war ziemlich gut, was, Caillou? Diamant hielt ihn tatsächlich für seinen besten Mann! Und soweit ich informiert bin, hat sich Silex was wirklich Besonderes ausgedacht mit Topazes angeblichem Finger!«

Pierre verstand die Andeutung nicht, doch Caillou erinnerte sich sehr gut an den abgetrennten Finger mit dem Siegelring, den jemand an Diamant geschickt hatte zum Zeichen, dass sein Meisteragent entlarvt worden war.

»Hat es denn überhaupt keine echten Spione gegeben?«, fragte Pierre ungläubig.

»Doch, ein paar schon, natürlich. Ich konnte schlecht das ganze Spionagenetz Diamants abdecken. Aber durch Mica wussten wir immer genau, wer geschickt oder umgedreht wurde. Wir haben die Leute machen lassen und dann die Nachrichten abgefangen und durch falsche ersetzt. Ganz einfach.«

Galène ließ die Vergangenheit ruhen und hielt Pierre die Dose mit den kleinen weißen Kügelchen unter die Nase. »Bedien dich. Ist nur die eine Sorte ...«

Ohne Zögern nahm Pierre eine von den Kugeln und schluckte sie. Caillou tat es ihm nach.

»Viel Glück«, sagte Galène.

Emeraude umarmte Pierre, sie sahen einander in die Augen, doch niemand sagte ein Wort. Dann drehte Emeraude sich um und folgte Galène.

28

»Wie lange wirken die Dinger?«, fragte Caillou.

»Keine Ahnung, nicht allzu lange, glaub ich. Als Galène noch mal zurück über den Fluss musste um Sie zu holen, hatte er schon eine zweite Tablette nötig. Wir sollten es so schnell wie möglich hinter uns bringen.« Pierre wollte losgehen, doch Caillou hielt ihn davon ab.

»Warte. Ich denke zwar nicht, dass da drüben Grenzposten stehen, aber bei der gegenwärtigen Lage kann man nie sicher sein, was Diamant alles in Bewegung gesetzt hat. Falls uns jemand beobachtet, ist es besser, wenn es so aussieht, als liefen wir vor jemandem davon, klar?« Caillou ließ sich auf den Boden fallen, damit seine Hose schmutzig wurde, außerdem zerriss er den linken Ärmel seines Hemdes. Pierre richtete sich ähnlich her. Dann blinzelten sie sich zu, rannten aus dem Schutz des kleinen Wäldchens hinaus zum Fluss und stürzten sich in die Fluten.

Eiskaltes Wasser ließ Pierre nach Luft ringen. Hier war es noch viel kälter als im anderen Abschnitt des Fleuve de la Malachite. Er schwamm Caillou hinterher, der sich ein paarmal umsah, nach ihm und wahrscheinlich auch nach eingebildeten Verfolgern. Das Schwimmen war schwierig, sie mussten sich mit aller Kraft gegen den Strom stemmen, sonst wären sie weggetrieben worden. Wie Caillou das mit einer bewusstlosen Sophie bewerkstelligt hatte, konnte man wohl nur mit einem übermenschlichen Willen erklären. Nach einem aufreibenden Kampf gegen das Wasser erreichten sie endlich das andere Ufer. Erschöpft ließen sie sich auf den Sand fallen und kamen mühevoll zu Atem.

»Wie lange brauchen wir noch von hier bis nach La Ville?«

»Es ist nicht mehr weit. Wir werden früh genug vor Diamant stehen und ihm von unserem Versagen berichten müssen.«

Sie verfielen in Schweigen, schonten ihre Kräfte für den anstrengenden Weg, der durch zwei Schluchten führte, die etwas Kletterei erforderten. Caillou hatte Recht behalten, sie trafen auf keinerlei Grenzposten.

»Wahrscheinlich hat Diamant seine Leute um sich gescharrt, um sie auf den möglichen Krieg vorzubereiten und die Stadt und vor allem den Palast zu sichern. Immerhin geht er nicht davon aus, dass Silex als Erster zuschlägt, und ganz besonders nicht, bevor er seine Drohung öffentlich wiederholt hat«, meinte Caillou.

»Das ist für uns im Moment auch ganz gut so«, fiel Pierre nachträglich ein. »Wenn Grenzposten da gewesen wären, hätten die sich mit Sicherheit gefragt, wie wir es geschafft haben, das Energienetz zu durchdringen.«

Als sie sich La Ville näherten, begegneten ihnen die ersten Steinmenschen, die zu Diamants Palast gehörten. Sie waren bewaffnet und trugen ihre Dolche offen an der Seite, was sonst nicht den Gepflogenheiten entsprach.

Niemand außer Diamant und dem Rat der Steinweisen war in Caillous Mission eingeweiht und so wurden sie mehrfach verwundert angestarrt. Sie sahen wirklich wie zwei abgerissene Flüchtlinge aus, die sich mit letzter Kraft zum Fürsten der Steinmenschen schleppten. Die Wache vor den Palasttoren verweigerte ihnen sogar zunächst den Zutritt, doch dann kam ihnen ein Mann entgegen, der ahnte, was der Zustand bedeuten musste, in dem Pierre und Caillou zurückgekehrt waren. Pierre hatte ihn noch nie zuvor gesehen, doch Caillou begrüßte ihn: »Onyx, wir müssen zu Diamant. Sofort. Es ist eilig.«

Alarmiert nickte der Mann mit den weißen Strähnen im braunen Haar. Seine buschigen Augenbrauen zogen sich zusammen, als er wider besseren Wissens fragte: »Wo ist die Steinprinzessin? Konntest du sie in Sicherheit bringen?«

Caillou musste sich nicht extra bemühen nach Atem zu ringen. »Nein, ich fürchte, das konnte ich nicht.«

Onyx' Stirn umwölkte sich. »Du hast also versagt?«

»Wenn Ihr gestattet, werde ich nur ein Mal berichten, was passiert ist. Das spart Zeit. Ruft den Rat der Steinweisen bei Diamant zusammen, damit alle anwesend sind.«

Es widerstrebte Onyx ganz offensichtlich, von Caillou irgendwelche Befehle entgegenzunehmen, da es sonst er war, der sie erteilte. Doch er sah ein, dass Caillou Recht hatte, und eilte davon.

Die Wache vor Diamants Gemächern verneigte sich nicht ganz so respektvoll vor Caillou wie gewöhnlich, was ihn nicht überraschte. Er stupste Pierre ermutigend an, dann stieß er die Tür auf. Diamant, der jetzt nicht mehr ihr Fürst, sondern ihr Feind war, stand mit einem jüngeren Mann über einen Tisch gebeugt, auf dem Landkarten ausgebreitet lagen. Es sah ganz danach aus, als würde hier schon der Krieg geplant.

»Caillou!« Diamant kam sofort auf sie zu, doch dann ließ ihn etwas plötzlich innehalten und mitten im Raum stehen bleiben.

Einen Herzschlag lang fragte sich Caillou, ob der Fürst ihn durchschaute. Doch die nächsten Worte Diamants beruhigten ihn wieder.

»Du bist sicher zurück.« Diamant blickte flüchtig zu Pierre. »Und der Junge auch. Aber ihr seid ohne die Steinprinzessin gekommen.«

Demütig neigte Caillou den Kopf. »Es tut mir Leid, Seigneur. Ich fürchte, wir haben es nicht geschafft.«

»Warum?« Diamants Stimme klang neutral, doch Pierre sah, dass seine rechte Hand leicht zitterte. Dann brach es aus dem Fürsten heraus: »Du hast gewusst, was auf dem Spiel steht! Immer wenn es darauf ankommt, versagst du, Caillou! Verdammt noch mal!« Diamant packte Caillou bei den Schultern und schüttelte ihn, als wolle er ihn mit Gewalt dazu bringen, seine Schuld endlich einzugestehen. »Hätte Saphir damals nicht dich zum Lehrer Emeraudes gemacht, sähe heute alles ganz anders aus! Sie wäre niemals auf die verrückte Idee verfallen, die Oberwelt sehen zu wollen – ganz abzusehen davon, dort auch noch zu bleiben. Wieso hast du sie nicht zurückgehalten? Dir haben wir die ganze Situation zu verdanken!«

Caillou stand noch immer mit gesenktem Kopf da, doch jetzt hob er den Blick. Pierre las einen Anflug von Rebellion darin und befürchtete, dass jetzt alles gleich zunichte gemacht werden würde.

»Ich widerspreche Euch nur ungern, Seigneur«, sagte Caillou ruhig. »Aber Ihr wisst, dass niemand Emeraude aufhalten konnte. Ich habe getan, was mir möglich war, und auch bei dem Unterfangen, die Steinprinzessin zu retten, haben wir und besonders Pierre nichts unversucht gelassen.«

Erleichtert verstand Pierre, dass Caillou nur das tat, was er auch getan hätte, wenn die Mission tatsächlich gescheitert wäre. Er mochte nicht zum Rat der Steinweisen gehören, trotzdem war er einer von Diamants Beratern. Nicht irgendeiner, sondern jemand, der die Oberwelt betreten konnte, und als solcher durfte er verlangen mit gebührendem Respekt behandelt zu werden. Diese Grenze hatte Diamant gerade überschritten, und wenn Caillou glaubwürdig bleiben wollte, musste er sich dagegen verwahren.

Diamant beruhigte sich wieder und holte tief Luft. »Natürlich. Ich hätte das nicht sagen sollen und ich weiß auch, dass es nicht stimmt, aber meine Nerven liegen angesichts der drohenden Katastrophe blank.«

In diesem Augenblick betrat etwa ein Dutzend Männer, einer von ihnen Onyx, den Raum. Das also war der Rat der Steinweisen. Pierre hätte mehr Mitglieder vermutet, aber je weniger es waren, desto mehr Macht war ihnen beschieden, also war die geringe Anzahl verständlich.

Diamant deutete auf den großen Tisch, auf dem noch immer die Karten lagen, die der jüngere Mann jetzt gerade zusammenfaltete. »Setzt euch, wir werden uns anhören, was Caillou von der Reise zu den Steinbrechern zu berichten hat. Danach werden wir entscheiden, was zu tun ist.« Mit einer Handbewegung schickte er den jungen Mann hinaus, der sich widerspruchslos zurückzog. »Wo ist Mica?«, fragte er dann nach einem suchenden Blick in die Runde.

Onyx zuckte mit den Schultern. »Leider habe ich ihn nicht auftreiben können, Seigneur. Sieht aus, als wäre er schon seit einiger Zeit verschwunden. Oder hat jemand von euch ihn gesehen?«

Alle Anwesenden schüttelten die Köpfe, bis auf Caillou. »Wir sind ihm begegnet. Es scheint, Seigneur, als hättet Ihr in Eurer Mitte einen Verräter beherbergt.«

Fassungslos starrte Diamant von Caillou zu Onyx. »Das ist nicht dein Ernst!«

»Leider doch.« Was Caillou jetzt berichtete, entsprach zumindest zur Hälfte der Wahrheit. Bis zu ihrer Ankunft am Fleuve de la Malachite hatte sich alles so zugetragen, wie er sagte. Er ließ nur die kleine unbedeutende Tatsache aus, dass der Dritte in ihrem Bunde, Galène, auf der anderen Seite stand. Als Diamant sich nach ihm erkundigte, setzte Caillou eine bedauernde Miene auf. »Er hat es nicht geschafft. Silex hat wohl besonderen Wert auf Galène gelegt, mehr jedenfalls als auf Pierre oder mich.«

Verstehend nickte Diamant, dann schaute er irritiert auf. »Wieso überhaupt du? Wie bist du da rübergekommen? Dir hätte es unmöglich sein sollen, das Energienetz zu durchdringen.«

Das war in der Tat eine gute Frage, aber auch dafür hatte sich Caillou eine Erklärung zurechtgelegt. »So war es geplant, aber Mica muss die Steinbrecher irgendwie rechtzeitig gewarnt haben. Als Pierre drüben ankam, wurde er bereits von Opale und ein paar Steinbrechern in Empfang genommen. Galène und ich saßen in unserem Versteck und konnten alles beobachten und sie ahnten wohl, dass wir uns noch irgendwo herumtrieben. Opale schickte Männer, um uns aufzuspüren und zu ihnen zu bringen. Sie überwältigten uns und gaben uns irgendeine merkwürdige Tablette, die bewirkte, dass wir ohne Schaden zu nehmen durch das Netz kamen.«

»Eine Tablette?«, wiederholte Diamant. Seine Augen fixierten Caillou, und Pierre ahnte, was für Gedanken sich in seinem Kopf formten. »Meinst du, wir könnten dieses Mittel auch erzeugen?«

»Ich weiß es nicht.« Irgendetwas schien Caillou unangenehm zu sein, Diamant merkte es sofort und forderte ihn auf weiterzusprechen. »Ich wehrte mich zuerst gegen die Einnahme dieser Tablette, weil ich dachte, sie wollten uns vergiften. Dabei fielen ein paar von den Dingern auf den Boden. Es gelang mir, eine einzustecken, aber ich fürchte, ich musste sie schlucken um zurückzugelangen.«

Diamant bemühte sich, sich weder seinen Ärger noch seine Enttäuschung anmerken zu lassen. »Habt ihr Emeraude gesehen?«, fragte er stattdessen.

Pierre schüttelte den Kopf. »Nein. Wir sind davon ausgegangen, dass man meine Mutter in dem Höhlengefängnis festhält, in dem damals auch Caillou saß, aber dahin haben sie uns nicht gebracht.«

»Wahrscheinlich war ihnen das zu gefährlich. Wo wart ihr also?«

So dicht wie möglich an den tatsächlichen Geschehnissen bleibend schilderte Pierre die Flucht aus Silex' Haus, nur dass er dabei noch ein paar Wachen erfand und vorgab, Caillou und er hätten sie auf äußerst geschickte Weise ausgetrickst. »Wir liefen zurück zum Fleuve de la Malachite und hatten enormes Glück, dass wir nicht entdeckt wurden«, fuhr er fort. »Wir wollten uns eine Weile verbergen und dann den Weg zum Höhlengefängnis suchen. Aber als wir uns endlich aus unserem Versteck rauswagten, stellten wir fest, dass uns die Steinbrecher inzwischen aufgespürt hatten. Also blieb uns nur der Rückzug durch den Fluss. Wenigstens Caillou und mir gelang die Flucht.«

Diamant runzelte die Stirn. Er dachte darüber nach, ob eine zweite Gefangennahme nicht wenigstens die Chance auf ein Zusammentreffen mit Emeraude erhöht hätte. Allerdings musste selbst er einsehen, dass dann wohlmöglich in einem weiteren Paket von Silex nicht nur ein Finger, sondern gleich zwei komplette Leichen bei ihm angekommen wären.

»Das bedeutet also Krieg«, stellte Diamant schließlich fest. »Nun, wir sind vorbereitet.«

»Wollt Ihr wirklich ...«, fing Pierre an. Er war noch nicht bereit jede Hoffnung auf eine friedliche Lösung zu begraben, die sogar ein Einschreiten Emeraudes unnötig gemacht hätte.

»Ich will nicht«, sagte Diamant und starrte Pierre an. »Aber ich muss. Silex zwingt mich dazu. Ich werde dieses Land nicht diesem Despoten überlassen, der mein Volk grausam misshandeln würde. Wenn Silex Fürst über die gesamte Steinwelt werden will, dann werde ich ihm das nicht einfach schenken. Er wird schon kämpfen müssen. Mit mir. Wir werden sehen, wer der Stärkere ist.«

»Und was passiert mit meiner Mutter?«, fragte Pierre leise.

»Deine Mutter?« Einen Augenblick lang kam es Pierre so vor, als müsse sich Diamant erst daran erinnern, dass es immerhin auch um Emeraudes Leben ging. Die Steinprinzessin befand sich in der Gewalt des Feindes, eines Feindes, der sie ohne Zögern umbringen würde, wenn sie ihren Zweck entweder erfüllt oder – in diesem Fall – nicht erfüllt hatte.

»Deine Mutter«, wiederholte Diamant. »Sie hat gewusst, was sie tat, als sie sich für ein Leben auf der Oberwelt entschied. Ich kann jetzt nichts mehr für sie tun. Ich muss an mein Reich denken. An mein Volk«, verbesserte er sich gerade noch rechtzeitig.

Pierre wandte sich ab, um seine Wut und seinen aufkeimenden Hass zu verbergen. Wenn dieser Mann Emeraude tatsächlich einmal geliebt hatte, war davon nichts mehr zu erkennen.

29

Die Steinprinzessin und Galène gelangten auf Umwegen nach La Ville, auf Pfaden, die Emeraude gänzlich unbekannt waren, obwohl sie als Kind oft die Gegend erkundet und geglaubt hatte sich gut auszukennen. Sie kamen nicht über das Hochplateau, sondern durch ein kleines Höhlensystem, das am Rande der Stadt endete. Die Wohntürme wieder zu sehen war ein seltsames Gefühl für Emeraude. Sie war nicht einmal zwanzig Oberweltjahre fort gewesen, aber nach ihrer Zeit auf der Erde und vor allem auch nach den Erlebnissen bei Silex schien ihr La Ville mit einem Mal unwirklich. Sie fragte sich, wie sie ihr ganzes Leben lang die Lügen hatte glauben können, obwohl sie die Wahrheit direkt vor ihren Augen gehabt hatte. Aber Selbstvorwürfe brachten nichts. Jetzt zählte nur zu handeln.

»Hier, zieh das an«, sagte Galène und reichte Emeraude einen von zwei Umhängen, die er aus seiner Tasche zog. Den anderen streifte er selbst über. »Vor allem dich sollte möglichst keiner erkennen, dazu ist es noch zu früh. Außerdem könnte es sein, dass uns jemand über den Weg läuft, der lieber nicht wissen sollte, dass wir hier sind.«

Emeraude nickte, legte sich den Umhang über die

Schultern und zog die Kapuze tief ins Gesicht. »Wohin gehen wir?«

»Zu Zircon. Er ist so was wie der Anführer der Widerständler. Schon sehr lange dabei.«

»Wie haben sie sich treffen können? Die Wohntürme sind doch ständig offen, es gibt nicht mal Türen.«

»Nicht in den Türmen. Aber es gibt ein paar stillgelegte Minen, die kaum bewacht werden. Die Treffen finden allerdings selten statt und sind sehr gefährlich. Es fällt zu leicht auf, wenn jemand nicht da ist, wo er zu sein hat.«

»Und wo ist Zircon jetzt?«

»In seiner Werkstatt hoffe ich.« Mehr sagte Galène nicht, sondern ging voran durch die engen und schlechten Straßen, vorbei an Leuten, die ihn kaum beachteten. Einmal in seinem Leben war er dankbar für die Teilnahmslosigkeit der Steinmenschen. Es hätte Emeraude und ihm nur schaden können, allzu viel Aufmerksamkeit zu erregen.

Ein vorstehender Felsbrocken, der an der Front behauen und geglättet war, diente als Geschäft eines Juweliers. Sie traten durch die Tür, eine kleine Glocke kündigte ihren Besuch an. Es war recht dunkel im Laden, doch aus einem hinteren Raum kam sofort eine müde aussehende Frau mit einer Lampe in der Hand. »Was kann ich Ihnen zeigen?«, fragte sie tonlos und ohne jeglichen Enthusiasmus.

»Ist Zircon da?«, fragte Galène.

Die Frau schien kurz zusammenzuschrecken, doch dann erkannte sie Galène, nickte und deutete nach hinten. Sie sah ängstlich aus und warf einen besonders finsteren Blick auf die verhüllte Gestalt Emeraudes. Galène ignorierte sie und winkte Emeraude, ihm zu folgen. Die Frau blieb vorn im Laden.

»Ihr wäre es lieber, wenn ihr Mann sich nicht ständig so großer Gefahr aussetzte«, flüsterte Galène. »Kann man verstehen, aber ohne Zircon würde der Widerstand zerplatzen wie eine Seifenblase.«

Inzwischen hatten sie das Hinterzimmer durchquert, in dem Zircons Frau sich aufgehalten haben musste. Ein kleiner Durchgang entließ sie in eine Werkstatt, die von mehreren Fackeln hell erleuchtet war. An einem großen mächtigen Tisch saß ein zierlicher, schon älterer Mann mit schütterem Haar über ein paar glitzernden Steinen, die er nacheinander fein säuberlich mit einer Pinzette in die dafür vorgesehenen Mulden eines silbernen Reifs einsetzte. Als er fremde Schritte hörte, sah er hoch und blinzelte. Es war unmöglich, an seinen Augen abzulesen, ob er seinen Besucher erkannte, obwohl es zweifellos so sein musste. Aber er sagte nichts, sondern wartete schweigend ab.

»Keine Angst, sie gehört zu mir«, interpretierte Galène Zircons Vorsicht richtig.

Zircon schnalzte mit der Zunge. »Wo bist du gewesen, Galène?« Seine Stimme klang leicht heiser. »Wir haben dich vermisst und schon das Schlimmste befürchtet.«

»Das Schlimmste steht uns möglicherweise noch bevor, wenn wir nicht sehr schnell handeln. Wie bald kannst du deine Leute zusammenrufen?«

Alarmiert stand Zircon auf und ging ein paar Schritte auf und ab, als könne er dadurch besser denken. »Was ist das Schlimmste?«, fragte er.

»Dass in der Steinwelt alles so bleibt, wie's ist oder ...«

»Das ist das Schlimmste? Ich dachte, uns droht ein Krieg«, unterbrach ihn Zircon.

»Ich finde, die Aussicht auf weitere Generationen unter der Herrschaft Diamants und seinesgleichen ist schlimm genug. Aber du hast mich nicht ausreden lassen. Die andere Möglichkeit ist tatsächlich Krieg.«

»Du hast gesagt, Silex hätte ...«

»Ja«, schnitt ihm diesmal Galène das Wort ab. »Und du weißt so gut wie ich, dass er diesen Krieg nicht will. Wir versuchen alles um ihn zu vermeiden.«

»Er ließe sich ganz einfach vermeiden. Silex müsste nur darauf verzichten, seine Drohung wahr zu machen. Wenn er verschweigt, dass Emeraude noch lebt, und vor allem wenn er nicht damit droht, sie zu töten, wird es nicht zum Krieg kommen.«

»Silex hat nicht vor mit irgendwas zu drohen. Weil nicht alles so lief, wie es sollte, mussten wir unsere Pläne ändern. Trotzdem können wir mit Silex' Waffe noch eine Menge tun.«

»Silex' Waffe? Meine Güte, Galène, was nützt uns die Steinprinzessin, wenn Diamant sich nicht mit ihr erpressen lässt?«

»Sie kann uns helfen Diamant zu stürzen. Allerdings müssen wir schnell handeln, noch vor Ablauf des Ultimatums. Sonst könnte Diamant Verdacht schöpfen, dass irgendwas nicht stimmt, wenn Silex nicht sofort reagiert. Falls wir also nur ein bisschen zu spät kommen, ist der Überraschungsmoment vorbei und er wird sich darüber im Klaren sein, dass wir uns mit den Feinden verbündet haben. Dann wird er nicht nur Krieg gegen die Steinbrecher führen, sondern vor allem gegen uns.«

Das brachte Zircon zum Schweigen. Die Dimensionen, die der angedeutete Plan Galènes eröffnete, musste er erst mal verarbeiten. »Das ist verrückt!«, rief er schließlich. »Wieso sollte die Steinprinzessin uns helfen, gegen den Mann zu kämpfen, dessen Frau sie einmal ...« Zircon ließ den Satz unbeendet in der Luft hängen, weil ihm plötzlich bewusst wurde, dass außer ihm und Galène noch jemand im Raum war. Eine Frau. Die Diskussion mit seinem Mitkämpfer hatte ihn ihre Gegenwart völlig vergessen lassen. Jetzt schaute er unsicher zu der verhüllten Gestalt hinüber. »Wer ist das?«

»Silex' Waffe«, sagte Galène.

Emeraude hob die Hände und zog sich die Kapuze vom Kopf.

Zircon starrte sie verblüfft an, bevor er hastig einen Schritt zurückwich und den Kopf senkte. »Prinzessin!«

»Bitte«, sagte Emeraude. »Ich bin nichts Besseres als du, im Gegenteil. Es gibt wirklich keinen Grund, sich vor mir zu verneigen.«

Es bereitete Zircon sichtlich Schwierigkeiten, mit der unerwarteten Situation fertig zu werden. »Verzeiht, Prinzessin, aber obwohl ich wusste, dass Ihr noch lebt, ist es ein merkwürdiges Gefühl, Euch plötzlich gegenüberzustehen.«

Emeraude lächelte. »Ich fühle mich selbst ziemlich eigenartig, wenn dich das beruhigt. Und würdest du bitte mit dieser albernen Anrede aufhören? Ich bin einfach nur Emeraude.«

»Das ehrt dich, teuerste Prinzessin«, schaltete sich Galène ein, »aber vielleicht solltest du außerhalb dieses Hauses mit solchen Anwandlungen noch etwas warten. Wir müssen viele Steinmenschen auf unsere Seite bringen und die lassen sich seit Generationen von Fürsten, Prinzessinnen und sonstigen hochwohlgeborenen Personen beeindrucken. Um zu den Leuten zu sprechen, könnte es nicht schaden, wenn du ein kleines bisschen prinzessinnenhaft bleibst.«

Zweifelnd schaute Emeraude von Galène zu Zircon. »Ich finde, wir sollten von Anfang an sagen, was wir denken. Wir«, sie stockte und korrigierte sich dann, »*ich* habe lange genug den Fehler gemacht, mich von falschem Glanz blenden zu lassen.«

Nachdenklich wägte Galène das Für und Wider ab, dann sah er Zircon an. »Was meinst du?«

»Sie hat Recht.« Seine Stimme klang jetzt fester, als er sich an Emeraude wandte: »Wir können nicht früh genug damit anfangen, zu erklären, worauf es uns ankommt. Die Menschen werden dich auch so erkennen, und wenn sie gleich merken, dass du eine von uns bist, werden sie vielleicht besser zuhören.«

»Ja, vielleicht«, sagte Emeraude. »Ich denke, ich sollte einfach abwarten, wie die ersten Reaktionen auf meine Anwesenheit ausfallen, und dann entscheiden, ob ich – wie sagtest du so schön? – prinzessinnenhaft bleibe oder nicht.« Das schien sowohl Zircon als auch Galène zufrieden zu stellen.

»Es kann eine Weile dauern, bis ich unsere Gruppe zusammengetrommelt habe. Was werdet ihr inzwischen tun?«, fragte Zircon.

»Hier bleiben«, stellte Galène trocken fest. »Wär nicht gut, wenn uns jemand zu Gesicht bekäme.«

Zircon nickte. »Ich beeile mich.« Er ließ seine Arbeit unerledigt liegen und machte sich auf den Weg zu seinem Kontaktmann.

Eine Weile standen Emeraude und Galène schweigend in Zircons Werkstatt, bis Emeraude eine Bewegung an der Tür wahrnahm. Die Frau Zircons stand da und sah sie regungslos an. Wahrscheinlich hatte Zircon ihr gesagt, wer die Gäste waren, und offensichtlich war ihr etwas unwohl bei dem Gedanken, wen sie da beherbergte. Sicher dachte sie an mögliche Gefahren, was Emeraude ihr nicht übel nehmen konnte. Sie bemühte sich um ein aufmunterndes Lächeln. »Es ist sehr nett, dass wir hier bleiben dürfen. Ich weiß, was das möglicherweise für euch bedeutet.«

Wortlos kam die Frau ein Stück näher, bis sie direkt vor Emeraude stand. Sie musterte sie noch immer eingehend. »Zircon sagt, du seist hier um uns zu helfen?« Augenscheinlich bereitete es ihr keinerlei Schwierigkeiten, auf die respektvolle Anrede zu verzichten. In ihrer Stimme lag außerdem eine Spur von Sarkasmus.

»Ich hoffe, dass ich das kann«, sagte Emeraude.

»Du kannst es am besten, wenn du dorthin zurückkehrst, wo du hergekommen bist.« Jetzt klang sie beinah feindselig.

»Turquoise«, schritt Galène ein, »ich weiß, du bist immer skeptisch gewesen, was unsere Arbeit angeht. Aber du kann nicht im Ernst wollen, dass alles so bleibt, wie es ist.«

»Dann geh doch wieder zurück zu deinem Fürsten. Wenn bei Silex alles besser ist, verschwende dein Leben nicht hier und lass uns in Ruhe.«

»Ob ich hier bin oder nicht, spielt keine Rolle. Zircon würde ohne mich weitermachen. Er war schon im Widerstand, als es mich noch nicht mal gab, das weißt du besser als ich.«

Turquoise schwieg. Emeraude betrachtete sie von der Seite. Sie musste früher einmal eine hübsche Frau gewesen sein. Jetzt jedoch wirkte ihr Gesicht eingefallen, kraftlos, vollkommen ausdruckslos, als hätte sie sich einfach mit allem abgefunden. Sogar ihr Aufbegehren gegen Galène und die Tätigkeiten ihres Mannes war nur von kurzer Dauer gewesen. Ihre Schultern sackten nach vorn, sie drehte sich schweigend um und verließ die Werkstatt.

»Sie hat Angst«, sagte Emeraude leise.

»Ja. Aber es ist nicht nur die Angst vor Diamant. Es ist vor allem die Angst vor Veränderung. Sie kennt die Freiheit nicht, nicht das Gefühl, dass man morgens aufsteht und sein Leben gestalten kann, wie man will. Sie fürchtet sich vor den Konsequenzen, die ihr und Zircon drohen, wenn Diamant dahinter kommt, wer der Anführer des Widerstands ist. Noch mehr fürchtet sie allerdings die Verantwortung, die sie für ein eigenes Leben in Freiheit tragen müsste.«

Irritiert sah Emeraude zu Galène hinüber, der an Zircons Werktisch stand und abwesend ein paar kleine Rubine durch seine Finger gleiten ließ. »Glaubst du das wirklich?«

Galène seufzte und legte einen größeren Rubin, den Zircon offensichtlich gerade in den Reif hatte einfügen wollen, in die Mitte zu den kleineren Steinen. »Natürlich. Allerdings mache ich ihr daraus keinen Vorwurf. Sie kennt es nicht anders. Niemand vom einfachen Volk hier kennt es anders. Die meisten Menschen haben nun mal Angst vor Veränderungen, selbst wenn sie Gutes versprechen. Veränderungen bedeuten einen Abschied vom Altbekannten, von der Routine. Was man hat, weiß man. Was man bekommt, kann man nie vorher wissen.« Galène machte eine Pause. »Es wird nicht leicht sein, sie zu überzeugen. Das ist deine Aufgabe.«

Hilflos breitete Emeraude die Arme aus. »Aber wie kann ich sie dazu bringen, für etwas einzutreten, das sie fürchten? Ich habe das nie so betrachtet, ich dachte immer, die größte Angst gälte dem Fürsten.«

Endlich sah Galène von den Rubinen auf. Ein Lächeln glitt über seine Züge. »Du bist die Steinprinzessin«, erinnerte er sie. »Du hast gelernt, wie man mit dem Volk umgeht, wie man es manipuliert. Das kann man auch im positiven Sinn anwenden.«

»Ich denke nicht, dass ich irgendjemanden manipulieren sollte!«, empörte sich Emeraude, Blitze schossen aus ihren Augen.

Galène lachte und kam auf sie zu. Er nahm ihre Hand, hielt sie fest und fixierte sie lange mit einem undurchdringlichen Blick. Emeraude war immer noch wütend, sie starrte schweigend zurück. Dann zog er sie mit einer plötzlichen Bewegung zu sich heran, umfasste ihre Arme mit einem harten Griff und küsste sie.

Im ersten Moment war sie zu erschrocken um sich zu wehren, doch selbst als sie es endlich tun wollte, merkte sie, dass sie es nicht konnte. Galène war zu stark für sie. Er schob sie ein Stück von sich weg und sie sah ein belustigtes Funkeln in seinen Augen.

»Du bist schön«, sagte er. »Du kannst einen Mann mit einem einzigen Blick dazu bringen, etwas zu tun, das er schon sehr lange nicht mehr getan hat. Und das Beste daran ist, du bist dir dieser Macht nicht mal bewusst.« Er ließ sie ganz los und trat einen Schritt zurück. »Du wirst es schaffen, Emeraude!«

30

Zircon schritt eilig aus. Er musste schnell zu den Minen kommen, um einen seiner Mitstreiter zu benachrichtigen, der dann den nächsten kontaktieren, der wiederum den nächsten verständigen würde. So dauerte es länger, aber es war sicherer. Sie wussten voneinander nicht allzu viel, nicht einmal ihre richtigen Namen, und das war auch besser so. Sollte einer von ihnen enttarnt werden, war über die Gruppe kaum etwas zu erfahren.

Zircons Anwesenheit bei der Mine fiel nicht weiter auf, er kam öfter um Material für seine Werkstatt zu holen. Daher achtete niemand darauf, als er sich mit Rubis, dem Aufseher über die Arbeiter, in dessen Unterstand zurückzog. Rubis dagegen wunderte sich umso mehr, als er hörte, was sein Freund zu berichten hatte.

»Die Steinprinzessin?«, fragte er fassungslos. »Sie ist hier? Und sie will uns allen Ernstes helfen?«

»Das ist eine einmalige Chance, Rubis! Wir müssen jetzt zuschlagen, jetzt oder nie. Mit Emeraude auf unserer Seite geht vielleicht alles unblutig aus.«

»Unblutig? Das glaube ich kaum. Es wird Blut fließen, das haben wir immer gewusst.« Rubis rieb sich das unrasierte Kinn und schaute hinaus auf den Mineneingang. »Ein Aufstand kostet nun mal Opfer«, murmelte er.

»Dann sollten wir dafür sorgen, dass es so wenig wie möglich sind. Die Steinprinzessin wird zu den Menschen sprechen, und wenn sie ihr erst mal zuhören, haben wir eine reelle Chance. Aber dazu müssten wir sie mobilisieren.«

»Hm«, machte Rubis. »Ich hätte da ein paar Minenarbeiter, die ich nicht großartig mobilisieren müsste. Sie wären sofort dabei.«

Jetzt war es Zircon, der fassungslos dreinschaute. »Wie bitte? Deine Arbeiter hier? Du willst sie einbinden?«

»Hast du vergessen, dass viele Steinbrecher unter ihnen sind? Sie werden die Ersten sein, die bereit sind unsere kleine Gruppe im Kampf gegen Diamant zu unterstützen. Minen wie diese hier gibt es noch ein paar im Reich, nicht übermäßig viele, aber ein paar. Die meisten Arbeiter sind zwangsrekrutiert.« Rubis schien sich mit dem Gedanken immer mehr anzufreunden. »Ich werde sehen, was sich in der kurzen Zeit machen lässt. Zuerst schicke ich jemanden los, der meinen Mittelsmann informiert, dann organisiere ich hier, was ich kann. Ziemliches Glück, dass meine Schicht erst zur Hälfte um ist.«

»Wen willst du schicken? Wenn derjenige nicht vertrauenswürdig ist, kann alles schief gehen.«

»Mach dir darüber keine Gedanken. Ich weiß schon, wen ich aussuche. Treffpunkt wie üblich und zur selben Zeit?«

Zircon nickte. »Wird knapp, aber es muss gehen. Alles Weitere besprechen wir dann.«

Zusammen traten sie ins Freie, Zircon wandte sich schon zum Gehen, doch Rubis rief ihm hinterher. »Hey!« Dabei hielt er ihm einen kleinen Beutel entgegen. »Vergiss nicht deine Steine!«

Als Zircon gegangen war, machte sich Rubis im Inneren der finsteren Mine zunächst auf die Suche nach seinem Untergebenen, den er mit einer verschlüsselten Nachricht losschickte. Dann fand er Chrysolithe, den Anführer der Arbeiter. Es gab viel zu besprechen.

Die Gruppe der Widerständler war klein und sie wuchs nur langsam, weil alle Mitglieder größtmögliche Vorsicht walten ließen, wenn es darum ging, jemanden einzuweihen. Aber jetzt war der Moment der Entscheidung gekommen. Deshalb musste nun jedes kalkulierbare Risiko eingegangen werden, was auch bedeutete, alle zu informieren, die zumindest ansatzweise mit den Widerständlern sympathisierten. Das Risiko, das Rubis einging, war im Gegensatz zu den möglichen Gefahren, denen sich seine Mitkämpfer gerade aussetzten, nicht besonders groß. Er hatte seine Arbeiter nie schlecht behandelt, und als Chrysolithe hörte, was von ihm verlangt wurde und weshalb, brauchte Rubis nicht mehr viel Überredungskunst.

»Hast du mal daran gedacht, dass ich dir auch eine Falle stellen könnte?«, gab er dennoch zu bedenken.

Chrysolithe grinste nur und zuckte mit den Schultern. »Was hab ich zu verlieren?«

»Dein Leben.«

»Mein Leben hat aufgehört, als ich unvorsichtig genug war mich von Saphirs Leuten schnappen zu lassen.« Damit war die Angelegenheit für Chrysolithe erledigt. Er würde mit seinen Männern reden, die ununterbrochen in der Mine für Diamant schufteten. Und wenn es so weit war, würden sie bereitstehen. Er hoffte, dass es die Arbeiteranführer in den anderen Minen ebenso sahen.

Emeraude und Galène warteten unterdessen unruhig auf Zircons Rückkehr. Zwischendurch brachte Turquoise ihnen etwas zu essen, eher widerstrebend, wie es schien. Auf einen weiteren Wortwechsel ließ sie sich nicht ein. Sie stellte das Tablett ab und verschwand so schnell, wie sie gekommen war.

Es war lange her, dass sie das letzte Mal gegessen hatten. Emeraude war hungrig, sie setzte sich und verschlang die Fladen mit dem Gemüseaufstrich. Dass er nach fast nichts schmeckte, merkte sie kaum. Nervös trommelte sie dann mit den Fingern auf der Tischplatte, bis sie aus Versehen ein paar Steine auf den Boden fegte.

»Beruhig dich«, sagte Galène. »Wir können im Augenblick nichts weiter tun als warten, auch wenn es nervenaufreibend ist. Aber wenn es erst mal anfängt, treten wir eine Lawine los, die nicht mehr aufzuhalten sein wird. Dann brauchen wir alle Kraft und Besonnenheit, die wir haben.«

»Ich weiß.« Emeraude schwieg, doch dann sah sie auf und in Galènes ruhiges Gesicht. »Trotzdem kann ich die Gedanken nicht einfach abstellen. Ich mache mir Sorgen um Pierre.«

Galène lächelte. »Dein Sohn kommt ganz gut zurecht. Außerdem ist er nicht allein, Caillou ist bei ihm. Wenn ich überhaupt aus eurem Reich jemandem zutraue, was Vernünftiges auf die Beine zu stellen, dann Caillou.«

»Aber Caillou muss auch an Sophie denken. Er kann sich nicht um alles gleichzeitig kümmern.«

»Du aber auch nicht. Dein Platz ist jetzt hier. Vertrau Pierre einfach, er weiß schon, was er tut.«

Lange Zeit herrschte Stille in der Werkstatt. Dann flüsterte Emeraude etwas, das Galène zuerst nicht verstand. Er musste sie bitten es zu wiederholen. »Würdest du mich noch mal küssen?«

»Was?« Obwohl Galène die Worte diesmal genau verstanden hatte, glaubte er sich verhört zu haben.

»Natürlich, wenn es dir zuwider ist, musst du nicht ... Ich meine ...«

Noch immer verblüfft hockte sich Galène vor Emeraude auf den Boden und sah zu ihr auf. »Zuwider?« Er streckte die Hand aus und berührte mit dem Zeigefinger sanft ihre Wange. »Wie könnte es das? Ich verstehe nur nicht ...«

»Ich versteh es selbst nicht«, seufzte Emeraude. »Ich vermisse Christophe so sehr. Wenn ich Angst hatte, hat er mich in den Arm genommen und geküsst. Vielleicht will ich nur für einen Moment glauben, dass alles wieder so ist wie früher. Obwohl ich weiß, dass es nie mehr so sein wird.«

»Hattest du oft Angst?«

»Manchmal. Besonders am Anfang. Christophe begriff nicht, was mit mir los war, weil er sich dem, was ich ihm über mich erzählte, völlig verweigerte. Was auch immer er glaubte, er hat mich fest gehalten, und das half.«

Galène erhob sich und zog auch Emeraude vom Stuhl hoch. Er nahm sie in die Arme. Er küsste sie nicht, er war sicher, dass es nicht das war, was sie wollte, aber er hielt sie. Dabei dachte er an Agate, die er geliebt hatte und die schon so lange tot war. Er dachte an seinen Schwur, dass er niemals wieder eine Frau so lieben würde. Und jetzt umarmte er Emeraude und wusste nicht mehr, ob er diesen Schwur halten konnte.

Nach einer Weile fing er an zu sprechen. Er erzählte ihr von seiner ersten Begegnung mit Pierre, der gemeinsamen Durchquerung der Steinwelt und davon, dass er ihrem Sohn vermutlich das Leben verdankte. »Er ist kein Junge mehr, Emeraude«, schloss er. »Mag sein, dass er da oben bei euch noch eine kleine Weile gebraucht hätte, erwachsen zu werden. Aber nach allem, was er hier gesehen und erlebt hat, ist er ein Mann geworden. Mach dir keine Sorgen um Pierre. Er weiß, was er will, und er weiß, was zu tun ist.«

Langsam löste sich Emeraude von Galène. Sie sah ihn nicht an, als sie sprach, aber sie fühlte sich ihm sehr nahe. »Danke.«

Galène fand keine Zeit mehr, zu antworten. Von der Tür her näherten sich Schritte und kurz darauf betrat Zircon die Werkstatt. »Ich habe in die Wege geleitet, was ich konnte, jetzt müssen wir abwarten. Wenn wir uns alle nachher treffen, kommt es auf euch an. Lasst uns gleich aufbrechen.«

Sie spürten Turquoises ängstliche Blicke, als sie zu

dritt den Laden verließen. Kurz fragte sich Galène, ob es nicht zu riskant war, sie zurückzulassen. Andererseits hatte sie in der Vergangenheit Zircons Tun zwar nicht zugestimmt, aber auch nie etwas unternommen, das ihm hätte schaden können. Also würde sie wohl auch diesmal den Mund halten.

Die beiden Männer liefen mit Emeraude durch die Straßen, wobei sie die Köpfe möglichst gesenkt hielten. Bald waren sie aus der Stadt heraus und kamen zu einer Höhle, die der stillgelegten Mine ähnelte, in der Mica seinen Taubenschlag gehabt hatte. Die Gänge waren weit verzweigt und Emeraude wusste, dass sie allein nie wieder herausfinden würde, auch wenn sie sich einzuprägen versuchte, welche Abbiegung sie jeweils nahmen. Am Ende gelangten sie in einen großen, hohen Raum, in dem Zircon acht Fackeln an den Wänden entzündete. Auf dem Boden lagen ein paar Decken, ansonsten gab es keinerlei Anzeichen dafür, dass hier regelmäßige Treffen stattfanden.

Galène nahm wie selbstverständlich auf einer der Decken Platz und lehnte sich gegen die Felswand. Zircon setzte sich ihm gegenüber, nur Emeraude blieb stehen. Sie wollte sich nicht irgendwo alleine hinsetzen, doch Galène so nah zu sein, wie sie es gewesen wäre, wenn sie sich eine der Decken geteilt hätten, wollte sie ebenso wenig. Stattdessen schlang sie die Arme um sich und dachte an Silex, den Mann, den sie ihr Leben lang als Feind betrachtet hatte. Sie seufzte. Hätte sie nur damals schon die Wahrheit gekannt!

Dann hörte sie leise Stimmen im Gang. Gleich darauf betraten zwei Männer den Raum, die Zircon und Galène begrüßten und dann halb neugierig, halb ungläubig zu ihr herübersahen. Zweifellos hatten sie gehört, wer sie hier erwartete. Leicht trotzig erwiderte Emeraude ihre Blicke. Nach und nach füllte sich die Höhle, das Stimmengemurmel wurde lauter, aber niemand wagte Emeraude anzusprechen. Irgendwann schienen alle Mitglieder der Gruppe anwesend zu sein. Zircon erhob sich und stellte sich neben Emeraude, die insgesamt vierzehn Männer und acht Frauen gezählt hatte.

»Meine Freunde, ich danke euch, dass ihr gekommen seid. Ich hätte dieses Treffen nicht so hastig einberufen, wenn es dafür keinen guten Grund gäbe. Einen Grund, den ihr mittlerweile alle kennt. Wir können für unsere Pläne auf die Unterstützung der Steinprinzessin zählen und wir müssen diese Chance nutzen, die sich uns vielleicht später nie mehr bieten wird. Wir alle wissen, wie es um unser Land bestellt ist. Niemand muss uns mehr davon überzeugen. Die Massen da draußen können wir auf die Schnelle nicht gewinnen. Aber jeder von euch kennt Zweifler, die hin- und hergerissen sind zwischen dem Wunsch, für ein besseres Leben zu kämpfen, und der Angst vor den Konsequenzen. Genau *diese* Menschen sind heute für uns wichtig.« Zircon machte eine bedeutungsvolle Pause.

»Prinzessin«, nutzte eine Frau aus der Gruppe die kleine Unterbrechung, »seid Ihr Euch darüber im Klaren, was es bedeutet, wenn Ihr uns unterstützt und wir den Kampf verlieren? Was werdet Ihr dann tun? Diamant wird Euch dann kaum mit offenen Armen empfangen.«

»Nein, ich weiß.« Emeraudes Stimme klang ruhig und fest. »Aber der Kampf, den ihr führt, ist es wert, gekämpft zu werden. Freiheit ist ein großes Wort und manch einer in der Oberwelt, auf der ich einen Generationsbruchteil gelebt habe, schickt dafür Menschen in Kriege. Die Kriege der Oberwelt sind grausam, sie haben Waffen, die weit über unsere Vorstellungskraft hinausgehen. Sie drücken auf Knöpfe und Millionen von Menschen werden getötet oder verstümmelt. Der Krieg, den Diamant gegen Silex zu führen bereit ist, würde anders aussehen. Aber es würde trotzdem Blut fließen und er würde viele Opfer kosten.«

»Ihr habt meine Frage nicht beantwortet«, sagte die Frau mit vorgestrecktem Kinn. »Ihr seid die Steinprinzessin. Warum wechselt Ihr jetzt die Seite?«

»Ich habe die Seite schon gewechselt, als ich beschloss auf der Oberwelt zu leben. Ich wusste es nicht, aber es war so, denn ich spielte Silex in die Hände ohne es zu wollen, indem ich es ihm später ermöglichte, Diamant zu erpressen. Hätte ich das damals geahnt, wäre ich nicht gegangen, aber es ist gut, dass alles so kam. Denn nur dadurch habe ich gesehen, wie das Leben hier unten in der Steinwelt sein könnte – so wie im Land der Steinbrecher. Dafür zu kämpfen lohnt sich. Es lohnt sich, gegen einen Fürsten wie Diamant zu kämpfen, der tatsächlich Menschen in den Krieg schicken würde, nur damit er an der Macht bleiben und herrschen kann über ein Volk, das er in Unwissenheit hält so wie alle Fürsten vor ihm. Es wird Zeit, dass diese Linie durchbrochen wird. Indem wir Diamant und den Rat der Steinweisen stürzen.«

Emeraude schwieg und die Stille, die in der großen Höhle herrschte, war beinah absolut. Dann begann jemand zu klatschen und bald erscholl laute Zustimmung aus allen Ecken des Raumes. Es war gut, dass die Höhle so tief im Felsen lag, denn sonst wäre der Lärm über große Entfernung zu hören gewesen.

Die Steinprinzessin wurde umringt von den Widerständlern, viele schüttelten ihre Hand, ein paar verbeugten sich respektvoll, was sie jedoch sofort unterband. Nach einer Weile bat Zircon um Ruhe und begann mit seinen Mitstreitern das weitere Vorgehen zu besprechen. Der Plan sah vor, möglichst viele Menschen aus La Ville zusammenzubringen, von denen die Gruppe wusste, dass sie für Emeraudes Botschaft empfänglich sein würden. Der Ort der Zusammenkunft durfte nicht zu weit weg liegen, aber auch nicht zu nah am Palast, weil Diamants Wachposten sonst misstrauisch werden konnten. Zircon diskutierte eine Weile mit Rubis, bis sie sich auf einen kleinen Marktplatz einigten, der gerade noch innerhalb der Stadtgrenzen lag. Die Stände waren schon aufgebaut, was hieß, dass eine größere Menschenansammlung nicht weiter auffiel. Dazu kam, dass sie diejenigen, die einfach nur einkaufen wollten und nichts von der Zusammenkunft ahnten, praktischerweise auch gleich als Zuhörer gewannen, ohne sie vorher benachrichtigen zu müssen.

»Ich werde dafür sorgen, dass Chrysolithe und die meisten anderen Minenarbeiter morgen nicht ganz so gut bewacht werden wie sonst«, sagte Rubis.

Ein Mann nickte zustimmend. »Ich tue dasselbe in meiner Mine. Damit hätten wir schon mal die Unterstützung der gefangenen Steinbrecher. Je mehr Leute wir werden, desto besser.«

Zustimmendes Gemurmel erhob sich, weitere Pläne wurden geschmiedet. Emeraude stand ein wenig am Rande und dachte daran, was sie selbst morgen bewältigen musste. Sie sollte vor all diesen Menschen reden, die da zusammenkamen. Sie spürte, dass jemand neben sie trat.

»Du warst gut«, sagte Galène. »Wenn du morgen genauso redest, wirst du keine Schwierigkeiten haben, genug Steinmenschen gegen Diamant zu mobilisieren.«

»Das eben war nicht schwer. Ich musste niemanden wirklich überzeugen, hier sind schon alle überzeugt, Zircon hat es selbst gesagt. Morgen – das ist eine ganz andere Sache.«

»Ich bin mir nicht sicher, ob das so ein großer Unterschied sein wird. Die Widerständler musstest du sehr wohl überzeugen, nämlich davon, dass du wirklich auf ihrer Seite stehst. Und sieh sie dir an: Sie stecken voller Optimismus und Willensstärke. So habe ich sie noch nie zuvor erlebt.«

Emeraude drehte sich zu Galène um. »Glaubst du, dass wir eine Chance haben?«

»Natürlich haben wir die!«

Seufzend sah sie zu den Widerständlern um Zircon hinüber. »Hoffentlich. Wenn wir versagen, wird Silex lange keine zweite Möglichkeit bekommen. Und wir werden sterben, ohne je zurück zu den Steinbrechern zu gelangen.«

»Kann sein. Aber Silex gibt so schnell nicht auf, er wird einen anderen Weg finden, auch wenn es dauert.«

Emeraude nickte. »Silex – wie lange kennst du ihn schon?«

»Eine ganze Weile«, antwortete Galène ausweichend.

»Wie ist er euer Fürst geworden?«

»Das ist eine ziemlich komplizierte Geschichte. Du solltest sie dir ein andermal anhören, nicht ausgerechnet jetzt.«

»Vielleicht gibt es keine andere Gelegenheit.«

»Ist das denn so wichtig für dich?«

»Sonst hätte ich nicht gefragt.«

Prüfend musterte Galène die Steinprinzessin. Was er dachte, konnte Emeraude nicht an seinen Augen ablesen. »Er bedeutet dir viel«, stellte er schließlich fest.

Emeraude wich seinem Blick aus. »Ja. Silex ist ...«

»Wir sind so weit«, wurde sie von Zircon unterbrochen, der plötzlich neben ihnen stand. »Das heißt, wir müssen jetzt bis morgen alles auf die Beine stellen. Endgültig. Ich hätte nicht gedacht, dass es so schnell dazu kommt. Genau genommen habe ich nicht mehr daran geglaubt, dass ich es überhaupt noch erlebe.«

»Du bist mittendrin, mein Freund«, meinte Galène.

»Kann man wohl sagen. Lasst uns gehen, morgen steht uns einiges bevor.«

Die Höhle leerte sich allmählich. Emeraude, Galène und Zircon waren die Letzten, die sie verließen, nachdem Zircon alle Fackeln gelöscht hatte. Nichts deutete darauf hin, dass hier gerade der Aufstand gegen den Fürsten der Steinmenschen in allen Einzelheiten geplant worden war.

31

»Ihr bleibt natürlich die Schlafphase über hier«, sagte Diamant zu Caillou und Pierre, nachdem der Rat der Steinweisen sich verabschiedet hatte. »Meine Diener werden euch zwei Zimmer zur Verfügung stellen.«

»Verzeiht, Seigneur«, widersprach Caillou. »Ich würde gern nach Hause gehen. Sophie wartet bestimmt schon ungeduldig auf meine Rückkehr, sie hat ja keine Ahnung, was sich in der Zwischenzeit alles getan hat.«

»Oh«, machte der Fürst. »Ja, dann musst du wohl gehen. Aber ich hätte dich gern morgen so früh wie möglich wieder hier. Morgen läuft Silex' Ultimatum ab, ich weiß nicht, was dann passiert.«

Caillou verbeugte sich zustimmend und wandte sich zum Gehen. »Kommst du?«, fragte er Pierre.

Gerade als Pierre ihm folgen wollte, spürte er Diamants Hand auf seiner Schulter. »Der Junge hat niemanden, zu dem er zurückkehren muss. Wenigstens seine Sicherheit will ich nicht unnötig aufs Spiel setzen. Er wird hier bleiben.«

Caillou und Pierre wechselten einen kurzen Blick. Beide wussten, dass ihnen nichts anderes übrig blieb. »Wir sehen uns morgen, Seigneur«, verabschiedete sich Caillou.

Mit langen Schritten machte er sich auf den Weg nach Hause. Weder er noch Pierre hatten damit gerechnet, getrennt zu werden, obwohl sie es hätten einkalkulieren müssen. Eigentlich hatten sie sich zusammen mit Sophie zu den Widerständlern begeben wollen, doch diesen Plan mussten sie jetzt wohl begraben. Sophie würde ohne ihn zu Galène gehen, so schwer ihm dieser Entschluss auch fiel. Aber er konnte Pierre unmöglich allein bei Diamant zurücklassen.

Das Schwerste allerdings stand ihm noch bevor. Er hatte Sophie eine Menge zu erzählen und er konnte nicht so ohne weiteres davon ausgehen, dass sie ihm das alles anstandslos glauben würde. Zunächst jedoch fiel sie ihm erleichtert um den Hals, als er das Haus betrat.

»Caillou, Gott sei Dank!«

Er erwiderte ihre Umarmung und vergrub sein Gesicht in ihrem Haar. Er wusste, dass das Gefühl, wieder zu Hause zu sein, nicht allzu lange anhalten würde. »Ich muss mit dir reden.«

So ungewöhnlich ernst sah Caillou sie selten an und Sophie ahnte, dass etwas Folgenschweres passiert sein musste. Er führte sie hinaus zu ihrem Lieblingsplatz, auf das Felsplateau, von dem aus man in die Schlucht mit dem kleinen Fluss sehen konnte, und bedeutete ihr, sich zu setzen. Er brauchte einen Augenblick, um einen Anfang zu finden. Als er schließlich begann, wurde er kein einziges Mal unterbrochen. Dann schwieg er, erschöpft von dem, was er erlebt hatte, und voller Furcht vor Sophies Reaktion. Die blieb zunächst aus. Unsicher sah er zur Seite. Sophie starrte vor sich hin, in die Schlucht hinunter, doch Caillou war überzeugt, dass sie nichts davon wirklich wahrnahm.

»Du bist dir deiner Sache sicher?«, brach sie die Stille, wohl weil sie Caillous Blick spürte.

Caillou nickte nur. Er fand keine Kraft mehr, ein weiteres Wort zu sprechen. Sophie erhob sich und drehte sich einmal ganz langsam um sich selbst, als wollte sie jede Einzelheit der Umgebung in sich aufnehmen. »Dann werde ich also morgen in die Stadt gehen. Ich habe mir schon lange kein Schmuckstück mehr gegönnt, und wie man hört, soll Zircon ein Meister seines Faches sein.«

Entgeistert sah Caillou Sophie nach, die den kleinen unebenen Pfad zu ihrem Haus entlangschritt und sich immer weiter von ihm entfernte. Er sprang auf, erstaunt, dazu in dieser Schnelligkeit fähig zu sein, und lief ihr hinterher.

Als er sie eingeholt hatte, war es jedoch Sophie, die wieder sprach: »Ich habe dir immer vertraut, so sehr, dass ich meine Welt aufgab. Warum bist du so überrascht, dass ich keine überflüssigen Fragen stelle?«

Sophie und Caillou fanden nicht viel Ruhe, bis die Wachphase begann. Dann brachen sie auf – Sophie nach La Ville, Caillou zum Palast. Er wusste nicht, wie die Pläne der Widerständler genau aussahen. Er wusste nur, dass sich heute das Schicksal der Steinwelt entscheiden würde.

Pierres Nacht war ähnlich schlaflos verlaufen. Er hatte sich in einem ausgesprochen luxuriösen Raum unter der Decke seines Bettes lange von einer Seite auf die andere gewälzt. Sollte der Fürst wider Erwarten zu früh dahinter kommen, was geplant war, sähe es für Pierres nicht sehr gut aus. Als er von einer Bediensteten geweckt wurde, die stumm auf ein Tablett zeigte, auf dem das Frühstück stand, fühlte er sich wie gerädert.

Trotzdem stand er auf, wusch sich und machte sich dann ans Frühstück. Er hatte keine Ahnung, wann er das nächste Mal etwas zu essen bekommen würde. Das Mädchen war längst wieder verschwunden. Pierre hätte gern gewusst, ob auch die Frauen in den Diensten des Fürsten keine Zunge mehr hatten. Bei genauerer Überlegung dachte er allerdings, dass er das lieber nicht wissen wollte.

Kaum hatte er die Mahlzeit beendet, als das Mädchen wiederkam, das Tablett hochnahm und ihm durch Handzeichen zu verstehen gab, ihr zu folgen. Das klärte wohl die Frage, ob sie sprechen konnte oder nicht. Sie begleitete ihn durch ein paar Flure, an denen ähnliche Bilder hingen wie die, die Pierre vor einer scheinbaren Ewigkeit in Diamants Privaträumen gesehen hatte. Dann übergab sie ihn einem Leibgardisten, der ihn direkt zum Fürsten brachte.

Diamant schien ebenso wenig geschlafen zu haben wie Pierre. Er wirkte übernächtigt, dunkle Ringe zeichneten sich unter seinen Augen ab. Mitleid schien hier völlig fehl am Platz, dennoch fragte sich Pierre eine winzige Sekunde lang, ob das, was sie hier taten, wirklich richtig war. Dann sah er den harten Zug um Diamants Mund, eine Härte, die keinerlei Mitleid kannte, nicht einmal mit Emeraude angesichts des Schicksals, das sie, wie er ja glauben musste, bald ereilen würde. Das Leben der Steinprinzessin war ihm vollkommen egal. Das ihres Sohns anscheinend nicht, sonst wäre Pierre nicht gezwungen gewesen die Nacht im Palast zu verbringen. Möglicherweise hatte der Fürst seine eigenen Pläne mit ihm.

Jetzt erhob sich Diamant von seinem Stuhl und kam auf ihn zu, doch bevor er etwas sagen konnte, öffnete sich die Tür erneut und Caillou trat ein. Er verbeugte sich vor Diamant, sein erster unauffälliger Blick allerdings hatte Pierre gegolten.

»Gut, dass du kommst, Caillou«, sagte Diamant. »Wir müssen auf alles gefasst sein. Zu dumm, dass auch Topaze ausgefallen ist, sodass wir keine Ahnung haben, was genau Silex eigentlich vorhat.«

»Ich schätze, das werden wir früh genug erfahren.«

»Hm«, machte Diamant nachdenklich. »Ich habe die Grenzposten verstärken lassen und meine Leute beauftragt die Stadt besonders gut im Auge zu behalten. Wenn Silex seine Drohung wahr macht und verbreitet, dass er Emeraude töten will, wird er das durch seine Spione tun müssen. Er wird sich kaum selbst herwagen.«

»Wahrscheinlich nicht. Obwohl man nie wissen kann.«

»Nein«, murmelte Diamant. Dann fiel ihm etwas ein. »Ihr beide seid Silex begegnet, ihr wisst also, wie er aussieht.«

»Habt Ihr denn keine Beschreibung vom Fürsten der Steinbrecher?«, erkundigte sich Pierre. »Ich dachte, Eure Spione ...«

»Unseren Männern ist es nie gelungen, ein Bild von Silex zu uns zu schmuggeln, und eine Beschreibung allein ist ein bisschen dürftig. Er ist dunkelhaarig und groß, seine Nase soll schmal sein und seine Wangenknochen hoch. Ich fürchte, das passt auf mehr als einen verdammten Steinbrecher!«

»Seigneur!« Die Tür wurde aufgerissen, ein aufgeregt wirkender Onyx verbeugte sich vor Diamant. »Irgendwas passiert in der Stadt!«

»In La Ville? Was?« Diamant brauchte nur einen Schritt, um sich vor Onyx aufzubauen. »Rede schon, Mann!«

»Ich ... ich weiß nicht genau, Seigneur. Möglicherweise ...«

»Möglicherweise was?«, brüllte Diamant Onyx an, der vor seinem Fürsten zu schrumpfen schien.

»Ich weiß nicht«, wiederholte er. »Es strömen eine Menge Menschen auf den Marktplatz. Mehr jedenfalls als sonst zu Marktzeiten.«

»Das kann nur bedeuten, dass Silex zum Angriff übergeht«, sagte Diamant jetzt wieder ruhiger. »Er will die Neuigkeiten über Emeraude verbreiten. Dann geht es also früher los, als wir erwartet haben. Wer von unseren Leuten beobachtet die Sache?«

Onyx nannte zwei Namen von Mitgliedern des Rats der Steinweisen. »Sie stehen in ständiger Verbindung mit uns hier. Wenn Ihr mit Eurer Vermutung Recht habt, werden wir es bald erfahren.«

Emeraude stand mit Galène ein paar Meter entfernt von einer etwas erhöhten Steinplattform, die ihr als Podest dienen sollte, sobald genügend Steinmenschen auf dem Marktplatz eingetroffen waren. Ihre Hände zitterten, ihr wurde abwechselnd heiß und kalt. Es waren jetzt schon ungewöhnlich viele Menschen hier und stetig wurden es mehr. Dann entdeckte sie zwei bekannte Gesichter.

»Was ist?«, fragte Galène, der bemerkt hatte, dass Emeraude sich plötzlich versteift hatte.

»Hyacinthe und Cornaline.« Emeraude deutete auf die beiden Männer, die an einem der Stände lehnten, ohne sich die angebotene Ware anzusehen, sondern die Umgebung besonders gründlich beobachteten. »Sie gehören zum Rat der Steinweisen. Woher können sie so schnell erfahren haben, was wir planen?«

»Wahrscheinlich hat Diamant nur Vorsichtsmaßnahmen ergriffen und seine Leute in der Stadt gut verteilt. Er wird den Ablauf des Ultimatums kaum vergessen haben. Trotzdem sollten wir dafür sorgen, dass durch diese beiden da kein zusätzliches Risiko entsteht.« Galène verließ Emeraude und suchte Zircon, dem Rubis gerade von seinen Minenarbeitern berichtete. Chrysolithe war bereits mit seinen Leuten auf dem Weg in die Stadt.

Unauffällig nickte Galène zu Diamants Männern hinüber. »Emeraude sagt, sie gehören zum Rat der Steinweisen. Wir sollten uns ihrer annehmen.«

Rubis zog die Brauen zusammen. »Ich kümmere mich drum.« Damit stieß er sich von der Mauer ab und berührte im Weggehen leicht einen weiteren Mann am Arm, der ihm folgte. Galène sah, dass sich ihnen bald ein dritter und kurz danach ein vierter anschloss. Hyacinthe und Cornaline hatten keine Gelegenheit mehr, der dräuenden Gefahr auszuweichen. Sie wurden so in die Zange genommen, dass ein Entkommen unmöglich war.

»Was geschieht mit ihnen?«, fragte Emeraude, als Galène zu ihr zurückkehrte. Sie hatte zugesehen, wie sie vom Platz geführt wurden.

Galène zuckte mit den Schultern. »Was immer Rubis für richtig hält. Je weniger vom Rat sich beim Palast rumtreiben und je mehr wir schon vorher in die Hände kriegen, desto besser für uns.« Er bemerkte, wie Emeraude erschauerte, und zwinkerte ihr zu. »Mach dir darüber keine Gedanken, du hast gleich etwas Wichtigeres zu tun.«

»Keine Gedanken? Entschuldige, aber es ist das erste Mal für mich, dass ich sozusagen eine Revolution anzettele.«

Lächelnd nickte Galène. »Wenn alles gut geht, ist es auch das letzte Mal. – Wird langsam voll hier.«

Er hatte Recht, auf dem Marktplatz drängelten sich inzwischen die Leute, das Stimmengewirr war allerdings nicht so laut, wie man bei der Anzahl der Menschen hätte vermuten sollen. Viele verhielten sich sehr ruhig und warteten einfach nur ab. Im Hintergrund, halb verborgen durch eine ganze Reihe von Marktständen, entdeckte Galène einen Trupp Minenarbeiter, am anderen Ende des Platzes noch einen. Chrysolithe hatte nicht zu viel versprochen. Es kam eine stattliche Anzahl von Männern zusammen und auch die Frauen, die in den Minen schuften mussten, waren da.

»Weißt du, was ich tun möchte, wenn wir das alles hier hinter uns haben?«, fragte Galène, wobei er die Menge nicht aus den Augen ließ.

»Was?«

»Die Oberwelt sehen.«

»Warum warst du noch nie dort? Du hättest doch das Tor benutzen können.«

»Ja, hätte ich. Aber als ich noch die Gelegenheit dazu hatte, hat es mich nicht interessiert. Ich war zufrieden dort, wo ich war. Ich hab mein Leben gelebt und keine Lust auf irgendwelche Abenteuer gehabt.«

»Na ja, Abenteuer wirst du jetzt gleich genug erleben.«

Galène lachte leise. »Wahrscheinlich.« Dann sah er zu Zircon hinüber, der ihm zunickte. »Ich glaube, edle Prinzessin, das soll heißen, es geht los.« Er nahm ihre Hand und führte sie zur Plattform. Ihr Zittern blieb ihm nicht verborgen, er hielt kurz inne und drehte sie zu sich herum. »Vielleicht ist, die Oberwelt zu sehen, doch nicht das, was ich am meisten möchte. Ich möchte, dass das Leben hier unten lebenswert wird, und zwar überall. Jetzt geh und sag ihnen das!«

Zircon hatte von der anderen Seite die Plattform betreten und die Arme ausgebreitet, ganz ähnlich wie während ihres Treffens in der Höhle. Emeraude hörte nicht, was er sagte. Sie nahm nur ein lautes Rauschen in ihren Ohren wahr. Ihr wurde schwindelig, sie musste sich an Galène festklammern, der noch immer ihre Hand hielt. Dann verschwand das Geräusch, das durch ein leises Raunen ersetzt wurde. Sie begriff, dass alle auf sie warteten. Sie ließ Galène los, schritt die drei Stufen zur Plattform hinauf und stellte sich neben Zircon.

Emeraude sah die Menschen, die unsicher zu ihr und Zircon aufschauten, und dachte an tausend Dinge gleichzeitig. Sie dachte an ihren Vater und an die Fürsten vor Saphir und daran, dass sie jetzt dabei war, seinen Nachfolger vom Thron zu stürzen, auf dem eigentlich sie hätte sitzen sollen. Sie dachte an Christophe und an Pierre. Sie dachte an Galène und an Silex, der so großes Vertrauen in sie setzte. Silex, dessen Schicksal und Bestimmung es gewesen war, Fürst der Steinbrecher zu werden. Und plötzlich wusste sie, dass genau dieser Augenblick auf diesem Marktplatz *ihre* Bestimmung war. Sie hob den Kopf.

Gespenstische Stille breitete sich aus, die noch ein, zwei Lidschläge anhielt, dann hörte Emeraude das Rauschen wieder. Doch diesmal hatte es nichts mit ihren Ohren zu tun. Diesmal kam das Rauschen von unten, von den Versammelten, die sie einer nach dem anderen erkannten. Das Rauschen schwoll an, wurde lauter und lauter. Aus den gewisperten Worten, die sich ständig wiederholten, wurde ein Sturm: »Die Steinprinzessin!«

Diamant hatte den Rat der Steinweisen zu sich bestellt. Drei Männer fehlten: Der Verräter Mica war noch immer bei den Steinbrechern, Hyacinthe und Cornaline mussten auf dem Marktplatz sein und würden sicher bald Bericht erstatten. Doch die Zeit verging und es kam keine Nachricht von ihnen.

So wurde also vorerst ohne sie darüber beratschlagt, was am besten zu tun sei, wenn das Volk zum Palast kommen und Diamant auffordern würde, die Steinprinzessin zu befreien, bevor der Fürst der Steinbrecher sie ermorden konnte.

»Seigneur«, mischte sich Caillou in die Unterhaltung, »habt Ihr bedacht, dass das Volk sich fragen wird, warum die Steinprinzessin überhaupt noch lebt? Was werdet Ihr darauf für eine Antwort geben?«

»Welche schon? Offiziell hat Emeraude die Steinwelt nie verlassen. Aus gutem Grund haben wir die Existenz der Oberwelt immer vor dem Volk geheim gehalten. Wir dachten, Emeraude wäre wie ihr Bruder den Steinbrechern zum Opfer gefallen. Wir dachten, sie wäre tot. Jetzt stellt sich heraus, dass Silex sie als Pfand benutzt hat. Umso besser, das wird die Menschen noch stärker gegen ihn aufwiegeln.«

Einmal mehr hatte Diamant seine Arroganz unter Beweis gestellt. Offensichtlich glaubte er nicht daran, dass sich das Volk nach dieser fadenscheinigen Erklärung fragen könnte, weshalb Silex so lange gewartet hatte. Aber wenn die Revolution gelang, spielte das ohnehin keine Rolle. Caillou zog sich zusammen mit Pierre in die andere Ecke des Raumes zurück. Diamant und seine Steinweisen waren miteinander beschäftigt, zum ersten Mal an diesem Morgen kamen Pierre und Caillou dazu, ein paar Worte zu wechseln.

»Wo ist Sophie?«, fragte Pierre leise.

»Ich wollte, ich wüsste es. Irgendwo in der Stadt. Irgendwo in Sicherheit, wenn es nach mir ginge. Aber ich wette, sie ist mitten im Gewühl.« Caillou rang sich ein schiefes Lächeln ab, das Pierre erwiderte.

»Ihr wird schon nichts passieren«, sagte er.

Er sah, dass Caillou dessen nicht ganz so sicher war, und er konnte seine Angst nur zu gut nachempfinden. Seine eigene Mutter war da draußen und sollte den Aufstand gegen Diamant anführen. Und er selbst saß in diesem Palast fest und konnte überhaupt nichts tun!

Dann horchte er auf. Da war etwas gewesen. Ein Rufen? Er spitzte die Ohren, doch es blieb still. Aus den Augenwinkeln nahm er wahr, dass Caillou sich aufgerichtet hatte und ebenfalls zu lauschen schien. Vielleicht war es nur die Anspannung, die beide dazu brachte, Dinge zu hören, die nicht da waren. Doch nein, da war es wieder. Es schien tatsächlich ein Rufen zu sein, lauter diesmal. Nicht das eines einzelnen Menschen, sondern das von vielen. Caillou bewegte sich unauffällig zur Tür des großen Saales hin, ließ dabei aber Pierre nicht aus den Augen. Pierre nickte. Was immer auch geschah, er würde nicht von Caillous Seite weichen.

Jetzt drangen die Töne auch bis in die hinterste Ecke des Saales. Diamant hob den Kopf und schaute alarmiert zum Fenster, dann zur Tür. »Was ist da draußen los? Caillou, geh nachsehen!«

Caillou, der mittlerweile an der Tür stand, riss sie auf. Die Stimmen wurden lauter, auch wenn nichts zu sehen war. Die beiden Wachposten standen da wie auf dem Sprung, bereit Befehle entgegenzunehmen.

»Ich fürchte ...«, fing Caillou an, doch er kam nicht weiter. Diamant war hinter ihm und sah über seine Schulter.

»Wache!«, rief er. »Ihr seid dafür verantwortlich, dass das Volk vorerst vor den Toren des Palastes bleibt!«

Die beiden Wachposten verständigten sich mit einer kurzen Geste, die Pierre an die Zeichensprache Gehörloser erinnerte. Dann lief ein Mann los, um mit den anderen Gardisten Diamants Befehl auszuführen, der andere blieb vor der Tür stehen.

»Was habt Ihr vor?«, fragte Caillou.

»Zum Volk zu sprechen. Es wird Krieg fordern – es soll ihn bekommen!«

Im Stillen fragte sich Pierre, was Diamant wohl davon hielte, wenn er wüsste, was der Aufruhr draußen wirklich zu bedeuten hatte. Sollte alles gelaufen sein wie geplant, dann wollte das Volk allerdings Krieg – nur nicht gegen die Steinbrecher, wie Diamant glaubte, sondern gegen ihn selbst.

Diamant sah sich nach den Steinweisen um und befahl ihnen ihm zu folgen.

»Seid Ihr sicher, dass das klug ist?«, wagte Onyx einzuwerfen. »Wenn das Volk aufbegehrt, dann ...«

»Onyx, ich weiß deine Sorge zu schätzen. Aber die Menschen haben noch nie gegen ihre Fürsten aufbegehrt. Jedenfalls nie wieder seit dem großen Aufstand, bei dem die Steinbrecher sich abspalteten. Nicht wir sind es, die etwas zu befürchten haben, sondern Silex. Er hat es herausgefordert. Nun wird er den Zorn unseres Volkes spüren.«

Die Rufe wurden lauter: »Diamant!«

Diamant blickte sich um. »Ihr hört es selbst, sie verlangen nach ihrem Fürsten.« Mit den Steinweisen hinter und dem Leibgardisten vor sich marschierte Diamant durch die langen Gänge des Palastes.

Caillou und Pierre hielten sich im Hintergrund. Sie redeten kein Wort miteinander, sondern verständigten sich nur durch Blickkontakt. Pierre hoffte mit aller Macht, dass Diamants Blauäugigkeit anhielt und er erst erkennen würde, woran er war, wenn er den Palast bereits verlassen hatte und vor dem Volk stand. Auf diese Weise wäre ihm ein Rückzug nicht mehr ganz so leicht möglich. Caillou und Pierre musste es gelingen, an Diamant und den Steinweisen vorbei zu den Aufständlern vorzudringen, denn zweifellos würde der Fürst die richtigen Schlüsse ziehen, wenn er Emeraude und Galène in der Menge entdeckte. Das hieße dann, dass das Spiel aus war und sich besser kein Feind Diamants mehr in dessen Schusslinie befinden sollte.

Jetzt waren sie fast bei den Toren des Palastes angelangt. Von draußen hörte man deutliche Rufe, die Einlass begehrten. Die Stimmen klangen nicht sehr freundlich, sogar Diamant runzelte die Stirn. Doch dann schien ihm einzufallen, dass das Volk zu Recht aufgebracht war. Hunderte Menschen schienen inzwischen vor dem Tor zu stehen. »Diamant!«, brüllten sie.

»Wieso rufen sie nichts anderes als seinen Namen?«, flüsterte Pierre.

»Wahrscheinlich weil Emeraude und Galène ihnen das geraten haben. Würden sie ihre Wut einfach herausschreien, wäre Diamant längst nicht so unvorsichtig.«

Offenbar hatte Caillou Recht, denn Diamant schickte sich gerade an, den Befehl zum Öffnen des Tores zu geben.

»Das könnt Ihr nicht tun!«, sagte Onyx und schluckte angesichts der lauten Menge. »Wer weiß, was das Volk in seiner Empörung hier im Palast anrichtet!«

Der Fürst der Steinmenschen straffte seine Schultern. »Was das Volk hier anrichten mag, wird nichts sein im Vergleich zu dem, was wir den Steinbrechern antun.«

Caillou trat neben Diamant. »Seigneur, wollt Ihr es wirklich zum Krieg kommen lassen? Bedenkt, was das unsere Welt an Opfern kosten wird.«

Mit gerunzelter Stirn sah Diamant Caillou an. Seine Stimme war kalt, als er antwortete: »Das ist nicht meine Schuld. Silex hat mich herausgefordert. Aber wenn ich es recht bedenke, hätten wir diesen Krieg längst entfachen sollen. Dann wäre die Steinwelt schon seit Generationen wieder vereint – unter unserer Herrschaft.« Er trat einen Schritt vor und ließ Caillou damit hinter sich, ohne ihn weiter zu beachten. An die Wachen gewandt befahl er: »Öffnet das Tor!«

32

Als sich die Torflügel schwerfällig zur Seite schoben, wurde es mit einem Mal vollkommen still. Einige Herzschläge lang standen sich das Volk der Steinmenschen und der Fürst mit dem Rat der Steinweisen schweigend gegenüber. Der Anblick war überwältigend, selbst Diamant hatte nicht mit einer solchen Masse von Menschen gerechnet. Er hatte sie auch noch nie zuvor so gesehen – in ihren Mienen spiegelte sich nicht die übliche Gleichgültigkeit und Resignation wieder. Sie blickten ihm aufgebracht und wütend, manche gar mit verzerrten Gesichtern entgegen. Er wusste, dass ein Krieg mit den

Steinbrechern tatsächlich viele Opfer kosten würde, wie Caillou es gesagt hatte. Aber in diesem Augenblick war er Silex zutiefst dankbar, dass er ihm die Gelegenheit gab, diesen Krieg zu führen. Er würde seit über zehn Generationen der erste Herrscher über eine vereinte Steinwelt sein.

Diamant öffnete den Mund, um seine wohl gewählten Worte an das Volk zu richten, doch er kam nicht dazu, sie auszusprechen, denn die Menschen vor ihm teilten sich plötzlich und bildeten eine Gasse.

Caillou ahnte, was gleich geschehen würde. Er stieß Pierre unsanft in die Rippen und wollte ihn zur Seite ziehen, außer Reichweite der Wachen und der Steinweisen, die alle gebannt nach vorn starrten. Doch Pierre stand genauso angewachsen da und ließ sich keinen Meter bewegen.

Mitten aus der Menge trat eine verhüllte Gestalt in die Gasse. Gerade noch hatte sie die Hand eines Mannes mit bleigrauen Haaren gehalten, doch nun war sie allein, ihr Gang aufrecht, der Kopf hoch erhoben. Unwillkürlich trat Diamant einen Schritt zurück. »Emeraude«, flüsterte er kaum hörbar.

Der vorsichtige Onyx begriff als Erster, was hier gespielt wurde. Er trat dicht an Diamant heran und sagte etwas, doch der Fürst hörte nicht zu. Sein Blick war noch immer auf Emeraude gerichtet, die ihn jetzt im Schutz der Widerständler aus nur ein paar Metern Entfernung anschaute.

»Diamant«, sagte sie laut. »Wir sind hier um dich zu fragen, ob du auf Silex' Forderung eingehst.«

Diamants Gesicht blieb unbewegt, nur sein rechtes Auge zuckte. Ganz langsam schien auch er zu verstehen, was die Steinprinzessin damit meinte. »Du ... bist hier um meine Kapitulation entgegenzunehmen?«, fragte er noch immer ruhig.

»Nicht ich, Diamant. Wir. Das Volk.«

»Das Volk?«, wiederholte Diamant. Eine Weile starrte er auf die Menge, dann drehte er sich ganz kurz zu Onyx um. Er sagte nichts, doch der Steinweise hatte ihn offenbar auch so verstanden. Pierre sah, dass Onyx sich unauffällig zurückzuziehen versuchte und dabei den Wachen Zeichen gab. Die übrigen Mitglieder der Rats der Steinweisen hatten ihre Hände an der Seite, dort, wo sie ihre Dolche trugen, die wohl noch nie wirklich zu ihrer Verteidigung, sondern bisher immer nur als Schmuck gedient hatten.

»Das Volk hört auf dich?«, fragte Diamant jetzt ganz leise. Dann donnerte er mit einem Mal so laut los, dass alle unmittelbar um ihn herum zusammenfuhren. Dabei richtete er sich nicht mehr an Emeraude, sondern an die Widerständler. »Ihr hört auf die Steinprinzessin? Ihr wisst, wo sie gewesen ist! Ihr wisst, was die Steinbrecher mit ihren Gefangenen tun! Wir alle hatten angenommen, die Prinzessin sei getötet worden, und wir alle haben getrauert! Wie erleichtert sollten wir sein, dass Emeraude hier vor uns steht und lebt, doch nein! Stattdessen müssen wir ihr wünschen, sie wäre gestorben, denn was Silex mit ihr gemacht hat, ist um vieles grausamer als der Tod! Er hat sie gegen euch, gegen uns aufgehetzt, gegen alles, was gut und gerecht ist in der Steinwelt. Ich weiß nicht, was er und seine Verbrecher ihr angetan haben, aber hört nicht auf sie! Was immer sie euch erzählt, sie ist verblendet und sie wird euch verblenden! Sie wird euch ins Verderben führen!«

Hinter Diamant formierten sich die Wachposten, es waren mehr als Pierre je auf einem Haufen gesehen hatte. Sie waren immer noch weit in der Minderzahl gegenüber den Widerständlern, und wenn sie kämpfen mussten, würden sie über kurz oder lang verlieren, auch wenn sich alle Bediensteten des Palastes und der Rat der Steinweisen mit in den Kampf stürzten.

Entsetzt beobachtete Pierre jedoch, dass es im Moment nicht so aussah, als wäre das nötig. Obwohl der harte Kern der Widerständler und wohl auch eine ganze Menge neu Überzeugter die Stimmen erhoben und protestierten, sahen sich ebenso viele Steinmenschen unsicher an und warfen Emeraude erschrockene Blicke zu. Pierre hatte das Gefühl, etwas tun zu müssen, und zwar schnell, bevor sich das Glück zugunsten Diamants wendete. Er drängte sich an Caillou und Diamant vorbei, doch mit einem einzigen Griff hielt ihn der Fürst von weiteren Schritten ab.

»Wo willst du hin?«, fauchte er leise genug, dass niemand sonst es hörte.

»Nein!«, schrie Emeraude auf, die sah, was Diamant getan hatte, und genau wusste, was er damit bezweckte.

Zur gleichen Zeit kam Bewegung in die Wachen und die Steinweisen. Onyx und zwei andere Männer drängten Caillou zurück, der Pierre helfen wollte sich aus Diamants Umklammerung zu befreien.

»Lass meinen Sohn los!«, forderte Emeraude.

Diamant grinste hämisch und schüttelte den Kopf. »Dein Bastard interessiert mich überhaupt nicht, aber da dir so viel an ihm liegt, wäre es ausgesprochen unklug, mich von ihm zu trennen. Geh, woher du gekommen bist, dann siehst du ihn vielleicht irgendwann wieder.«

Pierre wand sich in Diamants festem Griff, doch noch mehr als der Gedanke daran, was der Fürst der Steinmenschen mit ihm tun würde, ließ ihn der Anblick seiner Mutter verzweifeln. Vollkommen entsetzt schien sie nicht zu wissen, was sie tun sollte, weil sie ihn nicht noch mehr in Gefahr bringen wollte, aber andererseits ihre Mission als gescheitert betrachten musste, wenn sie jetzt nachgab.

»Emeraude!«, schrie er. »Denk an Les Cristaux! Denk an die Welt, wie sie sein könnte! Denk an ...« Weiter kam er nicht, er wurde unsanft von Onyx gepackt und einem Wachposten übergeben, der ihm den Kopf nach hinten riss und ihn dadurch am Sprechen hinderte.

Pierre sah nur Schemen der Gesteinsformationen über ihm, doch dann hörte er mit einem Mal Lärm, der ungleich lauter war als der des herannahenden Volkes zuvor.

»Schließt das Tor!«, brüllte Diamant. Seine Stimme klang nicht mehr überlegen, sondern leicht panikerfüllt.

Undeutlich erkannte Pierre, dass plötzlich von überall her Menschen auf den Platz vor dem Palast strömten, das konnten unmöglich nur Steinmenschen aus La Ville sein. Silex! Der Gedanke schoss Pierre durch den Kopf, während er von der Wache weitergeschleppt wurde. Silex musste entgegen den Absprachen seine Leute versammelt und über die Grenze geschickt haben. Vielleicht hatte er befürchtet, dass so etwas passieren könnte. Pierre versuchte wie besessen sich gegen den Wachposten zu wehren und trat um sich. Dabei traf er den Mann an einer sehr empfindlichen Stelle. Der ließ kurz von ihm ab und es gelang Pierre tatsächlich, seinem Griff zu entschlüpfen. Er schaute zurück und sah, dass Diamants Befehl, das Tor zu schließen, zu spät gekommen war. Die Widerständler überrannten die wenigen Leibgardisten am Tor und es wurden immer mehr.

Wo eben noch viele Steinmenschen gezögert hatten, schien jetzt mit einem Mal Einigkeit zu herrschen. Pierre hatte keine Zeit, sich darüber zu wundern. Hektisch ließ er im Laufen seinen Blick auf der Suche nach Caillou umherschweifen. Das Letzte, was er von ihm gesehen hatte, war, dass auch ihn Wachposten gefangen genommen hatten. Jetzt wimmelte es im Palasthof von Menschen, es schien aussichtslos, einen Einzelnen auszumachen. Doch plötzlich hörte er eine Stimme neben sich: »Gut gemacht, Pierre!«

Unendlich erleichtert erkannte Pierre einen leicht angeschlagenen Caillou. Ein blaues Auge kündigte sich an, ein paar Schrammen zierten seine linke Wange, aber ansonsten fehlte ihm nichts.

»Ich hab nichts getan«, sagte Pierre keuchend. Er lief neben Caillou her, ohne eigentlich genau zu wissen wohin. Diamant und die Steinweisen konnte er im Gewühl ebenso wenig entdecken wie seine Mutter oder Galène, die beide irgendwo hier sein mussten.

»Doch, hast du.« Caillou zog Pierre mit sich aus dem Strom der Menschen heraus. »Du hast dich eingemischt und das Volk hat gesehen, wie brutal Diamant gegen den Sohn der Steinprinzessin vorgegangen ist. Er hat äußerst unsensible Worte gewählt, die gar nicht zu dem passten, was er kurz zuvor noch von sich gegeben hatte. Er hat sich verraten und sein wahres Gesicht und seine wahren Absichten offenbart. Nur weil du dich eingemischt hast. Was Besseres hätte uns gar nicht passieren können!«

Pierre drückte sich an die Mauer, noch immer liefen nicht enden wollende Menschenmassen durch die Flure des Palastes. »Wo ist Diamant hin?«

»Es gibt einen unterirdischen Gang, der von seinen

Privaträumen bis nach La Ville führt. Ich kann es nicht garantieren, aber ich schätze, da ihm der Weg nach vorn abgeschnitten ist, wird er sich für diesen Rückzug entschieden haben.«

»Wie viel Vorsprung hat er?« Pierre setzte sich wieder in Bewegung. So einigermaßen wusste er die Richtung, die sie zu den Privatgemächern des Fürsten einschlagen mussten.

»Genug, fürchte ich.«

»Kennt meine Mutter den Geheimgang?«

Caillou ahnte, worauf Pierre hinauswollte, seine Züge erhellten sich. »Ja, das tut sie allerdings. Wenn sie Galène davon erzählt hat, wird er dafür gesorgt haben, dass jemand am anderen Ende auf Diamant wartet!«

Pierre blieb wieder stehen und hielt Caillou an der Schulter fest. »Falls nicht, sollte sie jemand daran erinnern. Ich suche Emeraude und Galène, du läufst weiter zu Diamants Räumen und versuchst ihn dort aufzuhalten!« Er wartete Caillous Antwort nicht ab, sondern machte auf dem Absatz kehrt um irgendwo seine Mutter zu finden. Die Chancen standen nicht gerade günstig, aber er musste es wenigstens probieren.

»Pierre!«, hörte er Caillou rufen. Er drehte sich um und sah den Mann dort stehen, der einst der Lehrer seiner Mutter und der Berater des Fürsten gewesen war. Den er erst seit so kurzer Zeit kannte und den er doch schon sein ganzes Leben zu kennen schien, den er gerade ganz unbewusst zum ersten Mal geduzt hatte. Caillou stand da und sah ihn zwischen all den vorbeieilenden Menschen wie ein ruhender Fels in der Brandung an, und auf einmal wurde Pierre von einer unerklärlichen Angst heimgesucht, dass er ihn niemals wieder sehen würde. Caillou nickte ihm noch einmal zu, dann drehte er sich um und verschwand den Gang hinunter zu Diamants Räumen.

Es bereitete Pierre Schwierigkeiten, sich auf seine Suche zu konzentrieren, seine Gedanken kreisten um Caillou. Er zwang sich, das für den Augenblick zu vergessen, jetzt hatte anderes Vorrang.

Plötzlich legte sich eine Hand auf seine Schulter. »Wo ist Caillou?«

Hinter Pierre tauchte die hoch gewachsene Gestalt Galènes auf. Mit wenigen Worten erklärte er ihm, weshalb er und Caillou sich getrennt hatten.

Galène nickte befriedigt. »Sollte sich Diamant tatsächlich auf diesem Weg aus dem Staub machen wollen, wird er erwartet, verlass dich drauf. Ich hoffe, dass sein verwünschter Rat der Steinweisen auf dieselbe Fluchtidee kommt. Je mehr wir auf einen Streich bekommen, desto besser!«

»Wo ...«

»... deine Mutter ist? In Sicherheit, keine Sorge. Zusammen mit Sophie. Ich hab dafür gesorgt, dass sie gleich, als hier der Tumult ausbrach, zurück in die Stadt gebracht wurden. Jetzt sollten wir uns um Caillou kümmern, kann nicht schaden, wenn er Hilfe bekommt. Zeig mir, wo's langgeht!«

Ohne weitere Diskussionen befolgte Pierre Galènes Befehl. Unterwegs stießen sie immer wieder auf kämpfende Gruppen. Leibgardisten und Wachposten rangen mit Widerständlern, doch teilweise sogar gegeneinander – dort, wo sich die verstümmelten Bediensteten darauf besonnen hatten, die Seiten zu wechseln.

Pierre nahm das alles nur am Rande wahr, seine Sorgen galten Caillou. Er konnte das Übelkeit erregende Gefühl nicht vergessen, das ihn vorhin überkommen hatte. So schnell er konnte, führte er Galène durch Gänge und Flure, bis er zu der kostbaren geschnitzten Tür kam, vor der kein einziger Wachposten mehr stand. Die Flügel waren weit geöffnet, Galène und Pierre durchquerten zwei Zimmer, bevor sie in das letzte kamen, aus dem auf den ersten Blick keine andere Tür zu führen schien als diejenige, durch sie gekommen waren. Doch das täuschte. Es gab zumindest so etwas Ähnliches wie einen Ausgang. Eine Marmorplatte war ein Stück zur Seite geschoben und gab den Blick auf einen dunklen Gang frei. Aber das war es nicht, was Pierres Aufmerksamkeit fesselte.

Auf dem Boden davor lag eine Gestalt, unter der sich langsam eine rote Lache ausbreitete. In der Brust des Mannes steckte ein kunstvoll verzierter Dolch.

»Caillou!« Der Aufschrei blieb Pierre im Halse stecken. Etwas krampfte sich in ihm zusammen, als er wie in Zeitlupe neben Caillou niederkniete.

Galène zog ihn hoch und redete auf ihn ein, doch Pierre hörte nicht hin. Er sah nur die Blutlache.

»Verdammt, Pierre!« Galène hatte die Worte in Pierres Ohr gebrüllt, sodass sie trotz des Schocks zu ihm durchdrangen. »Sieh hin! Das ist nicht Caillou! Komm weiter!«

Mehr stolpernd als laufend folgte Pierre Galène in den unterirdischen Gang hinein, nachdem er noch einen letzten Blick auf die Leiche geworfen und festgestellt hatte, dass Galène Recht hatte. Die Kleidung war ähnlich und die Haarfarbe fast gleich, aber tatsächlich handelte es sich um einen Steinweisen, an dessen Namen sich Pierre nicht mehr erinnerte.

Galène hatte den Dolch aus dem Körper des Mannes gezogen und ihn Pierre in die Hand gedrückt, damit er wenigstens eine Waffe bei sich trug. Der Gang war dunkel, es gab keine Fackeln und so konnten sie sich nur langsam fortbewegen. Sie wussten, irgendwo vor ihnen musste Diamant sein und vielleicht auch Caillou, wenn es ihm gelungen war, überhaupt bis zu Diamants Räumen vorzudringen. Egal wohin der Fürst sich wandte, geradeaus nach La Ville oder zurück zum Palast – er saß in der Falle. Am Ausgang warteten Galènes Männer auf ihn und hier drin Galène selbst.

Von vorn hörten sie plötzlich ein leises Geräusch. Es klang wie Stöhnen. Pierre und Galène bewegten sich noch leiser und vorsichtiger vorwärts. Das Stöhnen wurde etwas lauter, aber gleichzeitig konnten sie nun auch schleppende Schritte wahrnehmen. Dann wurde es mit einem Mal still, als habe derjenige, der vor ihnen ging, bemerkt, dass er verfolgt wurde.

Galène bedeutete Pierre weiterzugehen, doch da stellte sich ihnen jemand mit einer unglaublich schnellen Bewegung in den Weg. Etwas pfiff an ihren Köpfen vorbei, gerade noch rechtzeitig konnten sie zur Seite ausweichen. Galènes Arm schoss vor und packte die Hand, die jetzt etwas klirrend zu Boden fallen ließ.

»Schön langsam, Freund!«, zischte er dabei. »Nicht bewegen, klar?«

»Galène?«, kam es leise zögernd aus der Dunkelheit. »Wenn du das bist, würdest du freundlicherweise meinen Arm loslassen? Meine Schulter ist schon ziemlich mitgenommen, du musst mir das Gelenk nicht noch vollständig auskugeln.«

»Caillou!« Pierre hatte nur geflüstert, aber die Erleichterung war ihm dennoch deutlich anzumerken.

»Was tust du denn hier?«, fragte Caillou. »Wolltest du nicht Emeraude und Galène suchen?«

»Na, mich hat er ja gefunden. Bist du verletzt?«

»Es geht schon. Schätze, ich bin Corindon gegenüber nicht sehr rücksichtsvoll gewesen, aber mein Leben war mir doch wichtiger als seins.«

»Der Mann mit dem Dolch in der Brust?«, erkundigte sich Galène.

»Ja«, bestätigte Caillou. »Mich hat's nur an der Schulter erwischt. Schmerzhaft, aber nicht gerade lebensgefährlich. Diamant kann keinen sehr großen Vorsprung haben.«

Zu dritt setzten sie sich wieder in Bewegung, bis sie vor sich etwas hörten. Es mussten die Schritte zweier oder dreier Männer sein, die abrupt innehielten, als sie bemerkten, dass sie nicht allein im Gang waren. Pierre stellten sich die Nackenhaare auf. Instinktiv spürte er, dass vor ihnen diesmal wirklich der Feind lauerte. Diamant und seine Männer hatten wohl gerade begriffen, dass sie am Ausgang nicht weiterkamen und sich entschlossen zurückzulaufen.

»Diamant«, sagte Galène. »Du hast keine Chance. Der Weg ist dir in beide Richtungen versperrt. Gib auf.«

Eine Weile lang tat sich nichts. Dann jedoch stürmten ihre Gegner plötzlich mit aller Kraft auf sie ein. Es waren drei, genauso viele wie sie. Allerdings schien keiner davon verletzt wie Caillou, was einen Vorteil für sie bedeutete. Im Dunkeln zu kämpfen hatte etwas Unwirkliches. Man erkannte den Gegner nicht, konnte die eigenen Möglichkeiten schlechter abschätzen, musste sich mehr auf das Gehör als auf die Augen verlassen. Pierre prallte auf einen wuchtigen Mann und hörte neben sich nur die Kampfgeräusche der anderen, während er damit beschäftigt war, den Angreifer, so gut es ging, abzuwehren. Gerade noch gelang es ihm, den Dolch zu ziehen, den er in den Gürtel seiner Hose gesteckt hatte. Unwillkürlich erinnerte er sich an den Kampf mit dem Ausgestoßenen und hoffte, dass er diesmal genauso gut treffen würde, wenn er zustach. Seine Hoffnung erfüllte sich nicht ganz so schnell. Stattdessen wurde er hin und her geworfen und stieß mit der Waffe ein paarmal in die Luft, bis er endlich auf Widerstand traf. Er rammte den Dolch mit aller Kraft in den Mann hinein, der ihm kurz darauf vor die Füße sank. Kaltblütig wie er selbst es nie für möglich gehalten hätte, ließ Pierre den Dolch nicht los, sondern zog ihn aus der Wunde heraus, um gleich darauf ein zweites Mal zuzustoßen, bis sein Gegner völlig regungslos vor ihm lag. Er hätte gern gewusst, wer der Mann war, aber es war zu dunkel, um das zu erkennen.

Um ihn herum kämpften Caillou und Galène, doch er wagte nicht sich irgendwo einzumischen, weil er unmöglich wissen konnte, wen er dabei verletzte. Plötzlich erhellte ein Lichtschein die Höhle. Am Ausgang mussten Galènes Männer durch den Lärm aufmerksam geworden sein. Sie brachten Fackeln und Verstärkung und schließlich waren auch die beiden anderen Gegner besiegt. Nur einer hatte den Kampf zwar blutverschmiert, aber lediglich verletzt überlebt. Erst als ihm von einem der Widerständler die Fackel so dicht ans Gesicht gehalten wurde, dass er vor der Hitze zurückzuckte, konnten alle deutlich sehen, wer ihr Gefangener war.

33

Diamant versuchte sich mit letzter Kraft zu wehren, doch man band ihm die Arme auf den Rücken und er wurde zum Ausgang der Höhle geführt. Obwohl das

Licht in der Steinwelt niemals gleißend hell wie die Sonne war, blendete es nach der langen Zeit im unterirdischen Gang. Pierre musste blinzeln und so ging es allen, die nacheinander aus der Höhle kletterten. Er ging direkt hinter Diamant und wäre fast in ihn hineingelaufen, als der gefangene Fürst draußen abrupt stehen blieb. Neben ihm drängten Galène und Caillou wieder ans Licht, doch nur Galène trug Gelassenheit zur Schau. Caillou und Pierre starrten genau wie Diamant überrascht auf ihr Willkommenskomitee.

Nach einem Herzschlag des Schweigens meldete sich Diamant zu Wort. Pierre hätte nie geglaubt, die Stimme des Fürsten jemals so zu hören. Sie klang weder wütend oder kämpferisch noch geschlagen. Sie klang schlicht fassungslos. »Béryl.«

Dieses eine Wort verwirrte Pierre noch mehr als die Anwesenheit seiner Mutter und Silex', die dort nebeneinander standen, denn es war ganz offensichtlich der Fürst der Steinbrecher, den Diamant ansprach. Silex ließ sich Zeit mit einer Antwort. Lange sah er Diamant in die Augen ohne sich irgendeine Regung anmerken zu lassen.

»So hat mich schon lange niemand mehr genannt. Ich würde es vorziehen, wenn du bei Silex bleibst, das dürfte dir auch leichter über die Lippen kommen. Du hast meinen Namen in der Vergangenheit bestimmt oft genug mit sehr viel Hass ausgesprochen.«

Noch immer schien Diamant nicht ganz zu begreifen, was hier vor sich ging. Pierre konnte das sehr gut nachvollziehen, doch dann fiel ihm plötzlich etwas ein. Er warf einen Blick zu Caillou hinüber, der die Szene interessiert beobachtete. Da war doch dieser eine Moment gewesen, in dem Pierre geglaubt hatte, dass Silex und

Caillou sich kannten. Wie es aussah, stimmte das tatsächlich.

»Du ... bist Silex?«, fragte Diamant.

»Derselbe.« Eine leicht ironische Verbeugung begleitete dieses eine Wort.

»Aber du solltest tot sein! Die Steinbrecher haben dich umgebracht!«

»Ganz und gar nicht, im Gegenteil. Ich kann mir allerdings vorstellen, warum mein Vater diese Geschichte in Umlauf gebracht hat. Es passte ganz gut ins Konzept. Besser jedenfalls als dem Volk erklären zu müssen, dass der künftige Fürst sich mit den Steinbrechern verbündet hat und abgehauen ist.«

»Saphir hat davon gewusst?«

»Jede Wette«, sagte Silex. »Schätze, er wird sich ziemlich verflucht haben, dass er mir die ganze Wahrheit über seine Herrschaft und über die Steinbrecher anvertraut hat. Das musste er wohl tun, damit ich ihm ein würdiger Nachfolger wurde, aber er rechnete offenbar nicht damit, dass ich die Aussicht, genau so ein Diktator zu sein wie er, verachtenswert finden und mich stattdessen seinen Feinden anschließen würde. Er lernte aus seinem Fehler und machte ihn nicht noch einmal bei Emeraude.«

»Verräter!« Endlich erwachte Diamant aus seiner Erstarrung. Er versuchte sich von den beiden Männern zu befreien, die ihn nach wie vor festhielten. Als es ihm nicht gelang, spuckte er vor Silex aus. »Du hast unser Volk verraten, du hast ...«

»Du sprichst von Verrat? Du?«, fuhr Silex ihm über den Mund. »Du widerst mich an!« Er wandte sich ab und befahl seinen Leuten Diamant fortzubringen.

Pierre starrte dem Mann hinterher, der einmal Fürst

der Steinmenschen gewesen war. Er ging in der Mitte zwischen seinen beiden Bewachern und versuchte mit jedem Schritt verbissen seine Fesseln zu lockern, doch sie saßen zu fest. Schließlich spürte Pierre eine Hand auf seinem Arm. Als er sich umdrehte, stand Emeraude neben ihm.

»Pierre, ist alles in Ordnung mit dir?«

»Jemand muss sich um Caillou kümmern, seine Schulter ist verletzt«, sagte er abwesend. Er dachte an etwas ganz anderes, während er im Geist Diamants wutverzerrtes Gesicht vor sich sah. Als er den Kopf hob, bemerkte er, dass Silex ihn beobachtete. Diesen Mann hatte er allen Ernstes verdächtigt, sich an seine Mutter ranmachen zu wollen. Da hatte er anscheinend etwas gründlich missverstanden. »Sie sind ...«, fing er an, wurde jedoch von einem lauten Schrei unterbrochen.

Wie auf Kommando schauten alle in dieselbe Richtung. Diamant war es irgendwie gelungen, seine Hände zu befreien und zumindest einen seiner Bewacher niederzuschlagen. Den anderen bedrohte er mit einem Messer, das er dem am Boden Liegenden abgenommen haben musste. Aus der Gruppe der Steinbrecher, die bei Silex standen, setzten sich sofort vier Leute in Bewegung.

»Halt sie zurück oder dein Mann hier ist tot!«, forderte Diamant.

Silex wusste, dass das keine leeren Drohungen waren. »Wartet«, befahl er.

»Sehr gut! Sorg dafür, dass deine Leute sich nicht von der Stelle bewegen.«

Pierre rechnete damit, dass Diamant jetzt mit seiner Geisel den Rückzug antreten würde. Zu seiner Überraschung tat er das genaue Gegenteil, er kam langsam zu ihnen zurück und hielt den Steinbrecher dabei immer vor sich. »Hat Vorteile, dass du so ein verflucht mitleidiger Fürst bist. Du wirst das Leben deines bewährten Kriegers nicht aufs Spiel setzen, oder?« Diamants Lächeln war eher eine Grimasse.

»Was hat er vor?«, flüsterte Pierre Galène zu, der mit Emeraude neben ihm stand.

»Mir wär wohler, wenn ich das wüsste.« Galène ließ Diamant nicht aus den Augen und mit einem Mal ahnte er, dass sie Diamants Ziel waren. Das hieß, er, Pierre – und Emeraude.

Dann passierten zwei Dinge gleichzeitig. Diamant stieß den Mann zur Seite und sprang auf sie zu, während Galène die Steinprinzessin fortzerrte und sie dabei fast zu Boden riss. Emeraude schrie auf, doch sie war nun tatsächlich außer Reichweite. Pierre wurde durch Galène und seine Mutter der Weg versperrt und so kam es, dass er plötzlich die Spitze eines Messers an seiner Kehle fühlte.

»Du hast die falsche Person in Sicherheit gebracht, Galène«, sagte Diamant, der zwar durch die Aktion außer Atem gekommen war, sich aber trotz seiner Verletzungen immer noch gut auf den Beinen hielt. »Die Steinprinzessin interessiert mich nicht. Schon lange nicht mehr. Ich habe bekommen, was ich wollte.«

Er zog Pierre ein Stück von den anderen weg, der aus den Augenwinkeln sah, dass Silex sprungbereit dastand. Ebenso Galène und Caillou, der seine Schulterverletzung vergessen zu haben schien. Emeraude schaute ungläubig auf das Szenario und konnte nicht fassen, was passiert war.

»Was ich eben sagte, gilt noch immer, Silex«, stellte Diamant fest. »Eine falsche Bewegung und meine Geisel ist tot.« Dann wandte er sich an Pierre. »Und jetzt zu uns beiden. Du wirst mich mit in die Oberwelt nehmen. Sofort!«

Entsetzt starrte Pierre Diamant an. »Aber das geht nicht!«

»Du kannst den Übergang ohne das Tor bewältigen, also tu es. Ich werde darauf achten, dich dabei nicht loszulassen. Du wirst mich mitnehmen!«

Pierre sah die wilde Entschlossenheit in Diamants Zügen und ahnte, dass kein Argument ihn von seinem Vorhaben abbringen würde.

»Diamant!« Das war Caillous Stimme. »Lasst Pierre los, er kann Euch nicht mitnehmen, niemand kann ohne die Hilfe des Tores etwas anderes in die Oberwelt transportieren außer sich selbst!«

»Unsere Versuche mit Gegenständen sind gescheitert, die mit Menschen sind nie vollständig ausgeschöpft worden. Wir werden also sehen, was passiert. Los!« Letzteres galt Pierre.

»Seigneur!« Noch einmal versuchte Caillou zu retten, was zu retten war. »Ihr wisst, warum wir nicht weiterexperimentiert haben. Erinnert Euch, was geschehen ist. Wenn es möglich wäre, hätten wir es seit Ewigkeiten praktiziert! Es könnte Pierres und Euren eigenen Tod bedeuten!«

»Was Pierre betrifft, hat er eben Pech gehabt. Mich selbst erwartet hier unten sowieso nichts Besseres als der Tod.« Auffordernd stieß Diamant die Spitze des Messers ein Stückchen tiefer in Pierres Hals. »Fang an!«

Pierre schloss die Augen, es blieb ihm keine andere Wahl. »Das Messer«, wisperte er. »Nehmt es weg. Ich kann mich sonst nicht konzentrieren.« Er fühlte, wie der Stahl sich von seiner Kehle entfernte, war sich aber gleichzeitig darüber im Klaren, dass Diamant nur eine einzige Bewegung machen musste um zielsicher zuzustechen.

Das Feuerwerk erschien vor seinem inneren Auge. Alles andere blendete er aus, den Gedanken an seine Mutter, den an Silex und Opale, die er vielleicht nie wieder sehen würde. Er konzentrierte sich auf die Rakete, die in den Himmel schoss und sich in Abermillionen Einzelteile zerlegte. Er hatte den Übergang bisher nur ein einziges Mal geschafft, und das auch nicht allein, sondern mit Caillous Hilfe. Jetzt sollte er es nicht nur selbst bewerkstelligen, er musste auch noch Diamant mitnehmen. In seinem Kopf machte sich das Schwindelgefühl breit, das den Prozess des Übergangs begleitete. Die Raketen schossen Blitze vor seinen Augen, er hörte ein Keuchen und begriff, dass es sein eigenes war, dann hörte und sah er überhaupt nichts mehr. Er schien irgendwo im Nichts zu schweben, wusste nur, dass der Film in umgekehrter Reihenfolge ablaufen, dass sich das Feuerwerk wieder zu einem Ganzen zusammensetzen musste.

Der Druck hinter seiner Stirn wurde beinah unerträglich, dann hörte er abrupt auf, Pierre fühlte sich wie im freien Fall und landete zwei Sekunden später hart auf steinigem Boden. Erschöpft, atemlos, mit unsagbaren Kopfschmerzen blieb er liegen. Er wusste nicht, wie viel Zeit vergangen war, als er endlich glaubte die Augen öffnen zu können. Das Pochen hinter seiner Stirn wurde schwächer, das Schwindelgefühl ließ nach. Er spürte etwas Warmes auf seinen Armen und brauchte einen Augenblick um zu erkennen, was es war: Sonnenstrahlen. Er war auf der Oberwelt. Ganz in der Nähe des Steinbruchs, ganz in der Nähe seines Hauses! Er rappelte sich auf, als ihm etwas einfiel. Wo war Diamant?

Verwirrt blickte er sich um und konnte niemanden entdecken. Er schien allein zu sein. Dann sah er an sich hinunter und bemerkte, dass er über und über mit einer seltsamen weißen Staubschicht bedeckt war. Der feine Staub verteilte sich auf seinem ganzen Körper, er saß in seinen Kleidern, auf seiner Haut und in seinen Haaren. Um ihn herum war der Boden mit demselben Staub bedeckt, nur dort, wo er gelegen hatte, war nichts davon zu sehen. Pierre bückte sich, ließ seinen Finger in der Staubschicht kreisen, hob die Hand und rieb die Ablagerung vorsichtig zwischen Zeigefinger und Daumen. Es fühlte sich weich und geschmeidig an, fast glatt, so als bestünde der Staub aus einem einzigen Stück.

Unwillkürlich machte Pierre einen Satz nach vorn. So was hatte er bereits zweimal gesehen, nur war es damals nicht mal ein Bruchteil der Menge gewesen, die ihn jetzt umgab. Winzige Reste dieses Staubes mussten bei dem Prozess des Übergangs ohne das Tor zurückbleiben. Caillou hatte ihn auf der Oberwelt hinterlassen, einmal auf dem Friedhof, einmal bei Pierre zu Hause.

»Diamant«, flüsterte Pierre. Das, was dort auf dem Boden lag und was ihn selbst von Kopf bis Fuß einhüllte, waren die Überreste des Fürsten der Steinmenschen.

Zurück! Ich muss zurück!, dachte Pierre. Sehnsuchtsvoll schaute er den Trampelpfad entlang, der ihn nach Hause führen würde zu seinem Vater. Aber das ging nicht, noch nicht. Er fühlte sich erschöpft und ausgepowert, müde und zerschlagen. Doch er konnte jetzt nicht einfach hier bleiben. Er würde seine Kräfte sammeln und noch einmal zurückgehen in die Steinwelt, von deren Existenz tief innerhalb der Erde, kilometerweit unter ihm, er noch vor wenigen Tagen keine Ahnung gehabt hatte. Jetzt war sie ein Teil seines Lebens geworden.

Pierre klopfte sich den Staub, so gut es ging, vom Körper, bemühte sich nicht mehr auf den Boden zu sehen, sondern richtete den Blick starr geradeaus. Dann schloss er die Augen und konzentrierte sich. Es würde hart werden, härter als eben. Selbst Caillou hatten die Übergänge so kurz hintereinander mitgenommen und Pierre verfügte über alles andere als Übung. Dennoch versuchte er mit aller Macht an die Raketen und das Feuerwerk zu denken. Die Bilder wollten sich nicht einstellen, stattdessen fing er beinah unkontrolliert an zu beben. Vielleicht waren das die Nachwirkungen der letzten Tage – die ganze Anspannung, all die Gefahren und all das Unglaubliche, das er erlebt hatte. Vielleicht war es auch noch nachträglich der Gedanke an Diamant und an den weißen Staub überall.

Widerwillig schüttelte Pierre den Kopf. Er würde jetzt nicht aufgeben. Mit Mühe schob er die Gedanken an die Vergangenheit beiseite und konzentrierte sich erneut. Dann sah er das Feuerwerk und die Raketen, fühlte den Druck hinter seiner Stirn, dachte an Emeraude und hoffte zugleich, dass er in ihrer Nähe in der Steinwelt auftauchen würde.

Der Übergang kam ihm unendlich lang vor, länger als vorhin, schmerzhafter als vorhin und doch schien es gleichzeitig leichter zu sein. Während er sich noch darüber wunderte, wurde aus dem bunten Feuerwerk wieder eine einzige rote Leuchtkugel. Pierre spürte harten Boden unter sich, diesmal stützten seine Hände den Fall ab. Außer Atem wollte er langsam zu sich kommen, doch dazu wurde ihm keine Zeit gelassen.

»Pierre!« Jemand hielt ihn fest und zog ihn hoch. Es bereitete ihm Schwierigkeiten, die Stimme zu erkennen, obwohl er wusste, dass sie ihm vertraut war. Er spürte, wie seine Beine nachzugeben drohten, und klammerte sich an den Mann, der ihm half.

»Caillou?«, fragte Pierre vollkommen heiser, die Augen noch immer geschlossen. »Bin ich zurück?«

»Das kann man wohl sagen. Wie hast du das so schnell geschafft? Wo ist Diamant? – Langsam!« Letzteres galt Pierres Bestrebungen, sich von Caillou zu befreien und auf eigenen Füßen zu stehen. Endlich schaffte er es, die Augen zu öffnen.

In diesem Moment bemerkte auch Emeraude, was passierte. Sie hatte mit Silex und Galène ein Stück entfernt gestanden, doch nun war sie in wenigen Schritten bei ihrem Sohn und fing ihn auf. Er merkte noch, wie Emeraude ihn stützte, dann wurde es Nacht um ihn.

34

So muss man sich nach dem New York-Marathon fühlen, dachte Pierre träge. Ausgelaugt und müde, aber gut, als hätte man etwas Einzigartiges vollbracht. Er streckte seine Arme und Beine unter der Decke und drehte sich auf die rechte Seite um noch ein bisschen weiterzuschlafen. Dabei gähnte er herzhaft. Gerade hatte er den Mund wieder geschlossen, als ihn die Erinnerung einholte. Mit einem Ruck fuhr er hoch. Es war dämmrig im Zimmer, doch hell genug um es wiederzuerkennen. Zweifellos befand er sich in Silex' Haus, im selben Raum, in dem ihn Opale in jener Nacht besucht hatte. Jemand musste ihn den ganzen weiten Weg getragen haben, jedenfalls war er nicht zu Fuß gegangen, so viel stand fest. Vermutlich war er nach den zwei Übergängen sogar bewusstlos gewesen.

Pierre horchte angestrengt, im Haus rührte sich nichts, alles blieb ruhig. Keine Stimmen, keine Schritte. Vielleicht war es mitten in der Nacht, er hatte keine Ahnung, wie lange er geschlafen hatte. Jetzt allerdings verspürte er keinerlei Müdigkeit mehr, sondern war hellwach. Er stand auf und zog sich an, wobei ihm aufging, weshalb er vorhin im Halbschlaf an einen Marathon gedacht hatte. Er spürte jeden einzelnen Knochen im Leib und jeder Muskel schien aufzuschreien, wenn er sich bewegte.

Er trat auf den Flur und lauschte wieder, doch es umfing ihn nur Stille. Dann verließ er das Haus und sah sich draußen um. In Les Cristaux musste eine Menge los sein, die Revolution im Reich Diamants und die neue Herrschaft Silex' über ein vereintes Volk aller Steinmenschen und Steinbrecher nach so vielen Jahrhunderten war so unglaublich, dass alle Worte, die Pierre dafür einfielen, nicht ausreichten. Jetzt merkte Pierre, dass er nicht allein war. Dort hinten, wo er sich vor ein paar Nächten mit seiner Mutter unterhalten hatte, saßen zwei Gestalten dicht nebeneinander auf dem Boden. Es sah nicht so aus, als redeten sie miteinander, stattdessen schien es ihnen zu genügen, zu wissen, dass der andere da war.

Versunken in den Anblick seiner Mutter und des Fürsten stand Pierre da und überlegte, ob er sie stören sollte oder besser ins Haus zurückkehrte.

»Sie haben bestimmt nichts dagegen, wenn du zu ihnen gehst.«

Erschrocken zuckte Pierre zusammen, als er Opales

Stimme erkannte. Er drehte sich um und sah in ihre schimmernden Augen. Es dauerte eine Weile, bis er ein paar Worte herausbrachte, und sie waren nicht das, was er eigentlich sagen wollte. »Aber die Zeit ist doch bestimmt knapp bemessen. Ich meine, Silex wird eine Menge zu tun haben, jetzt wo ...«

»Natürlich. Aber nach drei Wach- und Schlafphasen fast ununterbrochenen Einsatzes hat er sich mal eine Pause verdient, meinst du nicht?«

Verständnislos starrte Pierre Silex' Tochter an. »Drei Tage?«, fragte er schließlich erschrocken. »Soll das heißen, ich war drei Tage lang weggetreten?«

»Fast. Du hast wirklich einen gesegneten Schlaf, kann man nicht anders sagen. Caillou hat sogar damit gerechnet, dass du länger schlafen würdest, aber du tust ja nie, was man von dir erwartet. Hätte er sich eigentlich denken können.« Ein spöttisches Lächeln umspielte Opales Lippen. »Muss wohl in der Familie liegen.«

In diesem Zusammenhang fiel Pierre so einiges ein. »Familie?«, fragte er gedehnt. »Ja, richtig, wie's aussieht, lässt sich von uns niemand gern was vorschreiben.« Einen Moment befürchtete er, etwas Verkehrtes gesagt zu haben, weil er nicht sicher sein konnte, wie viel Opale bereits wusste. Andererseits konnte man das »uns« auch ausschließlich auf ihn und seine Mutter beziehen. Dann bemerkte er Opales amüsierten Ausdruck und begriff, dass seine Sorge umsonst gewesen war.

»Du weißt es also«, stellte er fest.

»Klar.«

»Wie lange schon?« Pierre ahnte die Antwort bereits, es bedurfte nicht Opales viel sagenden Blicks.

»Ein bisschen länger als du.«

»Dann muss es dir ja höllisch viel Spaß gemacht haben neulich Nacht, teuerste Cousine.«

Opale hatte den Anstand, ein wenig zu erröten, aber sie wandte die Augen nicht ab. »Stimmt. Allerdings hatte der Spaß nichts mit meinem Wissen zu tun. Glaubst du im Ernst, ich hätte mich sonst so blöd angestellt und mich von dir überrumpeln lassen?«

Dieses Argument hatte etwas für sich. Hinzu kam, dass Opale ihn nun vollkommen ruhig ansah und Pierre keinerlei Anzeichen von Spott in ihrem Gesicht entdecken konnte. Sie streckte die Hand nach ihm aus und nach kurzem Zögern ergriff er sie. Plötzlich hatte er das Gefühl, dass keine weiteren Worte notwendig waren. Sie verstanden einander auch so.

»Und jetzt geh endlich«, sagte Opale nach einer kleinen Ewigkeit. »Deine Mutter hat pausenlos an deinem Bett gesessen und darauf gewartet, dass du endlich aufwachst, bis Galène sie dazu bewegen konnte, sich auch mal hinzulegen. Du solltest sie jetzt nicht noch länger warten lassen.«

Pierre wollte sich gerade in Bewegung setzen, als ihm noch etwas einfiel. »Wo sind Galène und Caillou?«

»Mit Pyrite und ein paar anderen aus dem Landesrat im ehemaligen Reich Diamants. Wie du vorhin schon gesagt hast: Es gibt eine Menge zu tun.«

Zustimmend nickte Pierre und wandte sich nun endgültig ab. Aber diesmal wurde er von Opale zurückgehalten.

»Sag mal ...«, fing sie an, zögerte jedoch weiterzusprechen.

»Was?«

»Magst du Galène?«

»Was ist das denn für eine Frage? Sicher! Ich hab ihn

von Anfang an gemocht und war überhaupt nicht begeistert, als ich rausfand, dass wir beide auf verschiedenen Seiten zu stehen schienen.«

»Das ist gut.«

Noch immer verwundert starrte Pierre Opale an. »Würde es dir was ausmachen, dich deutlicher auszudrücken?«

Opale zuckte jedoch mit den Schultern. »Ich wollt's nur wissen.«

Pierre schüttelte den Kopf. Viel fehlte nicht und er hätte sich an die Stirn getippt und »Weiber« gesagt, doch er hielt sich zurück und ging stattdessen endlich zu Emeraude und Silex. Sie mussten ihn gehört haben, denn beide drehten sich zu ihm um, obwohl er sie noch nicht ganz erreicht hatte.

Wortlos standen die drei sich gegenüber. Pierres Blick huschte von der Steinprinzessin zu Silex und zurück.

»Emeraude sieht ihrer Mutter ähnlicher, ich komme mehr nach Saphir, fürchte ich«, ergriff Silex schließlich als Erster das Wort.

Ein wenig ängstlich, als fürchte sie Pierres Reaktion, trat Emeraude einen Schritt vor. Ähnlich wie Opale gerade eben streckte sie ihre Hand nach ihm aus. Anders als vorhin ergriff er sie jedoch nicht, sondern umarmte seine Mutter. Nach einer Weile löste er sich von ihr und schaute sie fragend an.

»Als ich Silex das erste Mal begegnete, war ich seine Gefangene«, begann Emeraude. Sie erzählte Pierre, was sich damals in der Höhle zugtragen hatte, und auch von dem Moment, in dem sie begriff, wer der Fürst der Steinbrecher tatsächlich war. Pierre erinnerte sich gut daran, seine Mutter war immerhin fast ohnmächtig geworden.

»Wenn ich das kurz vor Diamants Fluchtversuch richtig verstanden habe, haben Sie ...«, wandte er sich an Silex, verbesserte sich jedoch schnell, »hast du damals darauf verzichtet, Fürst der Steinmenschen zu werden, weil du die despotische Herrschaft Saphirs verabscheutest. Aber wie bist du zu den Steinbrechern gekommen? Und dann auch noch ihr Fürst geworden?«

Drei, vier Lidschläge lang erwiderte Silex nichts, dann kehrte er mit einem Ruck in die Gegenwart zurück. »Das ist eine längere Geschichte. Ich habe sie bisher auch Emeraude nicht erzählt, obwohl sie mich ziemlich gelöchert hat. Aber irgendwie muss ich wohl geahnt haben, dass du danach fragen würdest, deshalb habe ich gewartet. Setzen wir uns wieder.« Silex deutete auf den Boden und Pierre machte es sich an einem Felsen so bequem wie möglich. Obwohl er es um nichts in der Welt zugegeben hätte, fühlte er sich noch immer etwas schwach und wackelig auf den Beinen.

Der Fürst schaute zwischen seinen beiden Zuhörern hindurch in die Vergangenheit, während er mit leiser Stimme erzählte. Nachdem er von Saphir die Wahrheit über die Herrschaft im Reich der Steinmenschen erfahren hatte, hielt ihn nichts mehr dort. Er verachtete seinen Vater für das, was er tat, und vor allem für das, was er von ihm erwartete. Saphir und seine Vorgänger hatten Generationen lang ihr Volk belogen und es in Angst vor den Steinbrechern und deren Fürsten leben lassen. Dabei waren die Einzigen, die die ehemaligen Aufständischen zu fürchten hatten, in Wahrheit nur die Herrschenden, die dank ihrer Spione ganz genau wussten, wie das Leben bei den Steinbrechern tatsächlich aussah. Wenn es ihnen möglich gewesen wäre, selbst ein Energienetz um ihr Reich aufzubauen, hätten sie es viel eher getan als die Steinbrecher, stattdessen hatten sie ein

Lügennetz gebildet, das fast ebenso wirksam war. Niemand vom Volk der Steinmenschen kam auf den Gedanken, freiwillig zum Feind überzulaufen, zu schrecklich waren die Geschichten, die man sich erzählte. Niemand, bis auf Béryl, der Sohn Saphirs, der nun die Wahrheit kannte und sich zum Ziel setzte, die Völker der Steinmenschen und Steinbrecher zu vereinen.

Als Béryl aus dem Reich der Steinmenschen verschwand, ließ er nicht nur einen verhassten Vater und ein Leben, das von Grund auf falsch gewesen war, hinter sich. Er verließ auch seine Mutter – und seine kleine Schwester Emeraude, die in dem Glauben aufwuchs, ihr Bruder, den sie kaum gekannt hatte, wäre bei einem Übergriff der Steinbrecher kaltblütig ermordet worden. Erst viel später erfuhr Béryl von dieser Version seines Untertauchens – und obwohl es ihn verbitterte, dass seine Mutter und seine Schwester wegen einer Lüge um ihn trauerten, begriff er im gleichen Augenblick, dass sein angeblicher Tod für die Zukunft von Vorteil sein würde.

In das Land der Steinbrecher vorzudringen war schwer und noch schwerer war es, sie von ihm selbst und seinen Zielen zu überzeugen. Zuerst waren sie misstrauisch und befürchteten, in Silex, wie Béryl sich jetzt nannte, einen neuen Spion vor die Nase gesetzt bekommen zu haben, doch mit der Zeit gewann er das Vertrauen der Menschen. Und Zeit hatte er sehr viel, er war noch jung, sein ganzes Leben lag vor ihm. Für den damaligen Fürsten Gravier und seinen Landesrat wurde Silex bald zu einem wertvollen Mitglied des Rates. Er wusste als Sohn Saphirs nicht nur wie kein anderer über das Reich der Steinmenschen Bescheid und schaltete mit großem Erfolg Spione aus, sondern er entwickelte selbst Pläne für die Gegenspionage, die kaum zu übertreffen waren. Dann half ihnen der Zufall in Gestalt von Caillou, der den Steinbrechern unfreiwillig Zutritt zur Oberwelt verschaffte und ihnen damit unschätzbare Dienste erwies. Sie lernten den Nutzen von Tieren und anderen Dingen der Oberwelt kennen, was sie einmal mehr den Steinmenschen überlegen machte. Als Gravier schließlich starb, hatte Silex das Vertrauen der Steinbrecher und das des Landesrates vollends gewonnen.

»Sie wählten mich zu ihrem Fürsten – das Ziel, das ich mir selbst gesetzt hatte, verlor ich nie aus den Augen«, schloss Silex.

Schweigen senkte sich über den kleinen Platz am Felsen, auf dem Silex' Worte nachzuhallen schienen. Die drei waren tief in Gedanken versunken und so schreckten sie hoch, als schließlich hinter ihnen eine Stimme ertönte.

»Ich liebe diese Geschichte!«

Silex schaute belustigt auf. »Ich weiß. Deshalb hab ich sie ja so ausführlich erzählt.«

Es war Pierre vollkommen entgangen, dass Opale die ganze Zeit zugehört hatte. Jetzt jedoch musste er sie nur ansehen und ihm wurde bewusst, dass ihre Gegenwart noch immer nicht ihre Wirkung auf ihn verfehlte. Er dachte wieder daran, was er sich vorgenommen hatte, bevor sie aufgebrochen waren Diamant zu stürzen: Er wollte seinen Geburtstag mit Opale feiern. In zwei Tagen war es so weit. Bis dahin würde er bleiben, bis dahin konnte er so tun, als gäbe es keine Entscheidungen zu treffen. Aber dann? Dann würde sich die Frage die er gerade nur halb erfolgreich verdrängte, nicht mehr aufschieben lassen. Die Frage danach, wo er seinen Leben leben sollte, die Frage nach seiner Zukunft.

Achtundvierzig Stunden lang verbrachte er jede freie Minute mit Opale, seiner Mutter und Silex, sah so viel von der Welt unterhalb der Erde wie möglich – diese Welt war zur Hälfte seine eigene, auch wenn er davon fast siebzehn Jahre lang keine Ahnung gehabt hatte.

Am Abend seines Geburtstags war es Pierre, der den Weg zu Opales Zimmer fand. Diesmal gab es keine Hintergedanken, keine geheimen Pläne, keine Flucht – diesmal gab es nur sie beide.

Gegen Morgen lag Opale in Pierres Armen und hörte ihn leise und gleichmäßig atmen. Sie selbst konnte nicht schlafen. Obwohl sie nie darüber gesprochen hatten, wusste sie, dass das vielleicht die letzten Momente waren, die sie gemeinsam verbrachten. Sie wünschte, Pierre würde in ihrer Welt bleiben, sie wünschte, sie könnten zusammen sehen, wie Steinmenschen und Steinbrecher wieder zu einem Volk wurden.

Vorsichtig setzte sie sich auf, sah auf Pierre hinunter und hätte viel darum gegeben, in ihn hineinschauen zu können. Oder vielleicht doch lieber nicht? Solange er ihr nicht sagte, wofür er sich entschieden hatte, gab es immer noch einen Funken Hoffnung. Fast schien es, als spürte Pierre Opales Blick im Schlaf. Er bewegte sich unter der Decke, dann schlug er die Augen auf. Lange sagten sie kein Wort, beide ahnten, was im anderen vor sich ging, und noch bevor sich Pierre selbst ganz darüber im Klaren war, wusste Opale schon, was er tun würde. Was er tun musste.

»Geh zurück«, sagte sie. »Dein Vater wartet auf dich. Dein Leben dort oben wartet auf dich.«

Pierre schluckte schwer. In seinem Kopf schwirrte alles durcheinander, fast als hätte er gerade wieder einen Übergang bewältigt. Tatsächlich sah er alles gleichzeitig vor sich: die Steinwelt, seine Mutter, Opale, Silex, Caillou, Galène und alle anderen, die er in der kurzen Zeit hier unten kennen gelernt hatte. Seinen Vater, ihr Haus am Steinbruch, René, die Schule, *Aigle Fauve* mit dem riesigen Steinadler über dem Eingang. Er versucht verzweifelt herauszufinden, wohin er gehörte.

Sein Zwiespalt war für Opale offensichtlich. Es tat ein bisschen weh, weil sie trotz allem gehofft hatte, Pierre würde sich entschließen zu bleiben. Aber sie wollte, dass er das Richtige tat.

»Du kannst noch nicht hier bleiben«, sagte sie. Dabei sah sie ihn nicht an, weil sie fürchtete, er würde sonst in ihr lesen können wie in einem Buch. »Du bist aus deinem Leben da oben herausgerissen worden, ohne die Chance zu haben, es in irgendeiner Weise abzuschließen oder dich zu verabschieden. Du konntest keine wirkliche Entscheidung treffen, du hattest keine echte Wahl. Geh zurück, lebe deine Leben. Und wenn es an der Zeit ist, wirst du wissen, wohin du gehörst.« Das klang sehr vernünftig. Es war das genaue Gegenteil von dem, was sie wollte.

»Wir ...«, fing Pierre an, stellte fest, dass er einen Kloß im Hals hatte, räusperte sich und begann von neuem. »Wir könnten uns ab und zu sehen. Ich meine, hier oder oben. Wir könnten das Tor benutzen. Wir ...«

»Nein.« Opale erschrak vor der Kälte in ihrer Stimme. Mit einem kleinen Lächeln nahm sie ihren Worten die Schärfe. »Nicht dass ich das nicht wollte. Aber dann lebst du wieder in zwei Welten, und so schön es wäre, auf die Dauer ist das nicht möglich. Du musst irgendwann eine Entscheidung treffen, und wie auch immer sie ausfällt, sie sollte dann endgültig sein. Das ist besser für uns beide. Verstehst du das nicht?«

Pierre holte tief Luft. Er wusste, dass Opale mit allem, was sie sagte, Recht hatte. Er zog sie zu sich heran und hielt sie eine ganze Weile schweigend fest. Opale erwiderte die Umarmung und nahm sie als das, was sie war: ein Abschied.

Es fiel Pierre schwer, auch Emeraude und Silex seine Entscheidung mitzuteilen, besonders weil er die Mischung aus Verständnis und Traurigkeit bei seiner Mutter vorausgesehen hatte.

»Wenn du das Gefühl hast, gehen zu müssen, dann tu es, egal was dagegen sprechen mag. Du allein kannst wissen, was für dich am besten ist – vergiss das nie.«

Silex trat neben Emeraude. »Du weißt, dass du hier immer willkommen bist. Es gibt eine Menge Leute, die ziemlich wild darauf sind, dass du wiederkommst!« Das Funkeln in seinen Augen war nicht zu übersehen und Pierre erwiderte das Lächeln. Dann fuhr Silex fort: »Wann willst du zurück?«

»Morgen.« Eigentlich wäre er lieber sofort gegangen, je länger er wartete, desto schwerer würde es werden. Trotzdem brachte er es nicht über sich, Hals über Kopf zu verschwinden.

Silex schien zu ahnen, was Pierre dachte. Verstehend nickte er. »Du solltest nach den Anstrengungen deiner letzten Übergänge diesmal das Tor nehmen. Das erleichtert die Sache erheblich, glaub mir.«

Alles, was den Höllentrip von der einen in die andere Welt erträglicher machte, war Pierre nur recht. Außerdem war er neugierig, das Tor auszuprobieren. Gesehen hatte er es schon bei Emeraudes kurzer Rückkehr in die Oberwelt, aber es selbst zu benutzen war eine andere Sache.

Der nächste Morgen kam schneller als gedacht. Pierre fühlte sich merkwürdig bei dem Gedanken, die Steinwelt für lange Zeit, vielleicht für immer zu verlassen. Den Marsch zum Tor hatte er schon einmal bewältigt, damals zusammen mit Emeraude, Galène und Caillou. Er bedauerte, sich nicht mehr von den beiden Männern verabschieden zu können, die noch immer in La Ville waren. Doch bis zu ihrer Rückkehr zu warten brachte er nicht über sich. Wenn er jetzt nicht ging, würde er es nicht mehr schaffen. Diesmal begleiteten ihn seine Mutter, Silex und Opale.

Vor dem Eingang der Felsenhöhle, in der das Tor versteckt lag, entzündeten sie Fackeln. Der Gang wirkte noch immer etwas unheimlich auf Pierre, der als Letzter die Höhle betrat und den anderen langsam folgte. Am Ende des Ganges lag nicht nur das Tor, sondern auch seine Zukunft. Ganz in Gedanken versunken betrat er schließlich hinter Opale den weiten Raum, den man fast als Saal hätte bezeichnen können. An der Wand sah er das große Zeichen, das von den ersten Steinmenschen in den Felsen geritzt worden war. Die vielen kleinen Symbole, die das Muster bildeten, konnte er zwar erkennen, aber nicht deuten. Schweigend stand er einen Augenblick da und starrte darauf.

»Hat lange gedauert, bis ich rausgefunden habe, was sie bedeuten«, kam von links eine Stimme.

Pierre fuhr herum und sah Caillou an der Felsenwand lehnen. Er hatte weder ihn noch Galène bemerkt, der neben Caillou gehockt haben musste und sich jetzt aufrichtete. Amüsiert hob er die Brauen und kommentierte Pierres Erstaunen. »Du hast doch nicht wirklich geglaubt, wir ließen dich einfach so abhauen, ohne dir noch ein paar gute Ratschläge mit auf den Weg zu geben, oder?«

Seit Stunden hatte Pierre unter einer enormen Anspannung gestanden – urplötzlich fiel sie von ihm ab. Er lächelte. »Zugegeben, ich hab schon befürchtet, ihr hättet mich vergessen!«

Galène tippte sich mit dem Zeigefinger an die Stirn und grinste. »Wer hat je so was Verrücktes gehört? *Dich* vergessen? Den Retter der Steinwelt?«

»Quatsch! Was hab ich schon getan?«, wehrte Pierre ab.

»Stimmt, man kann wirklich nicht behaupten, dass deine Mission erfolgreich war«, schaltete Caillou sich ein. »Immerhin bist du angetreten, um die Steinprinzessin aus den Klauen des gefürchteten Silex zu befreien. Und was ist dabei rausgekommen? Nichts, wie man sieht!« Dabei deutete er hinüber zu Silex und Emeraude. »Stattdessen hast du dazu beigetragen, dass es sich in der gesamten Steinwelt wieder zu leben lohnt. Kein schlechter Tausch, würde ich sagen.«

Pierres Lächeln wurde immer breiter. »Vorsichtig, wenn du so weitermachst, werde ich noch größenwahnsinnig.«

»Größenwahnsinng!«, wiederholte Galène mit gespieltem Entsetzen. »Sollte diese Gefahr je bestehen, denk an das, was von Diamant übrig geblieben ist. Bloß ein bisschen Staub. Einmal kräftig pusten und das war's dann. Wer will schon so enden?«

Pierre lachte auf. »Ich werd's mir merken!« Dann erlosch das Lächeln auf seinem Gesicht. Er wandte sich von seinen Freunden ab, dem Tor zu. Nachdenklich versuchte er ein zweites Mal die Symbole zu lesen und scheiterte erneut. Eines Tages würde er vielleicht wissen, was sie bedeuteten.

Er drehte sich um und sah von einem zum anderen:

Silex, der ihm zunickte, und Caillou, der die Hand hob, als wolle er zum Abschied winken, sie dann aber sinken ließ und ihm zuzwinkerte. Sie hatten eine Menge zusammen erlebt, das schuf eine Verbindung, die Worte und sogar Gesten unnötig machte. Sein Blick wanderte zu Galène, der nun neben seiner Mutter stand. Ganz kurz durchzuckte ihn die Erinnerung an Opales Frage, ob er Galène möge – und mit einem Mal verstand er auch den Sinn. Jetzt sah es fast so aus, als bitte Galène ihn wortlos um sein Einverständnis. Der Mann, der beinah jede Situation durch spöttische Bemerkungen entschärfen konnte, wirkte in diesem Moment fast ein wenig hilflos. Dann jedoch sah er Pierres kaum merkliches Nicken und das gewohnte Grinsen schlich sich in seine Züge. Pierres Augen trafen die seiner Mutter. Die Steinprinzessin. Sie war die Schwester des Fürsten der Steinwelt, sie hatte vor achtzehn Jahren ihr Leben aufgegeben, um Pierre seines zu schenken. Eine Welle der Zuneigung durchflutete ihn und fast wäre er noch einmal zu ihr gegangen und hätte sie umarmt. Doch er blieb, wo er war, lächelte ihr zu und sah schließlich als Letztes Opale an. Einen Sekundenbruchteil lang schoss ihm der Gedanke durch den Kopf, dass er sich nicht an die Absprache halten würde. Er würde herkommen und sie sehen, sie konnte das kaum verhindern. Und wenn er ihren Blick richtig deutete, hatte sie das auch keinesfalls vor.

Pierre trat ganz nahe an die Felsenwand, legte die Hände auf das Pentagramm und konzentrierte sich auf den Übergang und auf die andere Seite des Tores. Das Schwindelgefühl, das er schon kannte, bemächtigte sich seiner, er spürte den Druck hinter der Stirn, doch er war nicht so schlimm, wie er befürchtet hatte. Er sah die Raketen in den Himmel steigen, dachte daran, wie wunderschön sie aussahen, und daran, dass sie sich wieder zu dem roten Punkt zusammenfügen mussten. Dann spürte er plötzlich kalten Steinboden unter sich. Noch bevor er die Augen öffnete, bemerkte er einen muffigen Geruch um sich herum. Ein Geruch wie in einem Keller, der seit Jahrzehnten nicht mehr genutzt worden war. Gerade eben noch hatte er in der Höhle in der Steinwelt gestanden, jetzt saß er auf dem Kellerboden in *Aigle Fauve*. Ihm war weder schwindelig noch übel. Den Druck hinter der Stirn verspürte er kaum. Er war zu Hause.

Erst als er versuchte aufzustehen, wurde ihm bewusst, dass zumindest seine Knie etwas wackelig waren. Es war dunkel im Keller, mühsam tastete er sich vorwärts, eine Treppe hoch, an deren Ende er eine Tür aufstieß, die ihn auf einen düsteren Flur führte. Er blikkte kurz zurück, und obwohl er es nicht sehen konnte, wusste er doch, dass dort hinten im letzten Raum auf dem Fußboden dasselbe Pentagramm eingeritzt war wie in der Höhle der Steinwelt. Das Tor. Es war in der Vergangenheit regelmäßig von den Steinbrechern benutzt worden. Es gab keinen Grund, weshalb sie jetzt damit aufhören sollten.

Pierres Mutter war es in den nächsten Jahren unmöglich, sich länger als für ein paar Minuten in der Oberwelt aufzuhalten. Aber weder für Silex noch für Caillou, Galène oder Opale gab es irgendein Hindernis, gelegentlich einen Ausflug nach Rocaille zu unternehmen.

Zuversichtlich verließ Pierre *Aigle Fauve* und sah noch einmal hinauf zu dem riesigen Steinadler, der dem Haus einst seinen Namen gegeben hatte.

Epilog

Pierre und sein Vater saßen am Rande des Steinbruchs und schauten in die untergehende Sonne. Lange Zeit hatte Pierre von dem erzählt, was unter ihnen geschehen war. Christophe unterbrach ihn kein einziges Mal, doch manchmal ertappte er sich dabei, dass seine Gedanken abschweiften und er einfach nur das Glück verspürte, seinen Sohn wiederzuhaben. Pierre schien zu spüren, wann das geschah, denn er hielt immer genau zur richtigen Zeit in seiner Erzählung inne, um kurz darauf fortzufahren, wenn Christophe dazu bereit war.

Jetzt jedoch war Pierres Stimme endgültig verklungen. Er hatte nichts ausgelassen und hoffte, dass sein Vater nicht wie schon einmal vorziehen würde, die Existenz der Steinwelt zu vergessen. Dass dem nicht so war, bewies Christophes Frage, die er in die Dämmerung hinein stellte. »Die Steinmenschen – wie kamen sie überhaupt unter die Erde? Lebten sie schon immer dort, von Anbeginn der Zeit, so wie wir hier oben?«

Pierre schwieg eine Weile, bevor er antwortete. »Caillou sagte mal, dass über die ersten Steinmenschen, über ihre Herkunft und ihre Vergangenheit, nur wenig bekannt ist. Aber wenn man bedenkt, wie ähnlich sie uns sind – eigentlich glaube ich nicht, dass sie schon immer da unten waren. Sie müssen vor sehr, sehr langer Zeit aus unserer Welt in die Steinwelt gelangt sein.«

»Klingt ganz plausibel«, murmelte Christophe. »Es sei denn ...«

»Was?«

»Dieses Tor – vielleicht ist es igendwann mal regelmäßig benutzt worden. Vielleicht gab es sogar mehrere und die Menschen der Oberwelt und der Steinwelt lebten miteinander wie Nachbarn. Und dann passierte etwas, das alles veränderte.«

Langsam wurde es Nacht über dem Steinbruch, während Pierre über die Worte seines Vater nachdachte. Es konnte so gewesen sein – undeutlich erinnerte er sich an eine ähnliche Vermutung, die Caillou geäußert hatte. Möglicherweise gab es aber auch eine ganz andere Erklärung. Letztlich konnte es niemand mit Sicherheit sagen.

Dann geschah etwas Merkwürdiges. »Doch!«, flüsterte eine innere Stimme ihm zu. Und Pierre wusste plötzlich, dass die Geschichte der Steinmenschen zu den Dingen gehörte, die er erfahren würde, wenn er endgültig zurückkehrte.

Bedeutung der französischen Ausdrücke und Namen:

Schauplätze

Aigle Fauve	Steinadler
Fleuve de la Malachite	Malachit-Fluss
Rocaille	Steingarten
La Ville	Die Stadt
Lac de l'Aigue-Marine	Aquamarin-See
Les Cristaux	Die Kristalle

Namen

Agate	Achat
Améthyste	Amethyst
Béryl	Beryll
Caillou	Kiesel
Calcaire	Kalkstein
Chrysolithe	Chrysolith
Corindon	Korund
Cornaline	Karneol
Emeraude	Smaragd
Galène	Bleiglanz
Gravier	Kies
Hyacinthe	Hyazinth
Mica	Glimmer
Onyx	Onyx
Pierre	Stein
Pyrite	Eisenkies
Rubis	Rubin
Silex	Feuerstein
Turquoise	Türkis
Zircon	Zirkon

Zum Vergleich und besseren Verständnis:

Ein Jahr der Oberweltzeit entspricht etwa siebeneinhalb Jahren in Steinweltzeit. Die Zeit vergeht jedoch unter der Erde weder schneller noch langsamer. Die Steinmenschen altern allerdings erheblich langsamer und werden daher sehr viel älter.

	Alter in Oberweltjahren	*Entspricht in der Steinwelt nach unserer Rechnung*
Opale	15	112
Pyrite	63	472
Silex	40	300
eine Generation	ca. 25 Jahre	ca. 187 Jahre

Jörg Kastner

Die Nebelkinder

Der Findeljunge Albin, von Mönchen
gefunden und aufgezogen, arbeitet
als Knecht in der Abtei am Mondsee.
Als eines Tages der Gesandte des
westfränkischen Königs durch einen
»Elbenstrahl« im Kloster ermordet wird,
überstürzen sich die Ereignisse.
Auf der Jagd nach dem Mörder findet
Albin heraus, dass er selbst dem alten Volk
der Elben entstammt. Von den Menschen
werden diese »Nebelkinder« genannt,
weil sie sich tagsüber nur im Schutz
des Nebels aus den Wäldern wagen.
Immer tiefer taucht Albin in die rätselhafte
Welt der Nebelkinder ein und muss
zahlreiche Gefahren bestehen, um sein Volk
vor dem Untergang zu bewahren ...

324 Seiten

UEBERREUTER